BASTEI
LÜBBE

Von Meagan McKinney sind bei BASTEI-LÜBBE erschienen:

11 858 Bis die Liebe das Dunkel besiegt
11 890 Wenn Engel fallen
11 972 Kampf der Liebe

Meagan McKinney

Brennende Küsse

Aus dem Englischen von
Dorothee von der Weppen

BASTEI
LÜBBE

BASTEI-LÜBBE-TASCHENBUCH
Band 12004

1. Auflage 1993
2. Auflage 1994

Deutsche Erstveröffentlichung
Titel der amerikanischen Originalausgabe:
No Choice But Surrender

Published by arrangement with Dell Publishing,
a division of Bantam Doubleday Dell Publishing Group, Inc.
New York, New York, 10103, U.S.A.

Printed in France
Einbandgestaltung: Roland Winkler
Titelfoto: PINO DAENI/Thomas Schlück-Agentur
Satz: Fotosatz Schell, Bad Iburg
Druck und Bindung: Brodard & Taupin, La Flèche
ISBN 3-404-12004-3

Der Preis dieses Bandes versteht sich einschließlich
der gesetzlichen Mehrwertsteuer

Für meine beiden besten Freunde: Thomas Young Roberson, meinen Mann, und Richard John Goodman, meinen Vater. Ich liebe Euch beide.

Anmerkung des Autors:

Alle Häuser, die hier beschrieben werden, existieren wirklich. Osterley Park, Satterlee Plantation (Sotterley) und The Crescent sind für die Öffentlichkeit freigegeben. Resurrection Manor, um 1650, das Haus, das im Prolog geschildert wird, findet sich an der Straße in Tidewater, Maryland. Es ist unbewohnt und verfallen. Alle Personen außer Gainsborough sind frei erfunden.

Prolog

St. Mary, Maryland
NOVEMBER 1780

Er liebte England
wie ein Athener die Stadt
der Veilchenkrone liebte,
wie ein Römer die Stadt
der sieben Hügel liebte.

Lord Macanlay

Das Haus wurde für alt angesehen, obwohl die Vereinigten Staaten ihre Unabhängigkeit erst vier Jahre zuvor erklärt hatten. Es stand am Patuxent River, und sein riesiges Dach und die gotischen Erker verliehen seinem Äußeren eine Vornehmheit, der die Schlichtheit im Inneren des Hauses nicht entsprach.

Robert Staples saß unzufrieden am prasselnden Kaminfeuer im Wohnzimmer. Hin und wieder blickte der Dreizehnjährige in den angrenzenden Raum, in dem sich sein Vater und vier weitere Männer versammelt hatten. Sie saßen an einem kleinen Tisch und spielten Karten. Und irgendwie umgab sie etwas Geheimnisvolles.

Es war schon seltsam, daß sie in dem runtergekommenen Herrenhaus spielten, obwohl sie es sehr viel bequemer in Satterlee Mansion gehabt hätten, wo es sogar wunderschöne Spieltische gab, die von den exklusivsten Tischlereien in Salem gefertigt worden waren.

Aber dort saßen sie nun – vier Freunde an einem Tisch, und der Hausbesitzer und sein Sohn verfolgten bange von weitem das Geschehen.

»Ich würde sagen, Avenel«, sagte einer der jüngeren Spieler, und blickte sich in dem holzgetäfelten, kleinen Raum um, »es ist ein ziemlich trostloser Ort, an den Sie uns da gebracht haben.«

Der dunkelhaarige, bärtige Mann mit dem mittelalterlich klingenden Namen blickte den jungen Lord an, und das reichte schon, um ihn zum Schweigen zu bringen.

»Ziehen Sie es vielleicht vor, im Hafen von Satterlee im Gasthaus zu spielen und als Tories entlarvt zu werden?«

»Ich beziehe keine Stellung in diesem dummen Krieg! Mich muß man nicht als Tory einordnen! Mein einziger Wunsch ist, dieses primitive Land hinter mir zu lassen und nie mehr hierher zurückzukehren. Die Verlockung, mit Tabak ein Vermögen zu machen, ist nicht groß genug, um ein solches Opfer auf mich zu nehmen. Und das in meiner gesellschaftlichen Stellung!« Der junge Mann wischte sich aufgebracht über die Stirn.

»Vielleicht sind Sie unparteiisch, aber ein Blick auf diese zinnoberrote Seidenweste, und kein Mensch hat auch nur den geringsten Zweifel, daß sie dem englischen Adel angehören.« Avenel blickte den jungen Lord angewidert an. »Und muß ich Sie daran erinnern, daß es hier in Amerika keinen Adel gibt? Dies ist im übrigen eins der Dinge, um die es in diesem verdammten Krieg geht.«

»Also, für einen, der hier in Amerika geboren ist, scheinen Sie ja nicht gerade besonders enthusiastisch über Ihre Freiheit zu sein. Was sagen Sie, Avenel? Sympathisieren Sie mit den Tories?« Squire Justice war ziemlich verärgert darüber, daß er verlor, aber er fand immerhin einigen Trost in der Tatsache, daß der junge Lord und der unglückselige Lord Oliver noch schlechter dran waren als er. Sie spielten über ihre Verhältnisse – besonders Lord Oliver, der seinen gesamten Besitz, das bekannte einmalig schöne Osterley Park, einsetzte. Er war entsetzt darüber, daß ein Mensch so haltlos alles verspielen konnte, was er ererbt hatte und besaß. Aber er hatte so etwas schon mehrfach erlebt. Unglücklicherweise kam das beim Adel fast täglich vor. Und das Kartenspiel hatte mehr Familien ruiniert, als er aufzählen konnte.

»Ich werde morgen nach England reisen, deshalb habe ich mich ganz bewußt aus der Politik herausgehalten.« Avenel Slane wischte sich über die Stirn, wie um seine Müdigkeit abzuschütteln. »Aber genug davon. Wir müssen weitermachen.« Er blickte seinem Gegenüber, Oliver Morrow, direkt ins Gesicht. Seit das Spiel begonnen hatte, hatte Oliver noch nichts gesagt. Er war ungefähr so groß und auch so kräftig gebaut wie Avenel. Aber damit endete auch schon jede Ähnlichkeit. Avenel strahlte eine tödliche Ruhe aus und spielte mit kühlem Kopf, während Morrow übernervös war und mit zitternder Hand seine Karten hielt. Man merkte seinem ganzen Benehmen an, daß er eine Menge zu verlieren hatte.

»Außerdem«, fügte Avenel rätselhaft hinzu, »habe ich meinen eigenen Krieg auszufechten.«

Der junge Lord fuhr sich mit seinem stark parfümierten Taschentuch über die Stirn. »Ich finde, der Einsatz ist zu hoch. Natürlich kann ich es mir leisten – ich habe einen außerordentlich großen Besitz«, sagte er, und dann hüstelte er nervös, als erinnere er sich gerade mit Entsetzen an die beträchtliche Summe, die er bereits verloren hatte – zum größten Teil an diesen Bastard Avenel Slane, dachte er verbittert. »Aber ich meine, wir sollten das Spiel nicht völlig ausufern lassen. Schließlich ist Lord Oliver der

Earl of Laborde. Sie können es doch nicht zulassen, daß er seinen gesamten Besitz verspielt. Das ist doch regelrecht kriminell!«

»Dieses Spiel ist keine Zerstreuung für Gecken, Mylord«, sagte Avenel verächtlich. »Sie wußten alle, daß es ein Spiel unter Männern sein würde.«

»Aber die Einsätze werden ja immer höher. Sie haben unsere Langeweile und unsere Angst ausgenutzt. Dieses Warten in Satterlee Harbor auf das Schiff, das uns zurück nach England bringen soll, war einfach die Hölle«, rief der junge Lord aus, »und jedesmal, wenn ein Whig vor dem Haus Rast macht, um Tee zu trinken oder den angeblichen Freunden der Revolution Bericht zu erstatten, wie es um den Krieg steht, mußten wir Versteck spielen. Ich bin sicher, Sie haben das ausgenutzt. Sie wußten, wir würden die Gelegenheit ergreifen, zu einem benachbarten Haus fahren zu können, um Karten zu spielen. Es waren menschenunwürdige Umstände, unter denen wir zu leiden hatten. Und jetzt das hier – das ist einfach zuviel!«

»Es hätte keine Notwendigkeit bestanden, sich zu verstecken, wenn Sie Ihren gesellschaftlichen Rang nicht so offen zur Schau gestellt hätten – wenigstens nicht, bis Sie auf dem Schiff nach England sind.« Avenel packte seine aufgefächerten Karten zusammen und legte sie mit dem Bild nach unten auf den Tisch. »Sie hätten nichts weiter tun müssen, als Ihre Kleider zu wechseln.«

»Ich bin nun mal nicht dafür gemacht, mich wie ein Bauer zu kleiden wie die Amerikaner!« Der junge Lord legte seine Karten auf den Tisch und fuhr sich mit der Hand über die stark eingeölte und gepuderte Perücke. Er warf Avenel einen prüfenden Blick zu und fühlte sich plötzlich sehr überlegen. Er nahm jede Einzelheit an der Kleidung seines Gegenübers wahr, von den einfachen Lederbreeches bis hin zu der blauen Kammgarnweste. An seinem weißen Hemd war nicht eine Rüsche – nicht ein Zipfelchen kostbarer Spitze zierte sein Halstuch. Er trug auch nichts auf seinem Kopf. Sein von Natur aus dunkles Haar trug er straff und schmucklos zurückgebunden.

»Sie sind dran«, sagte Avenel und fügte aufreizend langsam hinzu: »Mylord.«

Jetzt hatte der junge Lord das Gefühl, daß sich der Mann über ihn lustig machte und seine Überlegenheit schwand. »Ich mache diese Farce nicht länger mit! Mann, Sie werden mich jetzt nach Satterlee zurückbringen«, wies er Roberts Vater an, als sei er sein Diener.

»Aber bestimmt, Mylord, wollen Sie nicht mitten im Spiel aufhören«, versuchte Master Staples ihn zur Vernunft zu bringen. Er wandte sich an Robert, der sich noch immer im Wohnzimmer aufhielt. »Nob«, sagte er und nannte den Jungen bei seinem Kosenamen, »sei ein guter Junge, und hör auf uns anzustarren. Geh und hol den Männern von dem Schinken und etwas zu trinken.«

Rasch lief der Junge los, suchte Schinken, Äpfel und Brot zusammen und brachte alles auf einem Tablett zu seinem Vater. Dann trat der Junge bescheiden in das angrenzende Zimmer. Die Männer spielten ihre letzte Runde, und er wußte, daß man sie jetzt keinesfalls stören durfte.

»Ich hole noch den Aal, Vater«, flüsterte Nob seinem Vater zu. Aber der schüttelte den Kopf und warf ihm einen warnenden Blick zu. Plötzlich gab es einen schrecklichen Knall. Robert wirbelte herum und sah, daß einer der Männer den Tisch umgeworfen hatte. Die Karten und die Gläser und alles, was darauf gestanden hatte, waren auf dem Holzfußboden verstreut.

»Ich warne Sie, Avenel, wenn Sie darauf bestehen, Osterley Park in Besitz zu nehmen, wird meine Rache Sie ewig verfolgen!« schrie der Earl of Laborde. Der ältere Mann hatte sich drohend vor Avenel aufgebaut. Seine langen, blutleeren weißen Hände hatte er zu Fäusten geballt, und sein rotes Gesicht bildete einen scharfen Kontrast zu dem elegant frisierten grauen Haar.

Insgeheim war Nob glücklich, daß Oliver Morrow verloren hatte. Irgend etwas an diesem Earl hatte ihn vom ersten Augenblick an abgestoßen.

»In der Tat«, fuhr der Earl drohend fort, »werden Sie ein toter Mann sein, bevor Sie überhaupt den Fuß über meine Hausschwelle setzen können!« Mit diesen Worten zog der Mann ein Messer aus dem Taillenband seiner Hosen. Er stürzte auf Avenel zu, und Nob schrie vor Entsetzen laut auf.

Als es zum Kampf kam, brachten sich die anderen Männer in Sicherheit und schauten sprachlos vor Entsetzen dem Schauspiel zu. Nob und sein Vater versuchten, Oliver Morrow aufzuhalten, aber er war so schnell, daß sie nichts ausrichten konnten; und sie wollten natürlich nicht selbst noch zur Zielscheibe der scharfen Klinge werden. Am Ende traten auch sie zurück und sahen zu, wie Avenel geschickt dem Messer auswich. Dann traf er den Earl mit einem blitzschnellen Fußtritt am Arm, das Messer flog dem älteren Mann aus der Hand und schlitterte über den Boden und außer Reichweite.

»Wenn Sie glauben, ich hätte Angst vor einem Messer, dann täuschen Sie sich. Ich habe seine Klinge schon einmal zu spüren bekommen, und ich wage zu behaupten, daß meine Haut zu dick ist, um davon ernstlich verletzt zu werden.« Avenel blickte den Earl an und genoß offensichtlich den erschrokkenen Ausdruck des Wiedererkennens in dessen Gesicht. Der Earl keuchte entsetzt auf. »Ich hätte Sie an Ihren Augen erkennen müssen, Sie Schwächling. Aber ich lasse Sie nicht hochkommen, Slane. Sie werden mich nicht ruinieren! Ich habe noch immer eine Möglichkeit gefunden. Mich hat noch keiner besiegt …«

»Sie brauchen nichts weiter zu sagen!« Avenel lachte und hob den cremefarbenen Umschlag auf, der auf den Boden gefallen war. »All Ihre Drohungen haben nun keinerlei Bedeutung mehr. Sie werden die Konsequenzen tragen müssen – Sie haben ein wundervolles Haus sorglos verspielt. Ihre Gier hat Sie zum Narren gehalten. Ihr übertriebenes Verlangen zu gewinnen, koste es was es wolle, war Ihr Untergang. Jetzt gehört Osterley Park mir. Und ich habe es auf ehrliche Weise gewonnen. Es ist wieder da, wo es hingehört, und in besseren Händen als Ihren.« Er steckte das Papier in die Innentasche seiner Weste. »Wenn ich mich nicht täusche, haben Sie nicht einmal das Geld, um von hier fortzukommen, geschweige denn, Osterley Park zurückzukaufen. Also kümmern Sie sich besser um andere Dinge als um Ihre Rache.«

Avenel ging zum Tisch und stellte ihn wieder auf. Er lächelte Nob zu, dessen dürrer Knabenkörper vor Aufregung und Angst bebte. Der Junge brachte den Mantel und den Dreispitz, Avenel zog sich an und ging zur Tür. Nob blickte ihm voller Verehrung nach. Sein Vater war von seinen anderen Gästen abgelenkt.

»Slane! Du hast deine Gewinne vergessen!« Er rannte Avenel hinterher, der gerade auf sein Pferd stieg.

»Ich habe, was ich wollte.« Er wandte sich Staples zu. »Du hast mehr für mich getan, als ich erwarten konnte«, sagte Avenel dankbar.

»Im Gegenteil, es war wenig genug. Ich hätte kein Dach über dem Kopf, wenn du mir das Land nicht gegeben hättest.«

»Mein Vater wollte nach England zurück. Er konnte es nicht mehr brauchen.«

»Vielleicht. Aber wo Tabak gedeiht, kann man auch Geld verdienen.«

Avenel beugte sich vom Pferd herunter und schüttelte Staples Hand. Er lachte und sagte: »Hüte deine Zunge! Du sprichst viel zu freundlich von einem Tory!«

»Ich schätze, wir werden immer freundlich von den Tories sprechen, nun, da du entschlossen bist, nach London abzureisen.«

»Wenn der Krieg vorüber ist, komme ich vielleicht wieder.« Avenel wandte sich um und blickte auf den blauen Patuxent River, der sich seinen Weg durch das malerische bernsteingelbe und burgunderrote Laub bahnte. »Ich habe mein ganzes Leben hier verbracht. Und ich muß zugeben, daß es schwierig sein wird, ein Engländer zu werden.« Ein leises Lächeln umspielte plötzlich seinen Mund. »Aber du solltest Cumberland sehen! Er stellt schon seine neue Garderobe zusammen – alles vom Feinsten, sage ich dir!«

Beide Männer lachten. Avenel nahm die Zügel auf und trabte in Richtung Satterlee Harbor davon.

»Du gehst besser zurück ins Haus, sonst sind

meine Gewinne verschwunden – in ihren Taschen!« rief er über die Schulter zurück.

»Glückliche Reise, Avenel!« rief Staples und begab sich höchst zufrieden in sein Haus.

Dinbych-y-pysgod
Tenby, Wales
Dezember 1780

Das Mädchen mit dem kastanienbraunen Haar warf einen letzten Blick auf das leere Haus, als ihre Kutsche daran vorbeifuhr. Ein paar Schweine quietschten und rannten von der Straße in ein anderes verlassenes Haus, das daneben stand. Es besaß nicht einmal mehr ein Dach, und auf seinen ausgetretenen Böden lagen Mengen von regendurchweichtem Schutt.

Das kleine mittelalterliche Städtchen Tenby war ihre Heimat. Hier hatten sie und ihre Mutter sich wohlgefühlt. In Tenby warfen die Leute einer alleinstehenden Frau nicht bedeutsame Blicke zu, auch nicht ihrer Tochter, dem schönen dunkelhaarigen Mädchen. Niemand hatte je unangenehme Fragen gestellt – Fragen nach der Vergangenheit, die weder Mutter noch Tochter bereit gewesen wären, zu beantworten.

Die alte, im Grunde trostlose Stadt hieß jeden willkommen.

Aber nun wurde wieder ein Haus verlassen. Wahrscheinlich würde es nie wieder vermietet werden. Bald würden kleine graue Mäuse über die dreckigen Böden huschen, und nichts würde mehr auf längst vergangenes Mädchenlachen hindeuten.

Das Mädchen hatte als Kind dort gespielt und als

junge Frau hier geträumt. Nun machte sie sich auf den Weg nach St. Catherine's Island und Castle Hill. Nicht eine Menschenseele war gekommen, um dem Mädchen zum Abschied nachzuwinken. Aber sie saß noch lange auf ihrem abgewetzten Ledersitz in der Kutsche, und sah, als sie zurückblickte, die Küstenstadt immer kleiner und kleiner werden. Wie sehr sie sie vermissen würde. Sie wandte sich ab, als Tränen in ihre sanften veilchenblauen Augen traten.

Sie war allein, und es gab niemanden, der ihre trostlosen Gedanken hätte zerstreuen können. Natürlich würden andere auf dem Weg nach London noch zusteigen, aber nicht, bevor sie in Carmarthen ankamen.

Sie lehnte sich zurück und schaute durch die schmutzverschmierten Scheiben der Kutsche auf die hügelige Landschaft von Wales. Und sie versuchte sich vorzustellen, was das Leben ihr in Zukunft bringen würde.

Teil I

… ehrenwerte Eva vor dem Fall.

Horace Walpole

I

Osterley Park
Januar 1781

Brienne Morrow erinnerte sich an den Anblick von Osterley, als sie vor einem Monat das Pförtnerhaus passiert hatte. Der große Säulengang trug weiße Griffons auf dem Giebel. Große Steinadler, die jeder eine Natter auf ihrem Rücken trugen, lauerten furchtlos über den Stufen, ihre grauen Granitaugen stets wachsam auf die Ankommenden gerichtet.

Aber jetzt, als sie auf der kalten Steinbank saß und das Haus aus einiger Entfernung betrachtete, fand sie, daß es durch die Gleichförmigkeit der Landschaft noch mächtiger wirkte. Das Schloß erhob sich über eine riesige Ebene und überragte alles.

Brienne wollte einen Spaziergang machen, um sich in der Natur von dem Prunk des Hauses zu erholen. Sie fragte sich, ob es früher einmal ein gemütliches, glückliches Haus gewesen war, obwohl es ihr jetzt nur unheimlich und pompös erschien.

Aber sie hatte nur noch wenige Erinnerungen an Osterley, denn sie waren schon fortgezogen, als sie ein Kind von fünf Jahren gewesen war. Sie entsann sich der Kälte in der Galerie, und sie erinnerte sich an das helle, in Sonnengelb gehaltene Zimmer ihrer Mutter. Dort hatte es immer nach Orangenblüten geduftet – aber Brienne hatte dennoch eine unangenehme Erinnerung an diesen Raum. Sie hatte einmal einen Alptraum gehabt und war in ihrer Not in das Zimmer ihrer Mutter gelaufen, aber ihre Mutter war nicht da gewesen. Dann war die Zofe gekommen und hatte Brienne wieder ins Bett gebracht. Aber die Erklärung der Frau, daß ihre Mutter in einem anderen Zimmer ihren Pflichten nachginge, hatten ihr nur noch mehr Angst eingejagt.

Brienne schaute auf ihre geflickten braunen Handschuhe und schüttelte den Kopf. Trotz ihrer Erinnerungen und der Erzählungen ihrer Mutter, war sie doch völlig unvorbereitet gewesen auf die Größe von Osterley. Sie war überwältigt von dem wundervollen Haus. Und die Tatsache, daß sie im Augenblick außer den Bediensteten die einzige Bewohnerin war, verstärkte diesen Eindruck nur noch mehr. Tag für Tag streifte sie durch die Räume und fühlte sich beim Anblick ihrer Pracht mehr als ein Dienstmädchen, aber nicht als die Tochter von Lord Oliver, dem achten Earl of Laborde. Sie fand, es war eine Ironie des Schicksals, daß sie, klein und schäbig, wie sie sich empfand, der einzige Sprößling und Träger seines Namens war.

Die Geschichten ihrer Mutter waren nicht immer sehr wahrheitsgetreu gewesen, vermutete sie. Brienne rutschte unbehaglich auf der kalten Marmorbank hin und her. Ihre Gedanken wandten sich der Miniatur zu, die sie in einem Geheimfach ihrer Wäschekommode versteckt hatte. Sie hatte das kleine Gemälde direkt nach dem Tod ihrer Mutter gefunden. Es war das Bild eines jungen Mannes mit einem geradezu engelhaft schönen Profil, und es war auf Elfenbein gemalt. Für Brienne war dieser Fund ein Schock gewesen. Denn sie hatte sich seit Jahren gefragt, ob ihre Mutter je die wirkliche Liebe kennengelernt hatte. Sie wußte, daß ihre Mutter den Earl niemals geliebt hatte. Briennes Vater hatte sich als unwürdig erwiesen, geliebt zu werden. Wer aber war dieser schöne, geheimnisvolle Mann auf der Miniatur? fragte sie sich. War er ein entfernter Cousin, der vielleicht heute noch nach ihrer Mutter schmachtete? Oder war er ein Captain zur See, der Grace Morrow nicht vergessen konnte, obwohl er am anderen Ende der Welt lebte?

Brienne klammerte sich an ihre romantischen, kleinen Träume. Irgendwie war es ein Trost für sie, glauben zu können, daß ihre Mutter auch einmal glücklich geliebt hatte. Daß es in ihrem viel zu kurzen Leben nicht nur einen Mann, Oliver Morrow, gegeben hatte, der sie wie ein schmückendes Beiwerk für sein herrliches Osterley benutzte und nicht als eine Frau angesehen hatte, die mit harten Worten und groben Händen verletzt werden konnte. Obwohl Brienne wußte, daß es Folgen gehabt hätte, wenn ihre Mutter ein Verhältnis mit einem anderen Mann gehabt hätte, wollte sie an dieser Idee festhalten. Und tief in ihrem Herzen empfand sie sogar, daß sie eine gewisse Ähnlichkeit mit dem Mann auf dem kleinen Gemälde hatte. Aber vielleicht bildete sie sich das alles auch nur ein. Das einzige, was sie mit Sicherheit wußte, war, daß die Miniatur ihrer Mutter viel bedeutet haben mußte. Sie hatte sie über all die Jahre hinweg aufgehoben und versteckt, und aus diesem Grund empfand Brienne das Bild als einen kostbaren Fund.

Und ihre Suche nach Dingen von Wert war nicht nur wichtig, weil sie Andenken an ihre geliebte Mutter zu finden hoffte, sondern vor allem auch, weil Gläubiger aufgetaucht waren, die für ein längst abgetragenes Kleid für eine vor Ewigkeiten gegessene Schweinelende noch ein paar Pennies haben wollten. Brienne hatte sehr bald gemerkt, daß sie Wales verlassen mußte, weil sie die Schulden, die ihre Mutter gemacht hatte, nicht bezahlen konnte.

In langen, schlaflosen Nächten überkamen sie Zweifel und Ängste. Sie hatte im oberen Zimmer gelegen und auf die verzogenen Dachbalken gestarrt, während sie in ihrer kalten Hand die Miniatur gehalten hatte. Hin und wieder war sie aufgestanden und hatte das Fenster geöffnet, um Luft hereinzulassen. Und endlich hatte sie eine Entscheidung getroffen. Glücklich wurde sie in diesem Haus nicht werden. Sie schauderte bei dem Gedanken, dem Mann begegnen zu müssen, den sie als ihren Vater kannte. Aber sie hatte keine andere Wahl. Sie wußte nicht, wohin sie sonst gehen sollte.

Nachdem sie einmal entschlossen gewesen war, hatte sie sich von den meisten Dingen, die sie liebte, getrennt – dem Schmuck und den wundervollen Kleidern ihrer Mutter und auch den meisten ihrer eigenen, und von all den herrlichen Büchern – den großen Bänden von Shakespeare und Chaucer. Aber es hatte zwei Dinge gegeben, von denen sich Brienne keinesfalls trennen konnte, obwohl sie das Geld so dringend brauchte. Eines war ein goldener Haarkamm mit Amethysten, den sie außer der Miniatur gefunden hatte. Es war eine bittersüße Erinnerung an ihre Mutter. Und der andere ihr so kostbare Besitz war die Miniatur selbst.

Brienne saß ruhig und versonnen auf ihrer Bank. Die Erinnerungen taten weh, und sie war erfüllt von Sehnsucht und Einsamkeit. Nur in einem Punkt hatte sie in der letzten Zeit wirklich Glück gehabt: Ihr Vater hatte sich in dem Monat, den sie nun schon hier war, nicht blicken lassen. Und nach allem, was die Bediensteten redeten, wurde er in nächster Zeit auch nicht erwartet.

Sie war so in ihre Gedanken versunken, daß sie den eleganten Vierspänner, der über die Auffahrt kam, erst bemerkte, als er zum Halten kam. Bevor sie sich von der Bank erheben konnte, war der Anwalt ihres Vaters schon aus der Kutsche gesprungen und kam mit hastigen Schritten auf sie zu.

»Guten Tag«, sagte Brienne von ihrer Bank aus. Sie fragte sich argwöhnisch, was der Grund für diesen unwillkommenen Besuch sein mochte.

»Guten Tag, Lady Brienne. Nein, bitte, bleiben Sie sitzen. Ich werde mich nicht lange aufhalten können.« Der Mann blickte sie mürrisch an. Er hatte eine arrogante Art, mit ihr zu sprechen. »Ich bin gekommen, um Sie darüber zu informieren, daß ich nicht länger der Anwalt Ihres Vaters bin. Er verfügt nicht über ein genügend großes Vermögen, um sich meine Dienste leisten zu können.« Er sah aus, als erwarte er eine Reaktion von ihr, aber sie enttäuschte ihn. Es kam keine.

»Entschuldigen Sie meine Offenheit«, sagte sie schließlich, »aber ich sehe gar nicht die Notwendigkeit, mich darüber zu informieren. Ich habe Ihre Dienste nie in Anspruch genommen.«

»Da gibt es noch etwas anderes. Ihr Vater ist nun schon seit einiger Zeit in Amerika. Er hat gespielt.« Der Anwalt blickte sie an, diesmal wenigstens erwartete er eine Reaktion von ihr. »Er hat viel verloren.«

»Ja?« Brienne blickte zu ihm auf. In ihren Augen konnte man keinerlei Gefühle ablesen.

»Um genau zu sein – er hat alles verloren. Er spielte und verlor Osterley.«

»Aha.« Brienne dachte eine Sekunde oder vielleicht zwei über diese Neuigkeit nach. »Ich werde das Personal darüber informieren. Gibt es etwas Bestimmtes, was ich ihnen mitteilen muß?«

»Verzeihen Sie, Lady Brienne. Ich weiß nicht, ob Sie mich richtig verstanden haben. Ich sagte, der Earl hat Osterley verloren. Sie haben kein Zuhause mehr.«

»Ja, ich habe Sie schon beim ersten Mal richtig verstanden. Und ich bin nicht überrascht. Es sieht meinem Vater ähnlich, Karten zu spielen und solch einen wundervollen Besitz zu verlieren, ohne sich auch nur einen Gedanken darüber zu machen, wessen Leben und Auskommen er damit ruiniert.«

»Der neue Hausherr will, daß die Bediensteten bleiben. In seinem Brief bittet er mich darum, ihnen mitzuteilen, daß er nach seiner Ankunft selbst entscheidet, wen er entlassen will.«

»Und wann meinen Sie, wird das sein?« fragte Brienne gleichgültig, schließlich war sie sicher, daß sie bis dahin schon längst nicht mehr in Osterley sein würde.

»Das ist schwer zu sagen, aber ich schätze, spätestens Ende der Woche, vielleicht schon morgen, nach den Daten zu urteilen, die er in seinem Brief angegeben hat.«

Endlich zeigte Brienne die Regung, die der Anwalt erwartet hatte. Sie starrte ihn ungläubig an.

»Bestimmt machen Sie Witze! Warum wurde ich nicht früher benachrichtigt?«

»Briefe aus den Kolonien kommen oft gar nicht und sehr häufig zu spät an, Mylady. Ich konnte nicht mehr tun, da ich selbst gerade erst die Nachricht davon erhalten habe, daß Ihr Vater mittellos geworden ist.« Der knöcherne Anwalt konnte seine Abscheu nicht verbergen. »Er hat mir seine Vollmachten entzogen und mitgeteilt, wie schwierig es für ihn sein wird, nach England zurückzukehren. Ich fürchte, daß der Krieg und das Fehlen jeglicher finanzieller Mittel ihn in äußerste Verlegenheit gebracht haben, eine Schiffspassage zu buchen.«

»Also, wenigstens das sind gute Nachrichten«, murmelte Brienne leise.

Der Anwalt räusperte sich. »Obwohl ich für meine letzten Tätigkeiten vom Earl noch nicht bezahlt worden bin, habe ich es doch als meine Pflicht angesehen, hierherzufahren und Ihnen meine Hilfe anzubieten. Wenn ich einen Vorschlag machen darf, Mylady, das Haus in Bath ist immer noch im Besitz Ihres Vaters, soviel ich unterrichtet bin. Und ich weiß, daß er ein kleines, einfaches Stadthaus in London hat. Vermutlich wird er sich nach seiner Rückkehr dort niederlassen. Ich bin sicher, daß Sie dort in der Zwischenzeit wohnen können, ohne Einwände Ihres Vaters befürchten zu müssen.«

»Vielleicht hätte er nichts dagegen, aber ich habe es. Ich bin nur für eine befristete Zeit nach Osterley gekommen, um mir von hier aus einen passenden Ort zum Leben zu suchen. Mein Aufenthalt hier wird durch diesen Zwischenfall lediglich verkürzt. Das ist alles.«

»Der neue Hausherr scheint sehr großzügig zu sein. Ich bin sicher, er erlaubt Ihnen hierzubleiben, bis weitere Abmachungen getroffen werden können. Natürlich hätte jedermann Verständnis dafür, wenn Sie es als Demütigung empfinden würden, ein solches Angebot anzunehmen.«

»Demütigung? Warum sollte ich mich gedemütigt fühlen, wenn ich die Freundlichkeit eines Fremden annehme? Die wahre Demütigung ist es, von der Freundlichkeit meines Vaters abhängig zu sein. Meine Mutter konnte ein Lied von dieser Freundlichkeit singen.« Brienne sprach diese letzten Worte mehr für sich und sehr leise aus. Sie wollte nicht mit einem Fremden über diese persönlichen Angelegenheiten reden.

»Also, wenn es Sie nicht stört, Lady Brienne – ich bin sicher, Master Avenel Slane wird Sie bitten, hier zu bleiben, bis Sie eine geeignete Bleibe gefunden haben. Ein solches Arrangement verstößt zwar gegen jeglichen Anstand, aber wenn Sie keine Bedenken haben, wäre das wohl der beste Rat, den ich Ihnen geben kann.«

»Sie können meinem Vater sagen, falls Sie mit ihm Kontakt aufnehmen, daß ich nicht nur die Einladung von Master Slane annehme, wenn er sie ausspricht, sondern daß ich sogar erwäge, eine dauerhafte Stellung im Haushalt des neuen Eigentümers anzunehmen – nur um dem Earl nicht begegnen zu müssen.« Sie lachte und fügte hinzu: »Ja, sagen Sie ihm das. Richten Sie ihm aus, daß ich es vorziehe, als Küchenmagd in Osterley zu arbeiten, um nicht mit ihm in London leben zu müssen. Sie werden es ihm sagen, ja?« Sie blickte mit amüsiert aufblitzenden Augen zu dem Mann auf.

»Ja, Mylady. Wenn es Ihr Wunsch ist.« Er sah sie an, als wäre sie verrückt geworden. Und dann – vielleicht, weil er dachte, ihr Wahnsinn mache sie empfänglich für ihn – ließ er seinen Blick über ihr dichtes kastanienbraunes Haar gleiten. Sie war klein und jung und besaß eine aufreizende Figur. In seinen kleinen, verkniffenen Augen lag eine Einladung, aber Brienne musterte ihn mit steinernem Ausdruck, bis er erkannte, daß ein Flirt mit ihr sinnlos war. Sie hatte ihm gesagt, daß sie willens war, in dem Haus, das nun einem Fremden gehörte, zu bleiben, und ein Angestelltendasein sogar einem respektablem Leben mit ihrem Vater vorzog. Aber sie würde sich niemals einen Liebhaber nehmen. Schnell verabschiedete sich der Anwalt, ohne nochmals sein Mitleid zu bekunden oder ihr Trost zuzusprechen.

Sie wußte, daß sie die Armee von Bediensteten informieren und ihre eigenen Pläne machen mußte, bevor Avenel Slane auftauchte. Brienne erhob sich niedergeschlagen von der Bank. Als sie auf das große Portal zuging und den Hof überquerte, bemerkte sie wieder einmal, wie still alles um sie her war – zu still für ein so riesiges und aufwendig eingerichtetes Haus. Es zeugte davon, daß der Eigentümer hier nicht wohnte – noch nicht.

2

»Sie sitzt schon seit Tagen so da.« Der Lakai schaute zu dem verschnörkelten Stuhl, auf dem Brienne kauerte. In den beiden Kaminen prasselten Feuer, die die kahle Marmorgalerie erwärmten, in der eine Reihe römischer Statuen standen. Brienne starrte in die Flammen, während sie auf den neuen Eigentümer wartete.

Sie hatte wenig Glück gehabt, als sie versucht hatte, das Schloß zu verlassen. Sie bekam für das Geld, das ihr noch geblieben war, keine Kutsche. Im Grunde wußte sie auch gar nicht, wohin sie sich wenden sollte. Nach London zog es sie überhaupt nicht, es war zu groß, und sie kannte keinen Menschen. Außerdem würde sie dort mit Sicherheit ihrem Vater begegnen, wenn er aus Amerika zurückkehrte. Dann gab es noch Bath. Sie wußte, daß in Bath Freunde ihrer Mutter leben mußten, die es der Wasserkuren wegen dorthin zog. Aber wie sollte sie in dieses Städtchen kommen?

Sie stand auf und lächelte den zwei älteren Lakaien zu, als sie zur Haustür ging. Kalter Wind und Regen schlugen ihr ins Gesicht. Und sie hüllte sich fester in ihren Umhang. Sie rannte über den Hof zu dem großen Portal und betrachtete den Weg, über den die Kutsche kommen mußte. Sie spürte, daß irgend jemand sie beobachtete und blickte nach oben zu den Fenstern. Plötzlich lachte sie, als sie das Zimmermädchen Annie entdeckte, das gerade die gelben Vorhänge des Schlafzimmers im ersten Stock schloß.

Alle denken, ich sei verrückt. Sie lächelte bitter.

Und warum auch nicht. Sie hatten das Vergnügen, mit meinem Vater unter einem Dach zu leben. Sie müssen denken, daß alle in dieser Familie verrückt sind. Bei diesem Gedanken lachte sie freudlos und wischte sich die Regentropfen aus dem Gesicht.

Sie war viel zu nervös, um in ihrem Zimmer warten zu können. Und endlich entdeckte sie eine große Kutsche, die durch das Tor fuhr. Ihr Magen zog sich vor Aufregung zusammen, als sie das elegante Fahrzeug näherkommen sah. Das Wappen blitzte trotz des regnerischen, trüben Tages golden auf.

»Also ist er wirklich gekommen!« murmelte sie.

Schnell lief sie durch die große Halle, in der es jetzt sehr geschäftig zuging. Oben in ihrem Schlafzimmer legte sie ihren Umhang ab und griff nach einigen Haarnadeln, die auf dem Tisch lagen. Planlos steckte sie sie in ihr feuchtes Haar und überlegte, welches Kleid angemessen zum Empfang des neuen Hausherrn sei. Es dauerte nicht lange, bis sie sich entschieden hatte. Es war ihr Lieblingskleid, ein rosafarbenes, das zwar nicht mehr ganz der Mode entsprach, aber noch in einem guten Zustand war. Sie ging in das angrenzende Ankleidezimmer zu dem großen Kleiderschrank, um es herauszunehmen, aber zu ihrer Überraschung sah sie einen Zipfel der rosafarbenen Seide um die Ecke huschen.

»Annie, was machen Sie denn da?« fragte sie. Sie lief dem Kleid nach und sah, wie die Magd darin vor dem Spiegel herumtänzelte. Sie hatte Briennes Lieblingsstück halb angezogen. Brienne war sich nicht ganz sicher, ob Annie es nicht mehr geschafft hatte, sich ganz anzuziehen oder ob das Kleid in der Taille zu eng war.

Annie schnellte erschrocken herum. Sie murmelte etwas, aber Brienne konnte die Worte nicht verstehen.

»Sprechen Sie etwas lauter, Annie! Ich wüßte gern, was das zu bedeuten hat«, sagte sie streng.

»Ich werde Sie nicht mehr bedienen, Mylady.«

»Das ist auch gut«, gab Brienne zurück und fragte sich, was in das Mädchen gefahren war. Diese Aufsässigkeit war für ein Dienstmädchen sehr ungewöhnlich, und es wirkte auf sie beunruhigend. »Sie wissen, daß ich nicht mit Personal großgeworden bin, Annie. Ich habe nicht viel von Ihnen verlangt, seit ich hier bin. Aber einfach eins meiner Kleider anzuziehen, ist wirklich ungehörig. Was haben Sie sich dabei gedacht?«

»Sie sind nicht die Tochter unseres neuen Herrn.«

»Natürlich nicht.« Man konnte Brienne ansehen, wie bestürzt sie war. »Aber das erklärt noch immer nicht, warum Sie mein Kleid tragen.« Sie blickte auf Annies üppige Figur. Das Korsett war zwar eng geschnürt, aber sie wußte, daß das Kleid aus allen Nähten platzen würde. »Bitte ziehen Sie es aus.«

»Oh, Mylady, ich habe gehört, daß der neue Eigentümer ein richtiger Mann ist. Und ich möchte ihm zeigen, wie nützlich ich mich machen kann«, flötete das Mädchen und versuchte, Briennes Mitleid zu erregen.

»Sie meinen, Sie wollen ihm die Zeit vertreiben?« fragte Brienne naiv.

»Das wäre immerhin besser, als die Zeit mit einem Stallknecht zu verbringen. Und mit diesem Kleid wird er denken, ich bin eine Lady.«

»Aber Sie haben nicht meine Erlaubnis, es zu tragen.« Brienne blickte Annie mißtrauisch an.

Brienne hatte von ihrem ersten Tag in Osterley an gemerkt, daß Annie eifersüchtig auf sie war.

»Es ist ja nichts passiert!« rief die Magd höhnisch. »Hier!« sagte sie und brachte das Kleid in das gelbe Zimmer. Dann zog sie sich ihr eigenes Kleid wieder über. »Wird nicht wieder geschehen, Mylady. Das verspreche ich Ihnen!« Ohne eine Entschuldigung verließ Annie mit einem selbstgefälligen Lächeln den Raum. Brienne sah ihr verwirrt nach. Irgend etwas war hier im Gange – und vermutlich würde sie den Kürzeren dabei ziehen.

In Gedanken versunken ging Brienne zurück zu ihrem Kleiderschrank und betrachtete die wenigen Kleider, die ihr geblieben waren. Das rosafarbene konnte sie nun nicht mehr anziehen, es war zerknittert. Deshalb nahm sie ein dunkelviolettes Wollkleid heraus und legte es auf ihr Bett. Sie kämmte sich das lange Haar vor einem reich verzierten Pfeilerspiegel und steckte es mit dem Amethyst-Kamm hoch. Sie zog sich das Kleid über ihr Leinenhemdchen und das Korsett und bemerkte gequält, daß ihre eigene Zofe elegantere Unterkleidung trug als sie.

Als sie aus ihrem Zimmer ging, hoffte sie nur, daß sie zwar einfach gekleidet, aber nicht allzu ärmlich wirkte. Sie war nicht sicher, wie sie dem neuen Schloßherrn gegenübertreten sollte. Die ganze Situation war gräßlich. Sie wußte, daß sie bestenfalls erreichen konnte, noch kurze Zeit im Haus bleiben zu dürfen, bis sie etwas anderes gefunden hatte. Und sie konnte nur beten, daß der neue Eigentümer so großzügig war, ihr das zu gestatten.

Als sie die Treppe herunterkam, hörte sie Stimmen aus einem anderen Schlafzimmer. Sie war nicht neugierig, was die Bediensteten miteinander redeten, deshalb ging sie weiter, aber als sie ihren Namen hörte, besann sie sich anders.

»Lady Brienne Morrow wird die Kleider nicht mehr brauchen. Sie hat jetzt kein Zuhause mehr, und sie ist eine Anwärterin für Bedlam. Ich werde schon dafür sorgen, daß der neue Herr die Sache genauso sieht. Schließlich will ja nicht mal ihr eigener Vater etwas mit ihr zu tun haben.« Das war Annies Stimme.

»Bedlam«, flüsterte Brienne und erinnerte sich all der schrecklichen Geschichten, die sie über das Irrenhaus gehört hatte – der Dreck, der Geruch von Fäulnis und die Torturen, die die Patienten erdulden mußten. Sie lächelte grimmig. Sie denken wirklich, daß ich verrückt bin.

»Die hat doch den Teufel in sich«, fuhr Annie fort, die natürlich nicht bemerkt hatte, daß ihre Unterhaltung belauscht wurde. »Ihr Haar riecht so merkwürdig, und ihre komischen Augen ... Wenn ich erst die Mätresse vom Schloßherrn bin, werde ich dafür sorgen, daß sie sie abholen und mitnehmen. Du wirst schon sehen. Ich verfluche den Tag, an dem sie nach Osterley gekommen ist. Es gibt keinen einzigen Mann, den sie nicht verhext hat.«

»Aber keiner der Männer hat Lady Brienne auch nur einmal berührt! Es gibt keinen Grund, neidisch zu sein. Außerdem spinnst du, Annie. Der neue Herr ist gerade erst angekommen. Und schon bildest du dir ein, daß du seine Mätresse wirst und daß du ihm sagen kannst, was er tun soll!« rief die andere Magd mit lauter Stimme.

»Sie ist eine Hexe! Sogar meinen armen alten Jack hat sie verhext, und er ist schon fast selbst verrückt geworden, weil er sie nicht haben kann.«

»Es gibt keine Hexen, Annie.«

»Du würdest so etwas nicht behaupten, wenn du besser Bescheid wüßtest, aber ich kenne die Wahrheit. Und keiner kann mich davon abbringen. Sie ist verrückt mit ihren Spaziergängen im Regen und ihrem nächtelangen Lesen. Es wird gar nicht schwer sein, den neuen Herrn davon zu überzeugen.«

»Vielleicht. Aber bevor du seine Mätresse wirst, müssen wir uns erst mal hübsch machen. Ich bin sicher, daß er uns heute abend noch sehen will. Ich gehe schon mal.« Die andere Magd öffnete die Nebentür des Schlafzimmers, die von den Bediensteten benutzt wurde, und beide Mädchen machten sich auf den Weg in ihre eigenen Zimmer.

Zuerst hatte Brienne das anmaßende Gerede von Annie noch amüsiert, aber am Ende war sie doch ziemlich betroffen. Es stand schon so schlimm um sie, und dieser Klatsch über Bedlam machte sie wütend. Sie wußte natürlich, daß es ziemlich ungewöhnlich für Frauen war zu lesen, aber nicht für Frauen ihres Standes. Und selbstverständlich wurde man davon nicht verrückt. Wenn sie wie eine Besessene bis tief in die Nacht hinein las, dann doch nur, weil sie einsam war und sich langweilte. Niedergeschlagen ging sie weiter. Sie fragte sich, wem der neue Schloßherr Glauben schenken würde – ihr oder Annie.

Die blaßblauen Wände des großen Treppenhauses bildeten einen wundervollen Hintergrund für das Deckengemälde. Brienne blieb stehen und vertiefte sich wie jedesmal andächtig in die Schönheit der Darstellung – »Die Verherrlichung eines Helden«.

Es gehörte zu den Dingen, die sie wirklich in diesem Haus liebte.

»Oh!« Brienne wandte ihre Aufmerksamkeit wieder den Treppenstufen zu und sah sich plötzlich einem kleinen Mann gegenüber, der sie beobachtete. Er war mittelalt und hatte freundliche grüne Augen, und er hatte die prachtvollste bestickte Weste an, die sie je gesehen hatte. Sie war kanariengelb und mit schweren Goldfäden durchwirkt.

»Und wer mögen Sie wohl sein, meine Liebe?« Der ältere Mann machte eine tiefe Verbeugung vor ihr.

»Ich – ich bin Brienne.« Sie starrte auf die kostbare Weste. Es gab für sie keinen Zweifel, daß dies der neue Hausherr war.

»Nun, reizende kleine Brienne, Sie sind nicht zufällig ein Zimmermädchen, oder?« Der Mann nahm ihren Arm und führte sie nach unten. Er war offensichtlich sehr angetan von ihr. »Ich suche die Tochter des Earl, und man hat mir gesagt, daß ich sie oben finden kann. Wissen Sie zufällig, wo Lord Olivers Tochter sich im Moment aufhält?«

Schnell zog sie ihren Arm zurück. Sie wollte verhindern, daß er sah, wie dünn das Wollkleid an den Ellenbogen war. Sie schämte sich, daß man sie offensichtlich für Annie hielt, weil sie so schäbig angezogen war.

»Ich bin die Tochter des Earl«, sagte sie würdevoll. »Ich bin Brienne Morrow.«

Plötzlich blickte der Gentleman sie scharf an. Und auf seiner Stirn bildete sich eine steile Sorgenfalte. »Sie sind die Tochter des Earl?«

»Ja, aber ich kann mein Aussehen erklären. Wissen Sie, ich –« Aber sie wurde unterbrochen.

»Nein, ich fürchte, Mylady, daß nichts ihr Aussehen erklären kann.« Der Mann schenkte ihr ein kleines grimmiges Lächeln und blickte in ihre veilchenblauen Augen. Sie hielt ihre Hände über den Armen verschränkt und wünschte nichts mehr, als daß er ihre durchgescheuerten Ärmel nicht bemerkte. »Also, mein Kind, dagegen können wir im Moment nichts tun, nicht wahr?« Der Mann lächelte ihr etwas wehmütig zu.

Sie dachte, daß er sie hinauswerfen würde, und begann mit der von ihr vorbereiteten Rede. »Wie Sie wahrscheinlich schon wissen, Sir, habe ich bisher hier gewohnt. Ich werde so bald wie möglich hier ausziehen, aber in der Zwischenzeit fände ich es nicht unter meiner Würde, in Ihrem Haushalt mitzuhelfen. Meine Mutter hat mir alles –«

»Meinem Haushalt!« rief der Mann aus. »Mylady, dieses Haus gehört mir nicht!« Er lachte, als habe sie einen Scherz gemacht.

»Nein?« stammelte Brienne. »Aber ich dachte – ich meine, ich habe vermutet –«

»Nein, leider.« Der Mann schüttelte fast verzweifelt den Kopf. »Wie ich es jetzt wünschte! Sehr sogar.«

»Aber wo ist dann der Eigentümer? Ich sollte mit ihm über alles sprechen.« Sie versuchte, ihre Fassung wiederzugewinnen.«

»Er wartet in der Galerie.«

»Ich verstehe«, sagte sie. »Ich vermute, da Sie gekommen sind, um mich zu holen, daß er über meine Situation Bescheid weiß?« Sie blickte ihn scharf an.

»Ja, er hat davon gehört, als er dem Anwalt Ihres Vaters einen Besuch abstattete.«

»Ich hatte gehofft, es ihm selbst erklären zu können.« Sie ließ die Schultern hängen. Nun, da der Eigentümer genügend Zeit gehabt hatte, über ihre Lage nachzudenken, wußte sie, daß sie keine Hoffnung mehr haben konnte. Wahrscheinlich würde es sehr peinlich für ihn sein, die Tochter des früheren Eigentümers im Haus zu haben. Wie nur sollte sie ihn überreden, sie nicht fortzuschicken? Sie wäre gezwungen, nach ihrem Vater zu suchen oder ohne ein Dach über dem Kopf zu sein, und im Grunde würde sie das Letztere vorziehen.

»Würden Sie so freundlich sein und mich zu ihm bringen? Ich vermute, alle fühlen sich besser, wenn diese Sache besprochen ist.« Sie lächelte den freundlichen Mann an, und es tat ihr von Herzen leid, daß er nicht der Eigentümer war.

»Natürlich!« Wieder schaute er sie besorgt an, dann brachte er sie in die Galerie. Sie merkte, daß er plötzlich sehr unsicher wirkte, und fragte sich, ob der neue Besitzer jemand war, dem man besser nicht begegnete.

Sie betraten die Galerie durch die Südtüren. In den beiden Kaminen brannten Feuer, und in der Mitte des langen Raumes war ein Tisch gedeckt. Zwei Lakaien standen an den Türen, und Unterröcke raschelten, als eines der Hausmädchen geschäftig hin und her lief, um alles für den Tee zu richten. Am anderen Ende des Raumes stand ein Mann so weit von all diesen Aktivitäten entfernt, wie nur möglich. Er hatte ihnen den Rücken zugewandt, aber Brienne merkte gleich, daß er das Porträt von Oliver Morrow anschaute – ein Porträt, das sie schon oftmals am Liebsten in den brennenden Kamin geworfen hätte.

Der ältere Mann nahm ihren Arm und schien allen Mut zusammennehmen zu müssen. Er führte sie den langen Weg durch die Galerie, und sie spürte, daß seine Hand ein wenig zitterte. Seine Nervosität steckte sie allmählich an, und sie mußte schlucken, als sie sich dem Fremden näherten.

Das erste, was ihr an dem Mann auffiel, war seine Gestalt. Nicht daß er dick war, ganz im Gegenteil. Sie wußte instinktiv, daß nur feste Muskeln unter der kostbaren Kleidung des Mannes verborgen lagen. Aber er war sehr groß, und seine blauschwarze Seidenbrokat-Weste spannte über den breiten Schultern.

»Slane«, begann ihr Begleiter mit leicht zitternder Stimme. »Ich habe die Tochter des Earl gefunden.«

Der Mann fuhr fort, das Porträt anzustarren. »Bring sie her. Wir haben eine Abmachung. Ich rechne fest damit, daß du dich nicht einmischst.«

»Sie ist hier bei mir, Slane.« Der ältere Mann ließ ihren Arm los und trat zurück. Brienne spürte, wie ihr Mund trocken wurde. Sie fürchtete sich vor dem Moment, in dem sich der Mann umdrehen würde.

Aber der Mann drehte sich nicht sofort um. Zuerst wandte er seine Augen von dem Porträt ab und beugte seinen Kopf, als fürchte er, sie anzusehen. Dann hob er seinen dunklen Schopf und blickte ihr direkt ins Gesicht.

Der Mann, der sie begrüßte, sah eigentlich nicht wie das Ungeheuer aus, das sie erwartet hatte. Er war dunkelhaarig, und seine schmalen Lippen wirkten hart, aber seine Gesichtszüge erschienen eher aristokratisch, von der geraden, klassischen Nase bis hin zu der hohen Stirn. Und dann seine Augen! Sie waren wie zwei blaue Diamanten, die unter dichten schwarzen Wimpern schimmerten. Der kalte Blick wurde zeitweise durch ein Strahlen gemildert, und Brienne fand, daß diese Augen etwas Hypnotisches an sich hatten. Er schien fast erschrocken bei ihrem Anblick, als fände er sie genauso überraschend wie sie ihn. Er starrte sie so lange an, daß sich ihre Hände instinktiv wieder über die Ellenbogen ihres Kleides schoben. Als er sich einen kurzen Augenblick abwandte, zupfte sie an ihrem Kleid.

»Cumberland, würdest du bitte dafür sorgen, daß wir alleingelassen werden?« fragte der Mann unverhohlen.

»Hör mal, Slane, ich habe –«

»Was getan ist, ist getan, Cumberland!« schrie er fast ihren Begleiter an. Diese Grobheit brachte Brienne auf.

Cumberland sah ein, daß er nichts erreichen konnte. Er wandte sich ihr zu. »Ist es Ihnen recht, wenn ich Sie beide einen Moment allein lasse, mein Kind?«

Sie nickte und schenkte ihm ein warmherziges Lächeln. Er sorgte sich um sie, und sie war ihm dankbar dafür. Der Mann konnte ja nicht wissen, daß sie schon seit langer Zeit auf sich selbst aufpaßte. Und er konnte nicht wissen, was ihr bevorstand, wenn sie das Schloß verlassen mußte.

3

»Setzen Sie sich«, forderte der Schloßherr sie auf. Als sie seiner Bitte nicht gleich nachkam, sah er sie an. »Lady Brienne, wenn Sie unbedingt stehen wollen, dann muß ich es auch. Ich ziehe es jedoch vor, zu sitzen, während ich meinen Tee trinke, wenn Sie also so freundlich sein wollen.« Er wies auf einen großen Mahagoniarmlehnstuhl, der mit grünem Seidendamast bezogen war.

Brienne nahm Platz und wartete darauf, daß ihnen der Tee gereicht wurde. Nachdem das Dienstmädchen ihnen eingeschenkt hatte, rollte es den Teewagen neben Brienne und verließ die Galerie. Sie waren jetzt vollkommen allein. Und Brienne wartete nervös.

»Mir ist erst vor kurzem mitgeteilt worden, daß der Earl eine Tochter hat.«

»Ich verkehre kaum in der Gesellschaft«, antwortete sie und gab sich alle Mühe, ihre Unsicherheit hinter einer selbstbewußten Fassade zu verbergen.

»Und warum? Sicher haben Sie die Mittel dazu.« Die kristallfarbenen Augen des Mannes sahen vielsagend auf ihre Brust.

»Aber nicht das Verlangen«, gab sie zurück. Leichte Röte zog über ihre Wangen.

»Haben Sie nie daran gedacht, sich einen Mann zu suchen?«

»Nein.«

»Also, welche Pläne haben Sie für die Zukunft, Mylady?«

Brienne räusperte sich und trank einen Schluck Tee. Er war stark und heiß. »Ich hoffte, nach Bath abreisen zu können, Sir, aber ich bin vorübergehend aufgehalten worden.«

»In Osterley?« Er lächelte boshaft, wie sie fand. »Und was planen Sie, hier zu tun, um sich Ihren Lebensunterhalt zu verdienen? Ich bin nicht Ihr Vater, und er ist nicht mehr der Eigentümer des Besitzes.«

»Das ist mir natürlich bekannt, Sir. Aber im Moment habe ich nicht die Mittel, mir eine andere Bleibe zu suchen. In etwa einer Woche geht die nächste Kutsche. Aber bis dahin hat mich die neue Situation – wie soll ich sagen? – unerwartet getroffen. Meinen Vater kann ich nicht erreichen, und ich habe keine anderen Verwandten.«

»Und Ihre Mutter?«

»Sie ist tot.«

»Ach so. Aber Ihr Vater würde es sicher nicht gern sehen, wenn Sie hierblieben, stimmt's? Wäre es nicht besser, Sie würden bei ihm leben?«

Ihr Verstand arbeitete schnell. Sie wollte nicht über die Unzuverlässigkeit ihres Vaters sprechen, und deshalb würde sie etwas erfinden müssen.

»Mein Vater hat mich aufgegeben, da ich seine Lebensart nicht mag. Meine Mutter teilte meine Gefühle, und ich lebte bei ihr, bis sie starb.«

»In Osterley?«

»Nein, sie starb in Wales, wo wir einen anderen Besitz hatten.« Sie starrte in ihre Teetasse, ehe sie noch einen Schluck trank. Sie war sich nicht sicher, ob er ihr glaubte, aber unter diesen Umständen war es die beste Erklärung, die sie ihm bieten konnte. Es gab keine Veranlassung, ihm die ganze Wahrheit zu sagen, denn dann würde er entweder ihren Vater zwingen, sie bei sich aufzunehmen, oder sie ohne

Gnade auf die Straße setzen. Sie mußte sich zumindest eine geringe Chance bewahren, in diesem Haus bleiben zu können, bis die Kutsche in der Stadt hielt. Über alles Weitere würde sie sich später Gedanken machen.

Der Mann betrachtete sie lange prüfend. Er war offensichtlich nicht zufrieden mit ihrer Antwort, aber sie konnte sich nicht erklären, was ihn so sehr störte.

»Sie lügen.«

Brienne schnappte nach Luft. »Wie kommen Sie darauf, Sir?«

Plötzlich wurde sie ohne Vorwarnung hochgerissen.

»Hier«, sagte er und deutete auf ihre abgewetzten Ärmel. »Erlaubt ein Mann wie Oliver Morrow seiner Tochter, in solchen Fetzen herumzulaufen, nur weil sie mit seiner Lebensweise nicht einverstanden ist?«

»Ich habe meinen Vater schon sehr lange nicht mehr gesehen. Er weiß das nicht.« Er ließ sie los, und Brienne sank in ihren Sessel zurück. »Ich möchte Sie nicht mit meinen Familienangelegenheiten belasten. Ich möchte nur sehr gern noch ein paar Tage in Osterley bleiben, bis ich alle nötigen Vorkehrungen für meine Abreise getroffen habe. Es ist mein Zuhause. Ich hänge sehr daran.«

»Sie sagen wieder nicht die Wahrheit. Ich weiß, daß Sie sich erst seit einem Monat hier aufhalten. Davor wußte man nicht einmal etwas von Ihrer Existenz. Erklären Sie mir das, wenn Sie können.«

Sie war diesem Mann keine Rechenschaft schuldig. Wütend stand sie auf und blickte ihn an. »Ich bitte lediglich um eine kurze Frist. Schließlich haben Sie und mein Vater mich in diese Verlegenheit gebracht. Aber wenn Sie mich nicht im Haus haben möchten, sagen Sie es mir nur, und ich werde sofort ausziehen. Meine Vergangenheit und meine Beziehung zu meinem Vater gehen Sie nicht das Geringste an.« Ihre blauen Augen flackerten vor Zorn, und sie wußte, daß ihre Wangen rot waren.

»Es gibt keinen Grund, sich aufzuregen, Lady Brienne.« Er ließ sich nieder. Seine langen Beine steckte er lässig aus, man merkte ihm aber dennoch an, daß er aufgewühlt und wütend war. »Sie können hierbleiben, wenn Sie möchten. Ich bestehe sogar darauf.«

»Haben Sie vielen Dank.« Sie sah ihn aufmerksam an. Der unerwartete Stimmungsumschwung des Schloßherrn brachte sie aus der Fassung. »Seien Sie versichert, daß ich mich nützlich machen werde. Ich weiß, wie man ein Haus wie Osterley führt. Meine Mutter war eine wundervolle Lehrerin für mich.«

»Ja. Marie Antoinette liebt auch das einfache Leben. Ich vermute, Ihre Mutter war wie sie.«

»Ja, sie kümmerte sich gern um den Haushalt. Sie fand es … amüsant.«

»Aber da gibt es doch einen Unterschied, Mylady, oder nicht? Ich bin überrascht, daß Sie es nicht selbst bemerkt haben.«

»Und was meinen Sie?«

»Die Königin trägt keine solchen Fetzen; und ihre Hände sind nicht schwielig von der Arbeit …«

Verärgert ballte Brienne die Hände zu Fäusten, damit er ihre Handflächen nicht mehr sehen konnte. »Ich lasse mich nicht in die Ecke drängen. Wenn es Ihnen lediglich um die Befriedigung Ihrer

Neugier geht, werde ich das Haus sofort verlassen.« Sie stand auf und wandte sich zum Gehen. Sie würde sich von diesem Mann nicht dazu verleiten lassen, über ihren Vater zu sprechen.

»Nein!« Seine Stimme hielt sie zurück. »Sie werden nicht gehen, Lady Brienne. Wie ich bereits gesagt habe, bestehe ich auf Ihrem Bleiben. Sie werden, um genau zu sein, bleiben, bis Ihr Vater uns besucht.«

Brienne wurde weiß wie die Wand. Warum sollte er wünschen, daß der Earl nach Osterley Park kam? Oliver Morrow war mit Sicherheit außer sich vor Wut, weil er seinen Besitz beim Spiel verloren hatte. Sie konnte ihr Leben darauf verwetten, daß ein Treffen zwischen diesen beiden Männern tödlich ausgehen würde. Sie wandte sich um, um ihm ins Gesicht zu sehen. Aber sie konnte den verschleierten Blick, mit dem er sie betrachtete, nicht deuten. Endlich fand sie ihre Sprache wieder.

»Ich werde nicht hierbleiben. Und Sie sollten auch nicht darauf bestehen. Sie scheinen zu vergessen, daß ich die Tochter eines Earl bin, und Sie sind noch nicht einmal ein Junker. Sie können mich nicht zwingen, hierzubleiben.« Sie durfte ihn nicht wissen lassen, daß sie die Aussicht auf einen Besuch ihres Vaters in Panik versetzte. »Ich werde mit einem Ihrer Sorte nicht unter demselben Dach leben!«

»Und was hat diese entschiedene Ansicht bewirkt, Mylady?« fragte er überlegen lächelnd.

»Sie haben keine Manieren«, sprudelte sie heiser, da ihr im Moment nichts anderes einfiel. Sie war sich im Klaren, daß diese Antwort mehr als lächerlich war, aber die Worte waren bereits ausgesprochen.

Er lachte. »Ich habe keine Manieren?« Sein Lachen wurde noch lauter. »Wie kommen Sie darauf?«

»Sie – Sie –« Brienne suchte nach den rechten Worten. »Sie haben versäumt, sich vorzustellen, und Sie haben mich eine Lügnerin genannt.«

Sein Gelächter verstummte, als er ihre aufgeregt leuchtenden Augen und ihre verachtungsvoll verzogenen süßen Lippen betrachtete. »Aber Sie sind eine Lügnerin, Mylady«, entgegnete er schlicht. »Doch aus welchem Grund Sie mir die Wahrheit verschweigen, weiß ich nicht. Und ich habe weder die Zeit noch den Wunsch, mich damit auseinanderzusetzen.«

Er trat auf sie zu und nahm sie beim Arm. Dann zog er sie zu seinem Platz. Brienne versuchte sich loszureißen, aber sein Griff war fest wie Stahl, und im nächsten Augenblick saß sie auf seinem Schoß. Sein Arm umfaßte unerbittlich ihre Taille.

»Lassen Sie mich sofort los!« forderte sie; ihre Wut überstieg noch die Angst. Sie wehrte sich gegen ihn, aber er hielt sie nur noch fester umschlungen.

»Ich war nachlässig bei unserer Begrüßung, Lady Brienne.« Sie gab ihre Versuche auf, sich aus seiner Umklammerung zu winden, und seine Berührung wurde sanfter. Sie war überrascht, daß ein Mann sie so gewaltsam und zugleich so zärtlich halten konnte.

»Ich bin Avenel Slane«, sagte er. Mit einer Hand fuhr er ihr über die zarte Wange und bis zu der zarten Halsbeuge. Diese warme Berührung kam völlig unerwartet, und Brienne konnte selbst kaum glauben, wie wohl ihr diese Zärtlichkeit tat. Dennoch versuchte sie, nüchtern zu bleiben und sich aus seiner Umarmung zu befreien. Als sie sich umdrehte, um ihn zur Rede zu stellen, sah er ihr fest in die Augen, und sie wurde ruhiger. Sie versuchte seinen Blick zu ergründen. Was drückte er aus – Schmerz, Verlangen, Haß? Sie merkte es kaum, als sich seine beiden Hände warm und fest um ihr zartes Gesicht legten. Er war ihr sehr nahe, und sie spürte seinen Atem auf ihrer Wange.

»Und Sie, meine seltsame Schöne, sind Brienne Morrow.« Nach diesen Worten legten sich seine Lippen auf ihre. Ihre Wärme war berauschend, und sie war ganz gefangengenommen von einem ihr bisher unbekannten Gefühl.

Aber so schnell es begonnen hatte, war es auch schon vorüber. Er entzog ihr seine Lippen und musterte sie kalt und unbeteiligt. Es dauerte einen Moment, bis sie ihre Haltung wiedergewann, aber sobald sie begriff, was geschehen war, nahm sie ihren Kampf wieder auf. Voller Scham registrierte sie, daß er gewagt hatte, was sie ihm niemals freiwillig zugestanden hätte.

Das war die schlimmste Beleidigung, die sie sich vorstellen konnte. Sie schlug ihm fest ins Gesicht. Tränen traten in ihre Augen, und sie versuchte, ihm zu entkommen. Aber wieder zog er sie an sich, und diesmal sehr grob. Er bedachte sie mit einem mörderischen Blick – seine kalten, leidenschaftslosen Augen funkelten vor Zorn.

»Sie haben das einmal getan, Mylady. Aber Sie werden es nie wieder tun. Ich lasse mich von keiner Morrow schlagen.« Mit diesen Worten stieß er sie von sich, ohne sich von ihren Tränen beeindrucken zu lassen.

»Es wird kein zweites Mal geben!« schrie sie und dachte dabei an den Kuß. Sie wischte sich die Tränen von den Wangen und ärgerte sich, daß er sie so schwach sah. »Ich würde eher in einem Stall leben als hier mit Ihnen!« Sie drehte sich um und lief hinaus. Nichts wollte sie mehr, als ihre paar Habseligkeiten zusammenpacken, damit sie Osterley Park und Avenel Slane den Rücken kehren konnte.

Aber bevor sie außer Reichweite war, hörte sie noch seine spöttischen Worte: »Diese Gelegenheit dürften Sie noch bekommen, Mylady.«

4

»Sie ist nicht so, wie ich sie mir vorgestellt habe.« Cumberland wischte sich mit seinem Taschentuch über die Stirn. Trotz des feuchtkalten Tages schwitzte er. Er hustete, um Aufmerksamkeit zu erregen, aber Avenel blickte unverwandt aus dem Fenster der Galerie.

Avenel stand vollkommen still, nur ein Muskel an seiner Wange zuckte.

»Ich bin nicht sicher, ob ich dir noch zustimme«, fuhr Cumberland fort. »Sie ist nicht die Frau, die ich erwartet habe. Ich habe mit ihr gesprochen, Slane. Sie ist ein liebenswerter Mensch.«

»Sie ist die Tochter ihres Vaters«, gab Avenel zurück, ohne sich von der Stelle zu rühren.

»Ja, aber sie hat auch das Blut ihrer Mutter in sich. Und ich wage zu behaupten, daß die junge Frau ihrem Vater ganz und gar nicht ähnlich ist. Solche Farben – die violetten Augen und das dunkelrote Haar – habe ich noch nie gesehen. Niemals wäre ich auf die Idee gekommen, daß sie die Tochter des Earl ist.«

»Verdammt sei ihre Mutter! Verdammt sei ihre Schönheit!« Endlich blickte Avenel seinen Freund an. »Solange ihr Name Morrow ist, verfluche ich sie.«

Als Cumberland das hörte, sank er auf einen der Stühle und starrte tief in Gedanken versunken auf den Boden. Schließlich sprach er, und er wählte jedes Wort sorgfältig und sehr bedacht. »Ich bin nun schon seit zwanzig Jahren mit dir zusammen, Slane. Wir sind durch dick und durch dünn gegangen und zusammen zu großem Wohlstand gekommen. Es gab auch Zeiten, in denen wir nichts hatten. Du weißt, ich war nichts weiter als ein einfacher Bootsmann auf dem Schiff. Aber du, du warst von Adel. Dein Bruder war ein Viscount, und dein Vater ..., verdammt noch mal, ich vertraue dir mehr als meiner eigenen Mutter, aber ich bin nicht sicher, ob du diesmal richtig handelst.«

Avenel drehte sich um und blickte ihn scharf an. »Es ist mir egal, ob ich auf dich zählen kann oder nicht.«

»Aber du kannst ja auf mich zählen«, antwortete Cumberland schlicht und wischte sich wieder über die Stirn. »Ich habe nicht vergessen, was wir zusammen durchgemacht haben. Und ich werde es nicht vergessen, solange ich lebe. Es ist nicht die Frage, ob du dich auf mich verlassen kannst, Slane. Es ist nur, daß sie so jung ist.«

»Und was war mit Christopher? Er war jung, jünger noch, als sie es jetzt ist. Dieser Bastard hat keinen Augenblick daran gedacht, meinen Bruder zu verschonen.« Avenel wandte sich dem Porträt von Oliver Morrow zu. Zornig blitzte er das Bild des Mannes in dem goldenen Rahmen an. »Warum sollte ich so edel sein und darüber nachdenken, sie zu verschonen? Alle Kinder müssen für die Sünden ihrer Väter zahlen. Sie wird wenigstens noch ihr Leben zu leben haben, wenn ich mit ihm abgerechnet habe. Das ist mehr, als er für uns getan hat, mein guter Freund – und viel mehr noch, als er für Christopher getan hat. Du solltest einverstanden sein mit dem, was ich tun werde, aber du siehst aus wie ein vorwurfsvoller alter Mann.«

»Es ist ja nicht so, daß ich irgend etwas vergessen habe. Ich trage dieselben Narben!« Cumberland erhob sich. »Ich werde dem Earl niemals vergeben, und das weißt du. Aber was weiß seine Tochter schon von seinen Greueltaten? Warum muß sie dafür büßen?«

»Ich wußte bis vor kurzem nicht, daß er eine Tochter hat. Ich hatte also auch gar nichts geplant! Aber sie existiert, und sie ist hier. Dies ist die Gelegenheit, auf die wir gewartet haben, und wir werden das Beste daraus machen. Es wird die ganze Sache schneller zu einem Ende bringen, als wir je hoffen konnten.« Avenel seufzte erschöpft. »Wie du sagtest, es waren zwanzig lange Jahre. Jahre voller zermürbender Arbeit auf den Tabakplantagen von Maryland. Jahre, in denen wir unsere Fähigkeiten schulten und unser Geld horteten, nur um sicherzugehen, daß wir uns an dieser Bestie rächen können, die jeden Tag unseres Lebens zur Hölle gemacht hat. Jede Möglichkeit, die ich finden kann, um diese

Farce zu beenden, ist seinen Preis wert. Ich bin es leid, mein Freund.«

»Ja, und ich bin es auch leid. Ich werde mich nicht gegen dich stellen, Slane.« Cumberland schüttelte müde seinen Kopf. »Wir haben zuviel zusammen durchgemacht, und du bist für mich wie ein Sohn. Aber ich sage dir trotzdem, daß ich dir nicht dabei helfen werde, das Mädchen zu vernichten.«

Avenel sah seinen älteren Freund an. Es war offensichtlich, daß er sich betrogen fühlte. »Hat sie dich schon für sich eingenommen?«

»Es ist nicht nur ihre Schönheit, Slane. Sie hat einen anständigen Kern, das habe ich gleich gespürt. Sie ist unschuldig und kann nichts für das Handeln ihres Vaters.«

»Sie ist eine Morrow.« Avenel starrte wieder aus dem Fenster.

»Sie hat ein gutes Herz.«

»Ja«, gab er zynisch zurück, »und wenn wir in der Lage wären, es herauszuschneiden, würden wir feststellen, daß es wahnsinnig und grausam ist, wie das ihres Vaters.«

Cumberland strich sich seine Weste glatt und steckte das Taschentuch wieder ein. »Wo ist sie jetzt?«

»Sie packt sicher, weil sie uns verlassen will.«

»Aha. Aber ich vermute, das bedeutet nicht, daß du dir ein Herz gefaßt hast und sie gehen lassen wirst?« Er sah Avenel an, aber er erwartete im Grunde keine Antwort. Als keine kam, ging er zur Tür der Galerie. »Ich werde deinen Plan nicht durchkreuzen, Slane. Du hattest so oft recht, und deshalb wage ich nicht, nach meinem eigenen Urteil zu handeln. Aber ich mache nicht mit. Ich will, daß du das weißt. Es wird auch einmal so sein, daß du dich täuschst, und ich bete zu Gott, daß es nicht jetzt schon so weit ist.«

Er blieb zögernd an der Tür stehen und sah seinen Freund an. Avenel stand reglos am Fenster, und Cumberland kannte ihn gut genug, um zu wissen, wie wütend er war.

Es war schauderhaft, sich vorzustellen, daß diese süße, veilchenäugige Schönheit Gegenstand seines Zorns war. »Es könnte sein, daß sie dich besiegt, mein Freund«, sagte er noch, ehe er den Raum verließ. Aber Avenel reagierte nicht auf seine Worte. Er starrte weiter aus dem Fenster auf die allmählich dunkel werdenden Felder.

Wütend stopfte Brienne ihre paar Habseligkeiten in die Tasche; es kümmerte sie nicht, daß ihre Wäsche zerknittern würde. Sie wollte nichts weiter, als noch in dieser Stunde das Schloß verlassen. Mit Schwung riß sie ihren Kleiderschrank auf, um ihre wenigen Kleider einzupacken.

Aber sie blieb wie erstarrt davor stehen. Ihr rosafarbenes Lieblingskleid hing in einem erbärmlichen Zustand an einem Haken. Es war zerrissen und völlig ruiniert. Langsam zog sie es aus dem großen Schrank und betrachtete die Risse in der weichen Seide. Sie wußte natürlich, wer dafür verantwortlich war. Annie war zu feige gewesen, es zu stehlen, aber nicht feige genug, um sicherzustellen, daß Brienne es nicht mehr tragen konnte. Sie warf das Kleid aufs Bett.

Wehmütig dachte Brienne an den Tag, an dem sie das Kleid zum ersten Mal getragen hatte. Sie und ihre Mutter waren zu dem Jahrmarkt nach Tenby gegangen. Sie hatten süßen Zitronensaft getrunken und sich vergnügt mit den älteren Nachbarn unterhalten, mit den Thomas'. Den Tag hatten sie mit einem Spaziergang zu den alten Mauern der Küstenstadt beendet und den Jungen zugesehen, die mit ihren nackten, sonnengebräunten Körpern von den Zinnen der Schloßruine in das blaue Wasser gesprungen waren. Sie hatte mit unschuldigen Augen das Schauspiel verfolgt, bis ihre Mutter sie bat, wegzuschauen.

Mit neuerwachtem Zorn stopfte Brienne ihre restlichen Sachen in die Tasche. Jetzt fehlten nur noch die zwei Dinge, an denen sie so sehr hing. Sie öffnete die dritte Schublade der Kommode und drehte an dem kleinen Scharnier. Sofort sprang das Geheimfach auf, in dem sie die Miniatur und ihren Kamm versteckt hielt. Sie zog den Kamm heraus und schaute ihn an. Sie wußte, daß sie einen guten Preis dafür bekommen würde.

Sie legte das mit Edelsteinen besetzte Schmuckstück sorgfältig in ein Tuch und dachte an den Tag, an dem der Earl unangemeldet in dem kleinen Haus in der Nähe von London erschienen war, in dem sie und ihre Mutter nach ihrer Flucht aus Osterley zunächst wohnten. Obwohl ihre Mutter alle möglichen Vorsichtsmaßnahmen getroffen hatte, damit Oliver Morrow sie nicht finden konnte, war er nach Jahren plötzlich dort aufgetaucht.

Zuerst war sie begeistert gewesen von ihrem Vater, der groß und stark war. Die Angst ihrer Mutter hatte ihr nichts ausgemacht. Sie war einfach glücklich gewesen, wenigstens für ein paar Stunden das genießen zu können, was andere Kinder immer hatten: einen Vater. Aber nach einer Weile hatte ihr

Vater sie auf seinen Schoß genommen und sie berührt – harmlos zunächst – nur an den Schultern. Dann hatte er ihr einen Kuß auf die Wange gegeben.

Aber irgend etwas war nicht in Ordnung gewesen mit seinen Zärtlichkeiten, und bald hatte sie sich ebenso unbehaglich wie ihre Mutter gefühlt. Zu ihrem Entsetzen hatte seine Hand plötzlich ihre kleinen, mädchenhaften Brüste umschlossen. Ihre Mutter hatte aufgeschrien, als sie es gesehen hatte, und der Earl hatte Brienne wütend von seinem Schoß gestoßen, bevor er sich erhoben und ihre Mutter halb bewußtlos geschlagen hatte.

»Du hast ihn mir gestohlen. Würdest du ihn gegen die Unschuld Deiner Tochter eintauschen?« hatte Oliver Morrow außer sich vor Zorn gerufen.

»Ich habe ihn nicht«, war die Antwort ihrer Mutter gewesen.

»Mein Beweis! Es ist der einzige Beweis!« Er hatte ihre Mutter wieder geschlagen. Und am Ende hatte er sie mit sich nach oben gezogen. Brienne hatte die leisen, verzweifelten Schluchzer ihrer Mutter aus dem Schlafzimmer gehört. Sie hatte sich in einer Ecke hinter einer der Vitrinen versteckt. Als der Earl die Treppe heruntergekommen war und seinen Kutscher angewiesen hatte, ihn nach London zu bringen, war sie noch eine ganze Weile verängstigt dort geblieben, bis es ihrer Mutter gelungen war, sie hervorzulocken. Sie waren wieder und wieder umgezogen, bis sie endlich ihren Frieden in Tenby gefunden hatten. Aber ein Klopfen an der Tür reichte auch heute noch aus, um an ihren Nerven zu zerren. Und die letzten Worte des Earl klangen immer noch grauenhaft in ihr nach: »Brienne, mein Liebling, eines Tages werde ich euch beide haben.«

Sie war jetzt neunzehn. Alt genug, um zu wissen, welche Rechte ein Ehemann an seiner Frau hatte. Aber für sie war das alles gleichzusetzen mit Vergewaltigung. Ihre Mutter war wegen des Kammes vergewaltigt worden, den sie nun in ihrer Hand hielt. Es war der alte, schöne Haarkamm, den sie zusammen mit der Miniatur in Tenby entdeckt hatte. Brienne drehte ihn in ihrer Hand hin und her, als ob sie dadurch ein Geheimnis lüften könnte. Aber es nützte nichts. Er würde ein paar Pfund bringen, besonders da er das Wappen der Labordes auf der Rückseite trug und die Initialen QE. Aber sie würde nie verstehen, warum ihre Mutter diesen hohen Preis gezahlt hatte, um den Kamm nicht an den Earl ausliefern zu müssen. In vielerlei Hinsicht hatte Brienne das Gefühl, daß sie besser dran wäre, wenn sie den Kamm loswurde.

Sie haßte all diese schrecklichen Erinnerungen und packte deshalb die Dinge schnell in ihr Tuch und legte sie vorsichtig oben in die Tasche, damit sie nicht Schaden nehmen konnten. Sie wollte keine weitere Zeit verlieren, Osterley den Rücken zu kehren. Sie schlich durch die Tür, ohne daß ein Lakai ihren Weggang bemerkte. Sie ließ Osterley und ihre ganze Vergangenheit hinter sich.

Sie schmiedete Pläne für ihr neues Leben. Bestimmt würde sie für den Kamm genug Geld bekommen, um sich die Kutsche nach Bath leisten zu können. Wenn sie Glück hatte, würde sie in einer Buchhandlung eine Anstellung finden. Ihre Gedanken kreisten um ihre neue Freiheit, und deshalb bemerkte sie die zwei Männer nicht, die an dem Pförtnerhaus nur auf sie zu warten schienen. Sie blieb vor den verschlossenen Toren stehen und sah die beiden mißtrauisch an.

»Bitte öffnen Sie die Tore«, forderte sie den Mann auf, der ihr am nächsten stand. Sie zog ihren Umhang enger um sich, um sich besser vor der Kälte und den Blicken der Männer zu schützen.

»Sie ist doch nicht zufällig die mit den veilchenblauen Augen, was meinst du, Hans?« Der Mann, ein blonder Riese, trat aus dem Pförtnerhaus und ging auf sie zu. Brienne senkte ihre Lider und trat beiseite, aber der Riese pfiff durch die Zähne, als er dicht vor ihr stand.

»Wenn ich es nicht mit eigenen Augen sehen würde, könnte ich es nicht glauben. Hans!« rief er seinem Freund zu.

Ein zweiter großgewachsener Mann kam aus dem Pförtnerhaus. Er war ebenso blond, trug aber einen Bart, der leicht rötlich war.

»Sie hat sie, genau, wie Slane gesagt hat.« Der Mann namens Hans blickte in ihre Augen und trat einen Schritt zurück.

»So was habe ich noch nie gesehen. Also wohin wollen Sie, Brienne Morrow?«

Sie versuchte, ihre Überraschung darüber, daß sie ihren Namen kannten, zu verbergen.

»Ich werde Osterley verlassen. Bitte öffnen Sie die Tore!« befahl sie nun ziemlich schroff. Sie wußte nicht recht, was sie von diesen beiden Hünen aus dem Norden halten sollte.

»Master Slane hat das Gegenteil befohlen.« Der Mann mit dem rasierten Kinn trat zurück ins Pförtnerhaus.

»Es wird keine Konsequenzen für Sie haben. Ich fordere Sie nochmals dazu auf, die Tore zu öffnen.« Daß die Tore immer noch geschlossen waren, machte ihr noch keine großen Sorgen. Ihre Freiheit war so greifbar nahe, und sie konnte sich nicht vorstellen, daß die beiden Männer ihrem Wunsch nicht nachkommen würden. Als weder der eine noch der andere Anstalten machte, sich den Toren zu nähern, ging sie selbst hin und versuchte sie zu öffnen. Aber sie gaben nicht nach.

»Ich werde nicht hierbleiben!« rief sie und legte ihre Tasche auf den Boden, um mit beiden Händen an den Toren zu rütteln.

Nachdem der Mann mit dem Bart ihrem sinnlosen Versuch ein paar Minuten zugesehen hatte, trat er auf sie zu.

»Es ist unmöglich, Mylady. Master Slane bittet Sie, nicht zu gehen, und wir richten uns nach seinen Anordnungen.«

»Master Slane, ja?« zischte sie wütend. »Na gut, es gibt noch andere Möglichkeiten, das Grundstück zu verlassen!« Mit diesen Worten lief sie an die eine Seite des Tores und versuchte, ihre Tasche über den Zaun zu werfen. Ihr erster Versuch mißlang. Aber der zweite glückte. Die Tasche landete mit einem dumpfen Schlag auf der anderen Seite der Einfriedung.

Sie musterte die beiden Riesen, die das Pförtnerhaus verlassen hatten und ihr verunsichert bei ihrem Fluchtversuch zusahen. Beide waren offensichtlich nicht an wütende Frauen gewöhnt. Das war ihre Chance. Wie der Blitz lief sie am Zaun entlang durch die offenen Türen des Pförtnerhauses. Sie hatte schon fast ihr Gepäck erreicht, als sie hochgerissen wurde. Zwei große Hände hatten sich um ihre Taille gelegt, und sie wußte, daß es unmöglich sein würde, sich aus diesem Griff zu befreien.

Hans trug sie durchs Pförtnerhaus, und beide

Männer führten sie zum Haus zurück. Keiner von beiden wagte es, zu sprechen. Die Blicke, die Brienne ihnen zuwarf, sprühten vor Zorn.

Als sie das Haus erreichten, hing ihr Umhang naß um ihren fröstelnden Körper, und der Saum ihres Kleides war feucht und schlammverschmiert. Sogar ihr Haar war durchnäßt von dem feuchten Nebel, der über der Landschaft hing. In diesem Zustand wurde sie in der Galerie von Osterley wie ein Stück Gepäck abgesetzt.

Nach einem kurzen Nicken von Avenel Slane ließen die beiden blonden Riesen Brienne und ihn allein. Slane saß behaglich am Kamin unter dem Porträt des Earl, den Brienne so sehr haßte. Sie stand vor ihm wie ein halbertrunkenes Kätzchen.

»Ich werde nicht hierbleiben, lassen Sie mich gehen. Ich kann mir keinen Grund vorstellen, warum Sie mich hierbehalten wollen – außer vielleicht, daß Sie mich als Köder für meinen Vater benutzen wollen. Ich kann Ihnen versichern«, meinte sie und holte tief Luft, »daß Sie damit keinen Erfolg haben werden. Ich weigere mich zu bleiben, und mein Vater wird sich weigern zu kommen.«

»Warum kommen Sie nicht näher ans Feuer, Lady Brienne, und wärmen sich etwas auf, damit Sie sich nicht erkälten.«

»Ihre hünenhaften Wachen können nicht überall zur selben Zeit sein. Ich werde schon eine Möglichkeit finden, das Haus zu verlassen, wenn Sie sich weiterhin weigern, mich freiwillig gehen zu lassen«, verkündigte sie.

»Nun beruhigen Sie sich erst einmal. Oben gibt es für Sie ein schönes Schlafzimmer. Sie haben es hier warm und gemütlich. Warum sind Sie nur so böse?« Er streckte seine langen Beine vor dem Feuer aus und nahm lässig einen Schluck aus dem Whiskyglas. Plötzlich tauchte vor ihrem geistigen Auge ein Bild von diesem Mann auf, wie er seine Lippen auf ihre legt und Gefühle in ihr hervorrief, die sie niemals zulassen wollte.

Unbewußt fuhr sie sich mit den Fingern über die Lippen. Sie wich unwillkürlich einen Schritt zurück.

»Ich werde nicht mit Ihnen zusammen in einem Haus wohnen, egal wie groß und luxuriös es auch ist. Ich muß fort!«

»Aber Sie werden nicht fortgehen!« Plötzlich erhob er sich und kam auf sie zu. Brienne wußte, daß sie sich ihm stellen mußte. Aber sie hatte keine Ahnung, wie sie vorgehen sollte. Körperlich war sie ihm natürlich unterlegen, und deshalb blickte sie herausfordernd in seine kalten Augen und wiederholte: »Ich werde nicht in diesem Haus bleiben!«

»Dann bleiben Sie eben in den Stallungen.« Er sah sie kalt lächelnd an und wies in eine dunkle Ecke des Raumes. »Cumberland wird Ihnen Ihr neues Reich zeigen, Cinderella.«

Cumberland stand sofort auf und trat auf sie zu. Sein Blick wirkte sehr traurig.

»Und vergessen Sie Ihr Ballkleid nicht.« Mit diesen Worten hob Avenel ihr zerrissenes rosafarbenes Kleid von einem Stuhl. »Jetzt wissen wir, warum sie in ihren abgetragenen Fetzen herumläuft, Cumberland. Sie hat mit einem Messer ihr einziges anständiges Kleid ruiniert.« Er warf ihr das nutzlose rosafarbene Seidenkleid zu und ließ ein tiefes, böses Lachen ertönen. »Vielleicht ist sie wirklich verrückt, wie alle sagen.«

Fassungslos ließ sie sich hinausführen. Aber an der Tür warf sie einen Blick zurück und sagte: »Vielleicht ist es besser, bei den Pferden zu sein. Wenigstens sind es warmblütige Kreaturen und nicht so kalt und gemein, wie Sie! Ich kann mir nicht vorstellen, daß es etwas gibt, das Ihr Herz erwärmen könnte.«

Sie erlaubte Cumberland, seinen Arm um ihre zitternden Schultern zu legen, und merkte nicht, daß Avenel ihrer durchnäßten, zierlichen Gestalt nachschaute. Seine Worte hörte sie auch nicht, als er spöttisch murmelte: »Vielleicht gibt es doch etwas, Mylady.«

5

»Warum tut er das?« Brienne klammerte sich an Cumberlands Arm, als sie auf die Ställe zugingen. Es war dunkel. Das riesige Gebäude lag leer und still vor ihnen, und außer dem einsamen Wiehern von den paar Pferden, die heute angekommen waren, hörte man keinen Laut. »Was nütze ich ihm?« Sie stolperte über einen Stein und verstärkte ihren Griff um Cumberlands Arm. »Sie müssen mir sagen, was er von mir erwartet.«

»Er erwartet nichts, Mylady.« Cumberland führte sie um eine kleine Regenpfütze herum. »Wenn er etwas will, nimmt er es sich – diese Charaktereigenschaft werden Sie selbst an ihm kennenlernen.«

»Ich werde nichts dergleichen kennenlernen! Ich

werde noch heute Nacht den Besitz verlassen! Der neue Schloßherr ist verrückt. Sicher wissen Sie das selbst!« Sie sah den kleinen Mann an, und als sie keine Zustimmung in seinen Augen sah, flehte sie: »Sie können mir helfen. Ich könnte die Kutsche und die Pferde nehmen und am Morgen zurückbringen. Ich würde ihm nichts stehlen.«

»Nein, Mylady«, war alles, was der alte Mann sagte, als er sie mit einer Lampe in der Hand durch die Haupttür in den Stall führte.

»Ist es schwierig, die Pferde anzuschirren? Vielleicht könnten Sie mir dabei helfen. Ich würde mich auch als Stallbursche verkleiden, damit mich die beiden Wachmänner nicht erkennen.«

»Das würde nichts nützen. Sie wissen, daß die Stallknechte noch nicht angekommen sind.«

»Aber ich könnte einen anderen Weg nehmen.«

»Ein solches Unternehmen würde kein gutes Ende nehmen, Lady Brienne.« Cumberland schüttelte den Kopf. »Ich kann Ihnen nicht helfen.«

Plötzlich riß sie sich von ihm los und sah ihn an, als hätte er sie geschlagen. »Sie sind also auf seiner Seite? Ich dachte, Sie seien ein Gentleman, ein Mann mit edler, vornehmer Gesinnung.«

»Ich werde seine Freundschaft nicht verraten. Ich bin in diesem Fall nicht einer Meinung mit ihm, aber ich werde ihm auch nicht zuwider handeln. Er tut, was er tun muß.«

»Was auch immer seine Pläne sind, sie haben mit mir nichts zu tun. Warum also läßt er mich nicht gehen? Sie wissen nicht, was er getan hat, als wir in der Galerie waren. Etwas, für das ich keine Worte finde.«

Plötzlich lachte der Mann. »Er hat Sie geküßt, ja?«

Sie fühlte, wie ihr heiß wurde, und war unendlich dankbar, daß es so dunkel war, und er die Schamröte nicht sehen konnte. »Kein Mann hat mich je so berührt. Es widert mich an«, gab sie heftig zurück.

»Nicht alle Frauen stimmen Ihnen in diesem Punkt zu. Ich habe eher den Eindruck, sie fallen in Ohnmacht, wenn Slane sie nur ansieht. Und sie liegen ihm reihenweise zu Füßen.«

»Diese Damen sind vor Angst in Ohnmacht gefallen, nicht vor Sehnsucht. Er ist ein Ungeheuer.« Wieder stolperte sie in der Dunkelheit, aber diesmal bewegte sich das Hindernis, das ihr im Weg gelegen hatte. Sie schrie erschrocken auf.

Ein großes Tier erhob sich und knurrte leise. Als Cumberland die Laterne in seine Richtung hielt, erkannte sie einen riesigen Hund. Sein kurzes weißes Haar sträubte sich auf dem Rücken.

»Ach, hier bist du, Orillion«, sagte Cumberland ruhig. »Dies ist dein neues Frauchen. Komm und stell dich vor.«

Nachdem er die wohlbekannte Stimme vernommen hatte, beschnupperte der Hund Brienne. Offensichtlich war er zufrieden, ging auf seinen Platz zurück und legte sich hin, um von dort aus das weitere Geschehen zu beobachten.

»Ist das Ihr Hund?« fragte sie mit noch immer vor Schreck zitternden Knien.

»Orillion gehört Slane. Er lief ihm in Annapolis zu. Er war ein streunender Köter, aber jetzt ist er ziemlich brav und folgsam.«

»Nur ein Ungeheuer kann ein anderes Ungeheuer lieben.« Sie folgte Cumberland die Stufen hinauf, aber nicht, ohne einen Blick zurück auf den Hund zu werfen, ob er ihnen auch nicht nachschlich. Aber Orillion blieb liegen und schaute ihnen gelangweilt nach. Seine halbgeschlossenen blauweißen Augen erinnerten Brienne an sein Herrchen, und ein Schauer lief ihr über den Rücken.

Cumberland und Brienne stiegen die schmale Treppe hinauf und traten durch die halb geöffnete Tür in den oberen Raum. Der alte Stallteil war früher sehr nobel gewesen und war manchmal sogar von männlichen Wochenendgästen benutzt worden, wenn im Schloß alle Zimmer belegt gewesen waren. Aber jetzt wirkte der große Raum verwahrlost.

An den Wänden hingen ein paar Haken, und ein einfacher Holzstuhl stand neben dem Bett. Das Bett selbst war in einem bedauernswerten Zustand. Die Matratze hing durch bis auf den Boden.

Brienne ging zu dem großen Fenster und blickte auf die alte Turmspitze. »Ein schöner Raum! Wie gemacht für eine Verrückte.« Sie biß sich auf die zitternde Unterlippe.

»Sagen Sie doch nicht so etwas! Wirklich, Slane hat Sie nicht hier untergebracht, weil er denkt, daß Sie verrückt sind.«

»Er ist nicht der einzige.« Sie legte ihr rosafarbenes Kleid auf das mit Stockflecken übersäte Bett.

Cumberland warf einen Blick auf das Kleid und fragte mit weicher Stimme: »Hatten Sie einen Unfall, bei dem Sie es sich zerrissen haben?«

»Es war kein Unfall«, lächelte sie bitter.

»Oh«, war alles, was er dazu sagte, und Schweigen machte sich in dem trostlosen Raum breit.

Schließlich konnte sie es nicht länger ertragen. »Es wurde nicht mit bloßer Hand so zugerichtet. Annie, die Zofe, hat sich damit einen kleinen Streich erlaubt. Sie ist ein sehr neidischer Mensch«, sagte sie bedrückt und sah ihn mit ihren weichen veilchenblauen Augen an. »Wenn Sie mir das glauben könnten –«

»Aber ich glaube Ihnen«, unterbrach sie Cumberland. »Und Sie dürfen auch nicht denken, daß Slane Sie für verrückt hält. Wir haben den Klatsch natürlich gehört. Es mag ungewöhnlich sein, daß eine Frau liest, aber doch nicht in Ihren Kreisen. Und was das viele Spazierengehen betrifft«, er zwinkerte ihr väterlich zu – »also, eine hübsche junge Dame wie sie kann nicht in solcher Einsamkeit leben, ohne sich ab und an zu langweilen.«

Brienne war so erleichtert über seine Worte, daß sie gar nicht anders konnte, als ihren neuen Freund zu umarmen. Seit ihre Mutter gestorben war, hatte sie keinen Menschen mehr getroffen, der sie mit einem solchen Verständnis und so liebevoll behandelt hatte. Und auch wenn Cumberland ein Freund von Avenel Slane war, mußte sie ihm doch dankbar sein.

»Danke«, sagte sie. »Ich war so rastlos. Meine Mutter ist erst vor zwei Monaten gestorben, müssen Sie wissen, und sie war meine einzige Freundin.« Brienne setzte sich auf einen kleinen Holzhocker und schaute sich in dem Raum um. »Es ist ein bißchen trist hier – verglichen mit Osterley, meine ich.«

»Sie sollten nicht hier bleiben, Lady Brienne«, meinte Cumberland nach einer Weile.

»Kein Gentleman würde mich hier unterbringen.« Sie wandte sich ihm zu in der Hoffnung, daß er einsehen würde, was für ein Mensch Avenel Slane war. »Und ich weiß, Sie sind ein Gentleman,

Cumberland. Sie würden mich nie so berühren, wie er es getan hat.« Sie hoffte, daß sie damit ihrem neuen Freund ein Kompliment gemacht hatte, und schaute ihn erwartungsvoll an. Er würde ihr bestimmt doch noch helfen, Osterley zu verlassen, dachte sie. Aber statt dessen sah er sie nur an. Was sie soeben gesagt hatte, störte ihn. Und zwar sehr.

»Ich benehme mich wie ein Gentleman, weil ich keine andere Wahl habe. Wenn das Schicksal mich anders behandelt hätte, wären Sie in meiner Gesellschaft nicht sicherer als in der von Slane.«

Seine Stimme war voller Bitterkeit. Brienne runzelte verwirrt die Stirn. Sie wußte nicht, weshalb ihre Worte ihn so getroffen hatten.

Cumberland betrachtete sie eine ganze Weile, und dann verließ er sie mit einem kurzen »Gute Nacht, Mylady.«

Brienne fühlte sich schrecklich einsam, und Panik überkam sie. Sie rannte zur Tür und riß sie auf. Sie wollte fort aus diesem staubigen, verwahrlosten Stallraum. Aber bevor sie einen Schritt nach draußen tun konnte, wurde sie von einer Masse weißen Felles aufgehalten. Auf der Türschwelle lag der große Hund Orillion und starrte sie mit gefletschten Zähnen an.

»Wie ich sehe, haben Sie Cumberland bereits beleidigt«, rief eine Stimme von unten. Auf dem ersten Treppenabsatz stand Avenel Slane. Sie blickte zu ihm hinunter, wagte aber nicht, auch nur einen Schritt zu tun.

»Ich habe gar nichts gesagt, außer, daß er ein Gentleman ist – ganz im Gegenteil zu Ihnen.« Brienne bewegte sich etwas, und schon wurde sie erneut von Orillion angeknurrt. »Rufen Sie Ihren

Hund zurück. Ich brauche nicht bewacht zu werden«, rief sie.

»Er ist eher zu Ihrem Schutz hier.« Slane lehnte sich gegen einen Pfosten und betrachtete sie ebenso wie sie ihn. Trotz der Dunkelheit konnte sie sehen, daß seine Brokatweste und das Hemd offen waren und seine dunkelbehaarte Brust zu sehen war.

»Ich benötige keinen Schutz. Ich bin sehr wohl in der Lage, selbst auf mich aufzupassen«, sagte sie und löste ihren Blick von ihm.

»Orillion wird bleiben. Sie wollen doch nicht, daß sich irgendein Diener in Ihr Bett verirrt?« Er schaute sie an, aber sie konnte sein Gesicht nicht sehen, weil es im Schatten lag.

Sie lachte sarkastisch. »Dann rufen Sie ihn! Der einzige, vor dem ich wirklich Schutz brauche, sind Sie – und in diesem Fall ist das Tier nutzlos.«

Er lächelte. »Wie scharfsinnig von Ihnen, Lady Brienne. Aber Orillion wird trotzdem bleiben.« Dann wechselte er das Thema. »Wie gefällt Ihnen das neue Quartier, Mylady? Ist es einfach genug für Sie? Ich möchte Ihnen doch nicht Ihren Spaß daran verderben, die Bäuerin zu spielen, und Sie dazu zwingen, bequem zu wohnen.«

Brienne wurde wütend. Also dachte er, sie würde ihm etwas vorspielen? Daß sie die reiche Tochter eines Earls war, deren einziges Vergnügen darin bestand, die Arme zu mimen? Plötzlich mußte sie an ihre Mutter denken. Wie sie ihre wundervollen Schmuckstücke eins nach dem anderen verkauft hatte und auch ihr kostbarstes Kleid, mit dem sie bei Hofe geglänzt hatte. Und das alles, um nicht von der Gnade und dem Wohlwollen des Earls abhängig zu sein. Sie hatten es sehr schwer gehabt. Ihre einfachen Kleider und die armselige Umgebung, in der sie gelebt hatten, war wahrlich kein Vergnügen gewesen!

»Es ist kein Spiel«, sagte sie leise, aber entschieden, und sie dachte, er hätte es nicht gehört.

»Wenn das so ist, können Sie zurück ins Haus kommen.« Avenel kam langsam die Treppe herauf und wurde von Orillion schwanzwedelnd begrüßt.

»Sie haben ein wunderschönes Schlafzimmer, in das Sie zurück können. Warum bleiben Sie hier, obwohl drüben jeglicher Komfort auf Sie wartet?«

»Osterley ist ein schreckliches Haus«, rief Brienne heftig, ohne über die Worte nachzudenken.

»Wie können Sie so etwas sagen?« fragte er spöttisch. »Man hält es allgemein für das schönste Anwesen von ganz England. Ich habe teuer dafür bezahlt«, sagte er bitter, und sein Gesicht, das jetzt im Licht war, wirkte gequält.

»Sie haben gar nichts für Osterley bezahlt. Sie haben es auf sehr unmoralische Weise beim Kartenspiel gewonnen.« Brienne entsann sich nur zu gut, daß der Pfarrer in Tenby das sündige Spiel von der Kanzel herab verdammt hatte. Ihre Worte zeigten deutlich, wie wenig sie über die Gewohnheiten in der Gesellschaft wußte.

»Sie reden wie eine Puritanerin.« Er betrachtete sie neugierig und beugte sich dann zu Orillion hinunter, um ihm den Kopf zu streicheln. »Sagen Sie, haben Sie denn nie Whist gespielt? Es ist schwer zu glauben, daß eine Dame Ihrer Stellung damit nicht vertraut ist. Sogar die jungen Frauen in Amerika stehen dem Spiel alles andere als ablehnend gegenüber.«

»Nie«, beteuerte sie voller Abscheu.

»Sie sind schon ein seltsames Mädchen«, meinte er. »Sie verachten das Spiel, als sei es eine Sünde. Und gleichzeitig scheinen Sie sich herzlich wenig über den Verlust Ihres Vaters zu grämen. Ärgern Sie sich gar nicht darüber, daß ich Osterley gewonnen habe?«

»Es ist nicht der Reichtum, der einen Menschen ausmacht«, entgegnete sie schlicht. »Ob Osterley Park meinem Vater gehört oder nicht, ist mir ziemlich gleichgültig. Außer«, fügte sie hinzu, »daß ich jetzt die Unannehmlichkeit auf mich nehmen muß, mir eine neue Bleibe zu suchen, und daß Sie mich daran hindern, das Haus zu verlassen.« Sie trat zurück in den Raum und stellte sich an den ungeheizten Kamin. Es würde eine kalte Nacht hier oben werden, das war gewiß.

Er trat hinter ihr ein, und Orillion folgte ihm auf dem Fuß, glücklich, bei seinem Herrn sein zu können.

»Cumberland hatte recht, Sie sind nicht das, was wir erwartet hatten.« Er schaute auf ihr locker zusammengebundes rotbraunes Haar, das ihr fast bis zu den Hüften ging. »Hatte Ihre Mutter auch diese Haarfarbe?«

»Wir waren uns sehr ähnlich.« Sie musterte ihn argwöhnisch. »Und ich habe Ihre Augen geerbt.«

Er trat näher auf sie zu und nahm eine dicke Locke in seine Hand. Langsam strich er darüber, voller Bewunderung für die roten Lichter, die darin schimmerten.

»Und Ihr Haar? Hatte Sie auch dieses Haar?«

Sie wich, irritiert durch seine Nähe und die Berührung zurück. Er kam näher, als würde er magisch von ihr angezogen. Sie zitterte vor Angst, aber es war weniger die Furcht vor dem Mann, der ihr gegenüberstand. Trotz seiner finsteren Blicke und seinem unerklärlichen Zorn auf sie, wußte sie instinktiv, daß er ihr körperlich kein Leid zufügen würde. Sie hatte viel mehr Angst davor, wie er sich verhielt. Während er ihr Haar betrachtete, war sein Gesichtsausdruck viel weicher geworden; er wirkte entspannter, ja, seine Augen strahlten beinahe Wärme aus, so eisig auch ihre blaue Farbe wirkte. Sie funkelten wie geschmolzener Schnee in der Sonne. Er blickte sie voller Verlangen an, und das ängstigte sie mehr als jede Bedrohung, die bisher von ihm ausgegangen war.

Sie hörte wieder die Schreie ihrer Mutter, als sie selbst noch ein kleines Mädchen gewesen war und Oliver Morrow sie besucht hatte. War es für alle Frauen so? Würde der starke, männliche Slane, der zweifellos sehr erfahren in der Liebe war, sich genauso verhalten wie der skrupellose, wahnsinnige Earl of Laborde? Trotz ihrer Verwirrung wußte sie, daß sie ihre Entschlüsse durchsetzen mußte, bevor er Zwang ausübte. Doch wie unbegreiflich es auch war, in diesem Moment konnte sie nicht unterscheiden zwischen dem Akt, der ihrer Mutter brutal aufgezwungen worden war und der Einladung, die in Avenels Augen stand. Sie stöhnte verzweifelt. »Bitte, fassen Sie mich nicht an!« rief sie mit schriller Stimme und wandte sich schnell ab. Sein ungläubiger, schuldbewußter Blick und ihre eigene Angst waren ihr peinlich.

»Sie finden mich unattraktiv?« fragte er. »Ich habe meine Fehler, aber mir war bisher nicht bewußt, daß dies einer davon sein könnte.«

»Ich habe kein Verlangen nach den Aufmerksamkeiten irgendeines Mannes, ob er nun attraktiv ist oder nicht. Ich dachte, ich hätte das bereits in der Galerie klargestellt.« Sie rührte sich nicht von der Stelle und weigerte sich beharrlich, ihn noch einmal anzusehen, in der Hoffnung, daß er gehen und sie alleinlassen würde.

»Ich verstehe«, erwiderte er heiser. »Woher kommt diese unnatürliche Einstellung?«

»Darauf brauche ich Ihnen wohl keine Antwort zu geben«, entgegnete sie, ohne ihm einen Blick zuzuwerfen.

»Nein, aber eines Tages werden Sie wünschen, Sie hätten es getan, Mylady. Bisher hat mich noch nie eine Frau zurückgewiesen. Und ich schwöre, Sie werden es Ihr Leben lang bereuen.«

»Wollen Sie mir damit drohen, daß Sie mir etwas antun, wenn ich mich Ihnen nicht ergebe?« Brienne wirbelte herum und sah ihn wütend an. »Typisch Mann!«

»Ich habe noch nie einer Frau etwas angetan. Aber es gibt andere Mittel und Wege, Sie leiden zu lassen – Mittel und Wege, die genauso wirksam sind. Sie verleugnen Ihre Gefühle, aber in der Mauer, die sie um sich errichtet haben, gibt es eine schwache Stelle, und die werde ich finden. Wenn ich sie gefunden habe, kenne ich keine Gnade.« Er ging zur Tür und befahl Orillion, sitzenzubleiben. »Schlafen Sie gut, Lady Brienne. Ich hoffe, Sie werden sich an Ihrer Keuschheit heute nacht erfreuen.« Dann ließ er seinen Blick noch einmal durch den verwahrlosten Raum schweifen und schloß die Tür hinter sich.

Brienne hörte, wie sich seine Schritte über die

Treppe entfernten. Froh, daß er endlich fort war, riß sie die Tür noch einmal auf. Orillion hob wachsam den Kopf.

Sie ließ die Tür offen und ging leise fluchend in den Raum zurück. Wie sollte sie diese Nacht nur durchstehen?

Sie setzte sich auf den kleinen Eichenstuhl und dachte über die eigenartigen Erlebnisse des heutigen Tages nach. Es gingen wirklich ungewöhnliche Dinge in Osterley vor, und sie begriff nur eines ganz genau: Sie war ein Pfand in dem Spiel, das Avenel Slane mit dem Earl spielte. Und sie wußte, daß sie unter allen Umständen von hier weg mußte, denn was immer auch geschah, es würde in einer Katastrophe enden, in deren Mittelpunkt sie stehen würde.

Sie war erschöpft, und obwohl sie sich gegen den Schlaf wehrte, fielen ihr bald die Augen zu. Da sie ihren Kopf nicht auf das schmutzige Bett legen wollte, hatte sie das rosafarbene Kleid über die Matratze ausgebreitet. Sie rollte sich zusammen, um sich gegen die Kälte und Einsamkeit zu schützen, und fand ein wenig Trost in ihrem Entschluß, spätestens am nächsten Tag das Haus zu verlassen.

Sie bemerkte den Hund nicht, der in der Nacht zu ihr kam. Nur im Halbschlaf spürte sie die Erschütterung des Bettes, als Orillion auf die Matratze sprang. Aber sie spürte seine Wärme, als er sich neben ihr zusammenrollte; sein Instinkt hatte ihm vermutlich gesagt, daß sie sich gegenseitig wärmen konnten.

In der Küche von Osterley ging es an diesem Abend wie im Tollhaus zu. Die Köchin machte sich aufgeregt am Herd zu schaffen und versuchte das feinste Menü von ganz England zuzubereiten. Alle Bediensteten gingen in dem großen Raum ein und aus, und jeder wußte eine andere Neuigkeit über den neuen Schloßherrn und seine Wünsche zu berichten. Bis hin zu den niedrigsten Küchenmägden lauschten alle begierig auf die Neuigkeiten, weil ihnen klar war, daß sie Avenel Slane zufriedenstellen mußten, wenn sie ihre Stellung nicht riskieren wollten.

»Du solltest dich besser darum kümmern, Annie. Oder du könntest deinen faulen Hintern auf der Straße wiederfinden.« Fergie McInnis zerrte den schweren Sack mit Gerste durch die Tür und setzte ihn an der Wand ab. Er stand ruhig da und betrachtete Annie, die aufreizend langsam ein riesiges Stück Kuchen in den Mund stopfte.

»Und was geht dich das an, Fergie?« Annie nahm wieder einen Bissen und kaute sorglos weiter.

»Der Herr hatte einen besonderen Auftrag für dich, Annie«, warf die Köchin ein, während sie sorgfältig die zarten Karotten putzte. »Wir haben alle eine Menge zu verlieren. Ich selbst bin ein Nervenbündel, seit er den Fuß in dieses Haus gesetzt hat. Wir müssen tun, was der Mann von uns verlangt – mehr ist nicht dabei. Aber bis jetzt bist du die einzige, der er einen Auftrag gegeben hat. Wir möchten nur sichergehen, daß er auch ausgeführt wird.«

»Das ist meine Angelegenheit«, versetzte Annie. Sie warf den Rest Kuchen ins Feuer und stand auf. »Wie konnte er von mir verlangen, sie zu bedienen, solange sie im Stall haust? Das ist unter meiner Würde.«

»Sie ist Lady Brienne, die Tochter des Earl. Sie zu bedienen ist unter keines Menschen Würde, außer vielleicht für jemanden von Adel, und dazu gehörst du nicht.« Die Köchin war mit dem Gemüseputzen fertig und wechselte das Thema. »Sie schüttete die Karotten in einen Topf mit Salzwasser und gurrte: »Fergie, Liebling, ich war scheußlich zu dir, ich meine, wegen der Kuchen, die angebrannt sind, und dem Brotteig, der nicht ging. Aber ich brauche noch ein oder zwei Pfund Zucker, wenn du so lieb sein würdest.« Die Köchin sah ihren großen gälischen Ehemann kurz an und senkte die Lider reichlich prüde für ihre dreiundfünfzig Jahre. Fergie wurde beinahe rot vor Freude über die ungewöhnliche Liebenswürdigkeit seiner Frau und war glücklich, ihr einen Gefallen tun zu können.

»Vielleicht noch nicht«, setzte Annie selbstgefällig das Gespräch fort und spitzte ihre Oberlippe, die zu ihrem Stolz und ihrer Freude drei natürliche Leberflecken zierten. Man hielt sie deshalb für besonders sinnlich, aber dies schien sie keineswegs zu stören – im Gegenteil, sie genoß es sogar.

»Niemals, Annie Peters.« Die Köchin bedachte sie mit einem strengen Blick. »Ich möchte wirklich wissen, wie du zu diesem vornehmen Getue kommst.«

»Ich bin eben zu schlau, um mich für solche Dinge herzugeben.«

»Du solltest dich jetzt doch lieber für so etwas hergeben, weil Lady Brienne drüben sitzt und auf dich wartet. Ich weiß nicht, was für ein Spiel sie und unser Herr Slane spielen, aber es wird dich teuer zu stehen kommen, wenn du nicht unverzüglich seiner Aufforderung nachkommst.« Die Köchin warf ihr einen bedeutsamen Blick zu und kümmerte sich dann wieder um ihre Karotten.

»Wem wird es schon auffallen, daß ich es nicht mache?« maulte Annie. »Die einzige, der es was ausmachen könnte, ist Lady Brienne selbst. Und wie ich das sehe, gibt es keinen hier, der weniger zu sagen hat. Lord Oliver wollte sie nicht haben, und jetzt hat man sie auch noch in den Stallraum abgeschoben.«

Da die Köchin ihr nicht widersprach, die jetzt viel zu sehr von ihrer Arbeit in Anspruch genommen war, um ihr noch zuzuhören, verließ Annie mürrisch die Küche. Als sie in ihrem eigenen Zimmer angekommen war, zog sie ihre Kleider aus und schlüpfte unter die Wolldecke. Sie schlief sofort ein. Mit ihren Gedanken war sie ganz und gar nicht bei Brienne Morrow.

6

Früh am nächsten Morgen, als der Nebel noch über den flachen gelben Feldern hing, wurde Brienne unsanft von einem lauten Klopfen geweckt. Als sie die Augen öffnete, sah sie, daß Avenel eingetreten war und sie von der Tür aus betrachtete.

Müde setzte sie sich auf. Sie wollte ihn zurechtweisen, weil er einfach eingetreten war. Aber dann bemerkte sie den ausgestreckten Körper von Orillion dicht neben sich. Der Schwanz des Hundes wedelte heftig, als sie ihn ansah, und wirbelte damit Wolken von grauem Staub durch die Luft.

»Was hat Ihr Besuch zu bedeuten?« Sie blickte Avenel verschlafen an. Sie merkte, daß er verärgert war, aber weshalb, das wußte sie nicht. Sie war schließlich die ganze Nacht über in diesem Raum geblieben und hatte keinen weiteren Fluchtversuch unternommen.

Er gab keinerlei Erklärung über sein eigenartiges Verhalten ab. Er stand nur mit wütendem Gesicht da. Er nahm jede Einzelheit ihrer Erscheinung wahr, von ihrem zerzausten Haar und ihrem gelokkerten Korsett bis hin zu ihrer staubverschmierten Wange.

»Ist irgend jemand hiergewesen und hat nach Ihnen geschaut?« fragte er kurzangebunden.

»Ich hatte keine Besucher.« Sie stand auf und hielt sich die Seiten ihres violettfarbenen Wollkleides vorne zusammen. Sie konnte es nicht schließen, da ihr Korsett gelockert war. »Außer, darf ich vielleicht hinzufügen, Ihrem räudigen Köter. Und nach meinem Geschmack waren Sie selbst zu häufig hier.« Sie wandte sich ab und versuchte ohne Erfolg, ihr Korsett zu schnüren. Da es ihr nicht gelang, sagte sie unwirsch: »Haben Sie nicht wenigstens den Anstand, mich alleinzulassen, solange ich noch nicht angezogen bin?«

»Ein Mann hat nicht oft die Gelegenheit, solche Sehenswürdigkeiten präsentiert zu bekommen.« Er lachte, und sie drehte sich mit kaltem Blick zu ihm um.

»Wie ich schon letzte Nacht sagte, Sie sind ein Ungeheuer und haben absolut keine Manieren.« Sie sah ihn herausfordernd an, trat aber zwei Schritte zurück, obwohl sie sich wie ein Feigling dabei fühlte. Sie bemerkte, daß ihr Kleid von der Schulter gerutscht und die seidige Haut ihrer Schultern entblößt war.

Bei dieser letzten Bemerkung lachte er nur noch lauter. »Ich dachte, unser Kuß in der Galerie war sehr höflich. Aber wünschen Sie noch weitere Beweise meines guten Benehmens?«

»Nein, denn Sie würden nur das Fehlen jeglicher Manieren beweisen«, gab Brienne schlagfertig zurück und hoffte, er würde nun endlich gehen und sie in Ruhe lassen.

»Vielleicht.« Er lächelte und trat auf sie zu. »Aber schließlich kann ein englisches Mädchen kein höfliches Benehmen von einem Amerikaner erwarten.«

»Einem Amerikaner? Sie? Sie sind so englisch wie ich!« rief sie überrascht aus.

»Das ist wahr, ich bin ein Brite. Vielleicht noch mehr als Sie«, sagte er nachdenklich. »Aber ich kann wirklich sagen, daß ich auch Amerikaner bin, denn ich bin in der wunderschönen Kolonie Maryland geboren und aufgewachsen.«

»Dann ist es kein Wunder, daß Sie ein Barbar sind! Wenn man in einem kriegstreiberischen, unzivilisierten Land aufwächst ... Ich habe gehört, daß sogar die Reichsten unter ihnen wie Bauern aus dem vorigen Jahrhundert leben, so barbarisch und rückständig sind die Menschen dort.« Sie hob überlegen den Kopf; sie war höchst erfreut, daß sie, trotz all ihres Mißgeschicks, wenigstens das Privileg genossen hatte, in England aufzuwachsen.

»Natürlich! Sie sind so armselig, daß Sie mit Ihrer Eleganz jeden einzelnen in den Schatten stellen.« Er griff nach ihrem Kleid und hielt es ihr vor die Nase. Der Volant am Ellenbogen war zerrissen, und ihre Röcke waren abgetragen und schmucklos. »Sagen Sie, Lady Brienne, was ist Ihr Geheimnis? Ich bin sicher, Ihre schlechtgekleideten amerikanischen Geschlechtsgenossinnen würden allzu gern wissen, wie sie es schaffen, immer nach dem letzen Schrei und so elegant gekleidet zu sein.«

»Hören Sie damit auf!« zischte Brienne, als ihr das Blut ins Gesicht schoß. »Vielleicht bin ich nicht nach der neuesten Mode gekleidet, aber wenigstens bin ich keine unzivilisierte Amerikanerin!« Sie riß sich von ihm los und mußte sich sehr zusammennehmen, um ihm nicht in sein arrogantes Gesicht zu schlagen.

»Unzivilisiert!« rief er ungläubig aus. »Ist das Ihre Bezeichnung für Schönheit und Herzlichkeit? Amerikanische Frauen sind nicht wie die blassen, geistlosen Engländerinnen, die ihr Dasein als Mauerblümchen fristen und so stolz auf ihren Anstand sind. Oh, und meine arabische Stute hat eine bessere Figur.«

»Blaß und geistlos?« flüsterte sie aufgebracht. Sie sah ihn sprachlos an und versuchte, ihr Entsetzen vor ihm zu verbergen. Aber wieder ließ er ein unangebrachtes Lachen ertönen.

»Sie, meine kleine Wildblume, habe ich vergessen. Sie sind die Ausnahme. Sie tun so, als wären Sie eine Königin. Aber ach, in was für einem verheerenden Zustand Ihr Königreich sich befindet!« Er fuhr mit seiner kräftigen Hand durch ihr zerzaustes Haar und berührte zart ihre Wange, an der noch immer ein Rest von Staub hing. Sie zuckte bei dieser Berührung zurück; und diese Reaktion schien ihn nachdenklich zu machen. »Machen Sie sich jetzt fertig. Ich werde dafür sorgen, daß Ihnen die Zofe ein Bad bereitet und ein Tablett bringt – auf Ihr Zimmer drüben im Haus.«

»Ich werde nicht wieder ins Haus ziehen. Ich gehe fort von hier. Wie ich schon letzte Nacht sagte, Sie können mich nicht mit Gewalt halten.« Sie warf ihm einen herausfordernden Blick zu. Sie war klein – besonders neben ihm –, aber sie war entschlossen, ihm die Stirn zu bieten.

»Haben Sie überhaupt die nötigen Mittel, um fortzukommen?«

»Ich habe die Mittel. Nicht viel, aber genug, um dorthin zu gehen, wohin ich will.« Sie dachte an den Kamm ihrer Mutter, und der Gedanke daran, sich von ihm trennen zu müssen, versetzte ihr einen Stich. Es würde nicht leicht sein, ihn zu verkaufen, aber viel leichter, als mit diesem Wüstling aus den Kolonien in Osterley zu bleiben und auf die Ankunft ihres Vaters zu warten. Sie seufzte leise. »Wenn Sie mich jetzt bitte alleinlassen würden, damit ich mich zurechtmachen kann.«

»Ist dies hier möglicherweise Teil Ihres Planes?« Avenel griff in seine Westentasche und holte einen goldenen Kamm mit acht großen geschliffenen Amethysten heraus, der mit mindestens zwanzig Diamantsplittern besetzt war. Brienne war wie erstarrt. Dann rannte sie, ohne weiter darüber nachzudenken, daß sie noch nicht angezogen war, zu ihrer Tasche und wühlte sie verzweifelt nach dem Kamm ihrer Mutter durch. Sie fand nur, in das Taschentuch gewickelt, die Miniatur.

»Geben Sie ihn zurück! Sie haben ihn mir gestohlen!« rief sie aufgebracht.

»Gestohlen? Nein, einer meiner Männer fand ihn vor den Toren. Offensichtlich hat ihn jemand verloren. Sie wollen doch nicht behaupten, daß dieses entzückende Stück Ihnen gehört«, spottete er.

»Sie wissen das ganz genau! Bitte geben Sie ihn mir zurück. Er ist alles, was ich besitze.«

»Um so unumgänglicher ist es, ihn zu behalten, Mylady. Er ist ein wertvolles Stück. Viel wertvoller, als Sie ahnen«, meinte er rätselhaft.

»Sie müssen ihn mir zurückgeben. Er gehört mir!« Sie versuchte, nicht zu verzweifelt zu klingen, aber es gelang ihr nicht. Er wußte genauso gut wie sie, daß sie ohne den Kamm nicht die nötigen Mittel hatte, um von hier fortzugehen.

»Beweisen Sie es.«

Als keine Antwort kam, musterte er sie von oben bis unten. Und seine Boshaftigkeit kehrte zurück.

»Er gehört mir!« wiederholte sie atemlos, als sie merkte, daß er sich zum Gehen wandte.

Bevor er verschwand, steckte er den Kamm in seine Westentasche. »Im gelben Zimmer erwartet Sie ein warmes Bad und Frühstück, wann immer Sie gedenken, dorthin zurückzukehren.«

Brienne verfolgte ihn mit ihrem Blick vom Fenster aus, bis er im Haupthaus verschwunden war. Sie blieb noch lange stehen, bis die trübe Morgensonne allmählich den Nebel vertrieben hatte und hinter einer grauen Wolkendecke verschwand.

In dem Schloßtrakt, in dem die Bediensteten untergebracht waren, herrschte absolute Stille.

»Einen schönen guten Tag wünsch' ich Ihnen, Master Slane. Und was können wir für Sie tun?« Fergie war aus der Menge der schweigsamen Diener herausgetreten und wartete auf die Antwort des neuen Schloßherrn.

»Ich möchte mit Annie sprechen, der Zofe«, sagte Avenel, der mühsam seinen Ärger unter Kontrolle hielt. Er sah sich suchend in der Menge um, fand aber nicht die, nach der er suchte.

»Also, die – sie ist schon ein übles Weibsstück.«

»Halt deinen Mund, Fergie McInnis!« schrie Annie und trat endlich doch hervor. Sie war eingebildet genug, sich vorzustellen, daß Avenel sie aus einem völlig anderen Grund sehen wollte, als die anderen dachten.

»Da sind Sie, Annie. Würden Sie bitte Ihre Sachen holen und mit mir kommen?« Avenel betrachtete gleichgültig ihre dralle Figur. Mit Kennerblick sah er, daß sich ihre Kurven bald in Fett verwandeln würden.

»Ist mir ein Vergnügen.« Patzig und von oben herab grinste sie der Köchin zu. Dann ging sie, um ihre Sachen zusammenzupacken. Die Köchin beobachtete sie mit größtem Widerwillen. Sie konnte es kaum glauben, wie begriffstutzig das Mädchen war.

»Sie hat ihre Fehler, aber sie meint es nicht böse, Master Slane«, versuchte die Köchin, das Mädchen zu verteidigen.

»Sie ist hochmütig. Sie wird gehen«, antwortete Avenel knapp, offensichtlich verärgert über den Zwischenfall. »Ich werde keinen Ungehorsam in diesem Haushalt dulden. Das muß klar sein.«

»Ja, Sir.« Sie trat zurück, als Annie sich wieder durch die Menge der anderen schob.

»Ich bin soweit, Sir.« Annie sah erwartungsvoll zu ihm auf.

»Dann können Sie jetzt gehen. Bitte folgen Sie Hans aus dem Tor. Er hat Anweisungen, Ihnen etwas Geld zu geben und Sie zu verabschieden.« Avenel wandte sich um.

»Ich soll nicht Ihre … Aber das ist nicht fair!« kreischte Annie, als sie endlich begriff. »Ich bin mehr als die anderen. Sehen Sie sich doch Maura oder Peg an.« Sie wies auf die beiden Zofen. »Sie stehen weit unter mir, genau wie diese dreckigen Iren, von denen es hier nur so wimmelt. Sie können doch nicht im Ernst vorhaben, mich zu entlassen!«

»O doch. Gute Reise. Hans?« Hans führte das Mädchen hinaus. An der Tür drehte sie sich noch einmal um. »Lord Oliver wird davon hören! Und wenn er Osterley wieder übernimmt, komme ich zurück. Er wird sich dafür rächen! Ich war sein Schatz, müssen Sie wissen. Ich war sein Liebling.«

»O je, ein schlimmes Weibsbild, die«, hörte man Fergie murmeln, sobald Annies wütende Schreie nicht mehr zu hören waren.

»Ich muß Ihnen leider zustimmen«, sagte Avenel, bevor er ging.

Am Abend gab Brienne endlich ihren Widerstand auf und kehrte in den Komfort von Osterley zurück. Bis dahin hatte sie ihren Hunger unterdrückt, aber die Kälte konnte sie nicht länger aushalten. Als die Dämmerung einsetzte, stellte sie sich eine weitere unerträgliche Nacht auf dem unbequemen Bett vor. Also nahm sie ihre Tasche und aus irgendeinem unerfindlichen Grund auch das zerrissene rosafarbene Kleid und ging zurück ins Haus.

Die beiden alten Lakaien öffneten sofort die großen Glastüren vom Hof, als hätten sie ihre Ankunft erwartet. Brienne würdigte sie kaum eines Blickes – auch sie standen auf der feindlichen Seite. Sie war glücklich, daß ihr sonst niemand begegnete.

Als sie in ihr Schlafzimmer trat, blieb sie einen Moment überrascht stehen, weil es so verändert wirkte. Alle Dinge im Raum waren noch dieselben, aber es herrschte eine völlig andere Atmosphäre. Im Kamin, der vorher kalt und unfreundlich gewirkt hatte, brannte jetzt ein knackendes gemütliches Feuer. Und daneben stand eine Badewanne, die bis zum Rand mit dampfendem Wasser gefüllt war, und im ganzen Zimmer den Duft von Geißblatt und Jasmin verbreitete. Auf dem Tisch lag eine schneeweiße Leinendecke, und darauf standen vier geschlossene Silberschalen aus dem Eßzimmer.

Briennes erster Gedanke war, daß sie versehentlich in einem falschen Zimmer gelandet war. Waren es Avenels Räume – aber dieses Zimmer hier war sehr feminin, mit seinen Farben und den Düften. Und außerdem residierte der neue Herr von Osterley sicher in den prunkvollen Gemächern im Erdgeschoß. Noch verwirrter war sie, als eine kleine, dunkelhaarige junge Frau aus dem Ankleidezimmer auf sie zutrat.

»Ah! *Vous êtes* Lady Brienne! Ich bin Vivie. Ah« – die kleine Französin suchte nach Worten – »*je suis* ... ah ... ich bin *votre nouvelle fille de chambre. Votre bonne de demoiselle.* Ah!« Sie seufzte und fuhr mit starkem französischem Akzent fort: »Verzeihen Sie, *Mademoiselle*. Mein Englisch ist manchmal so ... langsam.«

Daraufhin kam die Zofe auf Brienne zu, nahm ihr die Tasche ab und stellte sie auf einen Sessel.

»Sind sie das neue Mädchen? Was ist mit Annie

geschehen?« fragte Brienne auf Französisch. Ihre Mutter hatte ihr diese Sprache beigebracht.

»Wie wundervoll, daß Sie Französisch sprechen können, Mylady! Wenn ich nervös bin, ist mein Englisch miserabel!« gestand die kleine Französin in ihrer Muttersprache und strahlte sie erleichtert an. »Aber um Ihre Frage zu beantworten, ich bin gerade gestern aus London gekommen. Master Slane hat mich für Sie hierhergebracht. Und so eilig hatte er es heute morgen! – Ich bin noch nie so schnell gereist. Aber was diese Annie betrifft –, ich weiß nicht, wo sie ist. Ich habe bisher noch niemanden mit diesem Namen kennengelernt. Möchten Sie, daß ich sie suche?«

»Nein! Ich vermute, daß sie inzwischen mit anderen Aufgaben betraut ist.« Brienne empfand plötzlich ein eigenartiges Ziehen in der Magengrube, als sie sich fragte, ob diese anderen Aufgaben das Wärmen eines Bettes beinhalteten.

»Aber Mylady! Jetzt habe ich wirklich genug geschwatzt! Wir müssen an Sie denken!« Die junge Frau machte sich flink an die Arbeit, legte Leinenhandtücher neben die Wanne, goß Wasser aus einem dampfenden Messingkessel nach und half Brienne aus den schmutzigen Kleidern.

Brienne war wie betäubt von all der Aufmerksamkeit und ließ sich von Vivie in die Wanne helfen. Ihren eiskalten Fingern und Füßen tat das heiße, herrlich duftende Wasser gut. Und die Zofe schrubbte ihr den Rücken und seifte ihr langes, dikkes Haar ein. Dann goß sie ihr frisches warmes Wasser über den Kopf, bis alle Spuren der kostbaren Seife von Haar und Körper gespült waren.

Schließlich wurde Brienne in Leinentücher gehüllt, und Vivie kämmte ihr nasses Haar am Kamin trocken; erst dann stellte Brienne die Frage, die ihr schon die ganze Zeit über im Kopf herumgegangen war.

»Was hat Master Slane über mich erzählt? Ich meine, welche Beziehung, hat er gesagt, haben ...« Sie sprach ein erstklassiges Französisch, aber sie fand es zu unangenehm, fortzufahren.

»Er hat kein Wort gesagt, Mylady. Bitte machen Sie sich keine Gedanken.«

Vivie brachte ihr ein sauberes weißes Hemd und ihr altes blaues Wollkleid. Nachdem sie ihr hineingeholfen hatte, ging die Zofe an den Tisch. Sie nahm die Deckel von den Schalen und füllte einen Sèvres-Porzellanteller mit verschiedenen Köstlichkeiten.

»Vivie«, sagte Brienne, als ihr das Essen gereicht wurde, »ich vermute, Sie denken, ich sei hier, um –«

»Sie brauchen keine Erklärungen abzugeben, Mylady. Ich bin Französin. Diese Dinge sind für uns Französinnen ganz normal. Ich habe gehört, daß Mr. Slane freundlich und großzügig ist – und er ist ein wirklicher Adonis. Was kann man mehr erwarten? Aufgenommen und von einem solchen Mann umsorgt zu werden ist mehr, als –«

»Nein! So ist es nicht. Ich bin nicht seine Geliebte! Sehen Sie, er hält mich ...« fest, dachte Brienne für sich – er hält mich gegen meinen Willen und aus einem Grund fest, den ich nicht kenne. Und auch wenn er Sie sehr gut entlohnt und offensichtlich einer der männlichsten und gutaussehendsten Männer ist, den sich eine Frau überhaupt wünschen kann, ist er in Wahrheit ein Ungeheuer, und ...

Sie seufzte verzweifelt. Es ist einfach unmöglich,

der netten kleinen Französin irgend etwas zu erklären, das wußte sie. Entweder würde Vivie es für eine gemeine Lüge halten, die sie ihr auftischte, nur um ihre Rolle als Avenels Geliebte geheimzuhalten, oder die Zofe würde wie Annie glauben, daß sie verrückt war.

»Bitte versuchen Sie doch, etwas zu essen, Mylady.« Vivie sorgte sich um sie wie eine Mutter in der Hochzeitsnacht um ihre Tochter. »Es wäre nicht gut, wenn Sie zu dünn werden.« Die Zofe warf ihr einen vielsagenden Blick zu und ging dann in das Ankleidezimmer, um Briennes Sachen auszupakken.

Brienne versuchte etwas von dem gebratenen Fleisch, aber der Rotwein war mehr nach ihrem Geschmack. Schließlich lehnte sie sich in ihrem Sessel zurück, der dicht am Kamin stand, und hielt das Glas in der Hand. Es dauerte nicht lange, bis sie müde wurde. Den ganzen langen Tag hatte sie sich in sinnlosen Grübeleien erschöpft.

Sie dachte zurück an den Morgen und wie sie wütend in dem Stallraum hin und her gelaufen war und verzweifelt um eine Eingebung rang, wie sie von Osterley fortkommen konnte. Sie hatte sich überlegt, ob sie ein Pferd nehmen sollte, aber die Idee doch gleich wieder verworfen. Sie würde nicht weit kommen, da sie nicht reiten konnte.

Am Nachmittag hatte sie versucht, einfach fortzugehen, mit der Tasche in der Hand aus dem Stall hinaus und hinter dem Haus über die Wiese und im Wald unterzutauchen. Es war gar nicht so schwer gewesen. Keiner hatte sie gehindert. Aber Zweifel hatten sie übermannt, als ihr der eisige Winterwind ins Gesicht fegte. Wohin sollte sie sich wenden? Sie hatte kein Geld, nicht einmal für das einfachste Quartier. Und nach Tenby konnte sie nicht zurück, denn für den weiten Weg hätte sie eine Kutsche nehmen müssen.

Unentschlossen hatte sie sich umgedreht und zurück zum Haus geschaut. Dort war es wenigstens warm, und dort gab es etwas zu Essen. Dann hatte sie ihn gesehen, hinter dem Fenster der Galerie. Er schien sie wahrscheinlich schon eine ganze Weile zu beobachten. Aber er hatte sich nicht die Mühe gemacht, herunterzukommen und sich der Kälte auszusetzen, um sie zurückzuholen. Er hatte wahrscheinlich von Anfang an gewußt, daß sie freiwillig zurückkehren würde. Sie war in der Falle, nicht, weil man sie einsperrte und bewachen ließ, sondern weil sie nicht über die nötigen Mittel verfügte, von Osterley wegzulaufen. Ohne ihren Kamm konnte sie nirgendwohin. Und Slane hatte nicht einen Moment daran gezweifelt, daß sie kommen würde, um ihn zu holen.

Heiße Tränen waren ihr über die kalten Wangen geströmt. Entmutigt hatte sie sich abgewandt. Er sollte nicht sehen, wie ihr zumute war. Früher konnte sie nie so schnell etwas aus der Fassung bringen. Aber das war, bevor dieser Mann in Osterley erschienen war. In nur einem Tag hatte sich ihr Leben um hundertachtzig Grad gedreht – allein durch die Verwirrung, die Sorge, Zweifel und Angst, die mit seiner Ankunft einhergingen.

Als ihre Tränen versiegt waren, war sie in den Stall zurückgekehrt, immer in dem Bewußtsein, daß Slane sie beobachtete.

Wie sie jetzt so schläfrig auf der blaßgelben Chaiselongue lag, versuchte sie noch immer, sich einen

Fluchtplan auszudenken. Sie wußte, daß es das Wichtigste war, ihren Kamm zurückzubekommen. Nur dann hatte sie genug Geld, um sich eine Zeitlang durchschlagen zu können, bis sie eine Arbeit gefunden hatte. Sie spürte die Wirkung des ungewohnten Alkohols, und alles erschien ihr auf einmal gar nicht mehr so schwer. Sie sagte sich fast fröhlich, daß sie bald die Freude haben würde, Osterley Park und Avenel Slane zum letzten Mal zu sehen.

Bei diesem tröstlichen Gedanken nippte sie noch einmal an ihrem Wein. Und nachdem sie das Glas abgestellt hatte, fielen ihr die Augen zu. Sie merkte nicht mehr, daß Vivie ins Zimmer kam und sich kurze Zeit später zur Nachtruhe zurückzog.

7

Drei Tage vergingen, bis sich endlich die Gelegenheit ergab, auf die Brienne so sehr gewartet hatte – Avenel ging aus dem Haus. Sie hatte ihr Zimmer bis dahin nicht verlassen, wußte sie doch, daß Avenel – solange er sich im Schloß aufhielt – den Kamm nicht aus den Augen lassen würde. Aber jetzt war ihre Stunde gekommen.

Verstohlen blickte sie ihm durch die Fenster ihres Zimmers nach. Er ging auf den Stall zu. Wie arrogant er wirkte, und wie vollkommen egal sie und ihre Sorgen ihm zu sein schienen! dachte sie gereizt. Es war ein selten schöner Wintertag; nur ein paar

Nebelwolken hingen noch am sonst blauen Himmel. Avenel wollte offensichtlich dieses traumhafte Wetter ausnutzen und ausreiten. Sein mit einer dunklen Seidenkordel zurückgebundenes Haar glänzte in der Sonne. Er lächelte dem neuen Stallburschen freundlich zu, als ihm das Pferd gebracht wurde. Briennes weiblicher Instinkt sagte ihr, daß es Frauen auf mindestens zwei Kontinenten geben mußte, die in diesem Moment voller Sehnsucht an ihn dachten. Wenn sie ihn jetzt so gelassen und strahlend und voller Vorfreude auf seinen Ritt sah, hatte er etwas so Jungenhaftes an sich, daß sie sich widerwillig zu ihm hingezogen fühlte.

Aber genug davon! Nervös trat sie vom Fenster weg und ließ die Vorhänge fallen. Sie mußte den Kamm finden, und sie hatte nicht viel Zeit. Verstohlen schlich sie aus ihrem Zimmer und die breite Treppe hinunter. In der Galerie waren die Lakaien ebenso allgegenwärtig wie die alten römischen Statuen, die in Reih und Glied an der Wand standen. Sie starrten ihr nach, aber sie ließ sich durch ihre leeren, unverwandten Blicke nicht stören und schwebte unbeirrt auf den Salon zu. Sie ging an dem südlichen Flur vorbei und durch einen Raum nach dem anderen, um unbeobachtet in die privaten Gemächer des Schloßherrn zu gelangen. Auf diese Weise begegnete ihr kein Diener, wie es in den weitläufigen Fluren gewiß der Fall gewesen wäre.

Sie achtete nicht auf die reichen purpurroten Wandteppiche, die die Wände des prächtigen Vorzimmers schmückten; sie suchte schnell die Tür zu seinem Zimmer. Ihre Nerven waren zum Zerreißen gespannt, als sie sein Schlafzimmer betrat. Sie wußte nur zu gut, daß man sie nicht ertappen durfte. Sie schloß die Tür sorgfältig hinter sich und holte tief Luft, um ihr bebendes Herz zu beruhigen.

Sie hatte das Zimmer früher schon oft gesehen, aber die prächtige Einrichtung nahm sie immer wieder von neuem gefangen. Wie merkwürdig schön es jetzt erschien, da es bewohnt war, dachte sie. Wann immer sie in den vergangenen Wochen hier gewesen war, war ihr das Zimmer in all seiner Pracht doch düster und bedrückend erschienen. Aber jetzt war sie betroffen davon, wie schön der gefaltete grüne Samt, der an den Wänden hing, und überwältigend das große Baldachinbett, das nicht weniger als acht lackierte Säulen mit goldenen Kapitellen aufwies, waren. Aber sie wollte keine weitere wertvolle Minute vergeuden und riß sich von dem Anblick los.

Sie lief zur Tür, die auf den südlichen Gang führte und zog sie zu, damit kein Diener, der daran vorbeeilte, sie sehen konnte. Die lackierte Kommode war der erste Platz, an dem sie mit ihrer Suche begann. Sie zog die oberste Schublade auf und sah unter Slanes Taschentücher nach – eine einfache zinnerne Schnupftabakdose, verschiedene weiße seidene Kniehosen und sein Schildpattkamm, in dem sich zwei oder drei glänzende schwarze Haare verfangen hatten. Aber was sie suchte, fand sie nicht.

Sie öffnete eine Schublade nach der anderen mit tadellos gebügelter weißer Wäsche. Sie stöberte sie durch, und es war ihr egal, wie sie seine Sachen hinterließ. Sie hoffte inständig, daß ihr riskantes Unterfangen nicht sinnlos war. Aber ihr goldener Kamm tauchte auch unter den Hemden nicht auf. Sie seufzte verzweifelt und sah sich nervös im Zimmer nach anderen möglichen Verstecken um. Aber das riesige Bett nahm so viel Platz ein, daß es sonst kaum Möglichkeiten für zusätzliche Möbel gab. Wenn sie daran dachte, daß an diesem Morgen Avenel hier erwacht war, hatte sie nur noch das Verlangen, so schnell wie möglich fortzukommen.

Sie nahm sich zusammen und richtete ihre ganze Aufmerksamkeit auf die Schrankkoffer, die an der nördlichen Wand gestapelt waren. Anscheinend waren sie ausgepackt worden und warteten darauf, auf den Speicher gebracht zu werden. Dankbar, sich so weit wie möglich entfernen zu können, lief Brienne auf die Koffer zu und hob den oberen herunter. Er war viel schwerer, als sie vermutet hatte, und fiel ihr aus der Hand. Mit einem lauten Knall landete das schwere Gepäckstück auf dem Boden. Ihr Herz hämmerte wild, war sie doch sicher, daß jeden Moment eine ganze Armee von Bediensteten auftauchen und sie hier vorfinden würde. Aber ein paar Minuten vergingen, und das einzige Geräusch, das sie vernahm, war das leise gleichmäßige Ticken der französischen Uhr auf dem Kaminsims.

Sie atmete erleichtert auf und kniete sich auf den Teppich, um den Koffer zu öffnen. Sie klopfte leicht dagegen und rüttelte an dem Schloß, bis er sich öffnete. Wie enttäuscht war sie, als sie sah, daß er vollkommen leer war.

Sie stieß ihn verärgert beiseite und hob den nächsten diesmal viel vorsichtiger und mit beiden Armen herunter, um ihn dann leise auf dem Boden absetzen zu können. Aber gerade, als sie ihn sicher in den Armen hielt, vernahm sie das schwache, drohende Geräusch von Reitstiefeln auf dem Marmorfußboden des Ganges, das immer lauter wurde. Wie vom Blitz getroffen, fuhr Brienne zusammen. Der Koffer entglitt ihr und prallte auf den Boden. Mit vor Angst weit aufgerissenen Augen blieb sie reglos stehen, und erwartete, daß sich die Schritte nun schneller nähern würden, aber das geschah nicht. Sie ertönten mit einer Gelassenheit und Gleichmäßigkeit, die an ihren Nerven zerrte.

Brienne machte einen Satz über den Koffer. Sie wußte, daß sie durch die Tür zum Vorzimmer verschwinden konnte, ehe jemand das Schlafzimmer betrat. Aber als sie an der Tür ankam, stellte sie fest, daß sie plötzlich verschlossen war. Sie rüttelte an dem verzierten Türgriff, aber es rührte sich nichts. Sie saß in der Falle.

»Suchen Sie vielleicht danach?« Avenel stand auf der Schwelle zu seinem Schlafzimmer und ließ den Kamm lässig zwischen Zeigefinger und Daumen baumeln.

»Verdammt! Warum sind Sie nicht ausgeritten?« flüsterte Brienne. Ihr Mund war vor Entsetzen ausgetrocknet, und sie mußte mehrmals schlucken.

»Woher wußten Sie, daß ich ausreiten würde? Sie spionieren mir doch nicht hinterher? Wie ein Dieb schleichen Sie sich her und machen sich in meinem Zimmer zu schaffen.« Er trat in den Raum und schloß die Tür zum Gang mit solch einer Entschlossenheit, daß sie ihre Augen schließen mußte, um nicht vor Angst laut aufzuschreien. Sie hatte ihn schon wütend erlebt und wußte, daß man ihn nicht provozieren durfte. Aber jetzt, da er sie in seinem Schlafzimmer ertappt hatte, spürte sie, daß er sie töten oder ihr womöglich noch Schlimmeres antun könnte. Sie zwang sich, die Augen zu öffnen und sah zu ihrem Grauen, daß das Bett, das ihr zuvor schon riesig erschienen war, jetzt in ihrer Vorstellung zu einer enormen Größe gewachsen zu sein schien.

Wenn sie der Typ dazu gewesen wäre, wäre sie jetzt in Ohnmacht gefallen. Aber statt dessen trat sie ihrem Feind gegenüber und sagte, so ruhig sie konnte: »Ich bin kein Dieb. Ich bin nur gekommen, um das zu holen, was mir gehört.«

»Das hier?« Avenel hielt den Kamm hoch. »Ich sagte Ihnen schon, daß er von einem meiner Männer gefunden wurde.« Er trat langsam auf sie zu und hielt ihr den juwelenbesetzten Kamm hin.

»Er gehört mir. Der Kamm ist alles, was ich auf dieser Welt besitze.« Sie blickte ihn an. Ihr Gesicht war sehr blaß. Sie wußte nicht, daß dadurch die dunkle, tiefe Röte ihres Haares und ihr schöner voller Mund noch hervorgehoben wurden. In ihrer Angst sah sie aus wie eine zauberhafte Waldnyphme.

»Wenn das alles ist, was Sie besitzen, Mylady, dann sind Sie bestimmt nicht viel wert.« Er warf den Kamm auf das große Bett. Sie wollte sofort dorthin laufen, aber ihr Arm wurde mit eisernem Griff gehalten. Er zog sie an sich und schon senkte sich sein sinnlicher Mund auf den ihren. Durch ihre Angst war sie wie erstarrt. Sie stand reglos da und spürte, wie seine fordernden Lippen über ihre strichen. In diesem Moment kam sie sich eher wie eine Zuschauerin als wie eine unmittelbar Beteiligte vor. Trotzdem wehrte sie sich gegen seine Zudringlichkeit und zerrte so heftig an seinem Leinenhemd, daß alle Knöpfe absprangen. Seine aufreizend männliche Brust mit den weichen, schwarzen Locken war entblößt. Aber Avenel ließ nicht von ihr ab. Im Gegenteil, er rückte noch etwas näher und umschloß mit seinen Händen ihr schmale Taille. Dann strich er über ihren Oberkörper und ließ beide Hände unter ihren Armen an den Seiten ihrer Brüste ruhen. Sie spürte seine Härte an ihrem Bauch, als er sich an sie preßte. Aber trotz seiner fordernden Umarmung empfand sie plötzlich keine Angst mehr, und zu ihrer eigenen Überraschung fühlte sie sich auch nicht von ihm abgestoßen.

Er küßte sie nun mit der Zärtlichkeit eines Liebenden. Seine Lippen nahmen sich Zeit, ihr Gesicht zu erforschen und strichen über ihre Nase und ihre geschlossenen Augenlider. In ihr wuchs eine wunderbare Empfindung. Es war, als würde alles in ihr zu fließen beginnen, und sie fühlte sich leicht und schwindelig. Und je mehr sie sich entspannte, desto erhabener und mitreißender wurde dieses Gefühl. Alle Sorgen und grüblerischen Gedanken waren in unerreichbare Ferne gerückt. Bevor sie es selbst überhaupt wußte, hatte sie seinem Mund willig Einlaß gewährt. Instinktiv öffnete sie sich ihm, und seine Zunge drang in sie ein. Sie wollte mehr, sie nahm seinen dunklen Schopf in ihre Hände und zog ihn zu sich. Sie sehnte sich mit einer Wildheit nach ihm, nach seinem Körper, wie sie es nie für möglich gehalten hätte.

Schließlich hob er den Kopf, und sie sah, daß er genauso atemlos war wie sie. Er blickte erstaunt an ihr herunter. »Du hast keine Angst mehr vor mir, stimmt's?«

Sie nickte und schaute ihm tief in die Augen.

»Du bist schön, kleine Wildblume.« Er hielt sie in seinen Armen und flüsterte in ihr duftendes Haar. »Vielleicht sollte ich vor dir Angst haben. Dein Vater muß dich gezeugt haben, um mich zu verzaubern.«

Bei der Erwähnung ihres Vaters schlugen die Wellen der Wirklichkeit über Brienne zusammen. Was tat sie da? Hatte sie vollkommen den Verstand verloren? Dieser Mann war fähig, ihr dasselbe anzutun wie Oliver Morrow ihrer Mutter! Aber tief in ihrem Herzen wußte sie, daß es einen großen Unterschied zwischen den beiden Männern gab. Und diese Erkenntnis ließ Oliver Morrow noch schlechter und verwerflicher erscheinen, und sie machte Avenel Slane mächtiger – und furchteinflößender.

Sie entzog sich seinen Armen und trat ein paar Schritte zurück. Die Wärme seines Körpers fehlte ihr, und plötzlich spürte sie eine unerklärliche Leere in sich. Aber sie mußte sich zusammennehmen. Er haßte sie offensichtlich für das, das ihr Vater ihm angetan hatte, und er machte sich nicht einmal die Mühe, diese Tatsache zu leugnen. Wenn sie nicht achtgab, würde er ihr mehr als nur körperlichen Schmerz zufügen können.

»Ich werde mir meinen Kamm jetzt nehmen, wenn es Ihnen nichts ausmacht.« Sie versuchte, einen kühlen Ton anzuschlagen, aber es war nicht leicht, da ihr Herz heftig hämmerte und ihre Haut sich so heiß anfühlte.

»Bitte«, antwortete er und schenkte ihr ein sündhaft schönes Lächeln. Er machte eine einladende Geste zu dem großen Bett, auf dem der Kamm mitten auf der blaßgrünen seidigen Überdecke lag. »Nach Ihnen.«

»Ich – nein«, stammelte sie und warf wieder einen Blick auf die Decke.

»Dann werden Sie den Kamm nicht bekommen.« Er lehnte sich an die stoffüberzogene Tür und betrachtete sie. Sie hatte wieder das Wollkleid an, aber heute hatte sie einen andersfarbigen Unterrock gewählt, fast in dem Ton ihres Haares, das sie diesmal sehr schicklich aufgesteckt hatte und das von einem schwarzen Netz zusammengehalten wurde.

»Sagen Sie, Lady Brienne, was hat es mit diesem Schmuckstück auf sich, daß es so wertvoll für Sie ist? Warum stehlen Sie nicht einfach etwas von den Kostbarkeiten, die dieses Haus zu bieten hat?« Er ging in die eine Ecke des Raumes, wo eine alte Urne aus Lapis Lazuli auf einem dreifüßigen Sockel stand. Er nahm das römische Gefäß in die Hand und drehte sich zu ihr um. »Warum nehmen Sie nicht dies zum Beispiel? Ich schätze, es ist bestimmt tausend Jahre alt. Sicher bringt es Ihnen genug, um von hier fortzukommen. Außerdem würden Sie ihrem Vater einen guten Dienst erweisen, wenn Sie mich um einen Teil seines früheren Vermögens erleichtern. Was sagen Sie dazu? Warum versuchen Sie es nicht einfach mal?« Plötzlich warf er ihr das kostbare Stück zu, und sie fing es im letzten Moment auf. Sie preßte es zitternd an sich, während er nur gleichgültig eine Augenbraue hochzog.

»Das wäre Diebstahl«, erwiderte sie entrüstet, als sie ihre Sprache wiedergefunden hatte.

»Diebstahl! Und wie nennen Sie es, wenn Sie meine persönlichen Dinge durchsuchen und meine Schrankkoffer auf den Boden werfen. Kommen Sie schon, Mylady, Sie machen sich etwas vor. Warum nehmen Sie nicht die Vase? Es ist Ihre. Sie können sie behalten.«

»Sie wissen genau, warum ich die Vase nicht nehmen kann!« Brienne war plötzlich wütend über dieses Katz- und Mausspiel, das er mit ihr spielte. »Was ich auch immer von hier mitnehme, ist unverkäuflich, das wissen Sie genau. Jeder würde die Spur zu dem wundervollen Osterley Park zurückverfolgen können. Alles in diesem Haus, von den Türbeschlägen bis hin zu den Waffen, trägt das Zeichen von Robert Adam. Man würde mich wegen Diebstahl vor Gericht bringen. Und ich bezweifle, daß Sie mir helfen und zugeben würden, mir eins von den kostbaren Schätzen dieses Hauses geschenkt zu haben. Die ganze Idee ist lächerlich. Ich traue Ihnen nicht genug, um diese Chance zu ergreifen. Nein, so dumm bin ich nicht.«

Nach diesen Worten trat Avenel auf sie zu und nahm ihr das dunkelblaue Gefäß aus den Händen. Er stellte es vorsichtig zurück auf den Sockel und lachte. »Dann ist also ihre einzige Chance, wie ich sehe, der Kamm. Habe ich recht?« Ohne eine Antwort abzuwarten, fuhr er fort. »Also, dort liegt er. Alles, was Sie zu tun haben, ist, ihn an sich zu nehmen.« Er lehnte sich lässig an die Wand, verschränkte die Arme und sah sie abwartend an.

Sie spähte durch die gesenkten Wimpern zu ihm. Diesem Mann war nicht zu trauen, aber sie wollte den Kamm. Sie blickte auf und schätzte den Abstand, den sie beide zum Bett hatten. Sie stand viel näher als er. Natürlich war er schneller, aber er hatte auch den weiteren Weg. Sie rang verzweifelt mit sich, ob sie das Risiko in Kauf nehmen sollte, dann trat sie vorsichtig einen Schritt auf das Bett zu und sah ihn an, um zu sehen, ob er sich auch bewegt hatte. Aber er rührte sich nicht, und das beruhigte sie, obwohl er fast wie eine Raubkatze aussah, die einer Antilope auflauert und nur noch auf den richtigen Augenblick wartet, um zu springen und sie zu reißen.

Brienne beschloß, ihre Chance zu ergreifen. Wenn sie den Kamm zurückhatte, konnte sie in weniger als drei Tagen nach Bath kommen, und alles hier würde für sie nur noch Erinnerung sein. Entschlossen lief sie los, so schnell sie konnte – sie hatte den Kamm fast in der Hand, als sie auf das große Bett gerissen wurde. Sie schrie, als sich Avenels Körper schwer auf ihren legte, und sie kämpfte um ihre Freiheit wie nie zuvor.

»Ruhig! Sei still, ich tu' dir nichts.« Er griff nach Briennes rudernden Armen und hielt sie ihr über dem Kopf zusammen. Sie konnte nichts mehr tun und fluchte leise, weil sie sich so leicht hatte überrumpeln lassen. Sie starrte ihn aus wutblitzenden Augen an.

Er sprach beruhigend auf sie ein: »Du mußt still sein. Ich darf dich wohl daran erinnern, daß du freiwillig hergekommen bist.«

»Ich bin nicht in dieses Zimmer gekommen, um vergewaltigt zu werden«, zischte sie.

Aber er zuckte nur mit einer Augenbraue und küßte sie. Er knabberte an der samtigen Haut ihres Halses und über ihrer Brust. Er lächelte und zärtlich glitten seine Lippen über ihren Mund bis zur Stirn und dem Haaransatz. »Ich werde dich nicht vergewaltigen. Warum sollte ich mir das Vergnügen versagen, dich stöhnen und um meine Liebe flehen zu hören?« Er ließ kurz ihre Arme los, und sie versuchte sofort von neuem, sich zu befreien. Aber er war schneller und umklammerte ihre Handgelenke mit seiner kräftigen Hand. Dann warf er ihr einen warnenden Blick zu und ließ sie wieder los. Diesmal verhielt sie sich ruhig, um nicht noch einmal so grob in die Schranken verwiesen zu werden.

»Weißt du«, sagte er, »du solltest netter zu mir sein.« Seine Lippen berührten sanft ihre Stirn, und wieder unternahm er einen nervenzermürbenden Angriff auf ihre Sinne. »Ich könnte dich hierbehalten und dir die Kleider wegnehmen –« Er küßte sie –, »dich zu meiner Konkubine machen und dich nichts anziehen lassen, als diesen lächerlichen, kleinen Kamm ...« Er küßte sie jetzt voll auf die Lippen; und sie seufzte vor Lust, als in ihrem Bauch Schmetterlinge zu tanzen begannen. Gott, was geschah nur mit ihr?

Dieser Kuß dauerte länger als die anderen zuvor. Als er vorüber war, blickte sie ihn wie betäubt an. Ihre Lippen waren feucht und dunkelrot von seiner Liebkosung, und ihre Wangen brannten. Er löste das Netz aus ihrem Haar, bis sich die rotbraunen Locken über die grüne Decke breiteten. Und dann spürte sie, wie er mit dem Kamm durch ihre seidigen Haarsträhnen fuhr.

Instinktiv griff sie danach, aber er hielt sie zurück. »Sei ruhig – ich möchte dich nur ansehen«, flüsterte er, während er ihr Gesicht und das Haar ausführlich betrachtete. Brienne lag regungslos und schweigend da, unsicher, was er als nächstes tun würde. »Er steht dir, so seltsam es auch ist«, murmelte er rätselhaft. »Ich muß dir gestatten, ihn einmal zu tragen. Vielleicht zum Dinner, wenn wir allein sind.«

»Geben Sie ihn mir! Sie wissen, daß er mir gehört«, bettelte sie.

»Nein«, erwiderte er mit scharfer Stimme. Dann stand er auf und nahm ihr den Kamm aus dem Haar, während sie sich wie benommen aufsetzte. Sie sah ihm vom Bett aus zu, wie er die obere Schublade seiner Kommode aufzog und den Kamm hineinlegte. Er verschloß sie.

»Bitte«, flehte sie noch einmal.

»Nein«, wiederholte er und zog das schwarze Seidenband aus seinem Haar. Er befestigte den Kommodenschlüssel an dem Band und legte es sich um den Hals. Brienne wandte bitter enttäuscht den Blick ab.

»Wenn du Osterley verlassen willst, wirst du dir mein Wohlwollen verdienen müssen«, sagte er von oben herab.

»Sie Bastard!« fauchte sie zitternd vor Wut.

»Aber das«, fuhr er fort und nahm ihr Kinn in seine Hand, »das, mein wunderschönes Mädchen, wird nicht gerade dazu beitragen. Wenn du dich gut benimmst, und ...« Er blickte auf das Bett, auf dem sie saß, »versuchst, mich hier zu erfreuen, könnte ich dir vielleicht die besondere Vergünstigung zuteil werden lassen, den Schlüssel geschenkt zu bekommen.«

»Wenn ich nur frei von Ihnen werde, wenn ich mit Ihnen schlafe, warum nehmen Sie sich dann nicht jetzt gleich, was Sie wollen? Dann haben wir es wenigstens hinter uns?« Es gelang ihr, mit ruhiger Stimme zu sprechen, um ihn nicht noch mehr zu reizen.

»So würde es mir keinen Spaß machen. Ich will, daß du von allein zu mir kommst. Und wenn es so weit ist, mußt du mich ganz und ohne den geringsten spürbaren Widerstand wollen. Verstehst du mich?« Er betrachtete ihr Gesicht genau und wartete ruhig auf die Antwort.

»Ja«, murmelte sie.

»Gut.« Er ließ ihr Kinn los, und sie konnte aufstehen. »Ich erwarte, daß du mit mir zu Abend ißt. Du kannst heute nacht in mein Bett kommen – oder morgen ... wann du willst, aber bis dahin dulde ich kein Herumschnüffeln in meinen Räumen.«

Sie strich ihre Röcke glatt und ordnete ihr Haar, bevor sie den Raum verließ. Diese neue Niederlage belastete sie schwer.

»Lady Brienne«, rief er, ich möchte noch einen Kuß, bevor Sie gehen.«

Sie wandte sich zornig um.

»Es würde mich erfreuen, Wildblume, unsäglich erfreuen.« Sie mußte an sich halten, dann starrte sie wie hypnotisiert auf den goldenen Schlüssel, der an seinem Hals hing. Sie ging gehorsam zu ihm, stellte sich auf die Zehenspitzen und zog seinen Kopf zu sich herunter. Dann hauchte sie einen flüchtigen Kuß auf seine Lippen. Gerade als ihre Lippen die seinen berührten, hob sie ihre Hand an seine Brust und zog an dem schwarzen Band. Aber ihre Hand wurde schnell beiseite geschoben. Er schloß seine Arme um sie und hob sie hoch. Mit einer Hand um ihre Taille und der anderen fest unter ihrem Po, zog er sie an sich, als sei sie nur eine Puppe. Bevor sie wußte, was ihr geschah, forderte seine Zunge Einlaß in ihren Mund. Und wieder empfand sie diese verrückte, quälende Lust – ihr Körper gehorchte ihrem Willen nicht mehr.

Hätte sie jetzt stehen müssen, hätten die Beine unter ihr nachgegeben, so erregte sie seine Berührung. Aber er hielt sie fest im Arm, und sie ließ alles zu. Mit jedem Kreisen seiner gierigen Zunge, wußte sie, daß er einen neuen Sieg errungen hatte, und es machte sie fast krank, daß sie Freude an ihrer eigenen Niederlage zu finden schien.

Als er sich endlich von ihr löste, ließ er sie langsam an sich heruntergleiten, bis sie das Gefühl hatte, die Intimität dieses Augenblicks nicht länger ertragen zu können. Als sie endlich frei war, fochten die verschiedensten Gefühle einen erbitterten Kampf in ihrem Innern aus. Staunen, Enttäuschung und Wut überwältigten sie. Sie stolperte zur Tür und sehnte sich nach frischer Luft, um wieder einen klaren Kopf zu bekommen.

»Erinnere dich, Kleines, erfreue mich hier, und du wirst sehen, wie großzügig ich sein kann.«

»Sie sind eine arrogante Bestie«, zischte sie im Waliser Dialekt, den sie als Kind gelernt hatte. Sie fühlte sich in diesem Moment nicht mutig genug, um ihn zu provozieren. Aber sagen mußte sie doch, was sie empfand, daher benutzte sie eine Sprache, die er nicht verstehen konnte. »Kein Wunder, daß wir Engländer in einen Krieg gedrängt wurden!« Mit diesen Worten wandte sie sich von seinem überraschten Gesicht ab. Aber sein lautes, tiefes Lachen folgte ihr durch die Halle und den ganzen Weg bis zur Treppe.

8

Vivie schnalzte zufrieden mit der Zunge. »*Mademoiselle*, Sie haben nichts Passendes zum Anziehen. Ich habe Ihre Kleider wieder und wieder gesäubert und gebügelt! Sie sind abgetragen!«

»Das ist ein guter Vorwand für mich, die Einladung auszuschlagen. Ich werde nicht gehen.« Brienne saß auf dem Rand des gelben Sofas und starrte ins Kaminfeuer, das seit neuestem ständig in ihrem Zimmer prasselte. Im Gegensatz zu ihr lief Vivie vergnügt und strahlend im Zimmer hin und her, voller Vorfreude über die Aufgabe, die vor ihr lag: Ihre Herrin für ihr erstes offizielles Dinner mit Master Slane anzuziehen.

Wenn ihre Lage nicht so trüb gewesen wäre, hätte Brienne über die Geschäftigkeit ihrer Zofe lachen müssen – Vivie dachte, sie sei ein Mädchen vom Lande, das Avenel unter seine Fittiche genommen hatte, um sie die feineren Aspekte der Liebe zu lehren. Aber dort unten, dachte sie mit einem Schauder, fand das wirkliche Drama statt. Sie kämpfte um ihr Leben, schien es, und mit jeder neuen Begegnung geriet sie mehr in Bedrängnis. Avenel hatte jetzt die vollkommene Kontrolle über jeden Bereich ihres Lebens, und das Spiel würde sehr bald schon seinen grausamen Höhepunkt erreichen.

»Dies hier wird reichen müssen. Ich werde es noch einmal aufbügeln.« Brienne blickte auf, als Vivie ihr royalblaues Kleid brachte.

»Wirklich, das ist nicht nötig. Ich möchte nicht ...«

»Die mädchenhafte Scheu steht Ihnen, Mylady«, sagte Vivie auf Französisch. »Ich habe Sie noch nie so wunderschön gesehen. Ihr Haar! Ihre Augen! Dieses Glühen! Ich weiß, daß Master Slane sehr glücklich sein mit Ihnen wird. Sie brauchen keine Angst zu haben!«

Nicht so! dachte Brienne und lächelte verbissen, ohne die Zofe über ihren Irrtum aufzuklären. Vivie himmelte Avenel regelrecht an, und man konnte mit ihr nicht vernünftig über diese unselige Verbindung reden.

Als sie sah, daß ihre Herrin lächelte, legte Vivie das wieder falsch aus. »Sie hatten einen schönen Tag heute, ja?« fragte sie und fügte pfiffig hinzu: »Und wenn alles gutgeht, werden Sie eine noch schönere Nacht haben; ist es nicht so?« Sie kicherte vergnügt, aber dann bemerkte sie Briennes bestürztes Gesicht. »Haben Sie keine Angst, ich komme gleich mit dem Kleid zurück, und ich werde alles tun, was nur möglich ist, damit es wie neu aussieht für Ihren ... ah ...« Sie lachte wieder. »Tout se suite, Mademoiselle!« Und schon verschwand sie durch die Tür zum Ankleidezimmer.

Brienne seufzte und schüttelte niedergeschlagen den Kopf. Dann schob sie rebellisch ihr Kinn vor, stützte es in die Hände und starrte wieder in die Flammen. Alle nannten sie verrückt, aber sie lebte in einem Irrenhaus! Es war alles einfach zuviel!

Eine Stunde später saß sie an ihrer Frisierkommode und betrachtete das Kunstwerk, das Vivie aus ihrem Haar geschaffen hatte. Weiche Wellen umschmiegten ihren Kopf, und nur eine oder zwei Löckchen fielen in den Nacken. Vivie hatte das Haar so lange gebürstet und gekämmt, bis es wunderschön glänzte. Und trotz all ihres Kummers hatte auch Brienne Freude daran, so umsorgt zu werden.

»Würden Sie mir wohl das Haar pudern?« hatte Brienne Vivie gefragt.

»Vielleicht werde ich es pudern, wenn Sie Gäste haben. Aber ich weiß, daß LES AMERICAINS es nicht mögen. Sie müssen wissen, daß sich mein Bruder in Virginia aufhält, vertraute Vivie ihr an. »Er kämpft im Krieg, Mademoiselle. Ich erzähle Ihnen das, weil er Monsieur Slane dort kennengelernt hat, und deshalb bin ich auch hierhergekommen. Mein Bruder erzählte ihm von meiner schwierigen Situation. Es ist jetzt nicht leicht für Franzosen, wissen Sie? Ich habe in Frankreich keine Stellung gefunden, aber dann ...« Sie seufzte glücklich auf und plapperte unbeirrt weiter. »Aber Ihr Haar! Ich lasse mich so leicht ablenken! Sie müssen mir verzeihen.«

Brienne lachte nur und wartete geduldig, bis sie fertig wurde. Vivies Eröffnung über ihren Bruder brachte Licht in einige Ungereimtheiten. Die Dankbarkeit der Zofe gegenüber Avenel konnte sie jetzt viel besser verstehen. Und auch Vivies freundliche Hilfsbereitschaft war bestimmt ein Zeichen ihrer Ergebenheit, die offensichtlich sehr tief ging und stark war.

»Ich denke, Sie lassen es AU NATUREL.« Vivie betrachtete forschend die kunstvolle Frisur und erklärte:

»Monsieur Slane, er trägt keine Perücke, weil er wie LES AMERICAINS ist.«

»Ja, er ist ganz entschieden wie LES AMERICAINS.« Brienne lächelte ihre Zofe an. Sie mochte Vivie von Tag zu Tag lieber. Das Mädchen war so fröhlich und lebhaft und vor allem war sie herzlich. Sogar ihr erster Abend, als Brienne schmutzig und müde erschienen war, war sie von der jungen Französin freundlich und aufmerksam empfangen worden. Und sie hatte Brienne nie das Gefühl gegeben, weniger vornehm zu sein, weil sie nur altmodische und abgetragene Kleider besaß, statt dessen hatte Vivie die Umstände ihrer Herrin bedauert. Und sie wurde sehr ernst, wenn Sie wieder und wieder beklagte, daß Brienne dasselbe Kleid mehr als einmal tragen mußte.

»Wie hat Ihr Bruder Avenel kennengelernt, Vivie?« Brienne wollte nicht zu neugierig wirken.

»Das ist eine wunderbare Geschichte!« rief Vivie aus. »Mein Bruder Jean Claude wurde im Krieg angeschossen. Er schleppte sich stundenlang übers Land. Endlich stieß er auf eine große Plantage neben einem Fluß, und der Besitzer erlaubte ihm, so lange zu bleiben, bis er gesund war. Dort traf er Monsieur Slane, der ... ah, le ... Hausgast war! Aber das ist nicht alles.

Als Jean Claude noch sehr krank war, verriet ihn der Eigentümer der Plantage an die Engländer, die ihn zwingen wollten, Informationen preiszugeben, und vorhatten, ihn zu töten. Aber der Monsieur Slane hatte Freunde verständigt, die ihn nach Virginia brachten und dort für ihn sorgten. Die Leute auf der Plantage fanden nie heraus, wer meinem Bruder geholfen hatte. Monsieur Slane lacht heute noch, wenn er erzählt, wie die Feiglinge die Uniform meines Bruders in einem Loch in der Holztäfelung versteckten, damit sie niemand entdeckte. Man kann nicht auf beiden Seiten des Krieges stehen, Mademoiselle. Es sei denn, natürlich, man ist ein Feigling.« Vivie reichte ihr die purpurroten Schuhe aus Glaceleder.

»Aber Master Slane hat beide Seiten gegeneinander ausgespielt. Ist er nicht auch ein Feigling?« Brienne zog ihre Schuhe an und ging zum Bett, auf dem ihr Kleid lag. Endlich erfuhr sie etwas über den mysteriösen Schloßherrn, aber sie wollte Vivie ihre Neugier nicht allzu offen zeigen.

»MAIS NON! Er ist der mutigste Mann in diesem

Krieg! Er hat viel für sein Land getan. Er ist kein Verräter!« rief Vivie aus.

»Aber wie kann das sein? Er hat sein Land verlassen und ist in das seiner Feinde gezogen!« Und ich wünschte, er wäre dort geblieben, wo er hingehört, fügte Brienne in Gedanken hinzu.

»Ja, so scheint es. Aber seine Familie kommt von hier. Und genau aus diesem Grunde hielt er sich aus dem Krieg heraus.«

»Familie? Sie meinen, er ist verheiratet?« Brienne wartete atemlos vor Aufregung auf die Antwort.

»MAIS NON! Er ist ungebunden! Seine Eltern stammen aus England. Monsieur Slane wollte die Briten nicht verraten, deshalb kam er zurück.«

»Und er hatte andere Dinge im Kopf als diesen Kolonienkrieg.« Brienne zitterte bei dem Gedanken an den Earl. Was auch immer zwischen diesen beiden Männern stand, es war weit wichtiger für Avenel als der Krieg um die Unabhängigkeit. Sie wollte ganz gewiß nicht in diesen Konflikt mit einbezogen werden!

»Lady Brienne! Sie zittern ja! Kommen Sie zum Feuer, während ich Ihnen beim Anziehen helfe! Sie dürfen sich nicht erkälten!« rief die kleine Französin.

Gehorsam trat Brienne ans Feuer und ließ sich von Vivie helfen. »So!« Vivie trat einen Schritt zurück und betrachtete ihr Werk. Dann rief sie auf Französisch aus: »Mylady, eine schönere Frau als Sie gibt es nicht! Sie sind wirklich hinreißend!«

Brienne betrachtete sich erwartungsvoll im Spiegel, der über dem Kamin hing. Enttäuscht sah sie, daß sie immer noch dieselbe war. Ihr blaues Kleid, obwohl es so sorgfältig hergerichtet war, war genau wie immer. Und obwohl die neue Frisur ihr ein reiferes und viel weiblicheres Äußeres verlieh, war das herzförmig geschnittene Gesicht immer noch das alte, trotz der vom Feuer leicht geröteten Wangen und der lebhaft glänzenden Augen.

Sie lachte sich selbst aus. Hatte sie wirklich erwartet, jemand anderen zu sehen? Vielleicht eine Frau, die besser gekleidet war als sie, mit wundervoll weißem Haar, das hoch aufgetürmt auf ihrem Kopf frisiert war, und einem Schönheitspflästerchen, das über den hochrot gefärbten Lippen klebte, so wie sie es auf einem Bild in einer der kostbaren Zeitschriften ihrer Mutter gesehen hatte? Warum kümmerte sie sich darum? Es war doch niemand hier, den sie beeindrucken wollte.

»Vielen Dank, Vivie«, sagte Brienne und drehte sich vor dem Spiegel. »Wenn ich gut aussehe, ist das allein Ihr Werk. Sie haben wahre Wunder vollbracht.« Sie schenkte ihr ein dankbares Lächeln.

»*Mais non, ma demoiselle.* Sie sind zu bescheiden. Seide oder Puder können nicht viel ausrichten, wenn die Frau, die sie schmücken, nicht schön ist. Und sie sind eine Schönheit. Hier«, sagte Vivie und legte eine Hand an ihr Gesicht, »und hier.« Die Zofe legte die andere Hand an ihr Herz.

»Sie sind sehr lieb, Vivie. Sie kennen mich kaum, und doch sagen Sie so nette Dinge.«

»Ich kenne Monsieur Slane. Er würde die Frau seines Herzens nie anders haben wollen.«

»Vielleicht bin ich nicht die Frau seines Herzens, Vivie. Was dann?« Brienne runzelte die Stirn. Sie wußte, daß sie dem Mädchen mindestens so viel Ehrlichkeit, wie sie vertragen konnte, schuldete.

»Noch nicht, *peut-etre*. Aber es ist nur eine Frage der Zeit. Ich habe sein Gesicht und seine Augen gesehen, wenn er von Ihnen spricht. Seine Augen *Mademoiselle* – sie könnten gar nicht mehr strahlen. Sie sind für ihn die Richtige. Wenn er erst weiß, daß er Ihr Herz besitzt, wird er keine andere mehr wollen.«

Mein Herz, dachte sie im stillen, ist genau das, was er niemals haben wird. Vivie schob sie zur Tür hinaus, damit sie rechtzeitig zum Essen kam.

Als sie die breite Treppe hinunterging, entdeckte sie Cumberland, der in der Halle auf sie wartete. Sie lächelte ihm zu, glücklich zu sehen, daß er ihr das vergeben hatte, womit sie ihn im Stall so sehr verletzt zu haben schien.

»Lady Brienne, darf ich sagen, daß ich nie zuvor eine so schöne Frau zum Dinner geführt habe?«

Brienne nahm seinen ausgestreckten Arm. »Und darf ich sagen, daß ich nie zuvor in so erlesener Gesellschaft war?« Sie lachte und war sehr erleichtert, daß er zusammen mit ihnen essen würde. Cumberland sah außergewöhnlich vornehm aus in seiner silbergrauen Samthose, der Jacke, und der kobaltfarbenen Satinweste. Neben ihm kam sie sich wie eine graue Maus vor.

Sie durchquerten den nördlichen Gang, wo der Eßsaal an die Galerie grenzte. Aber dort brannte nicht eine einzige Kerze. »Was ist denn das? Ich dachte, wir würden zum Dinner ...«

»Ja, ja, meine Liebe, kein Grund zur Besorgnis.« Cumberland tätschelte beruhigend ihren Arm.

Sie verabscheute Überraschungen, wenn sie auch nur im geringsten mit Avenel Slane zusammenhingen. Alles Ungewöhnliche, mit dem er zu tun hatte, kam ihr verdächtig vor. Sie warf Cumberland einen scharfen Blick zu. »Aber wo ...?«

»In der Galerie, meine Liebe. Slane dachte, es wäre intimer.«

»Intimer? Die Galerie ist viermal so groß wie der Eßsaal!«

»Na gut, also sagen wir, es ist sein Lieblingsaufenthaltsort. Und er nimmt seine Mahlzeiten gern dort ein.« Wieder tätschelte Cumberland ihren Arm; und seine blaßblauen Augen zwinkerten vergnügt. »Er ist ein Exzentriker, das steht fest. Aber Amerikaner sind nun mal so!«

»Na ja, wenigstens einer seiner Landsleute ist mit etwas britischem Geist gesegnet«, lächelte Brienne und ließ sich von ihm in die Galerie führen.

Als sie dort ankamen, bemerkte sie, daß einer der drei Mahagonitische vom nördlichen Gang in die gegenüberliegende Ecke des Raumes gerückt worden war. Der war mit einem cremefarbenen Tischtuch und blaßgrünem Sèvres-Porzellan gedeckt. Ein silberner Kandelaber mit acht brennenden Kerzen spendete trübes Licht, und im Kamin, an dem Avenel mit einem Glas in der Hand lehnte, brannte ein Feuer.

»Slane, wir haben das große Glück, diesen Abend in reizender Gesellschaft zu verbringen.« Cumberland führte Brienne zum Tisch. Als sie das Porträt ihres Vaters sah, das über dem Kamin hing, lief Brienne ein Schauder über den Rücken. Morrows stumpfe, böse Augen schienen sie anzustarren und ihr überallhin zu folgen. Schnell schaute sie weg.

»Guten Abend, Lady Brienne.« Avenel nahm ihre Hand und beugte sich über sie, um einen Kuß auf ihren Handrücken zu hauchen. Sie war schockiert von der sinnlichen Wärme seiner Lippen und zog ihre Hand schnell zurück. »Wie immer sehen Sie hinreißend aus.« Er richtete sich wieder auf und blickte sie mit seinen kalten Augen an.

»Lady Brienne, erlauben Sie mir!« Cumberland zog eifrig einen der drei kunstvoll verzierten Stühle vom Tisch. Sie setzte sich, dankbar, daß sie mit dem Rücken zum Kamin und zu dem Bild von Oliver Morrow plaziert war.

Sie blickte gerade rechtzeitig auf, um zu sehen, daß Avenel eine seiner Augenbrauen spöttisch hochzog und einen Blick auf Cumberland warf; er war zweifellos amüsiert über das zuvorkommende Benehmen seines Freundes. Ein wenig verlegen ließ sich Cumberland links von ihr nieder und murmelte etwas über das unritterliche Benehmen gewisser Individuen.

»Vielen Dank, Master Cumberland. Nur in Ihrer Gesellschaft werde ich so verwöhnt.« Sie warf Avenel einen verachtungsvollen Blick zu, aber er antwortete nur mit seinem charmantesten Lächeln.

»Sie mögen anscheinend diesen Raum.« Brienne ließ ihren Blick durch die lange Galerie schweifen und konnte nicht einmal das schöne Sofa sehen, das an der entgegengesetzten Wand stand, so dunkel war es dort.

»Ihn mögen, Lady Brienne? Da täuschen Sie sich! Ich liebe diesen Raum. Hier zu sein bedeutet alles für mich. Ich kann Ihren Vater sehen und mit größtem Behagen auf seine Rückkehr warten.« Avenel schnippte mit den Fingern, und zwei Lakaien erschienen, einer mit Wein, der andere mit dem ersten Gang.

Plötzlich hatte Brienne gar keinen Hunger mehr. Die Ankunft des Earl war etwas, das sie in Angst und Schrecken versetzte. Der Gedanke, daß sie ihn leibhaftig sehen sollte, jagte ihr eisige Schauer über den Rücken. »Ich werde euch beide haben!« Die Worte hallten in ihren Ohren wider, und sie hielt sich krampfhaft am Tisch fest. Sie blickte auf den hauchdünn geschnittenen Entenbraten und die Orangenstückchen und zwang sich, einen Bissen zu essen. Sie gab sich alle Mühe, gleichgültig zu erscheinen. »Wie bald erwarten Sie den Earl?«

»Oh, das ist schwer zu sagen. Wenn er Glück hat, können wir ihn bald begrüßen, nicht wahr, Cumberland?« Bei diesen Worten lachten beide Männer herzhaft und kümmerten sich nicht ein bißchen um Brienne, der nun endgültig der Appetit vergangen war.

»Sie wollen sagen, Sie haben keine Ahnung, wann er ankommen könnte?« Sie versuchte, das Fleisch mit einem Schluck Wein hinunterzuspülen. Ihr Mund fühlte sich so trocken an, daß ihr jeder Bissen im Halse stecken zu bleiben schien. Endlich fand sie den Mut, Avenel direkt anzusehen. »Er könnte genau jetzt in der Tür stehen und uns zusammen am Tisch sitzen sehen. Ich kann das nicht länger ertragen.«

»Sie werden es ertragen, Mylady, ob es Ihnen nun gefällt oder nicht.« Er warf ihr einen eiskalten Blick zu.

»Das werde ich nicht«, widersprach sie. »Ihr Benehmen ist schändlich ...«

»Ich finde, die Köchin hat sich heute abend wirklich selbst übertroffen. Und wenn man bedenkt, daß wir sie übernommen haben ...« Cumberland nahm genießerisch einen Bissen und warf dabei Avenel einen vorwurfsvollen Blick zu.

Avenel lehnte sich zurück und nippte an seinem

Wein. Schweigend musterte er Brienne. Widerwillig aß sie noch einen Bissen von der köstlichen Ente, aber sie war viel zu wütend, um das Essen zu genießen. Die grauenhafte Erkenntnis, daß Oliver Morrow genau in diesem Moment auf dem Schloßhof auftauchen könnte, versessen darauf, wieder Herr von Osterley zu werden, schnürte ihr den Magen zu. Und es gab keinen Ausweg ... Selbst wenn er nicht heute eintraf, dann eben morgen oder übermorgen. Sie biß sich auf die Unterlippe.

Als sie wieder aufsah, merkte sie, daß beide Männer sie anstarrten; dann wandten sich ihre Blicke ab und blieben an dem Bild über dem Kamin hängen.

»Es ist bemerkenswert, wie wenig Sie Ihrem Vater ähneln.« Avenel beugte sich vor und betrachtete sie prüfend. »Man findet wirklich nicht die geringste Ähnlichkeit.«

Nervös schaute sie auf ihren Teller. »Es gibt viele Kinder, die nicht aussehen wie ihre Väter.«

»Vielleicht.«

»Der Earl erkennt mich als sein Kind an!« verteidigte sie sich.

»Natürlich tut er das. Aber vermutlich könnte das nur Ihre Mutter ganz genau sagen.«

»Was wollen Sie damit andeuten, Sir?« Sie versuchte so beleidigt wie möglich auszusehen und die schreckliche Angst abzuschütteln, die sich ihrer bemächtigt hatte.

»Ich deute gar nichts an. Lassen Sie uns einfach sagen, daß Ihre Mutter außergewöhnlich schön gewesen sein muß, und wir alle drei wissen, wie der Earl ist. Es wäre nicht schwer, sich vorzustellen ...«

»Hören Sie auf!« Sie erhob sich. »Es hätte für mich große Folgen, wenn der Earl an seiner Vaterschaft zweifeln würde. Aber wenn er glaubt, daß ich seine Tochter bin, dann bin ich es. Ich bin über nichts Gegenteiliges informiert worden!«

»Bitte, Lady Brienne, nehmen Sie Platz.« Cumberland sprang auf. »Sie dürfen sich nicht so aufregen. Wir bezweifeln nicht, daß Sie seine Tochter sind, nicht wahr, Slane?« Er warf seinem Freund einen vorwurfsvollen Blick zu.

»Ich wollte Sie nicht beleidigen, Mylady. Bitte leisten Sie uns weiter Gesellschaft.« Avenel, der immer noch saß, zog ihren Stuhl weiter zurück, und Cumberland rückte ihn erneut für sie zurecht.

Brienne gab nach, weil sie dem Thema nicht noch mehr Gewicht verleihen wollte. Je weniger gesagt wird, desto rascher ist es vergessen, dachte sie. Sie aß eine saftige Orangenscheibe. Es wurde Wein nachgeschenkt, und dankbar griff sie nach dem Glas und hoffte auf die beruhigende Wirkung, die der Alkohol auf sie hatte.

Nach dem zweiten Gang hatte sie allmählich ihre Sprache wiedergefunden. »Warum sind Sie beide so sicher, daß der Earl überhaupt kommen wird? Es scheint doch, daß er Osterley in einem fairen Spiel verloren hat. Welchen Grund sollte er also haben, zurückzukommen? Ich kann nicht zulassen, daß Sie glauben, er würde meinetwegen kommen. Er hat mich seit Jahren nicht gesehen, und ich wage zu behaupten, daß er nicht einmal weiß, daß ich in Osterley bin.«

»Er wird kommen!« Avenels Gesicht wirkte wie gemeißelt. »Denken Sie nicht, Lady Brienne, daß Sie der Köder sind. Das gäbe Ihnen zu viel Gewicht. Ich kann Ihnen sagen, daß der Earl früher oder später hier auftauchen wird; aber nicht Ihretwegen, dessen seien Sie versichert.« Als er ihr verblüfftes Gesicht sah, lachte er. »Keine Angst, meine Kleine. Wir werden lange hier sein, und bald werden Sie unsere Gesellschaft nicht mehr ganz so abstoßend finden wie jetzt.«

»Es ist nicht Cumberlands Gesellschaft, die mir mißfällt, Sir.« Sie nippte noch einmal an ihrem Wein. »Und es wird mehr Zeit brauchen, als wir auf dieser Erde zur Verfügung haben, bevor ich Gefallen an Ihrer Gesellschaft finden werde.« Sie biß mit ihren gleichmäßigen, perlweißen Zähnen herzhaft in eine köstliche Bisquitrolle.

»Sie könnten Ihre Meinung ändern. Ich habe festgestellt, daß das nichts Ungewöhnliches für eine Frau ist.«

»Das mag sein, aber ich bin nicht wie andere Frauen«, entgegnete Brienne von oben herab.

»Das ist wahr.« Avenel beugte sich zu ihr vor und sagte so leise, daß nur sie es verstehen konnte. »Und vielleicht werden Sie wünschen, es wäre anders. Denn es könnte sich als Ihr Untergang erweisen.« Er sah ihr in die Augen, ehe sein Blick an ihr hinunterwanderte und provozierend an ihrem Busen hängenblieb.

Sie wünschte, sie hätte ein Tuch umgelegt, um ihre Reize zu verbergen. Sie trank noch einen Schluck Wein und wandte sich Cumberland zu, um ihre Verlegenheit vor Avenel zu verbergen.

»Erzählen Sie mir, wie Sie diesen ... Amerikaner kennengelernt haben, Sir? Ich bin ein wenig erstaunt, daß ein Mann von so edler englischer Gesinnung mit so jemandem Umgang pflegt.« Sie lächelte ihn betörend an und war zufrieden, als der ältere Mann errötete.

»Vermutlich sind wir ein seltsames Paar, meinst du nicht, Slane?« Cumberland lachte und versuchte, ihre letzte Frage zu umgehen. »Wir trafen uns auf einem Schiff, Mylady. Es ist schon so lange her, und ich habe vollkommen vergessen, wie unsere Freundschaft begann. Aber ich fürchte, ich muß Sie enttäuschen, Mylady, Sie könnten mich auch einen Amerikaner nennen. Obwohl ich hier in England geboren und aufgewachsen bin, habe ich die letzten zwanzig Jahre in den Kolonien verbracht. In Maryland, um genau zu sein.«

»Na gut, aber zumindest fällt es bei Ihnen nicht sehr auf. Wenn alle Leute aus Maryland wären wie er, müßte man Sie alle in Käfigen halten!« Brienne wußte, daß der Wein ihre Zunge löste und sie ziemlich frech war, aber es machte ihr Spaß. Sie blickte Avenel lächelnd an und hoffte, ein Zeichen von Wut in seinem Gesicht zu sehen, aber er blieb vollkommen ruhig.

»Cumberland ist nicht eine ... Wie sagten Sie doch?« begann Avenel den Satz auf Englisch, »arrogante Bestie«, fuhr er auf Walisisch fort. Er lachte schallend und nahm sich von dem Kuchen, den ein Lakai ihm anbot. »Mehr, mein hübsches Waliser Mädchen?« fragte er aufreizend freundlich.

»Ich vermute, es wäre nicht ratsam, Ihnen auf Französisch ganz genau zu sagen, was ich von Ihnen halte.« Diesmal konnte sie nicht verbergen, wie verärgert sie war.

»Nur zu! Ich würde liebend gern wissen, wie Sie über mich denken!«

»Dann muß ich es ablehnen, danke. Ich habe schon die Geschichte von Ihnen und Vivies Bruder gehört. Ich denke, es wäre eine sinnlose Übung.«

Sie probierte von dem Kuchen. Gab es denn überhaupt etwas, was dieser anmaßende Mann nicht wußte?

Bald darauf war das Dinner zum Glück beendet. Die Männer tranken ihren Brandy, während Brienne ihren Tee in einer großen hauchdünnen Porzellantasse serviert bekam. Bald schon wurde ihr der Kopf schwer; sie war Frühaufsteherin, und es war schon ungewöhnlich spät für sie. Sie wollte noch Pläne für den nächsten Tag schmieden. Wie konnte sie an den Schlüssel kommen, den Avenel unter seiner silberverzierten Weste trug? grübelte sie. Aber im Moment spürte sie den Rotwein, den sie getrunken hatte so sehr, daß sie sich nach ihrem kühlen Leinenlaken sehnte, das oben in ihrem Zimmer auf sie wartete.

»Ich glaube, sie ist müde, Avenel«, hörte sie Cumberland von weitem flüstern.

»Ich werde sie nach oben bringen, mein Freund. Ich komme gleich zurück.« Avenels Stuhlbeine quietschten, und sie ließ sich bereitwillig von ihm aus der Galerie führen. Aber bevor Brienne ging, dankte sie Cumberland noch für seine Gesellschaft während des Essens.

»Es war mir ein Vergnügen, wirklich.« Er verbeugte sich und küßte ihr ritterlich die Hand. Dann sah er ihnen nach und ließ sich erst nieder, als sie schon an der Tür waren.

Es war ein kurzer Gang zur großen Treppe und hinauf ins Schlafzimmer. Brienne bemerkte nicht einmal, daß sie von Avenel gestützt wurde, und fing plötzlich an zu kichern.

»Mir scheint, Ihr Freund Cumberland wird so bald nicht wieder mit uns essen!« sprudelte sie hervor und lachte.

»Und warum nicht, Sie albernes kleines Mädchen?« Er legte seinen Arm um ihre Taille, als sie die Schlafzimmertür erreicht hatten. Offensichtlich war er entschlossen, ihre Fröhlichkeit zu nutzen.

»Also wirklich, sein armer Magen muß unter den Streitereien gelitten haben – wir sind nicht sehr freundlich miteinander umgegangen.« Sie lachte beschwipst.

»Sein Magen mag mitgenommen sein, aber nicht von unseren hitzigen Gesprächen. Ich glaube, er ist sehr von Ihnen eingenommen, meine Wilde.« Er zog sie an sich und atmete den Duft von Geißblatt in ihrem Haar ein.

»Er ist so nett.« Brienne war jetzt sehr ernst. »Er ist wie der Vater, den ich mir immer gewünscht habe.«

Nach diesen Worten sah er sie lange an und nach einer Weile fragte er freundlich: »Meine Kleine, ich würde mich sehr freuen, wenn Sie morgen mit mir ausreiten würden.«

Sie hob ihren schweren Kopf und sah ihn überrascht an. »Ich traue meinen Ohren nicht. Sie laden mich auf so anständige Art zu einem so anständigen Unternehmen ein und nicht zu einem schmutzigen, sündhaften ...«

»Werden Sie mich begleiten?« Er sah ihr tief in die Augen, und sie hatte das Gefühl, daß der Wein auch ihm zu schaffen machte, denn seine Augen schimmerten warm und herzlich.

»All Ihr Gentleman-Benehmen ist sinnlos, Master Slane, denn ich habe in meinem ganzen Leben noch nicht auf einem Pferd gesessen. Und ich bin sicher, wenn ich es täte, würde ich vor Angst sterben.« Sie lehnte ihren Kopf gegen die Tür und schaute ihn an.

»Dann werde ich es Ihnen beibringen. Sie brauchen keine Angst zu haben, und bald werden Sie das Reiten sehr angenehm finden. Ich habe eine sehr brave Stute. Sie tut keiner Fliege etwas zuleide.«

Sie beobachtete ihn genau, während er sprach. »Master Slane, wenn ich Sie recht verstehe, ist es nicht nur Cumberland, der im Moment von mir eingenommen ist. Sie sind kaum wiederzuerkennen.«

Er lächelte sie an und seine weißen Zähne blitzten in dem spärlichen Kerzenlicht, das in der Halle brannte. Langsam beugte er sich zu ihr herunter, um sie zu küssen, aber sie zog schnell ihren Kopf weg.

»Ich nehme alles zurück. Sie sind doch noch derselbe«, stieß sie atemlos hervor, nachdem sie erfolgreich seine Umarmung abgewehrt hatte.

Er lachte und öffnete die Schlafzimmertür mit einem solchen Schwung, daß sie beinahe das Gleichgewicht verlor. Er fing sie mit beiden Armen auf. Bevor er ging, nahm er ihre Hand und drückte einen Kuß auf die empfindliche Handfläche.

Nachdem er sich wieder zu voller Größe aufgerichtet hatte, schloß er ihre Hand. »Denk an mich, Wildblume, wenn dein Kopf auf dem Kissen ruht.« Er lief schnell die Treppe hinunter, und sie wußte, daß sie tatsächlich an ihn denken würde.

9

Der größte kastanienbraune Hengst, den Brienne je gesehen hatte, stand drohend vor ihr. Mit seinem Kopf stupste er sie spielerisch an und rieb seine Stirn an ihrem vor Angst angespannten Rücken.

»Ach! Laß das, du verschmuster Dummkopf!« Avenel schnalzte mit der Zunge und zog sein Pferd von ihr weg. Er reichte dem jungen Stallburschen Kelly die Zügel und widmete dann seine volle Aufmerksamkeit Brienne.

»Ich bin mir nicht so sicher, ob sie mich mag.« Sie trat einen Schritt von der scheckigen Stute weg, die zwar nicht ganz so groß wie der Hengst, aber doch angsteinflößend genug war. »Vielleicht sollten wir es ein andermal versuchen?« Sie drehte sich um, aber zu ihrem Kummer versperrte Avenel ihr den Weg.

»Wollen Sie kneifen?« Er blickte auf sie herunter, und seine Augen sprachen deutlich aus, was er dachte – daß sie möglicherweise feige war.

»Ganz und gar nicht! Aber ich sehe überhaupt keine Notwendigkeit, reiten zu lernen!« Sie zuckte mit den Schultern, die sehr beengt in einer viel zu knappen Jacke eingezwängt waren. Sie hatte seit Jahren keine Gelegenheit gehabt, die Indigo-gefärbte Jacke zu tragen. Und erst jetzt stellte sie fest, daß sie ihr zu klein geworden war. Die Länge stimmte noch, aber von der Taille an aufwärts spannte sie, und Brienne hatte Angst, daß die Nähte bei der kleinsten Bewegung platzen würden. »Vielleicht bietet sich eine andere Gelegenheit.« Sie zuckte wieder mit den Schultern und versuchte dem Gesagten damit etwas Gewicht zu verleihen.

»Ich hätte gern etwas Gesellschaft bei meinen Ausritten. Dieser Grund allein sollte ausreichen.« Er warf die Zügel über den Kopf des Tieres und legte sie für Brienne zurecht.

»Könnte nicht Cumberland diese Ritte mit Ihnen unternehmen?« Sie klammerte sich an jeden nur möglichen Ausweg, um nicht auf diesem riesigen Ungeheuer sitzen zu müssen.

»Cumberland ist kein junger Mann mehr, und ich denke, er läßt sich nicht gern stundenlang im Sattel durchschütteln.«

»Und Sie meinen, daß ich Lust dazu habe?« Sie sah ihn zweifelnd an.

Er lächelte, und dabei kräuselten sich seine Lippen jungenhaft. »Vielleicht nicht gleich zu Beginn. Aber zumindest sind Sie jung genug, sich den Stößen und blauen Flecken auszusetzen. Außerdem wird Sie die Übung ordentlich müde machen, und ich brauche mir nicht ständig Ihr Hin- und Herlaufen in ihrem Schlafzimmer anzuhören, wenn ich spätabends in der Bibliothek sitze.«

»Ich habe keinerlei Bedürfnis nach sportlicher Betätigung und schon gar nicht nach den damit einhergehenden blauen Flecken«, widersprach sie, und ihre hübschen Lippen verzogen sich geringschätzig.

»Vielleicht ist es gar nicht so schlimm. Ich würde meinen, Ihr Hintern ist mit den vielen Röcken recht gut gepolstert.«

Sie starrte ihn keuchend vor Entsetzen an. Wie konnte er es wagen, Ihre Unterkleider in Gegenwart des Stallburschen zu erwähnen? Wutschnaubend wandte sie sich nun endgültig vom Pferd ab, aber Avenel verstellte ihr den Weg. Er trat einen Schritt auf sie zu. Brienne war sich seiner männlichen Nähe nur zu bewußt, als er seine Hände rechts und links von ihr auf den Ledersattel stützte und ihr so die letzte Fluchtmöglichkeit versperrte.

»Wenn Sie es nicht mit der Stute versuchen möchten«, sagte er und fuhr auf Walisisch fort, weil er wußte, daß sie die Einzige war, die diesen Dialekt verstehen konnte: »könnten wir in mein Schlafzimmer gehen und ... du könntest auf mir reiten.« Diese letzte Bemerkung war kaum mehr als ein Flüstern. Und ihre Knie wurden plötzlich ganz weich. Er beugte sich näher zu ihr vor, und sein Geruch nach Pferd und Leder verwirrte ihre Sinne noch mehr.

Sie warf Kelly einen nervösen Blick zu, um festzustellen, ob er etwas von den Ungeheuerlichkeiten, die Avenel eben gesagt hatte, verstanden hatte. Erleichtert bemerkte sie, daß er mit Idle Dice, Avenels großem Hengst, beschäftigt war. Sie wandte sich Avenel zu und sagte drohend: »Sie sind ein Barbar! Wie können Sie es wagen, solche Dinge in meiner Gegenwart auszusprechen?«

»Vielleicht bin ich ein Barbar, aber ich erwarte eine Antwort. Bevorzugen Sie die Stute oder mich?« Er warf ihr einen hochmütigen Blick zu, und sie sehnte sich danach, ihm die Augen auszukratzen. Sie war sich im klaren, daß sie ihm nicht entkommen konnte. Wenn sie sich weigerte, in den Sattel zu steigen, würde er auf seinen grauenhaften Vorschlag zurückkommen. Deshalb gab sie nach und erlaubte ihm, ihr auf das Pferd zu helfen.

Sie nahm schnell die Zügel auf, aber zu kurz. Die Stute reagierte sofort und trat gehorsam zurück. Und es schien nichts zu geben, was sie davon abhalten würde, diese Fortbewegungsart bis London fortzusetzen. Brienne fühlte sich dem Tier ausgeliefert und wußte nicht, was sie tun mußte. Avenel übernahm lässig die Führung, schwang sich in den Sattel seines Hengstes und begann mit einem leichten Trab über die Felder.

Zu ihrem Entsetzen folgte die Stute ihm und fiel in einen holprigen Trott. Brienne stand wahre Todesängste aus. Sie hatte keine Ahnung, wie sie das Pferd zum Stehen bringen konnte und wie man richtig im Sattel saß.

»Wollen Sie mich umbringen?« schrie sie Avenel zu, als sie endlich an einer Weide anhielten. Sie hing erschöpft über dem Sattelknauf und war erleichtert und dankbar, daß das Pferd endlich ruhig neben Idle Dice stehen blieb. »Ist das der Plan, den Sie schon die ganze Zeit über hatten?« Wutschnaubend versuchte sie, ihr Mieder zurechtzuziehen, das während des ungemütlichen Ritts ein wenig verrutscht war. Dann zog sie die Enden ihrer dunkelblauen Jacke enger um sich und bedachte Avenel mit einem haßerfüllten Blick.

»Denken Sie einfach nur *daran*, wenn es zu viel für Sie wird, Lady Brienne.« Avenel knöpfte seelenruhig sein Hemd auf und zog das schwarze glänzende Seidenband hervor, das immer noch um seinen Hals hing. Er ließ den Schlüssel verführerisch vor ihren Augen baumeln, aber sie war nicht so dumm, danach zu greifen. Sie strafte ihn und den Schlüssel mit Nichtachtung.

»Ich werde reiten lernen, Master Slane«, gab sie nach. Der Schlüssel hatte alle Macht, sie zu überreden. »In jedem Fall ist Reiten besser als alles, was Sie sonst noch vorgeschlagen haben, egal wie schmerzhaft und gräßlich es ist.«

»Wunderbar! Und es wäre bequemer für Sie, wenn Sie Ihre Hände lockerer um die Zügel legen und sie so halten würden.« Er zeigte ihr, wie sie die Zügel nehmen mußte.

»Gut«, sagte er, als sie es ihm nachmachte. »Jetzt ist es noch wichtig für Sie, Ihre Hände tiefer zu halten, an der Mähne. Sie werden dadurch mehr Kontrolle haben, und es sieht auch besser aus.« Sie legte ihre Hände an die richtige Stelle. Und dann wies er sie an: »Nun lassen Sie sie gehen. Schieben Sie sich leicht im Sattel nach vorn und stoßen Sie sie mit Ihrer Wade.«

Sie tat, wie ihr geheißen, und wie durch ein Wunder setzte sich das Pferd langsam in Bewegung. »Aber wie sage ich ihr, wohin ich will?«

»Ein leichtes Ziehen an dem linken oder rechten Zügel wird für den Augenblick genügen. Sie werden später noch wirksamere Methoden lernen.«

Er saß auf Idle Dice und sah zu, wie Brienne ihre Stute im Kreis gehen ließ. Er zeigte ihr, wie sie ihr Pferd wenden konnte. In dem Augenblick, in dem Brienne nicht mehr so unsicher war, fragte sie sich, ob ihr das Reiten nicht vielleicht doch Spaß machen könnte. Es tat gut, an der Luft zu sein und sich von Osterley entfernen zu können. Der Tag war ebenso schön wie der vorherige. Der Himmel war blau und wolkenlos, und die Sonne schien. Es war wirklich ein erhebendes Gefühl, auf dem Rücken eines Pferdes zu sitzen und über die weiten Felder zu blicken.

»Ich glaube, Sie haben sich schon an sie gewöhnt«, sagte Avenel, während sie um ihn herumritt.

»Wie heißt sie?« Sie beugte sich vor und tätschelte selbstvergessen den scheckigen Hals der Stute.

»Sie hat noch keinen Namen. Sie können ihr einen geben.«

»Ich soll ihr einen Namen geben? Dann werde ich sie ...« Sie biß sich auf die Unterlippe und sah in ihrer Versonnenheit aus wie ein kleines Mädchen, das sich einen Namen für ihre Puppe ausdachte. »Ich werde sie ... Queenie nennen. Sie sieht wirklich aus wie eine Königin, finden Sie nicht?« Sie sah ihn erwartungsvoll an. Die Sonne und die frische Luft hatten ihren Wangen einen hübschen Schimmer verliehen, und ihre Augen hatten noch nie so gestrahlt.

Brienne war ein wenig verwirrt, weil er sie so merkwürdig ansah. Es war, als habe sie irgend etwas Außergewöhnliches getan, und er könnte seinen Augen nicht trauen. Aber dieser warme Blick war schnell wieder verschwunden.

Die Reitstunde war bald zu Ende. Schroff nahm Avenel die Zügel wieder auf und bat sie, ihm zum Stall zu folgen. Er verfiel wieder in Trab, und Queenie folgte ihm instinktiv in derselben Gangart, trotz des unsicheren Sitzes ihrer Reiterin. Insgeheim betete Brienne, daß sie fähig sein würde, in dem unbequemen Sattel zu bleiben. Sie versuchte mit aller Macht, den nächsten Aufprall auf dem Sattel abzufedern. Sie war erleichtert und gleichzeitig sehr verärgert, als sie endlich den Hof erreichten.

»Gibt es keine andere Gangart als diesen scheußlichen Trab. Dabei wird man ja ganz durchgeschüttelt.« Sie warf ihm einen wütenden Blick zu, als sich seine Hände um ihre schmale Taille legten und er ihr auf den Boden half.

»Es ist die einzige Möglichkeit, reiten zu lernen«, erwiderte er kurz angebunden.

Brienne blieb vor Ärger wie festgewurzelt stehen, als er ins Haus ging, ohne sie noch eines Blickes zu würdigen.

Sie hörte das Plätschern von Wasser und nahm dies für ein sicheres Zeichen, daß der Herr des Hauses ein Bad nahm. Auf eine solche Gelegenheit hatte sie gewartet. Sie versteckte sich in der Nische zwischen Bett und Tür, die zum südlichen Gang führte. Nach einer Weile hörte sie, wie Avenel seinen Kammerdiener entließ und in die Wanne stieg.

Das war ihre allerletzte Chance. Der Schlüssel lag auf der Kommode. Sie ging darauf zu und hoffte, daß niemand sie sehen konnte. Hinter der riesigen Tür, die zu dem kunstvoll bemalten Ankleidezimmer führte, saß Avenel in einer riesigen, länglichen Kupferwanne. Sie zog die Kapuze von ihrem Umhang über ihr glänzendes Haar und lief durch das Schlafzimmer zu dem Schlüssel.

Sie nahm den Schlüssel in ihre zitternde Hand und steckte ihn vorsichtig in das passende Loch. Ein leises Klicken ertönte, als sich das Schloß öffnete. Ihr Herz schlug so laut in ihrer Brust, daß Brienne fürchtete, Avenel könnte es hören. Sie wagte kaum zu atmen. Das Blut gefror ihr in den Adern, als plötzlich die Geräusche im Ankleidezimmer verstummten. Sie spähte vorsichtig durch den Türspalt. Avenels Schatten war nicht mehr an der gegenüberliegenden Wand zu sehen. Alles war totenstill.

Aber nach einer Weile schien Avenel sich versichert zu haben, daß niemand im Schlafzimmer war. Brienne hörte, daß er sich mit einem Schwamm wusch. Leise stieß sie den angehaltenen Atem aus.

Vorsichtig zog sie die Schublade weit genug auf, um den edelsteinbesetzten Kamm zu sehen. Sie griff danach und umschloß ihn glücklich mit ihrer Hand. Dann versteckte sie ihre Hand unter dem Umhang, schob mit der anderen die Schublade wieder zu und legte den Schlüssel zurück auf die Kommode, und zwar genauso, wie sie ihn vorgefunden hatte.

Sie war zufrieden mit dem, was sie erreicht hatte. Sie drehte sich um. Es gab noch ein letztes Hindernis, das es zu überwinden galt. Sie mußte an der Tür zum Ankleidezimmer vorbei. Avenel hatte inzwischen sein Bad beendet und stieg aus der Wanne. Gleich würde er sich in die Leinentücher hüllen.

Als sie an die Tür zum Ankleidezimmer kam, sah sie, daß er mit dem Rücken zu ihr dastand. Die Muskeln unter seiner glatten Haut zuckten, während er sich mit einem Handtuch das nasse Haar rubbelte. Und ihr Blick fiel auf seine schlanken, kräftigen Schenkel und sein muskulöses Gesäß.

Sie schloß die Augen und schwankte ein wenig, als sie an die Tür zum Gang huschte. Sie griff nach einer der Bettsäulen, um nicht zu fallen. Es schien, als hätte er tatsächlich ungewöhnlich scharfe Sinne. Brienne hörte, wie Avenel zur Tür des Ankleidezimmers ging und sie öffnete, um zu sehen, ob alles in Ordnung war. Ohne weiter nachzudenken, was sie tat, preßte sie sich an die dunkle Wand neben den Bettvorhängen und hoffte wider aller Vernunft, daß er nicht ins Zimmer kommen würde. Zögernd blieb Avenel auf der Schwelle stehen. Er bemerkte offenbar nichts. Der goldene Schlüssel lag noch genauso, wie er ihn hinterlassen hatte, auf der Kommode. Und sie hörte, daß er ins Ankleidezimmer zurücktrat, um seinen nackten Körper am Feuer zu wärmen.

Brienne schlich mit klopfendem Herzen zur Tür, die zum Gang führte. Nachdem sie die Tür leise hinter sich zugezogen hatte, lief sie ins Wohnzimmer, um dem Lakaien in der Halle aus dem Weg zu gehen. Von hier aus blickte sie in die kaum erleuchtete Galerie. Dort war kein Mensch, und sie kam unbehelligt bis zur Haupttür im hinteren Teil des Hauses.

Als sie draußen war, schlich sie am Haus entlang bis zu den Stallungen. Kein Licht brannte dort, und sie war überrascht, daß sie so ein Glück hatte. Selbst Queenie steckte ihren grauen Kopf heraus, um sie zu begrüßen.

Nervös streichelte Brienne die riesige Stirn des Pferdes. Sie hatte nicht die geringste Ahnung, wie man ein Pferd sattelte und sah sich ratlos um.

Sie entdeckte den Damensattel, hob das unglaublich schwere Lederstück auf und schleppte es in Queenies Box. Dann ging sie in den Sattelraum, um das Zaumzeug für das Pferd zu suchen, aber dort hingen viele Geschirre, und alle kamen ihr ganz gleich vor. Schließlich nahm sie einfach die Zügel, die ihr am nächsten hingen. Damit ging sie zurück zu Queenie, hob mit größter Anstrengung den Sattel auf den Rücken des Tieres und zog den Gurt so fest es ging. Danach betrachtete sie das komplizierte Geschirr und verlor mehrere Minuten damit, herauszufinden, wie sie es dem Tier umbinden muß.

Sie drehte es in ihrer Hand und streifte es über den Kopf der Stute. Sie war dankbar, daß das Tier das Gebiß automatisch in sein Maul nahm. Aber als sie es über Queenies aufmerksame Ohren legen wollte, war Brienne bestürzt. Sie hatte doch das falsche Zaumzeug genommen, es saß zu straff. Aber sie war dennoch froh, daß sie die Lederriemen überhaupt dem Tier richtig angelegt hatte. Sie führte die Stute auf den Hof.

Brienne fuhr der Schreck in alle Glieder, als Orillion schwanzwedelnd aus dem Stall auf sie zustürmte. Aber dann erkannte sie den Hund und flüsterte leise auf ihn ein. Nachdem sie die Nacht im Stallgebäude zusammen verbracht hatten, waren sie gute Freunde geworden.

»Erzähl aber nicht deinem Herrchen, daß du mich gesehen hast, Orillion«, murmelte sie und beugte sich zu ihm hinunter, um ihm zum Abschied die Ohren zu kraulen. Sie warf einen letzten Blick auf das Haus.

Ein Haus wie Osterley hatte viel für ein junges Mädchen, das sich nach Gesellschaft sehnte, zu bieten, und der Gedanke an Avenel erschien ihr mit einemmal gar nicht mehr so schrecklich. Aber einer Begegnung mit ihrem Vater mußte sie unter allen Umständen aus dem Weg gehen. Sie hatte Angst vor ihm.

Irgendwie gelang es Brienne, in den Sattel zu kommen. Sie warf einen letzten Blick auf den Park, dann wandte sie sich den Wäldern zu. Mit einem unbehaglichen Gefühl trieb sie Queenie an.

Sehr bald merkte sie, daß eine Reitstunde bei weitem nicht genug war, um ein Pferd beherrschen zu können. Die Stute warf ständig ihren Kopf zurück und hatte Schaum vor dem Maul. Die nächtlichen Geräusche schienen das Pferd nervös zu machen, und es scheute.

Nachdem sie die erste Baumgruppe erreicht hatten, schien sich Queenie etwas zu beruhigen. Aber plötzlich zuckte Queenie erschrocken zusammen, als hätte sie etwas Schreckliches gesehen, und blieb einfach stehen. Ihre Ohren hatte sie aufmerksam nach vorn gestellt, und ihren Kopf hielt sie unnatürlich gebogen.

»Was ist?« flüsterte Brienne dem verschreckten Pferd zu. Sie selbst stand Todesängste aus und nahm die Zügel noch fester in die Hände, aber das Tier reagierte nicht darauf. Brienne fürchtete sich vor etwas, was sie nicht sehen konnte. Sie drückte Queenie den Schuh in die linke Flanke und hoffte, sie so zum Gehen zu bewegen. Plötzlich preschte das Pferd vorwärts und jagte in wildem Galopp auf eine weit entfernt gelegene Lichtung zu. Brienne hielt sich verbissen fest. Das war alles, was sie tun konnte.

Sie erreichten die Lichtung mit rasender Geschwindigkeit. Brienne war sicher, daß dieses verrückte Tempo ihrer beider Ende sein würde. Plötzlich bäumte sich Queenie auf, Brienne stürzte auf den Boden, und blieb wie betäubt dort liegen. Sie bekam keine Luft und sah dem Pferd hilflos nach, das jetzt ohne seine Reiterin auf den Wald zustürmte.

Brienne keuchte und weinte, bis sie aus der Ferne Hufschläge vernahm. Sie wagte nicht, sich umzusehen. Sie konnte sich nur zu gut vorstellen, wie wütend der Reiter war, der sich ihr näherte.

»Hol dich der Teufel!« rief Avenel grob, als er von seinem schweißüberströmten Pferd sprang. Er warf die Zügel über Idle Dices Kopf und schleuderte die Peitsche auf den Boden zu Briennes Füßen. Das

Pferd scheute und bäumte sich auf. »Du kleine Närrin! Ich sollte dich verprügeln!« Er zog sie hoch und versuchte, zu ergründen, ob sie verletzt war. Aber sie drehte sich heftig zur Seite.

»Wenn Sie nur ein Fünkchen Anstand besitzen, lassen Sie mich in Ruhe!« rief sie mit erstickter Stimme aus. »Merken Sie nicht, daß ich von hier fort muß? Warum müssen Sie mich immer wieder daran hindern?«

»Sie können gehen, wenn ich mit Ihrem Vater fertig bin«, sagte er hart.

»Mein Vater! Ich bin kein Lockmittel für meinen Vater! Er haßt mich! Er hat sich schon, als ich noch ein Kind war, nicht um mich gekümmert. Er wird jetzt auch nicht meinetwegen kommen«, rief sie schluchzend. Und schon hallten die Abschiedsworte von Lord Oliver in ihren Ohren nach: »Ich werde euch beide haben, beide, beide.« Brienne hob ihre Hände und hielt sich die Ohren zu, um nichts mehr hören zu müssen. Wie sollte sie eine Begegnung mit ihrem Vater ertragen?

»Es ist gar nicht nötig, daß Sie den Earl herlocken. Er wird kommen, ob Sie nun hier sind oder nicht.«

»Dann haben Sie mir in diesem wahnsinnigen Plan irgendeine andere Aufgabe zugedacht?« Sie wich seiner Hand aus und lief los. Sie wollte fort und sich in der Dunkelheit der Wälder verbergen. Aber sie kam nicht weit, denn ihr Knöchel schmerzte höllisch. Sie sank förmlich in seine ausgestreckten Arme, und beide stürzten zu Boden.

»Wo ist der Kamm, Brienne?« Er blickte an ihrer schmutzigen Kleidung herunter.

»Ich habe ihn nicht.« Sie versuchte aufzustehen, aber er hinderte sie daran.

»Gib ihn mir, oder ich ziehe dich aus, und dann werde ich ihn schon finden.« Er begann mit dem Umhang und zog ihr die Kapuze vom Kopf.

»Nein, bitte ... warten Sie!«

Er griff nach ihrem Mieder und begann rücksichtslos daran zu zerren.

»Gib auf, Brienne«, sagte er mit einem gefährlichen Lächeln und strich dabei über ihre Brust.

»Oh ... Sie ... Sie sind ein widerlicher Kerl!«

Sie kämpfte gegen ihn, aber es war ein sinnloses Unterfangen – er hielt sie mit Leichtigkeit in Schach. Er drückte ihre Hände auf den Boden und hakte mit der anderen Hand geschickt ihr Mieder auf. Bald rutschte das Kleid von ihrer Schulter, und seine warmen Finger tasteten sich unter den lockeren Stoff und glitten begehrlich über ihre Brust.

»Also, hier ist er nicht«, stellte er nach einer Weile fest und ließ seine Hand auf einer ihrer Brüste liegen.

»Dann hören Sie sofort auf, mich so anzufassen!« forderte sie vehement. Als er nicht reagierte, biß sie in seine Hand.

»Au!« stöhnte Avenel und riß seine Hand zurück.

Die Wut darüber, daß er sie gezwungen hatte, sich so wenig damenhaft zu benehmen, verlieh Brienne neue Kraft. Während Avenel damit beschäftigt war, sich um seine verletzte Hand zu kümmern, riß sich Brienne von ihm los, sprang auf die Füße und rannte von neuem los.

»Mach das noch einmal, und ich stecke dich in einen Käfig.« Er faßte nach Briennes Unterröcken. Sie schrie, als sie merkte, daß der Stoff zerriß, und stolperte. Sie fiel auf ihn.

»Wenn du den Kamm nicht hergibst, Liebling,

werde ich leider gezwungen sein, dir alle Kleider vom Leib zu reißen. Soll ich vielleicht hiermit beginnen?«

Er griff nach dem Vorderteil ihres Mieders.

»Würden Sie mir glauben, wenn ich Ihnen sage, daß ich ihn verloren habe, als ich vom Pferd stürzte?«

»Eine Lady wie du sollte ihre einzige Kostbarkeit verlieren? Das glaube ich nicht.« Er strich ihr eine Haarsträhne aus dem erhitzten Gesicht. »Gib mir den Kamm, oder du mußt die Folgen tragen.«

»Ich habe ihn doch nicht ...« Die Worte erstarben ihr auf den Lippen, als sich sein Mund dem ihren näherte. Heftig warf sie ihren Kopf zur Seite. Aber durch diese ruckartige Bewegung öffnete sich ihr Mieder nur noch mehr, und dies verschaffte ihm einen hervorragenden Einblick. Seine Hand schob sich langsam unter ihre Röcke.

»Ist Ihnen nichts heilig? Wagen Sie sogar, unter meinen Röcken nach dem Kamm zu suchen?« zischte sie empört.

»Ich wage es«, bestätigte er schlicht, bevor sich seine Hand um ihre weichen Pobacken legte. Die Kühle, die damit an Körperteile gelangte, die sonst warm und gut geschützt unter mehreren Röcken verpackt waren, verursachte ihr ein eigenartiges, neues Gefühl. Seine Berührung hinterließ eine feurige Spur auf ihrer Haut, und das schockierte sie zutiefst. Als er sie zärtlich zu streicheln begann, schmolz ihr Widerstand, und ihr wurde heiß. Ihr Körper ließ sie im Stich. Sie war so erstaunt über ihre eigene Reaktion, daß sie kaum bemerkte, wie er sie küßte.

Zuerst ihr Hals, dann ihr Kinn, und schließlich

ihre tränenüberströmten Wangen nahmen seine zärtlichen Attacken ohne Gegenwehr entgegen. Sie stöhnte auf, als sie seine Zunge heiß und verführerisch an ihrer Kehle spürte.

»Wo ist der Kamm, Liebes? Ich fürchte, daß deine erste Erfahrung mit einem Mann in der Kälte und auf der feuchten Wiese stattfindet, wenn wir so weitermachen«, flüsterte er. Seine feurige Hand streichelte immer noch über ihre Hüften.

»Du verdammter Kerl!« Halb schluchzend erhob sie sich und strich ihre Kleider glatt. Als ihre Röcke wieder an der richtigen Stelle saßen und ihr Mieder zugehakt war, steckte sie ihre Hand in die Innentasche ihres Umhangs und warf ihm den Kamm zu.

Sie sah unter Tränen zu, wie er den juwelenbesetzten Kamm vom Boden aufhob und in seinen Hosenbund steckte.

»Woher wußten Sie, daß ich weggelaufen bin?« fragte sie schroff.

»Ich hatte so ein Gefühl, daß du in meinem Schlafzimmer warst, während ich mein Bad nahm. Ich vermute, in der Zeit hast du dir den Kamm geholt. Als du nicht zum Abendessen erschienst, ging Cumberland nach oben, um dich zu holen, und er stellte fest, daß du nicht da warst. Ich war sicher, daß du dich in diese Richtung gewandt hast, weil du schon einmal diesen Weg nehmen wolltest, als ich dich vom Fenster der Galerie aus beobachtet habe.«

»Dann werde ich das nächste Mal einen anderen Weg einschlagen.« Sie wich einen Schritt zurück.

»Es wird kein nächstes Mal geben.« Ohne Vorwarnung packte er sie und setzte sie auf den Rücken des Hengstes.

»Es *wird* ein nächstes Mal geben«, versetzte sie

und versuchte abzuspringen. Aber er hinderte sie daran.

»Das wird es nicht. Dafür werde ich schon sorgen.« Er schüttelte den Kopf. »Du kleine Närrin, auf Queenie mitten in der Nacht davonzugaloppieren. Wußtest du, daß du dich im Steigbügel hättest verfangen können? So wie es aussieht, hast du nur mit Mühe deinen Fuß herausbekommen. Ich habe schon einmal erlebt, daß eine unerfahrene Reiterin meilenweit von einem Pferd mitgeschleift wurde. Ist nicht gerade ein schöner Anblick, wenn man das Pferd endlich zum Stehen bringt.« Er stieg hinter ihr aufs Pferd. Er würde keine weiteren Fluchtversuche dulden, das stand fest. Im leichten Trab ritten sie zurück nach Osterley.

»Aber was ist mit Queenie? Hätten wir sie nicht einfangen müssen?« fragte sie und sah ihn über die Schulter an.

Sein versteinertes Gesicht ließ sie sofort wieder verstummen.

»Daran hättest du denken sollen, als du sie gestohlen hast. Wir können nur hoffen, daß sie allein den Weg zurückfindet und daß wir sie nicht wegen eines gebrochenen Beines erschießen müssen.«

»Ich ... wollte sie zurückbringen«, sagte Brienne mit zitternder Stimme.

»Wolltest du? Ja?«

»Ich will nur nicht hier sein, wenn der Earl kommt. Warum können Sie das nicht verstehen? All das wäre unnötig, wenn Sie mir den Kamm zurückgeben würden und mich gehen ließen.«

»Es ist sinnlos, Brienne. Du rennst wie in Panik fort, obwohl ich versucht habe, den Aufenthalt in

Osterley für dich so angenehm wie möglich zu machen.«

»Aber er wird bald hier sein, und –«

»Wie kommst du auf die Idee, daß er bald hier sein könnte? Es liegen ihm so viele Steine im Weg, daß ich denke, es wird eine Weile dauern, bis er überhaupt von Amerika fortkommt.«

»Wie lange ist eine Weile?« fragte sie ängstlich.

»Er könnte morgen ankommen, aber es kann auch noch Monate dauern.«

»Monate!« wiederholte sie. Ihre Tränen versiegten bei dieser Information.

»Vielleicht«, ergänzte er. »Also unterlaß diese übereilten Fluchtversuche und komm etwas zur Ruhe. Du wirst sehen, daß du dich mit der Zeit in Osterley sehr wohl fühlen wirst – wenn du es zuläßt.«

»Ich möchte nur wissen, warum Sie glauben, daß mein Vater so lange brauchen könnte.«

»Im Moment ist er in Maryland«, erklärte Avenel geduldig. »Solange der Krieg noch andauert, wird er sich sehr schwer tun, ein Schiff nach England zu finden.« Es schien ihm Freude zu bereiten, über die Schwierigkeiten, die der Earl überwinden mußte, zu sprechen – fast, als sei er persönlich dafür verantwortlich. »Es ist mehr als wahrscheinlich, daß er Monate braucht. Ganz bestimmt haben wir längere Zeit Ruhe vor ihm, meine Wildblume.«

»Aber ich kann nicht allzu lange hier bleiben. Es ist nicht richtig.« Sie hob ihren Kopf. »Woran denken Sie?« Sie warf ihm einen mißtrauischen Blick zu.

»Du willst es im Grunde gar nicht wissen. Und es ist das Beste für dich«, entgegnete er barsch. »Wenn es wirklich dein Wunsch ist zu gehen, hast du Tag und Nacht die Möglichkeit dazu. Du kannst sogar meine Kutsche nehmen.«

»Sind Sie wahnsinnig? Sie sagen mir in einem Augenblick, daß ich Ihre Gefangene bin, und im nächsten behaupten Sie, ich könne jederzeit fort? Warum sind Sie mir dann überhaupt gefolgt?«

»Du hast dir das Privileg zu gehen noch nicht verdient, Liebes. Sollen wir das, was wir vorhin am Boden begonnen haben, in der Wärme und Gemütlichkeit meines Schlafzimmers fortsetzen?« Er lächelte und drücke sie an sich, während er seine Hand auf ihren Nacken legte, als wolle er ihr Haar beiseite schieben und sie an dieser empfindlichen Stelle küssen.

»Sie haben den Kamm. Ich sehe keine weitere Notwendigkeit, dieses ekelhafte Spiel zu wiederholen.« Brienne schob sich so weit vor, wie es ging.

»Nicht einmal für deine Freiheit? Natürlich müßten wir dafür weitergehen als heute abend. Du müßtest mir deine Jungfernschaft opfern.« Er hatte seinen Arm besitzergreifend unter ihre Brust gelegt. Brienne war wütend.

»Selbst wenn ich eine Schlange wäre, würde ich mich nicht einmal für Sie häuten.« Sie versuchte, sich aus seinem Griff zu lösen, aber ohne jeden Erfolg. Er lachte nur.

»Wie du willst. Aber ich habe keine Lust, herumzuirren und dich mitten in der Nacht zurückzuholen. Wenn du vorhast, noch einmal durchzubrennen, kann ich dich nur warnen. Ich werde dich in deinem Zimmer einsperren. Oder besser noch, in meinem.«

»Trotz meines Vaters Armut, haben Sie nicht das

Recht, mich so zu behandeln. Ich bin die Tochter eines Earl, und Sie können mich nicht wie eine Gefangene festhalten und mich zu ... dieser abendlichen ... Aktivität zwingen.« Sie merkte, daß sie rot wurde, aber das machte sie nur noch wütender. »Es gibt nicht einen Menschen bei Hofe, der Ihnen so etwas verzeihen würde.«

»Wo sind all diese vornehmen, einflußreichen Adligen? Ich muß sagen, Brienne, du hast auffallend wenig Beschützer. In der Tat, dich in meine Gewalt zu bekommen, war für mich eines der leichtesten Dinge in den letzten zwanzig Jahren«, spottete er.

»Sie haben mich noch nicht.« In dem Moment, in dem sie diese Worte ausgestoßen hatte, bedauerte sie sie schon. Sie wollte ihn auf keinen Fall herausfordern.

»Das stimmt. Aber wir könnten ein Spiel daraus machen. Du versteckst den Kamm, und ich werde ihn suchen. Nur diesmal möchte ich, daß du ihn an eine etwas gewagtere Stelle steckst.« Sie spürte seinen warmen Atem an ihrem Hals. Er küßte sie und ließ seine Zunge über ihren Nacken gleiten.

Er lachte. »Wie erfrischend naiv du bist, mein Liebling. Bist du sicher, daß du dir heute nacht noch nicht deine Freiheit verdienen willst?«

Nein! wollte sie ihm zurufen, aber sie starrte stumm in Richtung Osterley, dessen Lichter schon von weitem zu sehen waren. Wie schwach und töricht muß ich ihm vorkommen, dachte sie und haßte sich in diesem Moment selbst.

10

Als Queenie endlich nach Hause fand, war sie alles andere als unversehrt. Brienne sah, wie die Stute nervös im Hof herumtänzelte. In der sonst so gepflegten Mähne hatten sich Zweige und Blätter verfangen, und an ihren schlanken Beinen hatte sie zahlreiche kleinere und größere Kratzer und Wunden. Dunkelrotes Blut tropfte auf den alabasterfarbenen Kies, der die Kutscheinfahrt säumte. Der Stallbursche sprach beruhigend auf die Stute ein. Er strich besänftigend über ihren Hals, bis er sie schließlich in den Stall bringen konnte, um sie dort zu versorgen. Kelly warf Brienne keinen vorwurfsvollen Blick zu, und dabei wünschte sie sich fast, er täte es. Sie schämte sich sehr, daß sie die Stute so zugerichtet hatte. Brienne stand vor dem Haus und schaute dem Tier von der Treppe aus nach. Doch bald verschwamm alles vor ihren Augen, die sich mit Tränen gefüllt hatten.

»Ist ja alles wieder gut, Mädchen. Kein Grund zum Weinen.« Brienne drehte sich um und sah, daß Cumberland neben ihr stand. Aber sie konnte die Tränen nicht aufhalten.

»Es ist alles meine Schuld. Er hat es Ihnen doch bestimmt erzählt.«

»Ja, er hat mir die ganze Geschichte erzählt. Aber die Stute kommt schon wieder in Ordnung. Sie werden schon sehen. Sie ist jetzt nur etwas aufgeregt, aber bald geht es ihr wieder gut.« Cumberland nahm sie bei den Schultern.

»Aber sie blutet doch«, schluchzte sie und fühlte sich ganz elend. »Avenel wird mir nie verzeihen, daß ich ihr so etwas angetan habe.« Sie wandte ihr tränenüberströmtes Gesicht von dem älteren Mann ab. Sie wußte nicht einmal, warum sie Avenels Vergebung so herbeisehnte, aber irgendwie war ihr das sehr wichtig.

»Pferde sind große Tiere. Es scheint nur so, als verlören sie viel Blut, aber in Wirklichkeit ist es nicht so schlimm. Sie ist wieder hier, und sie ist nicht ernstlich verletzt. Das ist mehr als genug Grund, glücklich zu sein.«

»Aber haben Sie nicht Avenels Gesicht gesehen, als er die Stute auf den Hof führte?« Brienne zitterte jetzt noch bei dem Gedanken daran. »Avenel haßt mich. Er haßt mich von ganzem Herzen.«

»Ruhig Blut, Liebes. Er haßt Sie nicht, er ...« versuchte Cumberland, sie zu trösten. Aber er wurde bei dem Vorhaben, ihr die schrecklichen Ideen auszureden, unterbrochen.

»Ich weiß. Es geht im Grunde um meinen Vater. Avenel gibt mir irgendwie die Schuld an dem, was ihm geschehen ist. Was auch immer es sein mag.« Ihre Stimme schwankte. »Vielleicht hat er recht. Vielleicht liegt es mir im Blut, immer das Falsche zu tun. Immer ist alles für mich und meine Mutter schiefgelaufen. So war es, solange ich denken kann. Seit meiner Geburt bin ich davongelaufen. Wir flohen vor etwas, das schrecklich und – und obszön war. Vielleicht habe ich wirklich Oliver Morrows Blut. Man hat mir immer neugierige Blicke zugeworfen, wohin ich auch ging. Die Leute finden mich eigenartig«, stieß sie hervor. »Vielleicht ist etwas Teuflisches an mir.« Niedergeschlagen ging sie die Stufen hinunter. Nein, sie hätte jetzt keine beruhigenden Worte von Cumberland ertragen können.

Sie brauchte frische Luft, und sie mußte allein sein. Sie wußte, daß ihr ein langer Spaziergang über die Felder guttun würde. Wenn sie später zurückkehrte, würde sie vielleicht Queenie in einer besseren Verfassung vorfinden.

»Wie – wie geht es ihr, Kelly?« Es war schon dunkel, als Brienne in den Stall kam. Ihre Hände fühlten sich wie zwei Eisklumpen an, und ihr zartes Gesicht war rot und ganz taub vor Kälte.

»Lady Brienne?« Kelly hielt die Laterne hoch, um ihre zierliche Gestalt am Stalleingang besser sehen zu können.

»Blutet sie noch?« fragte sie vorsichtig.

»Ach, der verrückten Stute geht's gut! Aber Sie müssen ins Haus, Mylady. Sie erkälten sich sonst noch.« Kelly konnte nicht viel älter als fünfzehn sein, und die schöne Frau verwirrte ihn.

»Sie wird also wieder gesund? Ich – ich habe gesehen, wie er sie zurückbrachte.«

»Ein paar Tage noch, aber das geschieht ihr recht – so mit Ihnen umzugehen! Man müßte sie auspeitschen.«

»Nein, es war doch alles meine Schuld. Sie ist so ein liebes Tier. Es war eine große Dummheit von mir. Ich wußte nicht, was ich tat.« Briennes Unterlippe zitterte, und sie spürte, daß sie kurz davor war, die Fassung zu verlieren. Schnell wandte sie sich zum Gehen. »Gute Nacht, Kelly. Ich werde morgen wieder nach ihr sehen.«

»Gute Nacht, Lady Brienne«, rief Kelly ihr nach. »Und machen Sie sich keine Sorgen mehr wegen der Stute. Es geht ihr schon wieder besser – wirklich!«

Brienne versuchte ein Lächeln, aber es mißlang ihr kläglich.

Sie ging sofort in ihr Zimmer. Alles, was sie jetzt noch wollte, war schlafen und aufhören, immer und immer wieder über alles, was geschehen und nicht mehr rückgängig zu machen war, zu grübeln. Einen guten Teil des Tages hatte sie auf der Marmorbank neben dem Haus gesessen und darüber nachgedacht, was all ihre Probleme verursacht hatte. Sie war für alle Lady Brienne, aber sie war nicht viel besser gekleidet als ein armes Mädchen und hatte kein eigenes Geld. Sie hatte kein Zuhause und keine Verwandten, mit denen sie reden konnte – außer dem einen Mann, der von sich behauptete, ihr Vater zu sein. Doch er hatte nie für sie gesorgt oder sich in irgendeiner Weise um sie gekümmert. Und dann gab es immer wieder die nagende Frage nach ihrer tatsächlichen Abstammung.

Ihre Gedanken kreisten um die Miniatur in ihrer Kommode und um das Porträt des Earl in der Galerie. Mein Gott, wie sehr sie den Gedanken verabscheute, vom selben Blut wie der Earl zu sein! Sie haßte den Mann genauso sehr, wie Avenel Slane es tat. Aber der Gedanke, ein uneheliches Kind zu sein, war grauenhaft. Ihre Mutter hatte sie immer in dem Glauben gelassen, daß der grausame Mann, der sie damals in London besucht hatte, ihr Vater war; und vielleicht war das die einzige Möglichkeit für ihre Mutter gewesen, ihre Tochter zu schützen.

Jetzt saß sie auf der gelben Couch in ihrem Zimmer und fragte sich, was sie als nächstes tun sollte. Vivie ließ sich nicht sehen, und Brienne vermißte ihre liebevolle Gesellschaft. Bedrückt starrte sie auf ihre Hände, die wund und rauh waren von der Kälte.

»Wollen Sie so zu Abend essen, meine Liebe?«

Sie blickte auf und sah Cumberland, der schüchtern vor der Tür zu ihrem Zimmer stand. »Aber nein. Ich hatte nicht vor, zum Dinner zu kommen.«

»Ich habe Vivie gesehen – sie ist gerade dabei, eines Ihrer Kleider zu bügeln, das Sie zum Abendessen tragen können.« Cumberland machte nicht den Versuch, ins Schlafzimmer zu treten.

»Also, ich ...« Sie schüttelte den Kopf. »Könnten Sie ihm bitte sagen, daß ich mich nicht wohl fühle? Ich möchte heute abend allein sein.« Sie runzelte die Stirn und blickte ins Feuer.

»Wenn Sie sich mit ›ihm‹ auf Avenel beziehen, brauchen Sie sich keine Sorgen machen. Er wird uns heute keine Gesellschaft leisten. Er ist fort.«

»Fort? Was hat er vor?« Sie hob fragend ihre Augenbrauen.

»Er will nach London.«

»Meinetwegen? Weil ich mit Queenie ausgerissen bin?«

»Nein, nein, meine Liebe! Er hatte schon länger geplant, einige alte Freundschaften aufzufrischen. Ich schätze, daß er einige Wochen unterwegs sein wird.«

»Wochen?« fragte Brienne wie betäubt. Warum störte es sie nur, daß er fort war? Sie sollte eigentlich wie befreit sein, aber das Seltsame war, daß sie sich noch schlechter fühlte als zuvor. Sie empfand eine merkwürdige Leere. War sie dabei, eine Vorliebe für diesen kalten, harten Mann zu entwickeln? War das möglich? Aber dann, wie um solche Gefühle abzuschütteln, sagte sie fast zu strahlend: »Wenn wir beide unter uns sind, nehme ich Ihre Einladung mit Freuden an. Wenn Sie mir nur etwas Zeit lassen, mich zurecht zu machen.«

»Aber natürlich. Und Sie müssen entschuldigen, daß ich so dreist war, einfach in Ihr Zimmer zu kommen.« Cumberlands faltige Wangen überzog eine leichte Röte. »Ich war nicht sicher, ob ich Ihnen zufällig begegnen würde. Vielleicht können Sie mir vergeben?«

»Aber natürlich.« Sie lächelte ihn warmherzig an. Bei all ihren Sorgen schien er immer derjenige zu sein, der auf ihrer Seite stand. Sie wußte, daß er sie gern hatte, trotz seiner loyalen Freundschaft zu Avenel. Seine Aufmerksamkeiten taten ihr gut.

»Vielen Dank, Mylady. Sie sind zu großmütig!« Er verbeugte sich. »Wir werden das Dinner im Frühstückszimmer einnehmen, wenn es Ihnen recht ist. Es ist ein kleinerer Raum, und ich denke, er entspricht mehr unser beider Vorstellungen.«

»Das ist eine wundervolle Idee. Ich werde nicht lange brauchen«, rief sie ihm nach, als er die Tür hinter sich schloß, und stand auf. Sie war fest entschlossen, heute einen angenehmen Abend zu verbringen.

Sie war gerade dabei, ihr Haar auszubürsten, als Vivie mit dem aufgebügelten Kleid eintrat. Die zwei Frauen plauderten vergnügt über verschiedene Dinge. Aber als Vivie Avenels Reise erwähnte, wurde Brienne wieder auffallend ruhig und nachdenklich.

»Er wird schneller zurück sein, als Sie denken, *Mademoiselle*.« Die Zofe schnürte Briennes Korsett, das sich über den Tag etwas gelockert hatte, fester.

»Es ist mir vollkommen egal, ob er kommt oder geht.«

»Ich verstehe. Aber vielleicht werden Sie Ihre Meinung ändern, wenn er zurückkehrt. Ich bin sicher, er wird nicht mit leeren Händen kommen«, sagte Vivie geheimnisvoll.

»Er bringt etwas mit?« fragte Brienne, und als die Zofe beharrlich schwieg, war ihre Neugier geweckt. Was war es? Plötzlich kam ihr ein grauenvoller Gedanke. Vielleicht brachte er nicht etwas, sondern jemanden mit. Nach ihrem letzten Gespräch schloß sie die Möglichkeit, daß er den Earl mitbringen könnte, aus. Aber wen sonst? War es eine Frau? Wollte er sie demütigen und sie einer anderen Frau als seine Mätresse vorstellen? Brienne schüttelte den Kopf und verdrängte die Gedanken an den Herrn von Osterley.

»Sie sehen reizend aus, Mylady.« Vivie lächelte, als Brienne fertig war, um nach unten zu gehen. »Sogar dieses schlichte Kleid kann Ihrer Schönheit nichts anhaben. Aber vielleicht werden wir es sowieso bald entbehren können.«

»Ich fürchte, bis ich mir leisten kann, ein neues Kleid zu kaufen, wird es so viele Löcher haben, daß es meinem rosafarbenen ähnelt.« Brienne blickte an ihrem Wollkleid herunter und schwelgte in alten Erinnerungen. »Meine Mutter hatte ein wundervolles Kleid. Es war aus Silberfäden gewebt, und der weite Reifrock funkelte und glitzerte im Kerzenlicht. Meine Mutter war sehr schön und wurde sogar bei Hof vorgestellt. Natürlich war das, bevor sie geheiratet hat ...« Brienne blickte lachend auf. »Es ist eigenartig, woran man sich erinnert. Nichts davon scheint jetzt irgendeine Bedeutung zu haben.«

»Diese Dinge haben eine Bedeutung. Man braucht nur etwas Zeit, um herauszufinden, was für eine«, protestierte Vivie leidenschaftlich, ehe sie einen Blick auf die Uhr, die auf dem Kaminsims stand, warf. »Nun müssen Sie aber gehen! Der arme Monsieur Cumberland trinkt inzwischen bestimmt schon seinen dritten Brandy.«

Als Brienne im Frühstückszimmer ankam, war sie überrascht von der gemütlichen Atmosphäre, die dort herrschte. Im Kamin flackerte ein Feuer, und das Kerzenlicht wurde von den kostbaren Spiegeln reflektiert. Als Brienne eintrat, sprang Cumberland auf, um ihr einen der Stühle, die mit kostbaren Stickereien versehen waren, zurechtzurücken.

»Jetzt geht es Ihnen schon besser, nicht wahr?« Er setzte sich ihr gegenüber an den alten Mahagonitisch, den man aus dem Flur hereingetragen hatte.

»Viel besser. Ich möchte morgen früh nach Queenie sehen, aber Kelly meint, daß sie sich schnell erholen wird.« Sie lächelte, als der Lakai ihr Weinglas füllte.

»Wunderbar, das zu hören. Ich mag es gar nicht, Sie so betrübt zu sehen. Ich habe Avenel gebeten, hierzubleiben, weil ich dachte, er könnte Sie aufheitern, aber er wollte sein Vorhaben nicht aufgeben.«

»Hat er diese Reise schon lange geplant?«

»Er spricht schon lange davon, er hat eine Schwägerin in London, und er meinte, es sei an der Zeit, ihr seine Aufwartung zu machen.«

»Ach so.« Sie trank einen Schluck Wein.

»Ich rechne damit, daß er sie mitbringt. Er erwähnte etwas von einem Ball. Und er wollte, daß sie ihm dabei hilft, wieder Eintritt in die Gesellschaft zu bekommen.« Cumberland schien großen Appetit zu haben, und er griff herzhaft zu.

Sie schüttelte den Kopf. »Wieder Eintritt zu bekommen? Ich hatte nicht den Eindruck, daß er Zugang zur Gesellschaft hatte. Ich dachte, Sie beide wären erst in England eingetroffen?«

»Ach ja, das ist wahr. Aber ... ah ...« Cumberland wischte sich nervös über die Stirn und suchte nach Worten. »Also, das ist eine viel zu lange Geschichte, um sie Ihnen zu erzählen.« Er stürzte seinen Wein hinunter. »Ich glaube, Sie werden Slanes Schwägerin mögen. Rose ist eine wundervolle, sehr liebenswerte Frau.«

Sie sah, wie Cumberlands Augen bei der bloßen Erwähnung dieses Namens aufleuchteten. »Es ist schwer zu glauben, daß Avenel Verwandte hat – besonders nette.« Sie wußte, wie bitter das klang, aber sie konnte nicht anders. Wenn er eine so reizende Schwägerin in London hatte, was tat er dann in Osterley?

Aber Cumberland lachte, er schien ihre Bemerkung ungeheuer komisch zu finden. »Ja, ich schätze, das klingt unwahrscheinlich. Aber Rose ist etwas ganz Besonderes. Ich bin sicher, daß Sie mir zustimmen werden, wenn Sie sie kennenlernen. Ich rechne damit, daß Sie ganz ausgezeichnet mit ihr auskommen werden.«

»Ja. Besonders wenn sie erfährt, daß ich als Gefangene hier gehalten werde. Das dürfte ihr so richtig das Herz erwärmen.« Brienne schob ihren Teller weg und starrte wütend in ihr Glas. Ein tiefes Schweigen folgte, und selbst Cumberland schien seinen Appetit bei dieser Bemerkung verloren zu haben.

»Hören Sie, mein Kind, sie sollten nicht so hart urteilen.«

»Ich kann das nicht länger ertragen!« Sie blickte den älteren Gentleman flehentlich an. »Können Sie mir nicht wenigstens sagen, was er vorhat?«

»Ich darf es nicht. Bitten Sie mich nicht darum, denn ich kann Ihnen nichts sagen, ohne zu verraten, was er schon so lange geheimhält.« Er nahm ihre Hand in seine. »Es ist nicht so schlimm, wie Sie vielleicht fürchten.«

»Aber er lebt in einer Phantasiewelt, wenn er meint, ich könne hier ewig bleiben und auf meinen Vater warten! Das ist Wahnsinn. Wie will er meine Anwesenheit hier erklären? Seine Schwägerin wird bald kommen. Was kann er ihr sagen, außer daß ich seine Geliebte bin?« Sie erhob sich, ging zu dem goldumrandeten Spiegel und sah sich an. Das Mädchen, das ihr entgegenstarrte, wirkte müde. Unter ihren Augen lagen tiefe blaue Schatten von der Sorge und den vielen schlaflosen Nächten. »Aber es wird niemals so weit kommen. Ich werde mich nicht zum Spielzeug eines Mannes machen – lieber würde ich sterben.« Sie dachte an den Earl, und ihr Mund verzog sich zu einer schmalen, verbitterten Linie.

»Sagen Sie so etwas nicht.« Cumberlands Stimme klang besorgt, als fühle er sich mitschuldig an dem, was ihr angetan wurde. »Dazu wird es nicht kommen. Avenel ist kein Mann, der sich einer Frau aufdrängt. Er kann ein Gentleman sein, wenn er will. Und ich weiß, daß er versucht hat, dafür zu sorgen, daß es Ihnen an nichts fehlt.«

»Ja, das hat er.« Sie spürte, daß ihr Zorn unberechtigt war. »Aber ich fürchte, daß etwas Furchtbares geschehen wird.« Sie sah Cumberland in die Augen. »Ich bin mir bewußt, wie meine Situation Ihnen beiden erscheinen muß. Ich habe kein Zuhause. Es gibt keinen Ort, an den ich gehen könnte. Ich muß schrecklich mitleiderregend und hilflos in meinen abgetragenen Kleidern erscheinen, die ich Abend für Abend trage – und ich habe keinerlei Vermögen. Aber ich bin nicht so hilflos, um blind dieses Spiel mitzumachen, das Sie mit mir spielen. Ich weiß, daß etwas Schlimmes geplant wird. Und ich weiß, daß ich diejenige sein werde, die das Spiel verliert.«

»Sie geben zu, daß Sie kein Zuhause haben und gar nicht wissen, wo Sie hin sollen.« Cumberland schüttelte bestürzt den Kopf. »Ist es dann nicht besser, hierzubleiben, wo man sich um Sie kümmert und Sie nicht allein sind?«

»Aber für wie lange? Und was soll ich anfangen, wenn diese Scharade zu Ende ist?«

»Es ist unmöglich zu sagen, was dann sein wird.« Er stand auf und ging auf sie zu. »Ich weiß, daß Avenel ein erschreckender Mann ist. Er ist voller Wut und Haß Ihrem Vater gegenüber, und im Moment kann er nicht immer zwischen Ihnen und dem Earl unterscheiden. In den Augenblicken, in denen er es kann, fühlt er sich schuldig – wenn er sie nicht als Oliver Morrows Tochter ansieht, dann begeht er Verrat an seiner Vergangenheit und seinen Zielen. Ich bin überzeugt, daß er noch herausfindet, daß Sie seine Rettung sind, aber dazu braucht er Zeit. Er hat eine Schwäche für Sie, und ich habe ihn nie zuvor so erlebt. Ich lerne Sie jeden Tag besser kennen, Mylady, und ich weiß, daß Sie Ihrem Vater nicht im mindesten ähnlich sind. So seltsam es klingen mag, ich glaube, daß Sie Avenel den Frieden geben können, den er verdient.«

»Sagen Sie mir, was er getan hat«, flüsterte sie fast unhörbar. »Was hat der Earl getan? Ich möchte die ganze Sache verstehen können.«

»Ich bin nicht befugt, Ihnen darüber Auskunft zu geben.« Cumberland trat zurück und steckte seine Daumen in die grüne Brokatweste. »Aber ich würde Ihnen gern etwas anderes sagen, wenn ich darf.« Er warf ihr einen väterlichen Blick zu und fuhr fort: »Ich wünschte wirklich, Sie könnten sich hier wohl fühlen, auch wenn Sie jeden Tag nehmen müssen, wie er kommt. Das wäre ein Segen für uns alle. Ich kann es kaum ertragen, Sie so traurig oder wütend zu sehen. Sie könnten einem alten Mann einen Gefallen tun, wenn Sie dieses Leben wenigstens für kurze Zeit hinnehmen.«

Brienne hörte ihm aufmerksam zu, und als er mit seiner Rede fertig war, lächelte sie ihn warmherzig an. Sie empfand etwas für diesen Mann, das dem Gefühl, das man einem Vater entgegenbringt, vergleichbar sein mußte.

»Ich glaube, ich kann es versuchen, aber nur für eine Weile«, sagte sie. »Mit Sicherheit fällt es mir leichter, wenn Avenel ein paar Tage fort ist.« Sie lachte, als Cumberland mit einfiel, wurde sie fröhlicher.

»Ich verspreche, daß ich Ihnen den Aufenthalt so angenehm wie möglich gestalten werde, meine Liebe. Also lassen Sie uns beide für eine Weile Ihre Lage vergessen.«

»Ich kann zumindest versprechen, daß ich es versuchen werde«, willigte sie zögernd ein. Sie wünschte sich plötzlich, Cumberland wäre der neue Eigentümer von Osterley. Wieviel einfacher würde alles ohne diesen hartherzigen Mann sein, der sich jetzt in London aufhielt.

11

Es war die wundervollste Zeit ihres Lebens. Die Luft roch nach Schnee, aber eigenartigerweise schneite es nicht. Es schien, als gäbe es in diesem Winter die Nordwinde und die weiße weite Winterlandschaft nicht. Obwohl Brienne sich immer noch in ihre warmen abgetragenen Röcke und Jacken kleiden mußte, konnte sie doch noch mit ihren langen Spaziergängen fortfahren, die ihr so viel Freude machten.

Auf einem dieser Ausflüge stieß sie auf die Gartenhäuser, die hinter den weiten Rasenflächen lagen. Der Pan-Tempel war für sie der ideale Ort, um in glückseliger Einsamkeit zu lesen. Als sie ein anderes Gartenhaus betrat, die dorische Orangerie, entdeckte sie zu ihrem Entzücken, daß ein paar der vernächlässigten Bäume noch nicht eingegangen waren. Die anderen Bäume standen dürr und wie tot in ihren Töpfen, aber sie bildeten einen herrlichen Hintergrund für die zarten Äste der kräftigeren Pflanzen. Brienne atmete den Duft von kalter Erde, das Aroma von getrockneten Ästen und Zweigen tief ein. Bevor sie zum Haus zurückkehrte, entschloß sie sich, die Pflege der Bäume selbst zu übernehmen. Solange sie gezwungen war, hierzubleiben, war es gut, etwas zu tun, das ihr Freude machte und das ihre Zeit in Anspruch nahm.

Mit ihrem neuen Steckenpferd, den Winter zu überlisten und den Frühling im Gartenhaus zu bewahren, vergingen für Brienne die Tage im Flug. Am Abend blieb sie, wenn sie ihre Zeit nicht mit Cumberland in der großen, sehr gut ausgestatteten Bibliothek verbrachte, mit Vivie in ihren Räumen. Sie war innerlich ruhiger geworden, seit Avenel in London war. Und das machte sie viel geselliger. Sie und Vivie erzählten sich oft von ihrem Zuhause und von ihren Familien. Was sie verband, war mehr als das, was zwischen einer Zofe und einer Lady üblich war – sie wurden zu richtigen Freundinnen.

Die Erinnerung an Avenel Slane und seine dominierende Gegenwart wurde mit der Zeit immer blasser. Es gab Momente, in denen Brienne ihn ganz vergaß und nicht an seine Rückkehr dachte. Sogar jetzt, als sie an den Kräutergärten vorbei zu den Gartenhäusern ging, bemerkte sie die Kutschen nicht, die gerade auf die Einfahrt zum Schloß einbogen.

Sie war mit ihren Gedanken weit fort, als sie den kleinen Pan-Tempel betrat. Es lag ein sanftes Lächeln auf ihrem Gesicht, als sie sich in dem einfachen Raum umsah. Bilder aus einer glücklichen Zeit tauchten vor ihrem inneren Auge auf, und sie sah, wie ihre Mutter neben ihr in dem kleinen, schönen Raum saß. Brienne mußte erst vier Jahre alt gewesen sein, und ihre Erinnerungen an diesen Tag waren nicht viel mehr als kostbare Fragmente. Es war an einem Frühlingstag gewesen, und Sonnenschein tauchte den Tempel in goldenes Licht. Die Strahlen drangen durch die großen Scheiben, und sie und ihre Mutter saßen auf Brokatkissen, während ihre Mutter ihr aus einem Buch vorlas.

Porträts von Sir Isaac Newton und Colen Campbell, dem berühmtem Architekten, blickten sie an. Sie sah noch vor sich, wie ihre Mutter auf die Bilder deutete und ihr über die Wissenschaften und die Kunst erzählte. Aber noch lebhafter als dieses Bild waren die Gefühle, die sie damals empfunden hatte: Sicherheit, Frieden, und die Gewißheit, geliebt zu werden. Brienne ließ ihren Blick über die Decke schweifen, an der in verschnörkelten Stuckfiguren Symbole für Luft, Feuer, Erde und Wasser sowie für Frühling, Sommer, Herbst und Winter zu sehen waren.

Brienne war hier glücklich. Die Diener, die ihre Vorliebe für den Tempel bemerkt hatten, heizten täglich den kleinen Kamin ein. Der Boden aber war kalt und staubig. Sie legte die abgewetzten Brokatkissen darauf und setzte sich, als sei es wieder Frühling. Brienne verzog ihre süßen Lippen zu einem sehnsüchtigen Lächeln bei den Erinnerungen, die sie erfüllten. Sie hatte vorgehabt zu lesen, aber statt dessen warf sie ihr locker gebundenes Haar über die Schulter, nahm eine dicke Decke und breitete sie aus. Sie war müde und legte sich zurück auf die Kissen. Ihr rotbraunes Haar fiel weich um das Gesicht. Und mit der Erinnerung an bessere Zeiten wurden ihre Lider bald zu schwer, um sie offenzuhalten. Obwohl sie wußte, daß dieser Raum nicht der rechte Ort für einen Nachmittagsschlaf war, seufzte sie behaglich und fiel in einen tiefen traumerfüllten Schlaf.

Zwei zarte, warme Lippen suchten sich einen Weg über ihren Hals und ließen sich unendlich viel

Zeit, ihr Ziel zu finden. Brienne spürte, wie sie sich auf ihre Lippen legten. Sie wagte kaum zu atmen und auch nicht aufzuwachen, so stark waren die Empfindungen, die in ihr aufkeimten. Sie erlaubte ihren Lippen, sich zu öffnen, so daß das Zauberwesen fortfahren konnte mit seinem erregenden Spiel. In dem Nebel zwischen Schlaf und Wirklichkeit, stellte sie sich vor, sie würde von Pan selbst geküßt, der aus den Wäldern zu ihr gekommen war.

Viel zu schnell war der Kuß vorüber, und der warme Mund verließ ihren. Sie seufzte enttäuscht. Aber als ihre Augen sich öffneten, blickte sie in Avenels von langen Wimpern dunkel umrandete kalte, blaue Augen. Er lachte. Er beugte sich noch einmal über sie, stützte sich auf die Ellenbogen und nahm ihren Kopf in beide Hände.

»Ich habe eine Waldnypmphe gefunden, scheint es.« Er küßte sie noch einmal, aber dieses Mal drehte sie ihren Kopf weg.

»Müssen Sie sich hier so hereinstehlen?«

Er schien sich über ihre Reaktion nicht zu ärgern. Er nahm noch einmal ihren Kopf in seine Hände und sah ihr in die Augen.

»Sag mir, daß du mich vermißt hast, Wildblume. Du hast mir gefehlt.« Er gab ihr einen leichten Kuß auf ihre Nase.

»Das ist schwer zu glauben – und schwerer noch ist es zu glauben, daß Sie Ihre Gelüste nicht in London befriedigt haben.«

»Lust ist eine sonderbare Sache.« Er löste sich von ihr und legte sich auch auf den Rücken. »Manchmal ist es sehr schwierig, sie zu befriedigen.«

»Solange es mit einer anderen ist ...« Brienne

wollte gerade aufstehen, als sich ein starker Arm um ihre Taille legte und sie zurückzog.

»Möchtest du das, Kleines? Gab es nicht eine einzige Nacht, in der du dich nicht nach der Zärtlichkeit eines Mannes gesehnt hast? Ist dein Körper noch so unerweckt und unempfänglich für das Vergnügen?«

»Bitte, ich möchte nicht, daß sie mir weh tun«, flehte sie mit zitternder Stimme und hoffte, daß er innehalten würde. »Es schickt sich nicht, über so etwas zu sprechen.« Sie musterte ihn wachsam.

»Immer ganz die Lady, trotz der Lumpen, die du am Leibe hast.« Er preßte seine Hüften noch fester an sie. »Ich würde mir nie mit Gewalt nehmen, was du mir früher oder später doch freiwillig geben wirst. Aber wenn du das tust, kann ich dir Freuden versprechen, die deine kühnsten Träume übersteigen. Und es wird keinen Schmerz geben, außer dem einen, den jede Frau zu Beginn als Opfer bringen muß.«

»Sie reden, als ob Sie den Verstand verloren hätten! Ich weiß, daß es ganz anders ist. Es ist eine schreckliche und schmerzhafte Tortor, die eine Frau über sich ergehen lassen muß. Meine Mutter ist davor davongelaufen, und sie hat mir geraten, das gleiche zu tun. Ich werde Ihren Überredungskünsten nicht nachgeben.« Sie sah ihm herausfordernd in die Augen und schürzte die weichen Lippen, um ihn in seine Schranken zu verweisen.

»Es ist verständlich, was deine Mutter vermeiden wollte. Aber ich bezweifle, daß sie immer davongelaufen ist. Bestimmt hat sie sich auch nach Zärtlichkeiten gesehnt.« Wie in Trance strich er über ihr langes kastanienbraunes Haar, das ihr über die Schultern hing und betrachtete es voller Bewunderung.

Brienne wand sich unbehaglich unter dieser Berührung. »Durch den Earl habe ich alles gelernt, was ich über Männer wissen muß. Ich habe kein Bedürfnis, mehr zu erfahren.«

»Nicht alle Männer sind wie der Earl. Du tust mir unrecht, wenn du mich mit deinem Vater vergleichst. Ich habe nichts mit ihm gemein.«

»Ich habe jedenfalls keine Lust, das herauszufinden – wenn Sie mich also bitte loslassen würden ...« Sie löste sich von ihm.

»Gib mir einen Begrüßungskuß, Wildblume. Davon habe ich geträumt, und darauf habe ich mich die ganze Zeit gefreut.« Sein Gesicht verzog sich zu einem Lächeln.

»Sie sind verrückt! Sie waren zu lange fort, und haben offensichtlich völlig vergessen, wie die Dinge zwischen uns stehen.«

»Ich habe den Schlüssel nicht vergessen, oder hast du die Gelegenheit ergriffen, während ich fort war, in mein Zimmer einzudringen und deinen Kamm aus der Kommode zu nehmen?« Avenel hob fragend eine schwarze Augenbraune.

»Sie geben immerhin zu, daß der Kamm mir gehört«, sagte sie selbstgefällig. »Vielleicht werden Sie dann die Freundlichkeit haben, ihn mir zurückzugeben.«

»Ich gebe gar nichts zu. Es ist dein Kamm, wenn du ihn dir verdient hast, und paßt wunderbar zu deinem Haar.«

»Wenn er zu mir paßt, dann geben Sie ihn mir. Bestimmt haben Sie in Ihrer zweifelhaften Vergangenheit gewissen Frauen Geschenke gemacht. Warum muß es jetzt anders sein?«

»Du bist kein Flittchen«, gab er abwehrend zurück.

»Aber ich muß mich wie eins benehmen, um den Kamm zu bekommen.«

»Ich denke, das ist etwas völlig anderes.« Er sprang auf und bückte sich, um seinen Mantel aufzuheben, den er vorher achtlos hatte fallen lassen. »Laß dich von Vivie schönmachen. Wir haben Gäste, und ich erwarte dich in spätestens einer Stunde im Wohnzimmer.«

»Gäste?« wiederholte sie verwirrt.

»Meine Cousine ist hier, und ... ein paar Freunde aus London.«

»Aha. Cumberland hat schon vermutet, daß Sie sie herbringen würden. Ich vermute, es ist ein Test, ob ich es ertrage, als Ihre Mätresse gedemütigt zu werden –«

Ehe sie es sich versah, wurde sie vom Boden hochgerissen und geschüttelt, bis ihr schwindlig wurde. Als er sie endlich losließ und sich seinen Mantel überzog, sagte er: »Sag so etwas nie wieder. Es paßt nicht zu dir, und ich lasse es nicht zu.«

Sie öffnete den Mund, aber bevor sie ihm antworten konnte, nahm er ihren Arm und führte sie aus dem Tempel und über die Wiese zum Haus.

»Sag nichts mehr, Kleines. Die Wirklichkeit hat uns beide eingeholt.«

»Venetia ist mit den anderen Gästen nach oben gegangen. Ich denke, sie wollen sich von der Reise erholen.« Eine hübsche blonde Frau empfing Avenel, als er das Wohnzimmer betrat.

Avenel setzte sich in einen der vergoldeten und mit Damast überzogenen Stühle und ließ seinen Kopf erschöpft hängen. Er fuhr sich mit einer Hand über das Kinn. »Das ist gut so. Sie sollen sich nur ausruhen. Ich fürchte, wir haben etwas zu besprechen.«

»Was ist mit dir, Avenel? Ich habe dich seit Christophers Tod nicht mehr so bedrückt gesehen. Und wie du weißt, bin ich nun schon seit fast zwanzig Jahren Witwe.« Durch das Fenster fiel schwaches Sonnenlicht auf das Gesicht der Witwe, und tiefe Linien waren auf dem Gesicht der schönen Frau zu sehen. Aber man konnte nicht erkennen, ob es Sorgenfalten waren oder ob sie vom Alter kamen.

»In vieler Hinsicht ist es jetzt so wie damals, als Christopher starb, Rose.«

Sie erhob sich und ging auf ihn zu. »Was kann schon so schlimm sein? Dein Bruder ist einem brutalen Mord zum Opfer gefallen. Aber er ist tot und erlöst.«

»Aber es scheint, als gäbe es keine Erlösung für uns.«

»Avenel, was macht dich so verbittert? Du hast Osterley zurück. Und wenn Oliver Morrow, dieser Schuft, hier auftaucht, wirst du alles bekommen, was du wolltest. Und es war die Sache wert, darum zu kämpfen. Ich glaube, es war selbst den Einsatz des Lebens wert.«

Er griff nach ihrer Hand und küßte sie. »Es war schwer für dich in all diesen Jahren, und du mußt dich einsam gefühlt haben.« Er betrachtete das Gesicht der älteren Frau. »Ich wußte immer, daß Christopher die beste Frau hatte, die man sich denken kann. Du bist die beste, Rose. Und es ist mein einziger Trost, daß er bis zu seinem Tod ein glücklicher Mensch war.«

»Wir waren glücklich, aber ich muß jetzt ohne ihn leben. Und ich gebe zu, daß ich nicht ganz so viel Glück gehabt habe wie du. Ich kann mir keinen entzückenderen Raum vorstellen. So gemein Oliver Morrow auch ist, er hat Osterley zu einem wahren Palast gemacht. Dies ist nicht mehr der Ort, von dem uns erzählt wurde, als wir Kinder waren, stimmt's?«

»Nein, es ist nicht mehr dasselbe«, stimmte Avenel düster zu. »Es gibt etwas, was ich dir erzählen muß, Rose. Als ich hierherkam, war das Haus nicht leer.«

»Aber er ist doch nicht hier, oder? Du würdest mich nicht in dieses Haus bringen, wenn ...« Sie warf ihm einen furchtsamen Blick zu.

»Nein, Oliver Morrow ist in Amerika. Ich würde nie zulassen, daß du ihm gegenübertreten mußt, das versichere ich dir.«

»Aber was hat dich so aus der Bahn geworfen, Avenel?«

»Es gab Dinge, die ich nicht von ihm wußte. Er war verheiratet – er hatte eine Ehefrau und allem Anschein nach auch ein Kind. Sie haben ihn vor langer Zeit verlassen, aber als ich hier eintraf, war seine Tochter hier ...« Er warf Rose einen eindringlichen Blick zu.

»Mein Gott, wie grauenhaft!« stieß sie schaudernd hervor. »Was hast du getan, um sie loszuwerden?«

»Ich bin sie nicht losgeworden. Ich habe Pläne für sie gemacht.«

»Pläne? Aber sicher kannst du sie nicht hierbehalten. Also wirklich – wie kannst du es überhaupt ertragen, Tag für Tag in ihr Gesicht zu sehen? Diese schreckliche Erinnerung an ...«

»Das ist das Schlimmste!« Er riß den Stuhl zurück und ging zu dem Marmortisch, um sich Brandy einzugießen. Er trank einen kräftigen Schluck und stellte das Glas auf einer Rosenholzkommode unsanft ab.

»Ich habe dich noch nie so gesehen!« rief Rose aus und trat auf ihn zu.

»Es ist ihr Gesicht! Sie hat das schönste und reinste Gesicht, das ich je gesehen habe. Sie könnte mit ihrem Liebreiz jeden verzaubern.« Avenels Blick wurde finster. »Manchmal denke ich, der Teufel selbst hat mich am Genick gepackt. Ich habe die Tochter des Earl in meiner Gewalt, aber ich fühle mich nicht von ihr abgestoßen – im Gegenteil, ich bin hingerissen von ihr. Es ist, als habe Oliver Morrow sie gezeugt, um mich zu betören.«

»Aber egal, wie attraktiv sie ist, sie ist der Sproß des Earl ...« Rose unterbrach sich, weil sie nicht wußte, wie sie ihn beruhigen sollte.

»Ich war auch überzeugt, daß sie wie er sein müßte, aber in der Zeit, die wir zusammen verbracht haben, habe ich rein gar nichts gefunden, was an diesen Bastard erinnert. Ihr Lächeln, ihr Lachen – sogar ihre Tränen weisen in keinster Weise eine Ähnlichkeit mit diesem Mann auf! Sie hat das gewinnenste Wesen, das man sich nur vorstellen kann. Wenn es nicht vollkommen verrückt wäre, dann würde ich sagen, sie kann gar nicht die Tochter von Oliver Morrow sein.« Er setzte sich auf ein Sofa und stützte seinen Kopf in die Hände.

»Schicke sie fort, Avenel. Sorg dafür, daß sie geht.

Sie hat kein Anrecht auf diesen Ort. Sie hat nicht einmal das Recht, hier zu sein.« Rose beugte sich zu ihm, um ihm über das dunkle Haar zu streichen, das so sehr dem seines toten Bruders ähnelte.

»Aber denk doch mal. Ich muß Morrow dazu bewegen, herzukommen und sein Geständnis vor dem Adel abzulegen. Wieviel leichter wird es sein, wenn ich sein einziges Kind in der Gewalt habe! Ich kann nicht zulassen, daß sie flieht. Und noch viel weniger kann ich sie bitten zu gehen.«

Rose runzelte die Stirn. »Aber hast du die Möglichkeit in Betracht gezogen, daß sie vielleicht gar nicht seine Tochter ist. Wahrscheinlich hat aus diesem Grund noch niemand von ihr gehört. Und wenn du sie hierbehältst, handelst du dir nur noch mehr Ärger ein.«

»Sie mag vielleicht nicht seine leibliche Tochter sein, aber der Earl hat die Vaterschaft anerkannt. Sein Anwalt, mit dem ich gesprochen habe, sagt, daß sie im Testament des Earl als seine Erbin bezeichnet wird. Auch wenn sie nicht seine Tochter ist, muß der Mann doch etwas für sie empfinden. Solange er denkt, daß sie seine Tochter ist, hat sie für uns unschätzbaren Wert.«

»Was hast du mit ihr vor?« Nach dieser Frage herrschte eine ganze Weile tiefes Schweigen, aber als Avenel endlich etwas sagte, vermied er eine eindeutige Antwort.

»Es gab einige Schwierigkeiten mit ihr, weil sie versucht hat fortzulaufen. Ich kann sie nicht einsperren wie in einem Gefängnis, und ich brauche deine Hilfe – bis zum Ball.«

»Was soll ich tun?«

»Ich muß eine plausible Erklärung erfinden,

warum sich das Mädchen in diesem Haus aufhält. Ich kann schließlich nicht gut behaupten, daß sie zum Personal gehört, und ich fürchte, daß Ihr Venetia und die anderen Gäste, die jetzt schon hier sind, begegnen werden. Das läßt sich gar nicht vermeiden. Das einzig Gute ist, daß bis jetzt keiner zu wissen scheint, daß der Earl of Laborde eine Tochter hat, und kein Mensch würde ihr glauben, wenn sie den Namen ihres Vaters nennt.« Er wandte sich seiner Schwägerin zu und ergriff ihren Arm. »Vielleicht gefällt es dir nicht sehr, aber ich möchte sie als eine Verwandte aus Amerika vorstellen.«

»Du machst Scherze!«

»Das ist die einzige Möglichkeit. Wenn ich sie als Hausherrin vorstelle, ist Venetia zu allem fähig. Du weißt, daß sie es auf mich und meinen Geldbeutel abgesehen hat, seit ich in London angekommen bin.«

»Aber ich habe die Kolonien vor zwanzig Jahren verlassen! Ich bin nach Christophers Tod nach England zurückgekehrt. Kein Mensch wird mir glauben.«

Avenel nahm Roses zartes Gesicht in beide Hände. »Rose, ich fürchte, jeder würde dir glauben, das ist dein Problem.«

»Ich glaube nicht, daß ich diese Lüge überzeugend vorbringen kann. Mich schaudert schon bei dem bloßen Gedanken an dieses entsetzliche Mädchen. Ich kann ihr vermutlich nicht einmal in die Augen sehen, geschweige denn die Höflichkeit wahren – wie soll ich sie denn als eine geliebte Verwandte ausgeben? Das ist unmöglich!«

»Du wirst vermutlich Zeit brauchen; aber wie ich schon sagte, sie ist attraktiv. Ich glaube, daß du sie früher oder später sogar trotz der Gefühle, die du jetzt hegst, ins Herz schließen wirst.«

»Wie kannst du es wagen, so etwas zu behaupten! Sie hat dich anscheinend wirklich verhext.«

»Vielleicht. Denk nicht, daß ich diese Möglichkeit nicht selbst in Betracht gezogen habe. Wirst du mir helfen, Rose? Ich würde dich niemals um so etwas bitten, wenn es eine andere Möglichkeit gäbe.«

»Worum auch immer du mich bittest, Avenel, ich würde es ohne zu zögern tun.« Ihre Stimme wurde sanfter. »Es hat mir an nichts gefehlt, seit mir Christopher genommen wurde, und es muß Zeiten gegeben haben, in denen du das Geld dringender gebraucht hättest.« Sie seufzte und nahm eine seiner kräftigen Hände in ihre. »Ich werde sie als meine Cousine aus Amerika vorstellen, Master Slane. Aber bitte mich nicht darum, sie zu mögen. Das kann ich nicht.«

»Ach Rose, ich habe viele meiner Angehörigen verloren. Aber was ich habe, ist mehr als genug!« Er lachte erleichtert und tätschelte respektlos ihr Hinterteil.

»Avenel! Wo sind deine Manieren? Wir sind keine Kinder mehr, die am Hafen spielen!« lachte sie fröhlich, und Arm in Arm gingen sie zum Sofa, um Tee zu trinken.

12

Brienne saß auf einem Schemel, während ihr Vivie das lange Haar bürstete. Ihre Nerven waren zum Zerreißen gespannt bei dem Gedanken, den Gästen gegenübertreten zu müssen, die Avenel angekündigt hatte. Sie hatte ihr blaues Kleid angezogen, aber es sich schnell wieder vom Leibe gerissen. Sie würde es nicht noch einmal tragen! Sogar das zerrissene und abgetragene rosafarbene Kleid sah dagegen noch gut aus. Schließlich entschloß sie sich für das veilchenblaue Wollkleid und den burgunderroten Unterrock. Sie saß fertig angezogen auf dem Sofa, als es an der Tür klopfte.

Ohne auch nur abzuwarten, ob sie ihn hereinbitten würde, betrat Avenel den Raum. Die arme Vivie fuhr erschrocken zusammen.

»*Mon dieu! Bonjour, Monsieur Slane! Bonjour!*« begrüßte ihn Vivie aufgeregt.

»Vivie.« Er nickte der Zofe zu, dann wandte er sich an Brienne. Seinen scharfen Augen entging nichts an ihrem Äußeren, und Brienne mußte sich eingestehen, was für eine gute Figur er in seinen Breeches und dem Jackett aus glänzendem, schieferblauen Satin machte. Seine Weste war aus einfachem Seidenbrokat, aber die Farbe wirkte wie flüssiges Silber.

Er wartete darauf, daß Vivie sie allein ließ. Die Zofe brauchte keine Aufforderung. Sie warf Brienne einen besorgten Blick zu und lief hinaus.

Brienne nahm ihr widerspenstiges dunkles Haar zusammen und warf es über die Schulter. Dann erhob sie sich. Er hatte bisher nie die Dreistigkeit besessen, ihr Schlafzimmer zu betreten. Sie stand abwartend da, um zu hören, was er mit ihr zu besprechen hatte.

»Wie ich schon angekündigt habe, hält sich meine Schwägerin in diesem Haus auf. Rose will Ihnen helfen, daher dulde ich keinerlei unhöfliche Ausbrüche ihr gegenüber.« Er setzte sich auf das gelbe Sofa. »Es werden im Laufe der nächsten Tage noch andere Gäste eintreffen. Und ich möchte, daß Sie unter gar keinen Umständen Ihre Beziehung zu Oliver Morrow erwähnen. Es würde Ihnen sowieso keiner glauben, aber mir könnten Sie Unannehmlichkeiten bereiten. Wenn Sie trotz meiner Warnung etwas verlauten lassen, werden Sie es mit mir zu tun bekommen. Ich überlasse es Ihrer Phantasie, sich auszumalen, was ich im Zorn mit Ihnen tun werde. Verstehen Sie mich?«

»Absolut«, antwortete sie schnippisch.

»Gut.« Er sah sie mit einem kalten Lächeln an. »Ich werde kein schlechtes Benehmen dulden. Und wenn Sie den Versuch unternehmen, fortzulaufen, werde ich meinen Gästen eröffnen, daß Sie geisteskrank sind, und Sie eigenhändig in die nächste Anstalt bringen. Drücke ich mich deutlich genug aus? Ich habe keineswegs das Bedürfnis, Sie die ganze Zeit über einzusperren, aber wenn Sie nicht gehorchen, werde ich es tun.«

»Vielleicht wäre die Anstalt noch das geringere Übel.« Sie spielte nervös an ihrem Haar.

»Wenn Sie auf Erniedrigung und Mißhandlung wert legen, können wir es gleich hinter uns bringen. Ich frage Sie noch einmal, werden Sie gehorchen?« Seine Augen hatten sich gefährlich zusammengezogen.

»Vielleicht«, erwiderte sie steif. Wieder hatte er die Oberhand. In so vieler Hinsicht war Avenel Slane der eigenartigste Mensch, dem sie je begegnet war. Manchmal war er so nett, daß sie beinahe das Gefühl hatte, alle widrigen Umstände, unter denen sie im Schloß lebte, vergessen zu können. aber jetzt reichte allein sein Stimme, um sie zur Weißglut zu bringen.

»Ich kann es nur hoffen.« Auf ihre zweideutige Antwort hin stand er auf und zog etwas aus seiner Rocktasche. Er ging zu ihrem Frisiertisch, an dem sie stand und warf einen kleinen glänzenden Gegenstand darauf. Brienne schrie leise auf, als sie den Kamm sah. Sie griff hastig danach, aber bevor sie ihn in der Hand hatte, drehte Avenel sie heftig zu sich herum. »Es ist nur eine Leihgabe für diesen Abend, Mylady. Denken Sie daran, daß ich die nächsten Stunden mit Ihnen zusammen bin, bis sie ihn wieder ablegen.« Er ließ sie los und sah zu, wie sie ihr Haar bürstete und den Kamm in die Locken steckte.

Es war ein berauschendes Gefühl, den Kamm ihrer Mutter wiederzuhaben, und sei es auch nur für einen Abend. Ihre Augen glänzten vor Freude wie die Amethysten in ihrem Haar. Ihr war, als sei sie nun nicht mehr ganz so schäbig gekleidet, und sie hielt den Kopf ein wenig höher, als sie sich Avenel zuwandte. Sie war allerdings nicht darauf gefaßt, daß er sie mit so unverhohlener Lust ansah, und sie wußte nicht, wie sie darauf reagieren sollte.

»Kommen Sie, man erwartet uns«, sagte er schließlich.

Als sie das Wohnzimmer betraten, saß Cumberland dicht am Kamin zwischen den zwei schönsten

Frauen, die Brienne je gesehen hatte. Zu seiner Rechten saß eine engelhafte blonde Dame, die ein elegantes gemustertes Seidenkleid trug. Sie hatte etwas so Heiteres und Klares an sich, daß Brienne sich vom ersten Augenblick an zu ihr hingezogen fühlte.

Die zweite Frau wirkte sehr modisch mit ihrer hochaufgetürmten weißgepuderten Frisur und einem hellrosa gestreiften Mieder. Unzählige Diamantenschnüre waren in ihr Haar geflochten, und Diamanten schimmerten auch an ihrem Hals. Sie hatte winzige braune Augen, die eine unheimliche Ähnlichkeit mit denen des kleinen Schoßhündchens aufwiesen, das gerade vorsichtig unter den reichen Falten ihres cremefarbenen Reifrockes hervorschaute.

»Haben Sie hier in Osterley neue Bräuche eingeführt? Ich dachte, Spülmädchen gehören in die Küche.« Die weißhaarige Frau reichte Avenel geziert die Hand, die er sogleich ergriff und flüchtig küßte.

Briennes Gesicht glühte vor Scham, aber bevor sie etwas erwidern konnte, kam die ältere der beiden Frauen auf sie zu und ergriff ihren Arm.

»Brienne, Liebling, ich kann gar nicht sagen, wie sehr ich mich freue. Wie lange ist es her? Die anderen Gäste werden gleich erscheinen, aber ich möchte dir Lady Venetia vorstellen, ihr Vater ist der Earl of Culpepper.« Brienne wurde zu den anderen geführt.

»Lady Venetia, ich möchte Ihnen meine Cousine Brienne vorstellen. Sie ist gerade aus den Kolonien angekommen, daher müssen Sie auch ihre etwas provinzielle Kleidung entschuldigen. Sie ist noch nicht lange in England und hatte keine Zeit, sich um passende Garderobe zu kümmern.« Die blonde Frau sah sie lächelnd an, als sei sie eine alte Freundin. Brienne war viel zu verwirrt und zu erschrokken, um das Lächeln zu erwidern, und betrachtete Avenel mit fragendem Blick. Aber er beobachtete diese Person, Lady Venetia, die die amerikanische Cousine nicht aus den Augen ließ.

Brienne begriff schnell, daß sich Avenel dafür entschieden hatte, sie seinen Gästen unter einem anderen Namen vorzustellen, und wollte protestieren. Das Ganze war so absurd, und vor allem hatte sie keine Lust, sich die spitzen Bemerkungen von Lady Venetia anzuhören.

»Wie ungeschickt von mir!« Lady Venetia wandte sich Brienne zu und sah alles andere als zerknirscht aus. »Natürlich, man hört ja die seltsamsten Dinge über die Amerikaner und über ihre Sucht nach dem einfachen Leben. Obwohl ich selbstverständlich wußte, daß die Amerikaner ihr Personal wie ihresgleichen behandeln, hatte ich doch keine Ahnung, daß sie sich genauso einfach kleiden. Wie kurios!«

Brienne konnte sich nicht mehr beherrschen und unterbrach Lady Venetias Wortschwall. »Sie sollten wissen, daß ich kein Dienstmädchen bin. Ich bin die Tochter von –!«

»Brienne!« schnitt ihr Avenel das Wort ab, und sie verstand die Botschaft in seinen Augen. Er ermahnte sie, gehorsam zu sein. Und wenn ich es nicht bin? fragte sie ihn mit einem wütenden Funkeln ihrer Augen. Aber sein Blick machte ihr nur zu klar, daß es schreckliche Folgen haben würde. Also machte Brienne notgedrungen einen Rückzieher. Das war Avenel Slanes einzigartige Fähigkeit, dachte sie, ihre Wangen brannten vor Empörung. Er würde sein Versprechen, sie in sein Bett zu ziehen, wahr machen. Aber nicht nur das, er würde sogar dafür sorgen, daß sie es sich wünschte.

Da sie keine Wahl hatte, fügte sie sich. Sie murmelte steif eine Entschuldigung und nahm neben Cumberland Platz – viel zu nah bei Lady Venetia. Brienne zog es vor, diesen Abend als stille Zuschauerin zu verbringen, aber dies schien Lady Venetia nicht zu genügen. Sie schnatterte in einem fort.

»Wie dumm von mir! Was für ein *faux pas*! Sehen Sie«, Lady Venetia wandte sich Avenel zu, der neben ihr stand, »das ganze Mißverständnis begann damit, daß ich Brienne schon vorhin sah. Sie war gerade von ihrem Spaziergang zurückgekehrt, und sie wirkte so – ungepflegt –, daß ich vermutete, sie hätte gerade einen Rauchfang gefegt oder einen der Räume geputzt. Sie müssen mir vergeben. Ich konnte doch nicht ahnen, daß sich Roses Verwandte so wenig um ihr Äußeres kümmern.« Venetia nippte an ihrem Glas und spitzte ihren hübschen Mund, über dem verführerisch ein schwarzes Schönheitspflästerchen klebte. Dann blickte sie Avenel besitzergreifend an, der gerade von einem Lakai einen Brandy entgegennahm und sich lässig in einem Sessel niederließ. »Ich glaube, Sie gingen heute Nachmittag auch spazieren, nicht wahr, Avenel?« Ihre Frage hing wie eine Drohung in der Luft.

»Nur, um Roses' Cousine zu holen, Mylady. Sie neigt dazu, sich zu verirren.« Avenel nahm mit seelenruhiger Miene einen Schluck, aber Cumberland wurde von einem Hustenanfall geschüttelt.

Es war ein langer, ermüdender Abend. Fünfundzwanzig Gäste waren schon für den bevorstehenden Ball angereist. Und Brienne fiel kein Thema ein, über das sie sich mit irgendeinem von ihnen hätte unterhalten können. Die Frauen trugen die schönsten Kleider, die sie je gesehen hatte, und sogar die Männer hatten wertvollen Schmuck angelegt. Der Duke und die Duchess of Hardington waren auch anwesend, und Brienne konnte nur still vor Ehrfurcht vor ihnen stehen, als sie ihnen vorgestellt wurde.

Sie waren ein glänzendes Paar. Die Duchess trug ein smaragdgrünes Brokatkleid mit einem weiten Reifrock von leuchtendem Rot. Der Duke machte eine elegante Figur in seinem goldenen Jackett. Er hatte einen großen blutroten Rubin in den Falten seines Halstuchs befestigt. Mit Ausnahme von Avenel verblaßten alle vor diesem großartigen Ehepaar. Die Viscounts und Junker waren etwas schlichter gekleidet, aber kein Mensch war natürlich so vollkommen glanzlos wie die kleine Cousine aus Amerika. Brienne blickte an ihrem veilchenfarbenen Wollkleid herunter und schämte sich.

Das Dinner wurde im Eßsaal serviert, und Brienne saß zwischen Cumberland und Lady Venetia, die beide den ganzen Abend über keine drei Worte an sie richteten. Sie konnte es Cumberland nicht einmal übelnehmen, daß er sie ignorierte. Schließlich konnte ein Blinder sehen, daß er in Rose verliebt war. Die zwei alten Freunde verbrachten den Abend damit, Vergangenes wieder aufleben zu lassen. Und sie schienen sich sehr zugetan zu sein. Brienne hatte Cumberland noch nie so aufgekratzt und strahlend erlebt. Und noch nie war er ihr so jung erschienen wie heute, wenn er Rose zulächelte oder laut lachte. Brienne freute sich aufrichtig für ihn. Wenn irgend jemand eine so schöne und liebenswerte Frau verdiente, dann war er es.

Brienne hatte Rose fast vom ersten Moment an gern. Sie schien von Grund auf eine Lady zu sein, und Brienne konnte sehen, daß auch Rose eine gewisse Zärtlichkeit für Cumberland hegte, was sie ihrer Meinung nach noch liebenswerter machte. Das einzige, was Brienne beunruhigte, waren Roses forschende Blicke, die hin und wieder auf ihr ruhten. Aber Brienne machte sich keine weiteren Gedanken darüber, weil sie annahm, daß Rose das Theater, das sie den anderen vorspielen mußten, ebenfalls so unangenehm wie ihr selbst war.

Lady Venetia tat ihr Bestes, in ihrem Gespräch mit Avenel Spekulationen über Brienne anzustellen. Sie bezog Brienne in keiner Weise in die Unterhaltung ein – im Gegenteil, sie schloß sie ganz entschieden aus. Aber jedes übermäßig laute Wort und jede dramatische Gebärde schien für Brienne bestimmt zu sein. Nie zuvor war Brienne einer so frivolen und affektierten Frau begegnet.

Nach dem Dessert verkündete Brienne, daß sie Kopfschmerzen habe.

»Ja, Lieber, lassen Sie das Kind zu Bett gehen«, schlug Venetia Avenel sofort vor.

»So bald schon? Der Abend hat doch gerade erst begonnen!« Cumberland blickte von seinem Gespräch auf und blinzelte Brienne fröhlich zu. Sie lächelte zurück. Ihn so ausgelassen zu sehen machte ihr schweres Herz etwas leichter, aber sie entschuldigte sich dennoch.

»Bitte lassen Sie sich durch mich nicht stören. Es war dumm von mir, heute so lange in der Sonne zu bleiben, und ich leide ein wenig darunter. Ich ziehe mich lieber zurück, aber bleiben Sie bitte sitzen«, sagte Brienne, während sie aufstand.

»Ich hoffe, es wird dir morgen wieder besser gehen, Liebes. Wir haben uns so viel zu erzählen. Ich weiß nicht, ob wir genug Zeit dazu haben werden.« Rose erhob sich und küßte sie leicht auf die Wange. Sie wünschte ihr eine gute Nacht und ging zu ihrem Platz zurück.

Brienne wollte gerade hinausgehen, als sie Avenels Stimme vernahm: »Ich werde Brienne nach oben bringen ... Wenn Sie mich bitte entschuldigen wollen, meine Damen.« Brienne fühlte seine kräftige Hand an ihrer Taille. Venetia starrte Avenels breiten Rücken an, aber Rose und Cumberland ließen sich nicht stören. Sie schwelgten in ihren Erinnerungen.

»Lassen Sie mich allein in mein Zimmer gehen, Master Slane. Ihre freundliche Begleitung ist völlig unnötig«, zischte Brienne ihm durch zusammengebissene Zähne zu.

»Aber Sie haben etwas, das ich mir holen muß, aber nicht in Gegenwart der anderen Ladies«, flüsterte er zurück, und sie schoß ihm einen zornigen Blick zu.

Als sie in dem gelben Schlafzimmer angekommen waren, griff er ihr ins aufgesteckte Haar und löste den Kamm aus ihrer Frisur. Das Haar fiel locker über ihren Rücken und um ihr Gesicht, und ihre vom Rotwein geröteten Lippen, wurden reizvoll durch die kastanienbraune Pracht betont.

»Nun, mein Kind, finden Sie Ihr Bett sicher allein.« Er legte seinen Zeigefinger unter ihr Kinn, damit er ihr direkt in die schönen Augen sehen konnte. »Ich deute Ihr beharrliches Schweigen heute abend so, daß Sie weder meine Familie noch meine Freunde mögen.«

»Rose ist eine Dame. Allerdings fürchte ich, die andere Frau ...«

»Vorsicht! Sie sollten besser wissen, daß Lady Venetias Vater, der Earl of Culpepper, ein mächtiger Mann ist«, sagte Avenel und wartete auf ihre Reaktion.

Sie konnte die Gehässigkeit in ihrer Stimme nicht unterdrücken. »Ich bin auch die Tochter eines Earl. Oder haben Sie das vergessen?«

»Das werden wir erst noch sehen, Wildblume.«

»Ich bestehe darauf, daß Oliver Morrow mein Vater ist!«

»Aber ist er auch ein Earl?« Er fuhr mit seinem Daumen über ihre weiche Wange.

»Was sollte er sonst sein?« Sie sah ihn verwirrt an.

»Wie ich schon sagte, meine Liebe, das werden wir noch sehen. Ich habe Gäste, um die ich mich kümmern muß, und ich fürchte, daß ich, so schmerzlich das auch für Sie sein wird, zu ihnen zurückkehren muß.«

»Das ist für mich überhaupt nicht schmerzlich. Ich habe heute Ihre Gesellschaft schon viel zu lange genossen.«

»Man sollte es nicht glauben – als ich Sie im Tempel fand, schienen Sie sich nach meiner Gesellschaft zu verzehren.«

»Ich habe geschlafen und dachte, ich träume.«

»Von mir?« Er musterte sie aufmerksam.

»Natürlich nicht!« versetzte sie wahrheitsgemäß. Wie gut erinnerte sie sich an die Vision von Pan, kurz bevor sie erwachte. »Ich bin sicher, Lady Venetia würde gern von Ihnen träumen, wenn Sie sie darum bitten würden.« Sie machte sich von ihm los. »Aber ich träume, wovon ich will. Auch wenn Sie mich hier noch so lange wie eine Gefangene halten – über meine Träume haben Sie keine Kontrolle.«

»Das ist wahr, über ihre Gedanken habe ich keine Macht.« Er schien darüber nachzudenken, während er sich auf das gelbe Sofa setzte. Als sie an ihm vorbeiging, um sich ein Band für ihr Haar zu holen, zog er sie auf seinen Schoß. Wo war Vivie? Die Zofe war nicht zu sehen. »Aber wenn ich über deinen Körper gebiete, werden mir auch deine Gedanken nicht widerstehen, Kleines. Du beachtest mich kaum, und du behauptest, du hättest kein Verlangen nach meinen Zärtlichkeiten. Aber ob das so ist, muß sich erst noch erweisen. Küß mich.« Er nahm ihre Hand und legte ihre Finger auf seine Lippen. »Du sagst, daß du von einem anderen geträumt hast. Küß mich, und ich wette mit dir, daß du fortan von mir träumen wirst.«

»Ich werde Sie nicht küssen, Sie arroganter Kerl!« Sie wehrte sich gegen seine Umarmung, wie sie es schon so oft getan hatte.

»Ich bitte dich nicht darum. Es ist mehr als das, ich fordere dich heraus.«

»Es lohnt sich nicht, das zu versuchen. Sie üben keinerlei Wirkung auf mich aus.« Sie sah ihn an. Hatte er den Verstand verloren? Im Erdgeschoß saß eine Frau, die nur zu gern ein solches Spiel mit ihm spielen würde. Warum mußte er sie nur immer so reizen?

»Dann küß mich. Beweise mir, nein uns, daß ich mich täusche.« Er lehnte sich zurück, streckte seine langen Beine aus und hielt sie auf seinem Schoß fest.

Sie betrachtete ihn und wünschte von ganzem Herzen, dieses arrogante Lächeln aus seinem Gesicht wischen zu können. Sie dachte über seinen Vorschlag nach. Es war lächerlich, aber vielleicht würde er sie nach einem Beweis ihrer Gleichgültigkeit endlich in Ruhe lassen. Vivie mußte bald kommen, und er konnte sie nicht zwingen, ihm zu Willen zu sein.

»Was ist mit Ihren Gästen? Ich würde es zutiefst bedauern, wenn Sie sie meinetwegen warten ließen.«

»Cumberland und Rose haben heute kein Bedürfnis nach meiner Gesellschaft. Und die anderen, nun, keiner von ihnen ist nüchtern genug, um überhaupt zu bemerken, daß ich weg bin. Lady Venetia wird natürlich etwas ungeduldig werden, aber wenn du recht hast, wird es ja nicht sehr lange dauern. Leg nur einfach deine süßen Lippen auf meine, Brienne. Und wir werden herausfinden, wie leidenschaftslos unsere Beziehung ist.«

»Sie werden höchst enttäuscht sein.« Sie senkte ihre dichten, langen Wimpern und nahm all ihren Mut zusammen. Es widerstrebte ihr, diesen Mann zu küssen – sie holte tief Luft und beugte sich über seinen Kopf, der an dem Rückenteil des Sofas lehnte. Auch seine Augen schlossen sich, als sie ihn auf den Mund küßte. Trotz all ihrer Beherrschung berührten sich ihre Lippen länger, als gut für sie war. Sie nahm seinen warmen, männlichen Duft wahr, und bevor sie zur Besinnung kam, strichen seine Hände über ihr Haar und drückten ihren Kopf an seinen. Ihre Gedanken wirbelten durcheinander, als sie ein seltsames Ziehen in ihrem Inneren spürte. Dieses Gefühl wurde immer mächtiger, als seine Zunge in ihren willigen Mund drang. Sie stöhnte gleichermaßen verzweifelt und leidenschaftlich.

Der Kuß dauerte so lange, bis ihr schwindlig wurde. Als sie sich voneinander lösten, lag kein selbstgefälliger Ausdruck auf seinem Gesicht. Seine ansonsten so kalten Augen glühten vor Verlangen.

Er senkte seinen Kopf über die zarte elfenbeinfarbene Haut an ihrem Brustansatz. Seine Lippen fühlten sich so warm an, und es war ihr, als würde diese Wärme in ihr wild pochendes Herz strömen. Sie stöhnte wieder, wehrte sich aber nicht, als er ihr Mieder öffnete und auf den Boden warf. Langsam, Zentimeter für Zentimeter legte er ihre Haut frei. Er drückte sie auf das Sofa und strich mit seiner sonnengebräunten Hand über ihre Brustwarzen, dabei sah er ihr in die Augen, und als er keine Furcht entdeckte, wölbte er seine Hand über ihren Busen und nahm ihn ganz in Besitz.

Der Wahnsinn war berauschend, und es gab kein Halten mehr für ihre zügellose Leidenschaft, die jede Faser ihres Körpers zu erfassen schien. Ihre Brustwarzen wurden bei seinen Liebkosungen hart, und obwohl sich ihr Verstand gegen das wunderbare Gefühl wehrte, sehnte sich ihr Körper nach mehr. Die letzte Erlösung zu finden schien ihre einzige Rettung zu sein.

»Ach, Mylady, sind Sie das?« hörte sie in diesem Moment Vivies Stimme aus dem Ankleidezimmer. Avenels Kopf schnellte in die Höhe und schon betrat die Zofe mit einem großen Tablett das Zimmer. Mit einem Blick erfaßte sie die Situation und stotterte eine Entschuldigung. Vivie drehte sich auf dem Absatz und floh.

Ein unheilvolles Schweigen lastete über ihnen. Als Brienne ihre Fassung wiedergewann, bedeckte sie ihre Brüste mit der Hand. Sie beobachtete, wie Avenel aufstand und sein Jackett und die Weste vom Boden aufhob. Sie konnte sich gar nicht daran erinnern, daß er sie ausgezogen hatte. Er beugte sich zum Abschied über sie und küßte ihren Brustansatz. Zitternd und verwirrt sah sie ihm nach, als er zur Tür ging und sagte: »Sie haben verloren, Mylady.« Dann ließ er sie allein. Sie blieb lange so sitzen und starrte auf die geschlossene Tür.

13

Bis zum Ball waren es noch drei Tage. Und Tag für Tag hatte Brienne die Vorbereitungen voller Ehrfurcht verfolgt. Rose übernahm die Rolle der Hausherrin und kümmerte sich um alles.

Brienne bewunderte Avenels Cousine. Oft, wenn Rose den Tee am Spätnachmittag reichte oder wenn sie einen Diener anwies, wo er die Vase mit blaßrosa Tulpen hinstellen sollte, dachte Brienne an ihre Mutter, die die gleichen Dinge vor Jahren getan hatte. Rose mußte etwa so alt sein wie ihre Mutter.

Brienne hatte niemandem davon erzählt, daß dieser Ball sie in die größte Angst versetzte. Sie hatte nie die Möglichkeit gehabt, Gesellschaften zu besuchen, und nie gelernt, wie man sich bei einem solchen Ereignis benahm. Die lebhafte Konversation, die zu solchen Anlässen geübt wurde, war eine Kunst, die sie nicht beherrschte, und noch viel schlimmer war die Tatsache, daß man sie ständig über ihr »Heimatland« ausfragen würde und daß sie zum Lügen gezwungen war.

Lady Venetia hatte großes Interesse an ihr gefunden und begleitete sie auf Schritt und Tritt. Sie stellte die verwirrendsten Fragen über ihre Familie und wie das Leben in den Kolonien während des Krieges war. Und keine davon konnte Brienne ehrlich und mit Sachkenntnis beantworten. Auch jetzt, als sich die weiblichen Gäste im Wohnzimmer eingefunden hatten, horchte Lady Venetia Brienne aus.

»Ich habe gehört, daß es in Amerika so wenig Frauen gibt, daß die meisten schon als Kinder verheiratet werden. Wie kommt es, daß es Ihnen gelungen ist, sich diesem Schicksal zu entziehen, und daß Sie nicht an einen Amerikaner gekettet sind?« Lady Venetia streichelte ihr Schoßhündchen.

»Ich ... ehm ...« begann Brienne, aber sie war nicht schnell genug mit ihrer Antwort. Wie es mit peinlicher Häufigkeit geschah, kam ihr Rose zu Hilfe und gab die Erklärung an ihrer Stelle ab.

»Brienne kann es sich leisten, wählerisch zu sein. Nicht wahr?« Brienne schenkte der hübschen Frau ein dankbares Lächeln.

»Ich könnte mir vorstellen, daß dies ein Luxus ist, den sich nicht viele Frauen leisten können.« Venetia betrachtete abschätzend Briennes einfaches, abgetragenes Kleid und strich über ihr eigenes kostbares, mit Blumen reich verziertes Gewand. »Besonders eine, die offensichtlich über kein Vermögen verfügt. Aber ich vermute, es ist das Opfer wert.

Unverheiratet zu bleiben ist ein vergleichsweise kleiner Preis, wenn man dafür dieses barbarische Land verlassen kann.«

»Ein barbarisches Land? Lady Venetia, Sie täuschen sich.« Brienne konnte diesmal ihre Wut nicht hinunterschlucken. Die Spitzen dieser Frau wurden mit jedem Tag schärfer. Trotz ihrer fehlenden Kenntnis über die Kolonien, war sie entschlossen, für sich selbst einzutreten und nicht Rose zu nötigen, ihr wieder den Weg zu ebnen. »Einige der schönsten Paläste der Welt stehen in Maryland! Ich persönlich bin zwar nicht in einem Schloß großgeworden, aber ich kann Ihnen versichern, daß es dort sehr zivilisierte und guterzogene Menschen gibt, die schokkiert wären von den abstoßenden Manieren, die man hier unter vielen Adligen erlebt.«

»Also, ich ... Wie können Sie es wagen, so mit mir zu sprechen?« Venetias Augen wurden schmal, und sogar der Pekinese schien beleidigt zu sein. Er sprang auf und bellte schrill.

»Lady Venetia, ich bitte Sie. Brienne hat sich nicht ...« Rose versuchte die Situation zu retten.

»Doch, das hat sie. Außerdem belügt sie mich. Es gibt in den Kolonien überhaupt keine Schlösser! Ihre Cousine ist eine Närrin, wenn sie denkt, daß ich so einen Unsinn glauben könnte! Sie ist eine Närrin und eine Lügnerin!« Lady Venetia erhob sich.

»Vielleicht sollten wir ein wenig in den Garten gehen, Sie haben keinen Grund, sich so aufzuregen.« Rose stand auch auf, aber trotz ihrer beruhigenden Worte entdeckte Brienne ein amüsantes Zweifeln in ihren Augen.

Sie sah den beiden Damen reuelos nach, als sie den Raum verließen. Sobald die Mahagonitür hinter ihnen geschlossen war, brach Brienne in lautes Gelächter aus und fühlte sich richtig befreit.

»Ist ja sehr komisch«, hörte sie Avenels Stimme hinter sich, und sie wirbelte herum. Er stand an der offenen Tür zum Nebenzimmer.

Sie hatte ihn seit dem Abend in ihrem Schlafzimmer nicht mehr gesehen.

»Sie haben alles mit angehört?« fragte sie und konnte sich ein Lächeln nicht verkneifen.

»Alles.« Er kam ins Wohnzimmer. »Das war nicht gerade höflich, Brienne. Ich habe Sie gewarnt.«

»Sie hat bekommen, was sie verdient hat! Sie ist gemein, und sie hat es auf mich abgesehen. Ich finde sie unerträglich.« Sie wich einen Schritt zurück. »Was Sie an ihr finden, ist mir ein Rätsel.«

»Frauen in ihrer Stellung müssen nur schön und betörend sein. Und das ist sie. Sie braucht keine anderen Qualitäten.«

»Ich verstehe«, sagte Brienne. Was er gesagt hatte, gab ihr das Gefühl, eine graue Maus zu sein. »Das bedeutet vermutlich, daß Frauen wie ich nur für das Bett gut sind und ihren Mund zu halten haben.« Sie konnte die Bitterkeit in ihrer Stimme nicht verbergen, und sie hoffte, daß ihn ihre barschen Worte tief schockiert hatten. Nach dem Erlebnis in ihrem Schlafzimmer war sie sich wie ein Spielzeug vorgekommen. Er hatte die Episode ignoriert und sich nicht einmal darum gekümmert, daß sie ihre Mahlzeiten allein in ihrem Zimmer einahm.

»Das habe ich nicht gesagt.« Er warf ihr einen düsteren Blick zu und verschränkte seine Arme über der Brust.

»Sie brauchen es auch nicht auszusprechen.« Sie dachte daran, wie sie ihn und Lady Venetia von ihrem Fenster aus gesehen hatte. Sie waren zur Orangerie gegangen und Lady Venetia hatte ihren Arm sehr vertraut durch seinen geschlungen.

Brienne wandte sich von ihm ab und ging zur Tür, die in den Flur führte. Er versuchte nicht, sie aufzuhalten – es gab nichts mehr zu sagen.

Sie ging unglücklich die breite Treppe hinauf, und als sie oben ankam, sah sie, daß Rose gerade die Tür von Venetias Zimmer schloß. Brienne ging auf sie zu. Das war die erste Gelegenheit, daß sie mit der freundlichen Frau allein sprechen konnte.

»Es tut mir leid, wenn ich Ihnen mit meinem Ausbruch Ungelegenheiten bereitet habe, Rose.« Brienne berührte sie leicht am Arm, um ihre Aufmerksamkeit zu erregen. »Es war dumm von mir, daß ich nicht –« Brienne zog sofort ihre Hand zurück, als sie den Blick des Entsetzens auf dem Gesicht der reizenden Frau bemerkte. »Was ist geschehen?« murmelte sie und war sich nicht einmal sicher, ob sie es wissen wollte.

»Fassen Sie mich nicht an! Niemals!« Rose rieb sich den Arm an der Stelle, an der Brienne sie berührt hatte. »Ich habe Avenel nachgegeben und mache dieses Theater mit, weil ich tief in seiner Schuld stehe. Aber ich schließe keine Freundschaft mit Ihnen, und ich wünsche auch nicht, daß Sie mich ansprechen, wenn wir allein sind.«

Brienne spürte einen Stich in ihrer Brust. Roses Freundlichkeit ihr gegenüber war also nichts als ein Zeichen ihrer Dankbarkeit Avenel gegenüber. Alle herzlichen Gefühle, die Brienne für aufrichtig gehalten hatte, waren jetzt wie weggeblasen. Tränen brannten in ihren Augen, als sie zurücktaumelte. Sie stolperte über einen Stuhl, der an der

Wand lehnte. Plötzlich fühlte sie sich eingesperrt, und sie wollte nur noch fort von Roses anklagenden, kalten Augen.

»Ich – es tut mir leid«, entschuldigte sie sich schluchzend. Sie ahnte instinktiv, daß sie diesen Haß dem Earl zu verdanken hatte. Sie wollte nur noch weg und Roses durchbohrenden Blicken entfliehen. Sie wich weiter zurück und stolperte erneut, aber diesmal wurde sie aufgefangen. Sie blickte auf und direkt in Avenels fragende Augen. Sie riß sich los und rannte in ihr Schlafzimmer.

Ein Tablett wurde gebracht und später unberührt in die Küche zurückgetragen. Brienne saß auf ihrem Bett und starrte vor sich hin.

Sie ließ sich nicht in ihren düsteren und schweren Grübeleien stören, als sich die Tür öffnete.

»Ich brauche wirklich nichts, Vivie. Bitte gehen Sie.« Sie sah aus dem großen Fenster auf den fast schon dunklen Himmel.

»Ich kann mich nicht für Rose bei dir entschuldigen, Kleines.« Brienne erschrak. Ihre Augen waren verschwollen und brannten so sehr, daß sie Avenel kaum sehen konnte.

»Was hat er ihr angetan?« fragte sie. »Ich – ich muß es wissen.« Ihre Stimme zitterte, aber sie war bereit, den Schuldspruch, der auch sie treffen würde, zu ertragen.

Avenels Stimme klang gedämpft, und es schien, als blieben ihm die Worte im Halse stecken. »Er hat ihren Mann getötet.«

»O Gott! Mein Gott!« stammelte sie immer wieder. Nahm dieser schreckliche Alptraum denn nie ein Ende? »Warum? Wie?« fragte sie mit brüchiger Stimme. »Gab es ein Duell?«

»Kein Duell. Oliver Morrow ist kein Ehrenmann.«

»Warum hat er –?«

»Wahrscheinlich hat er es aus reinem Vergnügen getan.« Diese Bemerkung, die so kalt ausgesprochen wurde, traf sie mitten ins Herz.

»Es muß doch einen anderen Grund gegeben haben. Mein Vater ist sehr berechnend, Avenel, Sie kennen den Grund. Sagen Sie ihn mir!« bat sie.

»Ich kann nicht.«

»Ich habe ein Recht ...« begann sie.

»Sie sind jetzt in Osterley. Sie haben keine Rechte mehr.« Nach dieser Eröffnung konnte Brienne zum ersten Mal fast glauben, daß sie seine Grausamkeit verdiente.

»Bitte sagen Sie es mir«, murmelte sie wieder, obwohl sie genau wußte, daß er nichts preisgeben würde. »Rose hält mich für ein Ungeheuer. Sie findet wahrscheinlich, daß ich den Tod verdient habe.«

»Sie möchte nicht, daß Ihnen ein Leid geschieht.« Er kam näher und ließ sich auf dem Bettrand nieder.

»Ich muß in ihren Augen schlimmer als eine Aussätzige sein«, stöhnte sie. »Sie war so freundlich. Ich wußte doch nicht ... Ich hätte niemals vermutet ... Ich hätte sie doch nie angesprochen.« Sie begann wieder zu weinen. »Lassen Sie mich fort von hier, Avenel. Ich kann ihr nicht mehr in die Augen schauen. Ich glaube, ich möchte lieber sterben, als diese Abscheu in ihrem Gesicht noch einmal zu sehen. Wie muß sie mich hassen, weil ich am Leben bin, während ihr Mann ...« Sie schluchzte haltlos. Avenel machte keine Anstalten, sie zu trösten, aber er klagte sie auch nicht an. Er saß wie ein aufrechter Soldat am Fußende des Bettes und schien selbst einen inneren Kampf auszufechten.

Es schienen Stunden zu vergehen, bis sie sich allmählich beruhigte. Sie lag erschöpft auf dem Kissen und langsam übermannte sie der Schlaf. Irgendwann in dieser Nacht wurde sie aufgehoben und sanft unter die Decke gelegt. Aber sie war sich nicht sicher, ob es Avenel war, der so liebevoll ihr Haar aus der schmerzenden Stirn strich, oder Vivie.

»Ich kann nicht!« sagte Brienne. Sie sah sich in dem Schlafzimmer um, in dem Berge von Kleidern herumlagen, die an diesem Morgen eingetroffen waren. Es war der Tag, an dem der Ball stattfinden sollte, und im ganzen Haus herrschte geschäftiges Treiben. Vor einer Stunde hatte ein Lakai schwere Schrankkoffer, in denen sich die traumhaftesten Kleider und alles, was sich eine Frau vorstellen konnte, befanden, in ihr Zimmer geschleppt. Vivie betrachtete erstaunt die wundervollen Sachen.

»ICI! MADEMOISELLE! ICI!« Sie zog ein grünes Reitkostüm aus Serge mit schwarzer Stickerei an den Manschetten und am Saum hervor und hielt es ihrer Herrin hin. Und immer mehr Kleider förderte sie zutage, eins schöner als das andere. Aber als Vivie ein goldenes Ballkleid mit einem glänzenden bronzefarbenen Mieder in die Hand nahm, sprach Brienne endlich aus, was sie dachte.

»Das ist verrückt! Vivie, Sie müssen die Sachen wieder in die Koffer packen. Ich bin sicher, sie gehören Lady Venetia oder einer der anderen Damen. Wir hätten die Kleider nicht herausnehmen dürfen.«

»*Mais non, Mademoiselle!* Sie irren sich!« rief Vivie.

»Woher sollen wir wissen, ob es nicht Lady Venetias Aussteuer ist? Vielleicht hat Avenel sie um ihre Hand gebeten, und –«

»Er hat nur Augen für Sie, Mylady. Diese andere Person –« Vivie verzog verächtlich ihren Mund, »bedeutet ihm nichts.«

»Bitte legen Sie die Sachen zurück!« Aber es war schon zu spät. Vivie hatte bereits alle Kleider ausgepackt.

»Sie müssen eins anprobieren, *Mademoiselle*! Sehen Sie dieses hier?« Die Zofe hielt ein taubenblaues Korsett hoch. Brienne nickte dumpf und betrachtete das vollendete Kunstwerk. »Von Cosins gearbeitet! Stellen Sie sich vor, *Mademoiselle!* Der feinste Korsettmacher der Welt hat es für Sie gemacht. Sind Sie nicht neugierig?« Vivie ging zu dem goldenen Ballkleid, das auf dem Sofa ausgebreitet lag. Sie hielt das Kleid Brienne an. »Kommen Sie, Sie müssen doch selbst wissen wollen, wie es sich auf der Haut anfühlt! Sie müssen einfach!«

»Na ja«, willigte Brienne zögernd ein. »Vielleicht eins ...«

Vivie strahlte, als sie ein hauchdünnes, ärmelloses Batisthemdchen mit französischen Spitzen ausbreitete und das taubenblaue Korsett daneben legte.

»Ich kann die Unterwäsche nicht anprobieren. Ich kann nicht, und ich werde nicht!«

»*Qui! Qui!* Aber das Kleid müssen sie anziehen. Sie werden sehen, daß es Ihnen wie angegossen paßt.« Vivie half Brienne beim Ausziehen, und während Brienne die Mengen von wundervollster Seide über ihren Kopf zog, fühlte sie sich, noch ehe sie das Kleid richtig angezogen hatte, wie verwandelt. Vivie zupfte das edle Material zurecht, bis alles perfekt saß.

»So!« rief die Zofe, als Brienne fertig angezogen war. »Sie sehen aus wie ein Traum. Er wird die Augen nicht von Ihnen lassen können!«

Brienne trat vor den Spiegel. Langsam drehte sie sich und bewunderte jede Einzelheit des Kleides. Die Seide fühlte sich so weich auf ihrer Haut an, und bei jeder Bewegung raschelte der Stoff. Das Kleid saß wie angegossen, als hätte jemand die größte Mühe darauf verwendet, ihre Maße zu nehmen. Sie lachte vor Freude und Begeisterung über ihr Spiegelbild.

»Mir wird angst und bange, wenn ich daran denke, was Lady Venetia sagen würde, wenn sie wüßte, daß ich ihr Kleid anprobiere!« Brienne drehte sich noch einmal vor dem Spiegel und bemerkte selbst, daß ihre Wangen vor Aufregung gerötet waren und ihre Augen vor Freude glänzten. Sie lachte wieder und wandte sich Vivie zu.

Aber die Zofe hatte sich lächelnd zur Tür umgedreht. Brienne blieb vor Schreck das Herz stehen, als auch sie das Klopfen an der Tür vernahm.

»Machen Sie nicht auf!« Sie sah sich im Zimmer nach einem Versteck um. Aber es war zu spät. Avenel stand auf der Schwelle.

»Was ich eben gehört habe, war sehr schön. War das ein Lachen? Wenn ich mich nicht getäuscht habe, dann hat sich die Ausgabe schon jetzt gelohnt.« Er umrundete Brienne und musterte sie von allen Seiten.

»Ich – ich weiß nicht, was ich sagen soll …«, stammelte Brienne mit hochrotem Gesicht.

»Sie brauchen gar nichts zu sagen. Lassen Sie mich nur Ihr Lachen hören.« Er machte es sich auf dem Sofa bequem und ließ sie keinen Moment aus den Augen.

»Sicher wird Lady Venetia meine Dreistigkeit nicht zum Lachen finden.« Brienne verschränkte die Arme über ihrer Brust und wünschte, sie hätte sich umziehen können.

»*Mademoiselle* will mir einfach nicht glauben.« Vivie wandte sich Brienne zu. »Ich sagte Ihnen doch, daß Monsieur eine Überraschung aus London mitbringen würde, nicht wahr, Mylady?«

»Ich – ich dachte, die Überraschung sei Rose und die anderen Gäste.« Brienne verschwand hinter den Vorhängen des Bettes und zog sie zu, ehe sie das Kleid abstreifte. Als sie wieder zum Vorschein kam, trug sie ihr abgetragenes braunes Kleid und legte den goldenen Traum in den Koffer. »Aber das ändert nichts«, sagte sie. »Auch wenn Sie diese Kleider für mich haben anfertigen lassen – ich fürchte, ich kann sie nicht annehmen. Ich habe nicht genügend Geld, um sie zu bezahlen, wie Sie sehr gut wissen.«

»Man könnte sagen, daß ich schon bezahlt worden bin. Sie sind doch der Meinung, daß ich etwas an mich genommen habe, was Ihnen gehört.« Avenel schien sich köstlich zu amüsieren und machte es sich gemütlich. Zu gemütlich, dachte Brienne, schließlich befindet er sich im Schlafraum einer Lady.

»Das, was ich für den Kamm bekommen würde, ist nichts im Vergleich zu dem Vermögen, was diese Kleider gekostet haben.«

»Was wissen Sie schon über den wahren Wert des Kamms?«

»Ich weiß genug.« Sie erschauderte bei dem Gedanken an früher.

»Dann betrachten Sie die Kleider als Leihgabe, denn Sie werden für heute abend eines benötigen.«

»Ich gehe nicht zu dem Ball.« Brienne legte die Sachen sorgfältig zusammen, um sie in den Koffer zu packen.

»Sie werden kommen!«

»Ich fürchte, ich werde durch dieselbe Krankheit, die mich schon seit Tagen plagt, verhindert sein.« Brienne hatte ihm den Rücken zugewandt und betrachtete ein mintgrünes Satinkleid. Es gab auch ein rosafarbenes, das ihrem alten sehr ähnlich war. Voller Bedauern legte sie es auch in den Koffer.

»Ich war sehr nachsichtig mit Ihnen in den letzten Tagen, Wildblume. Aber heute abend werden Sie erscheinen, das ist mein letztes Wort«, erwiderte Avenel hochmütig. Ihre Weigerung beeindruckte ihn kein bißchen.

»Ich werde Rose nicht noch einmal unter die Augen treten. Diese Qual möchte ich uns beiden ersparen.« Brienne bemerkte selbst, wie hart und verbittert ihre Worte klangen.

»Rose rechnet damit, Sie zu sehen.«

»Ich werde dieses Zimmer nicht verlassen.«

»O doch!« Er stand auf.

»Ich gehe nicht«, gab sie mit trotzig hervorgeschobenem Kinn zurück.

»Vivie, bitte lassen Sie uns allein«, befahl Avenel. Die Zofe gehorchte zu Briennes größtem Bedauern.

»Also, wie wollen Sie mich diesmal zwingen, sagen Sie mir das bitte.« Sie erhob sich und warf einen Satinunterrock in den Koffer. Sie wollte sich diesmal in keinem Fall von Avenel einschüchtern lassen. »Haben Sie vor, mich durch das Zimmer zu jagen, bis ich mich geschlagen gebe? Oder werden Sie mir die Kleider vom Leib reißen, bis ich gehorche?«

»Oh, ich denke, das letztere würde mir gefallen«, erwiderte er gefährlich leise. Brienne zuckte zusammen, als hätte er sie angeschrien.

»Die perfekte Antwort für einen Barbaren«, spottete sie und legte wieder ein Kleidungsstück in den Koffer.

»Hören Sie auf zu packen!« Er umklammerte ihre Taille.

»Ich werde diese Kleider nicht behalten!«

»Doch, das werden Sie.«

»Und warum sollte ich?« Sie versuchte, sich aus seiner Umarmung zu winden.

»Sie werden sie annehmen, weil ich es wünsche! Und deshalb besuchen Sie auch meinen Ball. Ich will es so.«

»Sie wollen es? Aber ich werde freiwillig nichts für Sie tun – weder das Bett mit Ihnen teilen, noch auf Ihren Ball kommen!« Sie blickte zu ihm auf, zuerst voller Wut, doch dann nur noch überrascht. Er hatte die Arme über seiner Brust verschränkt. Auf seinem Gesicht lag ein grimmiges, sadistisches Lächeln.

»Es gibt verschiedene Aktivitäten, bei denen Ihre Mitwirkung erforderlich ist. Zu meinem Ball werden Sie kommen, und es ist mir vollkommen egal, wie Sie sich dabei fühlen.«

»Warum ist meine Anwesenheit denn so wichtig? Ihre Gäste scheinen in den vergangenen Tagen kein besseres Gesprächsthema gehabt zu haben als Roses schäbige, kleine Cousine aus Amerika. Ich wurde bestaunt von ihnen wie ein Weltwunder. Aber inzwischen dürfte sich ihr Interesse gelegt haben.«

»Es ist mir lieber, sie reden über Sie, als daß sie Ihre Geschichte in Frage stellen. Und wenn Sie zum Ball nicht erscheinen, werden sie noch mehr klatschen. Das möchte ich vermeiden. Verstehen Sie mich, Kleines?«

Er sah sie an, aber sie zuckte nur mit den Schultern.

»Verstehen Sie mich?« wiederholte er eindringlich.

Aber statt auf die Warnung in seiner Stimme zu achten, drehte sie ihm nur den Rücken zu und zeigte ihm, wie wenig sie Willens war, ihm zu gehorchen. Diesmal, das schwor sie sich, würde sie nicht nachgeben. Sie wollte Rose und den anderen Gästen nicht mehr begegnen.

Er faßte nach einer ihrer Locken, und obwohl es ihr nicht weh tat, zwang er sie, ihn anzusehen.

»Vielleicht können Sie meine Gäste durch Ihr kühles und auffallend stilles Benehmen irritieren, aber mir machen Sie nicht so leicht etwas vor.« Er ließ ihr Haar los und schlang die Arme um sie. »Sie, meine Schöne, werden auf den Ball gehen, und wenn ich Sie persönlich dazu anziehen muß.«

Brienne stemmte zornig ihre kleinen Fäuste gegen seine Brust, um ihn von sich wegzuschieben, aber er zog sie so fest an sich, daß sie sich nicht mehr rühren konnte.

»Mein Gott, warum müssen Sie mich so quälen?«

fragte sie mit heiserer Stimme und wandte ihr Gesicht ab.

»Ich will ja nichts weiter als Ihren Gehorsam. Wo ihre Mitwirkung erforderlich ist, sollen Sie sich fügen. Aber Sie bekämpfen mich, wo Sie nur können.«

»Ich will nicht zu diesem gräßlichen Ball. Ich will fort von hier!«

»Sie werden von hier fortgehen, wenn ich es sage.« Er zog ihren Kopf hoch, so daß sie ihn ansehen mußte.

»Sie sind ein Tyrann!« schrie sie ihn an. »Merken Sie nicht selbst, daß Sie mich so nicht behandeln können?«

»Was ich bin, geht Sie überhaupt nichts an. Ich will nur Ihre Antwort. Kommen Sie zu dem Ball?« rief er wütend.

Sie lächelte rachsüchtig. »Zwingen Sie mich nur in eins von den Kleidern, die Sie für mich gekauft haben! Aber wenn Sie kommen, um mich zu holen, werden Sie mich wie ein störrisches Kind die Treppe hinunterzerren müssen! Ich werde nach Ihnen treten und schreien! Und dann werden wir ja sehen, wie sich Ihre fabelhaften Gäste über mich die Mäuler zerreißen!« Ihre Augen sprühten Funken.

Aber gleich darauf weiteten sie sich schockiert, als Avenel sie auf das Bett drückte. Er setzte sich auf den Rand, zwischen die Berge von Seiden- und Satinkleidern und zischte durch zusammengepreßte Zähne: »Wie ein trotziges Kind, ja? Und was tut man mit einem trotzigen Kind, Brienne? Einem Kind, das einfach nicht hören will?« Sie konnte machen, was sie wollte. Gegen ihn hatte sie keine

Chance. Er zog sie auf seinen Schoß und legte sie im wahrsten Sinne des Wortes übers Knie. Mit einer eisernen Hand preßte er sie an sich, während er mit der anderen ihre zappelnden Beine festhielt.

»Ich werde nicht zulassen, daß Sie das tun, Avenel!« schrie sie. »Sie werden meine Röcke nicht noch einmal hochheben!«

»Sie haben die Wahl, Brienne. Was ist Ihnen angenehmer, der schmerzhafte Schlag meiner Hand auf den Po oder das Brennen von meinem Mund?«

»O nein«, stöhnte sie. »Wie unfair Sie sind. Wie können Sie es wagen, so mit mir zu sprechen?«

»Wofür haben Sie sich entschieden?« fragte er. Er hatte bereits den Strumpf von einem Bein heruntergezogen. Er biß liebevoll in ihre nackte Wade, obwohl sie versuchte, nach ihm zu treten. Sie kochte vor Wut, aber er grinste nur.

»Hören Sie auf, Sie – sie schlechter Mensch!« keuchte sie, als sie spürte, wie seine Zunge die empfindliche Stelle an ihrem Knie liebkoste. »Aufhören!«

»Was bekomme ich dafür?«

»Den Ball. Ich gehe zu Ihrem Ball!«

»Freiwillig?« Seine Finger glitten über ihre Schenkel.

»Freiwillig!« schrie sie.

Ohne jede Vorwarnung stand er auf und ließ sie aufs Fußende des Bettes fallen. Sie schob ihre Röcke herunter und warf ihm einen haßerfüllten Blick zu.

Ohne sie noch einmal anzusehen, ging er zur Tür. »Lady Brienne muß um acht Uhr fertig angezogen sein«, rief er ins Ankleidezimmer, damit Vivie ihn hören konnte.

»*Qui Monsieur.*« Als Brienne Vivies gedämpfte

Stimme hörte, wurde ihr klar, daß die Zofe einen Teil ihres Wortwechsels mitbekommen haben mußte.

Vivie machte sich gleich wieder daran, die Kleider auszupacken, die Brienne in den Koffer gestopft hatte.

»Sie *müssen* mein Haar pudern, Vivie. Ich will nicht, daß die Gäste heute abend wieder über mich lachen.« Brienne musterte ihr Gesicht in dem Spiegel über der Frisierkommode. Ihre Nerven waren zum Zerreißen gespannt, und sie fragte sich, wie sie diesen Abend durchstehen sollte. Vor ihrem geistigen Auge sah sie eine schlimme und peinliche Situation nach der anderen auf sich zukommen. Sie sah Lady Venetia, wie sie über ihr ungepudertes Haar die Nase rümpfte. Die immer nach der neuesten Mode zurechtgemachte Venetia selbst würde ihr Haar kunstvoll hochgetürmt tragen, mit künstlichen Blumen, Früchten, Bändern und Perlen darin. Brienne hatte auch den grauenvollen Gedanken, daß sie mit Rose sprechen und diesen schrecklichen Blick von der älteren Frau ertragen mußte. Wenn sie nur an Rose dachte, zog sich ihr Herz vor Schuldgefühlen und Bedauern schmerzhaft zusammen. Sie bedeckte das Gesicht mit beiden Händen und stöhnte. »Oh, wie hasse ich das alles!«

»*Mais non!* Sie werden wunderbare Stunden erleben. Weshalb machen Sie sich solche Sorgen, *Mademoiselle*?« erwiderte Vivie.

»Sie wissen, daß ich gezwungen bin, diesen schrecklichen Ball zu besuchen«, gab Brienne zurück. Es tat ihr gut, mit jemanden darüber sprechen zu können. »Ich weiß nicht einmal, warum

Avenel auf dieser Farce besteht – es sei denn, er weiß, wie wenig Erfahrung ich mit dieser Art von gesellschaftlichen Ereignissen habe, und will, daß seine Freunde über mich lachen!« Brienne schob ärgerlich ein paar Parfümflaschen beiseite. »Wie ich sie alle verabscheue!«

»Mylady! Sie müssen sie vergessen! Ihr Lachen ist hohl, und sie lachen nur aus Neid!«

»Vivie, Sie müssen mein Haar pudern! Es ist mir egal, was Avenel gesagt hat. Ich weigere mich, die unscheinbare Cousine aus Amerika zu spielen. Heute abend möchte ich mich nicht verstellen!« Sie blickte Vivie entschlossen an.

»Bitten Sie mich nicht um so etwas!« Vivie schien hin und her gerissen zwischen den beiden Menschen, denen sie beiden treu dienen wollte.

»Es ist für mich so wichtig. Ich würde Sie nicht um etwas bitten, was den Wünschen Ihres Herrn widerspricht, wenn es nicht von so entscheidender Bedeutung für mich wäre.«

»Na gut. Ich werde es versuchen.« Vivie trat zurück und holte das Haarfett. Sie rieb eine kleine Menge der dicken, graubraunen Paste zwischen den Handflächen, bis sie warm und geschmeidig war. Dann wandte sie sich Briennes Haar zu, das so wunderbar rotbraun glänzte.

»Ich kann es nicht!« flüsterte Vivie verlegen und blickte zu Boden. Kurzentschlossen nahm sie ein Leinentuch und wischte sich das Fett von den Händen. »Ich kann Ihre wunderschöne Haarfarbe damit nicht bedecken.« Sie hielt das fettverschmierte Leinentuch hoch, um seine glanzlose Wirkung zu demonstrieren.

Enttäuscht erhob sich Brienne und ging auf dem

Teppich auf und ab. »Gibt es überhaupt nichts mehr in meinem Leben, was nicht Avenel Slanes Kontrolle unterliegt? Bin ich nicht einmal so frei, daß ich meine Frisur selbst wählen kann?«

»Kommen Sie, ich werde Sie ankleiden. Und dann werde ich alles tun, damit Sie der Erfolg des Abends werden.« Vivie nahm sie liebevoll bei der Hand und führte sie zum Sofa. Dort hatte sie ein Kleid ausgebreitet, eines, das Brienne noch nicht gesehen hatte. Es war aus purpurrotem Brokatsatin, so dunkel, daß es fast schwarz aussah. Mit einem dazu passenden Reifrock und einem Mieder, das zart mit glänzenden Goldfäden bestickt war. Brienne sah sofort, daß ihr das Kleid sehr gut stehen würde, aber so dunkle Farben trug man eigentlich nicht.

»Das Rot, ist es nicht ...?«

»Monsieur Slane hat mir aufgetragen, Ihnen dieses Kleid zurechtzulegen. Es ist wundervoll.«

»Alle Kleider, die heute gebracht wurden, sind schön. Es ist mir unbegreiflich, wie Sie Avenel die richtigen Maße geben konnten.«

»Ich habe Ihre anderen Kleider gemessen. Aber der Herr hat sie bestellt. Und mir scheint, er hat eine vorbildliche Wahl getroffen.«

Brienne zuckte gleichgültig mit den Schultern und streifte den üppigen Seidenbrokat über. Das Korsett war in das Kleid genäht, so daß nur der dünne Baumwollbatist ihres neuen Hemdes zwischen ihr und dem Kleid lag.

»Sie sind fertig, Mylady.« Vivie trat neben sie und wartete atemlos auf ihre Zustimmung.

Brienne blickte in den vergoldeten Spiegel und stellte erschrocken fest, daß die Frau, die ihr entgegensah, atemberaubend schön war. Das Kleid war tief ausgeschnitten, und ihre helle Haut wurde durch den dunklen Stoff sehr reizvoll hervorgehoben. Ihr Gesicht wirkte dunkler als sonst, und die Augen, die sie durch dichte, schwarze Wimpern hindurch ansah, strahlten aufgeregt.

»Sie sind wunderschön.« Vivie zupfte noch einmal an einer langen kastanienbraunen Locke, die in Briennes Mieder steckte. »Der Herr wird heute Grund zur Eifersucht haben.«

Brienne lachte. »Meine einzige Hoffnung ist, daß er mit Lady Venetia und seinen anderen *Demoiselles* beschäftigt ist und mich nicht eines Blickes würdigt.«

»Er wird Ihnen das Gegenteil beweisen«, sagte Vivie. »Ich muß Sie jetzt verlassen. Aber der *Monsieur* wird gleich hier sein.« Flink lief Vivie durchs Schlafzimmer und räumte auf. Als sie Brienne durch die Tür, die zum Ankleidezimmer führte, verließ, rief sie ihr lächelnd zu: *»Vive l'amour!«*

Brienne sah ihr nach, und als sie die ersten Klänge der Musik aus der Galerie vernahm, zitterte sie. In der Halle hörte sie Lady Venetia und Rose, die von Cumberland die breite Treppe hinuntergeführt wurde. Aber niemand kam, um sie zu holen. Sie setzte sich vorsichtig, um das Kleid nicht zu zerknittern, auf eine Ecke ihres Bettes.

Nach langen Minuten des Wartens fragte sie sich gereizt, ob man ihr einen grotesken Streich gespielt hatte. Vielleicht hatte Venetia darauf bestanden, daß Brienne auf ihrem Zimmer blieb, oder Rose hatte Bedenken geäußert, daß sie ihnen Schande bringen könnte.

In diesem Moment hörte sie ein leises Klopfen an

der Tür. Brienne stand auf und strich das Kleid glatt. Sie befeuchtete ihre Lippen, die plötzlich trokken geworden waren und rief mit so unpersönlicher Stimme wie möglich: »Herein.«

Die Tür öffnete sich, und Avenel erschien – elegant gekleidet in eine schwarze Satinhose und das passende Jackett. Er trug keinen Schmuck, nur seine weiße Weste war bestickt.

Während sie ihn forschend betrachtete, spürte sie, daß er sie ebenso aufmerksam in Augenschein nahm. Sein Blick wanderte über ihr Kleid und Haar, blieb dann an ihrem Gesicht haften. »Sie sehen bezaubernd aus, Wildblume. Ich wünschte nur, es wäre möglich, Sie heute abend ganz für mich zu behalten.«

»Dann würde ich ganz sicher in meinem Zimmer bleiben«, versetzte sie beißend.

»Mein Entschluß steht fest. Ich bin glücklich, daß Sie so klug waren, sich meine Worte zu Herzen zu nehmen. Wenn ich Sie so ansehe, kann ich mir gut vorstellen, daß viele Fragen nach Roses Cousine aus Amerika gestellt werden. Das ist der Nachteil, wenn man eine solche Schönheit in die Gesellschaft einführt.«

»Ich schätze, ich hätte meine Kenntnisse über die Kolonien aufbessern müssen, um mich nicht zu blamieren«, erwiderte sie kalt.

»Ja, besonders über die Schlösser. Ich fürchte, ich muß Ihnen sagen, daß es wirklich keine Schlösser gibt!« Er lachte einfach, nahm ihre Hand und küßte sie wie ein vollendeter Gentleman. Seine Lippen brannten auf ihrer Haut, und Brienne zog schnell ihre Hand zurück. Nervös trat sie zur Tür. »Warten

Sie.« Er zog sie näher an sich und legte einen Seidenbeutel in ihre Hände.

»Was ist das?« Sie blickte ihn mißtrauisch an.

»Öffnen Sie es«, empfahl er. Sie konnte seinen Augen nicht ansehen, was er empfand.

Sie öffnete vorsichtig den Beutel und streute seinen Inhalt auf das Sofa. Ihren Kamm erkannte sie sofort, aber es dauerte einen Moment, bis sie sah, was das andere war. Es war eine kurze Kette mit großen Diamanten und birnenförmigen Amethysten, und der Schmuck schien genauso alt zu sein wie ihr Kamm, und die beiden Stücke paßten perfekt zusammen.

Avenel nahm die Kette und legte sie um ihren zarten Hals. »Heute werden Sie auf die anderen herabschauen können.«

»Es ist wunderschön.« Sie berührte mit den Fingerspitzen die Edelsteine an ihrem Hals und sah zu ihm auf. »Sie haben es passend zu meinem Kamm machen lassen. Warum?«

»Es scheint wie für Sie geschaffen«, lautete die vage Antwort.

Er gab ihr den Kamm und führte sie zum Spiegel. Mit zitternder Hand steckte sie den Kamm in die Locken ihres kastanienroten Haares. Sie wußte, daß ihre Fragen warten mußten. Sie ergriff seinen ausgestreckten Arm und ließ sich von ihm zu den anderen Gästen führen.

14

»Nach all dem Geld, das er ausgegeben hat, um das Schloß einzurichten, kann man sich nur schwer vorstellen, daß dieser gräßliche Mann es verkauft hat.«

»Ich kann dazu nur sagen, daß ich froh bin, daß wir ihn los sind. Er war ein widerlicher Kerl, dieser Lord Oliver. Ich habe ihm nie getraut, und es gab viel Gerede über seine anormalen ... eh, Neigungen.«

»Ich habe gehört, daß es ihm fast das Genick brach, den etruskischen Raum fertigzustellen. Natürlich könnte ihn dieser Umstand dazu gezwungen haben, das Haus aufzugeben.«

»Aber was halten Sie von dem neuen Schloßherrn? Er ist nicht einmal adlig.«

»Wenigstens ist er ganz anders als der alte Earl! Und Lady Venetia scheint sehr von ihm eingenommen zu sein.« Bei diesem letzten Kommentar richteten sich die Blicke aller auf Avenel und die Gäste, die die Ehre hatten, in seiner Nähe zu sitzen. Drei Tische hatte man im Eßsaal aufgestellt; am ersten saß der Hausherr mit seinen vornehmsten Gästen. Lady Venetia saß zu Avenels Rechten; außerdem waren noch Rose und Cumberland und der Duke und die Duchess of Hardington sowie der Earl of Culpepper dort plaziert.

Brienne saß an einem der anderen Tische. Sobald sie an Avenels Arm die Galerie betreten hatte, wurde seine volle Aufmerksamkeit von Venetia in Anspruch genommen, die eifersüchtig über ihn wachte und Brienne nur eines flüchtigen Blickes würdigte. Venetia hängte sich an den Arm des

Hausherrn und bat um etwas zu trinken. Brienne sah ihnen ängstlich nach – unter so vielen Fremden fühlte sie sich plötzlich mutterseelenallein. Aber bald gesellte sich Cumberland zu ihr, und das verlieh ihr ein wenig Zuversicht. Cumberland stellte sie einem Lord und einer Lady Soundso vor, und Rose hatte ein freundliches Gesicht aufgesetzt und sie sogar begrüßt. Ihre Begegnung war kurz und schmerzlos.

Es war ein schönes und buntes Bild, das sich Brienne bot. Und es machte ihr Freude, dem fröhlichen Treiben zuzuschauen.

Mit Juwelen geschmückte Frauen in den herrlichsten Kleidern machten tiefe Knickse und tanzten mit Herrn, die nicht weniger aufwendig gekleidet waren. Die meisten Männer übertrumpften zum großen Teil in ihrer Farbenpracht sogar noch die Damen. Avenel schien fast der einzige zu sein, der schlicht gekleidet war.

Cumberland stellte ihr noch eine Reihe von sehr modischen Dandys vor, und irgendwann begaben sie sich in den Eßsaal. Ihr Tischherr wurde ihr vorgestellt, und Brienne setzte sich dankbar auf den Stuhl, der für sie vorgesehen war. Neben ihr ließ sich der Gemeindepfarrer, Reverend Trumbell, nieder, ein schüchterner, fetter älterer Herr mit rotem Gesicht. Brienne hielt ihn dennoch für nett und machte verschiedene Versuche, sich mit ihm zu unterhalten. Aber sehr schnell erkannte sie, daß ihr Geschwätz langweilig war, und schwieg. Statt dessen lauschte sie den Gesprächen am Tisch. Anfangs war sie sehr nervös gewesen und vielleicht auch ein wenig verletzt, weil man sie nicht neben jemanden gesetzt hatte, den sie kannte. Aber die Personen, die mit ihr am selben Tisch saßen, erwiesen sich als harmlos, und sie hatten nichts weiter im Sinn, als zu tratschen.

»Meine Tochter sagte, sie habe Master Slane in London auf einer Abendgesellschaft getroffen. Es müssen an die hundert Frauen dagewesen sein, die versucht haben, sich ihn zu angeln.« Eine übergewichtige Matrone schielte auf Avenel. Dann schaute sie ihren Tischherrn an und tätschelte mit ihrem Fächer seinen Arm. »Ich habe gehört, es sei ein Skandal gewesen! Wie die Bienen um den Honig summten sie. Es ist kaum zu glauben!«

Brienne spähte zu dem Tisch des Gastgebers und sah, wie Venetia in einer einfachen, aber sehr vertrauten Geste ihre Hand auf Avenels Arm gelegt hatte. Es schien, als wolle sie damit seine Aufmerksamkeit erregen, aber sie wußte, daß es noch etwas anderes zu bedeuten hatte. Venetia sah wirklich traumhaft aus in ihrem blaßgelben Kleid, das mit himmelblauen, schimmernden Bändern geschmückt war.

Plötzlich spürte Brienne einen stechenden Blick in ihrem Rücken, und sie drehte sich um. Der Earl of Culpepper starrte sie an. Schnell wandte sie ihre Augen ab und konzentrierte sich auf ihr Essen. Ein Schauder rann ihr den Rücken hinunter. Und sie überlegte fieberhaft, warum sie der Earl nicht aus den Augen ließ. Es kam ihr so vor, als sei er von dem Moment an, in dem sie die Galerie betreten hatte, an ihr interessiert gewesen. Dennoch hatte er nicht darum gebeten, ihr vorgestellt zu werden. Er hatte auch nicht versucht, eine Unterhaltung zu beginnen, aber immer waren seine schmalen, unangenehmen Augen auf sie gerichtet, und seine Blicke folgten ihr auf Schritt und Tritt. Sie hatte ihn auf Anhieb unsympathisch gefunden. Etwas an diesem blassen Gesicht und dem dürren Körper machte sie skeptisch. Er schien schon zuviel Alkohol genossen zu haben, ehe sie sich zum Essen gesetzt hatten, und von Zeit zu Zeit konnte sie ihn übertrieben laut durch den ganzen Raum rufen hören.

Zögernd schaute sie von ihrem Teller auf, um herauszufinden, ob er sie immer noch anstarrte. Sie war erleichtert, festzustellen, daß er in ein Gespräch mit der Duchess vertieft war. Sie ließ ihren Blick über die anderen Tische gleiten, und plötzlich hob Avenel seinen Kopf und blickte sie an. Ihr Gesicht wurde heiß. So sehr sie sich auch bemühte, sich gleichgültig abzuwenden, sie konnte es nicht. Sie verlor sich in den schiefergrauen Tiefen seiner Augen, mit denen er sie förmlich auszuziehen schien. Sein Blick war so intensiv, daß sie sich beinahe mit der Hand den tiefen Ausschnitt bedeckt hätte, um sich zu schützen. Der Bann wurde erst gebrochen, als Venetia etwas zu ihm sagte. Schnell wandte sich Avenel ab, aber Brienne ertappte sich dabei, daß sie ihn noch weiter anstarrte.

»Wie gefällt Ihnen England, kleine Brienne?« fragte die voluminöse Matrone, die bereits den Rest des Tisches mit ihrem Geschwätz ermüdet hatte.

»Ich finde es angenehm«, antwortete sie widerwillig und blickte auf ihr noch halbvolles Glas Wein, um nicht zu enthüllen, wie verärgert sie war. Sie hatte ihren Titel nie benutzt, bevor sie nach Osterley gekommen war, aber es störte sie, daß man sie ›kleine Brienne‹ nannte, während alle Venetia ehrfürchtig mit vollem Titel ansprachen.

Das Dinner zog sich endlos hin, aber als das Dessert endlich abserviert wurde, zogen sich die Ladies ins Wohnzimmer zurück, und die Herren blieben im Eßsaal. Brienne folgte den Frauen und nahm etwas abseits von den anderen in einer Ecke Platz. Sie wollte unter keinen Umständen auffallen. Lady Venetia und die Duchess waren in ein angeregtes Gespräch über die Vorzüge einer Kur in Bath vertieft – ein Thema, das alle Frauen zu faszinieren schien. Und jede von ihnen hatte zur Diskussion beigetragen. Brienne war dankbar, daß sie sich mit niemandem unterhalten mußte. Sie war noch nie in der Stadt gewesen, die zur Zeit in aller Munde war.

Die Matrone, die an ihrem Tisch gesessen hatte, ließ sich neben sie auf das Sofa plumpsen, wahrscheinlich, weil sie zu breit für die zierlichen Stühle im Raum war. Auch sie war hingerissen von den zwei reichen jungen Frauen, die an diesem Abend im Mittelpunkt des Interesses standen.

»Lord Culpeppers Tochter und Master Slane geben ein reizendes Paar ab, finden Sie nicht?«

Brienne betrachtete Lady Venetia und erinnerte sich nur zu gut daran, wie angeregt sich die aristokratische kokette Frau und Avenel mit den Gästen unterhalten hatten, und so konnte sie nur zustimmen: »Ich vermute, das tun sie wirklich«, erwiderte sie kühl.

»Sind Sie schon lange hier im Haus? Ich kann mir vorstellen, daß ein junges Ding wie Sie sich nur zu leicht in den Schloßherrn verlieben kann.« Die Matrone warf ihr einen vielsagenden Blick zu, in der Hoffnung, ihr einige wissenswerte Neuigkeiten entlocken zu können.

»Ich empfinde nichts für Osterleys Herrn.« Brienne wandte der Frau den Rücken zu und nippte an ihrem Tee. Sie hoffte, damit das Gespräch beendet zu haben, aber das Glück war ihr nicht hold.

»Dann müssen Sie aber blind sein, meine Liebe. Sogar ich, in meinem ansehnlichen Alter, muß zugeben, daß mir noch nie ein so gutaussehender Mann über den Weg gelaufen ist. Diese breiten Schultern! Dieser durchtrainierte Körper!«

»Also ich finde ihn gänzlich unbeeindruckend.« Brienne nahm noch einen Schluck von ihrem Tee und versuchte, sich gleichgültig zu geben.

»Aha.« Das leicht gerötete Gesicht der Matrone nahm einen überlegenen Ausdruck an.

Brienne wandte sich erneut von der klatschsüchtigen Frau ab und bemerkte, daß die Männer aus dem Eßsaal schlenderten, um den Ladies Gesellschaft zu leisten. Als sie Cumberlands vertrautes Gesicht entdeckte, strahlte sie ihn an. Er lächelte ihr zu, aber er kam nicht zu ihr, denn er hatte Rose bemerkt, die am Kamin saß. Brienne beobachtete, wie sie sich begrüßten und fragte sich, wie lange es dauern würde, bis es eine Hochzeit in Osterley gab. Rose hatte nie jünger ausgesehen als jetzt, da sie Cumberland ansah und auf den Platz neben sich deutete.

Es war ein eigenartiges Gefühl, unter so vielen Menschen allein zu sein. Und Cumberlands und Roses Glück zu beobachten verstärkte Briennes Einsamkeit nur noch. Sie starrte auf ihre Hände, weil sie das Paar nicht durch ihre Blicke verunsichern wollte. Sie war sonderbar enttäuscht und unglücklich und wäre am liebsten aus dem Salon geflohen. Nach einer Weile murmelte sie eine Entschuldigung und erhob sich gerade noch rechtzeitig, bevor ein junger Dandy sie in ein Gespräch verwickeln konnte.

Sie ging zur Tür, noch ehe der langweilige junge Mann sie aufhalten konnte, und prallte beinahe mit Avenel zusammen, der gerade den Salon betrat.

»Wohin so schnell, Kleines?« Er blickte sie lächelnd an. Er schien sehr zufrieden über den Verlauf des Abends zu sein.

»Ich – ich dachte, ich gehe etwas in die Galerie und höre mir die Musik an«, sagte Brienne leise, da sie spürte, wie sich alle Blicke auf sie richteten. Daß Avenel die Aufmerksamkeit auf sich zog, war eindeutig. Alle hier Versammelten waren offenbar fasziniert von ihm und wollten mehr über ihn und seine geheimnisvolle Vergangenheit herausfinden. Aber Brienne zog es vor, nicht Gegenstand des allgemeinen Getuschels zu werden. Avenel unterstützte sie offensichtlich nicht in ihrem Bestreben und vertrat ihr den Weg, um ein leises Gespräch zu beginnen.

»Haben Sie schon getanzt?« fragte er mit einem Augenzwinkern.

»Ich kann nicht tanzen.« Sie wandte sich ab. Sie wollte keinesfalls, daß er merkte, wie unbehaglich sie sich fühlte. Durchdringende Blicke waren aus allen Ecken des Raumes auf sie gerichtet, aber keiner war so scharf wie der von Venetia und der Duchess. »Ich bin nie in die Gesellschaft eingeführt worden, wie Sie wissen.« Brienne machte eine Bewegung auf die Tür zu, aber er blieb an ihrer Seite. Sie war wütend, daß er sich nicht um sie gekümmert hatte und sich erst jetzt um ihre Gesellschaft bemühte. Schließlich, als sie es nicht länger ertragen konnte, sagte sie verärgert: »Wenn Sie mich bitte entschuldigen?«

»Habe ich Ihnen schon gesagt, wie schön Sie

heute aussehen, meine Wildblume? Viele Männer werden mich beneiden.«

»Nur wegen Ihrer Beziehung zu Lord Culpeppers Tochter. Und ich glaube, sie erwartet Sie, also ...« Brienne schlüpfte durch die Tür.

»Höre ich da einen Anflug von Eifersucht aus Ihrer Stimme?« flüsterte er ihr amüsiert zu.

Sie schenkte ihm einen verächtlichen Blick, um ihm zu zeigen, wie lächerlich diese Vorstellung war. Er lachte herzhaft und sah ihr nach, wie sie mit hoch erhobenem Kopf davonging.

Brienne blieb eine ganze Weile in der Galerie und sah den Paaren beim Tanz zu. Sie selbst lehnte alle Aufforderungen höflich, aber entschieden ab, bis sie es leid war, immer neue Ausreden zu erfinden. Sie ging in die Marmorhalle, um allein zu sein, aber sie hatte kein Glück. Reverend Trumbell trat auf sie zu und versuchte, eine Konversation mit ihr über die Statuen von Herkules und Apollo zu beginnen, die in der Halle standen, bald jedoch wurde die sündige Nacktheit der Figuren zu peinlich für beide, und er entschuldigte sich damit, daß er mit einem alten Freund noch etwas zu besprechen habe.

Wieder sich selbst überlassen, beschloß Brienne, den Rest des Abends im Wohnzimmer zu verbringen. Aber dort hatten sich inzwischen verschiedene Gruppen zum Kartenspiel zusammengefunden, und da sie diese Spiele weder kannte noch über genügend Geld verfügte, um mitzumachen, schloß sie die Wohnzimmertür wieder leise hinter sich und sah sich suchend um. Cumberland, Rose oder Avenel waren nirgendwo zu sehen.

Sie kam an die Tür zum Etruskischen Zimmer und dachte, daß es leer sein würde. Aber die Tür stand einen Spalt offen, und sie war überrascht, Stimmen von innen zu hören. Ihr Herz machte einen Satz, als sie ein verführerisches Lachen, das ihr inzwischen sehr bekannt war, und eine noch vertrautere männliche Stimme hörte.

»Warum nicht, mein Liebling? Denk doch nur an den Skandal! Mein Vater würde einen Schlaganfall bekommen, wenn er uns in deinem Schlafzimmer Arm in Arm finden würde.« Es folgte ein verdächtiges Rascheln von Röcken, und Brienne ertappte sich dabei, daß sie sich fasziniert der Tür näherte, um zu lauschen.

»Avenel! Küß mich!« forderte Venetia mit drängender, etwas heiserer Stimme.

»Lady Venetia, Sie müssen doch wissen, daß dies weder die rechte Zeit noch der rechte Ort ist.« Seine Stimme hörte sich amüsiert und wie stets kühl an.

»Oh, du kleiner Feigling! Erst bringst du mich um den Verstand, und dann wagst du noch, mit mir über Anstand zu sprechen. Bin ich etwa nicht schön? In London feiert man mich als Schönheit, liegt mir zu Füßen und fleht darum, erhört zu werden. Du solltest nicht mit meiner Leidenschaft spielen«, flötete sie geziert. Brienne hörte, wie der Fächer zuschnappte und ein exaltiertes Lachen ertönte.

»Wenn auch ich zu Ihren Füßen liegen würde, würde ich dann Ihre Gunst erlangen?« fragte Avenel spöttisch.

»Das ist es ja, was mich so verrückt gemacht hat, deine Kälte und deine Distanziertheit! Aber heute nacht darfst du nicht gleichgültig sein, mein Liebster. Nimm mich! Jetzt gleich. Heute bin ich dein!« Es folgte ein langes Schweigen, und Brienne befürchtete das Schlimmste. Sie wollte nichts mehr hören und trat zurück. Ihre leichten Schuhe machten nicht das leiseste Geräusch. Ihr Herz war so schwer wie noch nie. Sie wollte sich endlich zurückziehen und in ihrem Zimmer von dem verwirrenden Abend ausruhen.

Aber plötzlich ergriff jemand ihren Arm und zog sie auf eine geschlossene Mahagonitür zu.

»Sie sind aus der Nähe genauso schön wie aus der Entfernung.« Der betrunkene Culpepper schwankte und zog sie in seine Arme.

»Wie können Sie es wagen, mich anzufassen?« Nach außen hin ruhig, riß sich Brienne von ihm los, aber er ließ sich nicht abschütteln. Zum Glück tauchte Rose am anderen Ende des langen Ganges auf.

»Rose!« rief Brienne laut. Als sie ihren Namen hörte, sah sich Rose um und blieb einen Moment unentschlossen stehen. Sie sah den Earl of Culpepper, der seinen betrunkenen, leicht schwitzenden Körper gegen Brienne preßte. »Bitte!« rief Brienne noch einmal um Hilfe, aber ihre Hoffnung sank, als Rose stirnrunzelnd im Salon verschwand.

»Ihre Wohltäterin findet an meinen Aufmerksamkeiten nichts auszusetzen. Und das sollten Sie auch nicht. Oder muß ich Sie daran erinnern, wer ich bin?« Culpepper lächelte lüstern und umklammerte ihren Arm. Dann schleuderte er sie erbarmungslos ins Schlafzimmer.

»Es gibt ein Zimmer, das ich von früher her kenne, als Lord Oliver hier residierte. Dorthin werden wir gehen.« Wieder schwankte der angetrunkene Mann. Im Bruchteil einer Sekunde begriff Brienne, was der Kerl mit ihr vorhatte. Sie lief los, aber er warf sich auf sie, bevor sie die Tür erreicht hatte. Er zerrte sie mit sich, nachdem er vorsichtshalber die Tür hinter sich geschlossen hatte.

Plötzlich ertönten Schritte im Flur. Sie versuchte zu schreien, aber eine große, feuchte Hand legte sich auf ihren Mund. Sie hörte Avenels Stimme, die sich immer weiter entfernte. Culpepper wandte sich ihr zu.

»Ich werde schreien«, weinte sie, aber die Drohung beeindruckte ihn wenig. Er verschlang sie förmlich mit seinen gierigen Blicken und küßte sie. Als sie sich aus der Umklammerung befreit hatte und schrie, schlug er ihr ins Gesicht. Brienne durchzuckte ein grauenhafter Schmerz, und sie stöhnte laut.

»Ich wollte dich, seit ich dich in der Galerie gesehen habe, Brienne. Ich mußte dich haben – und jetzt habe ich dich!« Er beugte sich vor, um seine nassen, fleischigen Lippen auf ihre zu pressen.

»Avenel!« schrie sie, ohne nachzudenken.

»Ach, Avenel ist es also?« Er schüttelte sie an den Schultern, um sie gefügiger zu machen. »Was bedeutet dir dieser Mann, süßes kleines Cousinchen, eh?«

»Lassen Sie mich los, Sie Ungeheuer!« kreischte Brienne und versuchte mit aller Macht, sich von ihm loszureißen. Aber er hielt sie fest.

»Du wagst es, mich ein Ungeheuer zu nennen?« Culpeppers Gesicht war gerötet und wutverzerrt. »Brienne, die kleine Fremde aus Amerika – nach den Erzählungen meiner Tochter hattest Du nicht einmal das Geld, Dich anständig zu kleiden, bis Slane aus London mit neuen Kleidern zurückkam. Sag mir, meine Süße, welche Frauen erlauben den

Männern, ihnen so intime Geschenke zu machen?« Er strich geringschätzig über ihre Schultern. »Ich denke, nur Frauen, die ihren Körper verkaufen.« Bei diesen Worten zerrte er an ihrem Mieder.

»Rühren Sie mich nicht an!« schrie sie. »Sie täuschen sich ganz und gar!«

»Ich täusche mich?« Er starrte sie ungläubig an. »Du selbst bist im Irrtum, wenn Du denkst, daß Slane weiter für Dich zahlt. Venetia hat vor, ihn zu heiraten, und sie wird es nicht dulden, daß er sich Dir gegenüber großzügig zeigt. Dann bist Du ohne Zuhause und stehst ganz zu meiner Verfügung. Also leg Dich hin, meine Schöne«, murmelte er und hob drohend seine Hand. »Und mach Dich bereit für Deinen neuen Herrn.« Wie um dem eben Gesagten Nachdruck zu verleihen, sauste seine Hand nieder, und in Briennes Kopf explodierten vor Schmerz und Schock tausend weiße Sterne.

Rose war auffällig still und in Gedanken versunken.

»Amüsierst du dich nicht, Liebes?« Cumberlands Augen waren liebevoll und besorgt auf sie gerichtet.

»Nein, nein, es ist alles in Ordnung«, entgegnete sie zerstreut. Aber plötzlich brach es aus ihr heraus: »Wo ist Avenel? Hast du ihn gesehen?«

»Ich glaube, er ist in der Galerie. Soll ich ihn suchen?«

»Nein«, meinte sie. »Es ist schon gut.« Sie senkte ihre besorgten, schuldbewußten Augen und starrte auf ihre ineinander verkrampften Hände. »Nein, es ist etwas!« sprudelte sie schließlich hervor und wandte sich verzweifelt an Cumberland. »Ich muß Avenel finden – wegen Brienne.« Sie erhob sich und ging auf die Tür zu.

»Da ist er!« rief Cumberland, und deutete auf Avenel und Venetia, die unter den Gästen standen.

Rose lief auf ihn zu. »Gott vergebe mir, Avenel, Gott vergebe mir das, was ich getan habe!«

»Was ist geschehen?« Avenel sah sie scharf an.

»Es ist Brienne. Brienne!« weinte Rose. »Ich bin eine ganz gemeine Frau, auch nur solche Gedanken zu hegen.«

»Was ist mit Brienne? Du mußt es mir sagen.« Er schüttelte ihre Schultern.

»Lord Culpepper ist betrunken, und ich habe gesehen, wie er sie im Gang vor deinem Schlafzimmer bedrängt hat. Ich ... habe nichts unternommen, um ihr zu helfen.« Sie bedeckte ihr Gesicht mit beiden Händen. »Es ist nicht auszudenken, was sie durchmachen muß!«

Ohne ein weiteres Wort stürmte Avenel aus dem Salon zum südlich gelegenen Flur. Er ließ eine schweigende Menschenmenge zurück. Aber bald schon folgten ihm einige Gäste, in der Hoffnung, einen Skandal mitzuerleben. Venetia blieb Avenel dicht auf den Fersen und rief immer wieder verzweifelt seinen Namen, um ihn davon abzuhalten, überstürzt zu handeln.

Avenel fluchte, als er sein Schlafzimmer leer vorfand. Er riß die nächste Tür gerade in dem Moment auf, in dem Lord Culpeppers Hände unter Briennes zerrissenes Mieder glitten und sein gieriger Mund ihre Lippen in Besitz nahm.

Brienne war wie betäubt, als plötzlich Lord Culpeppers schwerer Körper wie ein Sack von ihr fortgeschleudert wurde. Sie trat zurück und verschränkte beide Arme über der halb entblößten Brust. Sie murmelte ganz leise Avenels Namen. Ihr

Kopf schmerzte höllisch, und sie war so außer sich, daß sie kaum ein Wort herausbrachte. Plötzlich legten sich zwei tröstende Arme um sie. Nach einer Weile löste sich ihre Erstarrung, und sie durchlebte wieder die Angst, die sie empfunden hatte. Sie preßte ihr Gesicht an die weiße Weste und schluchzte haltlos. Avenel strich ihr über die zukkenden Schultern und hauchte sanfte Küsse auf ihr zerzaustes Haar. Ihren schönen Kamm hatte sie verloren. Sie wußte, daß er zerbrochen irgendwo auf dem Boden lag.

»Es ist vorbei, mein Kleines. Rose hat mich geschickt. Jetzt ist alles wieder in Ordnung.«

»Er wollte mich vergewaltigen«, stammelte sie und erinnerte sich daran, wie dieser widerliche Mann sie geschlagen und ihrem Körper Gewalt angetan hatte.

Avenel blickte in ihr kreideweißes, auf einer Seite geschwollenes Gesicht. »Jetzt kann er dir nichts mehr tun. Sieh selbst.« Er deutete auf Culpeppers bewußtlosen Körper auf dem Teppich. Venetia beugte sich über ihn und warf Avenel einen anklagenden Blick zu.

»Er blutet! Du hast ihn so verletzt, daß er blutet!« Venetia strich über den Kopf des Earl und hielt ihre blutverschmierte Hand in die Höhe. »Du hast ihn wegen dieser kleinen Schlampe getötet!« zischte sie.

Avenel drehte sich nach Cumberland um, der sich durch die Menge von Neugierigen, die vor der Tür von Rose aufgehalten wurde, gedrängt hatte. »Sorg dafür, daß ein paar Diener Lord Culpepper auf die andere Seite der Tore befördern. Und sag ihnen, daß es nicht nötig ist, besonders sanft mit ihm umzugehen.«

Cumberland nickte. »Ich habe gerade ein paar besonders stämmige Kerle im Frühstückszimmer gesehen. Ich bin sicher, sie werden die Sache gern übernehmen«, sagte er, bevor er den Raum verließ.

Als Avenel den entrüsteten Aufschrei von Lady Venetia hörte, wandte er sich zu ihr um. »Sie können mit ihm gehen oder bleiben. Ganz, wie es Ihnen beliebt. Aber er wird aus diesem Haus verschwunden sein, bevor ich zurückkehre, oder ich werfe ihn persönlich raus und rechne mit ihm ab.« Er würdigte Venetia keines weiteren Blickes mehr und konzentrierte seine ganze Aufmerksamkeit auf die Frau in seinen Armen. Er zog sein Jackett aus und legte es um Briennes bloße Schultern. Dann hob er sie hoch und trug sie durch die Menschenmenge. Brienne war immer noch blaß und sehr mitgenommen, aber sie weinte nicht mehr.

Einer der Gäste, ein Arzt, folgte ihnen nach oben, und bevor sie es überhaupt merkte, lag sie schon auf ihrem Bett und schluckte das Laudanum, das der Arzt ihr reichte. Das Beruhigungsmittel wirkte rasch, und ehe sie noch etwas sagen konnte, fielen ihr die Augen zu, und alles um sie her versank in Vergessen.

Es war kein friedlicher Schlaf. Alle Arten von dunklen, unheilvollen Schreckgespinsten tauchten aus den Tiefen des Unterbewußtseins an die Oberfläche. Brienne warf sich hin und her und schlug mit den Armen um sich. Das stark wirkende Medikament verhinderte, daß sie aus ihren Alpträumen erwachte. Sie weinte und schrie vor Angst.

»Brienne, Liebes, du mußt aufwachen. Wach auf, Kleines.« Ihre Schultern wurden geschüttelt, und sie riß die Augen auf. Über sie gebeugt stand Avenel, der noch dieselbe Weste trug wie auf dem Ball. Sie keuchte, ihr Nachthemd war naßgeschwitzt. Zitternd blickte sie aus den Fenstern ihres Zimmers und sah das erste Licht der Morgendämmerung.

»Oh«, stöhnte sie. »Ich muß fort von hier.«

»Es war nur ein Alptraum, mein Liebes.« Sie bemerkte erst jetzt, daß sie sich an seine weiße Weste klammerte, und ließ ihre zitternden Hände aufs Bett sinken. Avenel strich ihr zärtlich die feuchten Haarsträhnen aus der Stirn.

»Er wird mich umbringen, Avenel. Er wird mich töten, weil ich hier bin. Ich muß fort von hier.«

»Und wohin willst du, Wildblume? Dein früheres Zuhause ist eine Ruine; dorthin kannst du nicht. Ich habe meine Männer Nachforschungen anstellen lassen und herausgefunden, daß du keine Verwandten hast. Es gibt keinen Ort, an den du gehen könntest.«

»Aber ich kann nicht bleiben. Es ist eine Qual für mich hier. Sie scheinen mit jedem Tag mehr über mich zu wissen, aber ich weiß immer noch gar nichts über Sie! Nichts. Wie kann ich Ihnen vertrauen, wenn ich nichts über Sie weiß? Wie kann ich darauf vertrauen, daß mein Vater nicht –«

»Oliver Morrow ist ein toter Mann, auch wenn er immer noch auf dieser Erde wandelt, glaub mir. Ich habe dafür gesorgt.« Seine Stimme klang kalt und gefühllos.

»Ich möchte Ihnen vertrauen, doch wie kann ich das, wenn Sie mir immer wieder klarmachen, daß ich Ihr Feind bin?« flüsterte sie mit schwacher Stimme. Er schwieg eine Weile. Es wurde allmählich heller, und Brienne merkte, wie erschöpft er aussah.

Er rieb sein unrasiertes Kinn und fuhr mit einer Hand durch ihr Haar. »Es war eine lange Nacht, Wildblume. Ich kann dir im Moment keine Antwort auf eine so schwierige Frage geben.« Impulsiv strich sie über seine rauhe Wange und rutschte zur Seite, damit er sich neben ihr ausstrecken konnte. Er knöpfte seine Weste auf und nahm sie ohne ein weiteres Wort in die Arme. Beide fielen in der Morgendämmerung in einen tiefen erschöpften Schlaf.

15

Brienne öffnete die Augen. Sie hatte keine Ahnung, wie spät es war, aber sie fühlte sich erholt. Und ihr Kopf, der die ganze Nacht, sogar im Schlaf, geschmerzt hatte, hämmerte nicht mehr so unerträglich. Sie kuschelte sich in ihr warmes Bett und fragte sich, wie sie sich so glücklich und erfrischt fühlen konnte nach einem so grauenvollen Abend. Aber als ihr Blick auf das Kissen neben ihr fiel, ahnte sie es. Avenels Kopfabdruck war noch zu sehen, und sein Duft haftete noch an der Bettdecke.

»Sind Sie wach, *Mademoiselle*?« Brienne setzte sich auf, als sie Vivies Stimme vernahm. Die Zofe legte ihre Näharbeit nieder und erhob sich vom Sofa, das sie an den Ofen gezogen hatte. »Sie haben gut geschlafen, *Nést-ce pas*?« Vivie ging zum Tisch und holte ein Tablett, das schon für ihre Herrin bereitstand.

»Wie spät ist es?« fragte Brienne schuldbewußt. Sie strich ihr Haar aus dem Gesicht und versuchte aufzustehen. Aber der Boden unter ihren Füßen schwankte, und das Zimmer drehte sich vor ihren Augen. Sie fühlte sich von dem Laudanum immer noch wie benommen.

»Sie müssen im Bett bleiben!« Vivie brachte das Tablett und stellte es auf den Nachttisch. Dann holte sie einen Kamm. »Hier, *Mademoiselle*. Ich werde Sie schnell frisieren, damit Sie in Ruhe frühstücken können.« Die Zofe kämmte Briennes zerzaustes Haar und flocht es zu einem Zopf. Dann stellte sie das Tablett aufs Bett und reichte ihr eine Tasse heißer Schokolade.

»Wie spät ist es? Ich weiß, es muß spät sein.«

»Es ist Nachmittag, aber –«

»Nachmittag!« rief Brienne entsetzt. »Ich kann es nicht glauben!«

»Sie brauchen die Ruhe. Sie haben eine schlimme Nacht erlebt.« Vivie schüttelte heftig den Kopf. »Wie konnte dieses Schwein es wagen, Sie so zu mißhandeln! Ich hoffe, der Monsieur hat ihn gelehrt, sich Ihnen gegenüber mit mehr Respekt zu benehmen.«

»Haben Sie heute morgen mit Avenel gesprochen?« fragte Brienne.

»Kurz.« Vivie senkte den Blick, und Brienne ahnte, daß die Zofe sie beide im Bett liegend vorgefunden hatte.

»Und Sie haben schon erfahren, was letzte Nacht geschehen ist?« Auf das Nicken der Zofe, fuhr sie hilflos fort: »Ich hätte niemals auf den Ball gehen dürfen. Ich hätte wissen müssen, daß es kein gutes Ende nehmen kann. Ich habe mich so fehl am Platz unter all diesen eleganten Leuten gefühlt. Ich hätte erkennen müssen, daß es nur eine Frage der Zeit war, bis jemand meine Naivität und Unerfahrenheit ausnützen würde.«

»Warum sagen Sie so etwas, *Mademoiselle*? Master Slane hat mir erzählt, daß Sie eine sehr gute Erziehung genossen haben. Sie können mit hocherhobenem Haupt durchs Leben gehen und auf die anderen herabblicken.«

»Ich habe vielleicht einen Titel, aber ich habe keinerlei Erfahrung im Umgang mit der Gesellschaft. Der gestrige Abend hat das bewiesen. Ich hätte mich sofort nach dem Essen in mein Zimmer zurückziehen müssen. Dann wäre nichts geschehen.«

»Immerhin haben Sie jetzt den Beweis, daß Monsieur Slane etwas für Sie empfindet.« Vivie blickte auf, denn zwei junge Mädchen traten ein, um Wasser für das Bad vorzubereiten. Eine brachte einen Stapel weißer Leinenhandtücher, und die andere goß heißes Wasser in die Kupferwanne.

»Ich kann Ihnen das nicht glauben, Vivie.« Brienne stand langsam auf und hielt sich an der Lehne eines Stuhles fest, um nicht das Gleichgewicht zu verlieren.

»Sie müssen es glauben. Er war die ganze Nacht bei Ihnen, und er hat sich geweigert, von Ihrer Seite zu weichen, bis Sie ruhig schliefen. Wir haben gemerkt, daß Sie unter schrecklichen Alpträumen litten, und Monsieur Slane hat Sie beruhigt und getröstet. Und er hat keinen anderen an Sie herangelassen. Es geht auch das Gerücht um, daß er und

Lady Venetia nicht mehr miteinander sprechen seit der Sache mit ihrem Vater. Er hängt sehr an Ihnen.« Vivie scheuchte die beiden Mädchen aus dem Zimmer, als das Bad fertig war und half Brienne aus dem Nachthemd.

»Sie dürfen solche Dinge nicht sagen. Sie dürfen sie nicht einmal denken«, erwiderte Brienne düster. »Avenel muß große Hoffnungen in Lady Venetia gesetzt haben und in das, was sie ihm bei einer Heirat bieten kann – Dinge, die ich ihm niemals geben könnte. Vielleicht hat er sich über das Benehmen ihres Vaters geärgert, aber sollte Avenel mit Lady Venetia immer noch ernste Absichten haben, dann wird er früher oder später mir die Schuld an ihrem Zerwürfnis geben.« Brienne ließ sich dankbar in das warme Wasser sinken. Es entspannte sie herrlich. Sie lehnte ihren Kopf an den Wannenrand. Brienne dachte nicht daran, sich das, was Vivie gesagt hatte, zu Herzen zu nehmen – es war undenkbar, daß sie und Avenel sich ineinander verlieben konnten, dafür stand zuviel zwischen ihnen.

»Wie Sie wünschen, Mylady. Ich werde nicht mehr davon sprechen. Aber nur, weil die Dinge nicht ausgesprochen werden, heißt das noch lange nicht, daß sie nicht existieren.« Vivie reichte ihr ein riesiges Stück Seife und ging ins Ankleidezimmer, um ihre Kleider zurechtzulegen.

»Au!« stieß Brienne hervor. Sie betrachtete im Spiegel die wunde Stelle an ihrer Wange, die bei der kleinsten Berührung schmerzte. Sie hatte versucht, die Schwellung mit Puder abzudecken, aber es war nichts zu machen.

»Man sieht es trotzdem. Sie können nicht verbergen, was geschehen ist.« Vivie schüttelte den Kopf, denn Brienne puderte immer weiter ihre Wange. »Außerdem vergißt es Monsieur Slane ohnehin nicht. Er wird sehr wütend sein, wenn er das sieht.«

»Ich möchte nicht, daß er wütend wird. Ich will den Vorfall lieber vergessen.« Brienne starrte stirnrunzelnd in den Spiegel. Sie überlegte krampfhaft, was sie tun konnte, um die Röte abzudecken. Ein zaghaftes Klopfen an der Tür unterbrach sie in ihren Gedanken, und sie erhob sich, um aufzumachen.

Vor ihr stand Rose mit zerknirschter Miene. Ihre rotgeschwollenen Augen verrieten, daß sie wenig Schlaf gefunden und viel geweint hatte.

»Rose!« rief Brienne überrascht und ließ sie eintreten. Sie bot Rose einen Platz am Kamin an und setzte sich selbst auf einen Stuhl. Vivie huschte aus dem Zimmer, wahrscheinlich würde sie in Kürze mit einem Tee und etwas Gebäck zurückkehren.

»Möchten Sie sich nicht zu mir aufs Sofa setzen, Lady Brienne?« Rose deutete auf den freien Platz neben sich.

Brienne sah sie unentschlossen an, aber dann stand sie auf und setzte sich zu Rose.

»Kann ich irgend etwas für Sie tun, Rose? Ich bin sicher, Vivie wird gleich mit einem kleinen Imbiß zurückkommen, aber ...«

»Nein, nein. Das brauche ich nicht. Was ich brauche, ist Ihre Vergebung.«

»Meine Vergebung?« fragte Brienne überrascht. »Bitte machen Sie sich keine ...«

»Ich bitte Sie von ganzem Herzen um Verzeihung. Aus mir ist eine herzlose Frau geworden, eine, die ihre Verbitterung an einem unschuldigen Mädchen ausgelassen hat.«

»Mein Vater hat Ihr Leben zerstört, als Sie noch sehr jung waren. Und es ist ganz natürlich, daß Sie mir die Mitschuld daran geben.« Brienne starrte unglücklich auf ihre Hände.

»Er hat Ihnen das angetan?« fragte Rose unter Tränen, als sie die rotgeschwollene Wange von Brienne bemerkte. Als diese nickte, weinte Rose in ihr Taschentuch, das sie in der Hand hielt.

»Bitte weinen Sie nicht, Rose. Es sieht schlimmer aus, als es ist. Ich spüre es kaum noch. Sie tragen keine Schuld daran. Nein, wirklich nicht –«

»Mein Mann, Christopher«, unterbrach Rose sie, er war der feinste Mensch, den man sich vorstellen kann. Wir waren noch fast Kinder, als wir heirateten – ich war erst sechzehn und er kaum zwanzig. Aber ich kannte sie schon mein ganzes Leben lang, wissen Sie.«

»Sie?« fragte Brienne verwirrt.

»Ihn und Avenel. Christopher ist Avenels Bruder.«

Es fiel Brienne schwer, zu verbergen, wie erschrocken sie über diese neuerliche Eröffnung war.

»Christopher ist schon so lange tot, und obwohl unsere Ehe nur kurz dauerte und wir so jung waren, werde ich immer mit der größten Zärtlichkeit an ihn denken. Sein Tod war grausam und kam viel zu früh. Doch nun habe ich ihm Schande gemacht, weil ich mich Ihnen gegenüber so schlecht benommen habe – besonders gestern abend.« Rose schluchzte.

»Bitte, sie dürfen so etwas nicht sagen. Ihr Mann muß sehr stolz auf Sie gewesen sein. Er hat Sie sicher sehr geliebt, und ich weiß, daß Cumberland und Avenel Sie auch lieben. Sie sind eine Göttin in ihren Augen, und sie würden nicht so für Sie empfinden, wenn Sie nicht wirklich ein wunderbarer Mensch wären.« Brienne legte ihre Hand tröstend auf Roses Schulter, doch dann besann sie sich eines Besseren und zog sie zurück. »Ich bin diejenige, die um Vergebung bitten muß. Der Mann, den Sie liebten, wurde viel zu früh von Ihrer Seite gerissen. Wenn mein Vater Ihnen nicht so großen Kummer bereitet hätte, wären Sie nicht so unglücklich. Und ich wäre nicht eine so grauenhafte Erinnerung an das, was Sie verloren haben.« Tränen brannten in ihren Augen, aber sie versuchte, sie zurückzuhalten.

»Sie sind ein guter Mensch, Brienne. Nach allem, was ich in diesen vergangenen Wochen gesehen habe, sind Sie ohne jeden Makel. Obwohl Sie die Tochter dieses Mannes sind, habe ich Ihnen großes Unrecht angetan mit meinem Betragen. Ich muß zugeben, daß es mir schwerfiel, hart zu bleiben, als sie mir ihre aufrichtige Freundschaft anboten. Aber jetzt würde ich gern Ihr Angebot annehmen, wenn es nicht zu spät ist.« Rose sah sie durch einen Tränenschleier an. Es stand nichts als ehrliche Wärme in ihrem Gesicht, und als sie ihre Hand ausstreckte, ergriff Brienne sie freudig. Ihre Augen füllten sich erneut mit Tränen, diesmal waren es Tränen der Erleichterung.

Die zwei Frauen verbrachten den ganzen Nachmittag zusammen und unterhielten sich beim Tee. Es gab so viel, was Brienne über Roses Mann, über Avenels Bruder, wissen wollte.

»Also sind Sie Avenels Schwägerin?«

Rose nickte. »Wir sind zusammen aufgewachsen.«

»In Maryland?«

»Ja. Meine Eltern starben an einem Fieber, als ich noch nicht einmal zwei Jahre alt war. So haben Avenels Eltern mich adoptiert und wie ihr eigenes Kind großgezogen. Wir drei wuchsen zusammen auf und waren ständig beieinander. Es scheint, als hätte ich Christopher immer geliebt.« Rose lächelte bei der Erinnerung. »Auch schon als Kind. Er war so schön und so mutig. Sehr wie Avenel. Aber natürlich gibt es einen Unterschied.« Rose wurde ernst. »Avenel ist hart, was Christopher nie gewesen ist. Aber er ist immer noch ein charmanter Kerl, wenn er will. Ich muß Sie warnen, Avenel hat in seinem Leben schon viele Herzen gebrochen. Und ich fürchte, mit Ihrem könnte er auch spielen wollen.«

»Wir können uns kaum zivilisiert unterhalten. Ich denke, mein Herz ist sicher vor ihm.« Brienne stand auf und bot Rose noch etwas Tee an. »Wie sind Sie nach England gekommen?«

»Nach Christophers Tod hielt Avenel es für das Beste, daß ich zurückkehre.« Rose nippte an ihrer Tasse.

»Ich ...« Brienne schluckte schwer. Endlich war sie in der Lage, die Frage zu stellen, die ihr schon von Anfang auf der Seele brannte. »Ich weiß, es ist sicher schmerzhaft für Sie. Aber könnten Sie mir erzählen, warum dies alles geschehen ist? Warum haßt Avenel den Earl so?«

»Fragen Sie mich das nicht, Brienne.«

»Bitte sagen Sie es mir. Ich muß es wissen«, beharrte Brienne.

»Ich kann es Ihnen nicht sagen. Nicht weil es mir weh tut, darüber zu reden – ich denke ohnehin an nichts anderes, genau wie Avenel und Cumberland. Der Grund, warum ich diese Frage nicht beantworten darf, ist, daß ich Avenel versprochen habe, es nicht zu tun. Ich kann mein Wort nicht brechen.«

»Ach so«, sagte Brienne lahm.

»Er hat mich beschützt und seit zwanzig Jahren versorgt. Seine Wünsche müssen meine Wünsche sein. Ich darf nicht so undankbar sein. Verstehen Sie?« Rose sah sie bittend an.

»Ja, ich verstehe«, antwortete Brienne leise. »Es sieht so aus, als stünde jeder hier auf die eine oder andere Art in seiner Schuld.«

»Verzweifeln Sie nicht! Er war doch freundlich zu Ihnen. Oder nicht?«

»Er war sehr großzügig.« Brienne strich über die pflaumenblaue Seide von ihrem Kleid. »Aber nicht zu wissen, was er mit mir vorhat, ist unerträglich. Und was ich mir vorstelle, muß weit schlimmer sein, als es in Wahrheit je sein könnte. Avenel hat mir nur gesagt, daß er seine Rache haben will.« Sie schaute Rose an und fragte sich, ob sie ihr trauen konnte. »Er ist ein verbitterter Mann, Rose, und ich fürchte, er wird mich dafür zahlen lassen, was der Earl Ihnen beiden angetan hat. Irgendwie bin ich in den Plan, Lord Oliver zu demütigen, verwickelt. Und das macht mir angst, aber was vielleicht noch schlimmer ist, ich fühle mich zu Avenel hingezogen. Und das wird letztlich mein Untergang sein.« Sie lachte traurig, und nach einem längeren Schweigen fuhr sie fort: »Es ist, als ob man versuchen würde, in die Sonne zu schauen.«

Rose legte eine warme Hand auf ihre zitternde. »Er ist nicht so schrecklich, wie Sie glauben. Sein Haß gilt nur dem Earl. Sie müssen versuchen, alles andere zu vergessen. Er haßt den Earl, Brienne«, wiederholte sie, »nicht Sie.«

»Ich wünsche mir von ganzem Herzen, daß es so ist.«

»Lassen Sie die Vergangenheit hinter sich. Ich versuche es auch.« Rose errötete. »Cumberland hat mich auf andere Gedanken gebracht, das muß ich zugeben.«

»Ich freue mich für Sie, Rose. Ich habe Cumberland sehr gern, und es war einfach herzerwärmend, zu sehen, wie glücklich Sie ihn machen.«

Rose lachte fröhlich. »Er ist ein Schatz! Ich hoffe fast ... nein, ich kann es nicht aussprechen. Ich will es nicht berufen.«

»Vielleicht darf ich es aussprechen«, bot Brienne an. »Sie hoffen fast, daß er Sie um Ihre Hand bittet. So! Es ist ausgesprochen, und Sie brauchen sich keine Sorgen zu machen!«

Rose errötete noch tiefer. »Ich muß zugeben, daß ich mir Hoffnungen mache.«

»Ihre Wünsche werden sicher erfüllt. Man sieht es ihm deutlich an. Wenn Sie einen Raum betreten, ist er ein völlig anderer Mensch.« – Sie lachte auf. – »Wie ein Junge, der zum ersten Mal alle Höhen und Tiefen der wahren Liebe durchleidet.«

Beide Frauen lachten, aber Rose wurde schnell wieder ernst. »Ich weiß, es war hart für Sie. Die Lebensumstände hier in Osterley sind ... ungewöhnlich. Und Sie sind viel zu jung für so viel Kummer.« Sie drückte ihre Hand. »Versprechen Sie mir, daß Sie vergessen, was geschehen ist?«

Brienne sah Rose eine Weile nachdenklich an. Es gab keine Möglichkeit, zu verdrängen, daß ihr Vater kommen würde, und auch nicht, daß sie gegen ihren Willen hier festgehalten wurde. Aber auch wenn Roses Freundschaft nicht währen würde, wußte Brienne doch, daß sie lieber eine kurze Zeit Waffenruhe haben würde, als sich in einem permanenten Kriegszustand zu befinden. Ihre Stimme zitterte, als sie lächelnd sagte: »Ich denke, ich sollte es wenigstens versuchen.«

Brienne erschien in einem pfirsichfarbenen Satinkleid zum Abendessen. Cumberland und Rose begrüßten sie in der Galerie. Und nachdem sie eine Weile mit den beiden allein gewesen war, dachte Brienne, daß sie noch nie zwei verliebteren Menschen gegenübergestanden hatte. Cumberland war die Güte selbst und nett wie immer, aber jeder Blick, jede Geste, jedes Wort schien für Rose bestimmt zu sein. Und Rose wirkte wie ein junges Mädchen, das bei seinen zärtlichen Aufmerksamkeiten verlegen errötete.

Während sie auf Avenel warteten, saß Brienne still in einem Sessel und lauschte dem Gespräch. Sie wollte nichts sagen, es war genug, mit diesen Menschen zusammenzusein, die ihr so viel Wohlwollen entgegenbrachten und ihre Heiterkeit auf sie übertrugen.

Bald kam Avenel hinzu, und Brienne wandte instinktiv ihre mißhandelte Gesichtshälfte von ihm ab. Sie hoffte, daß er nichts bemerken würde. Er trat aber gleich, nachdem er Rose einen brüderlichen Kuß gegeben hatte, zu ihr und blieb wie erstarrt vor ihr stehen. Ohne ein Wort drehte er ihre geschwollene Wange zum Kaminlicht und fuhr zart mit dem Daumen über die Schwellung. Schon bei dieser leichten Berührung konnte sie einen Schmerzenslaut nicht unterdrücken. Avenels Augenbrauen zogen sich zornig zusammen, und seine Augen blitzten vor Wut.

»Seien Sie nicht böse«, versuchte Brienne, ihn zu beruhigen.

»Dieser Bastard!« fluchte er. Aber der Blick in seinen eisigen Augen wurde sanfter, als er sie ansah. Er nahm ihre Hand und beugte sich höflich darüber. »Sie sehen reizender aus denn je, Mylady. Culpepper konnte Ihrer Schönheit nichts anhaben.«

Dankbar, daß der Sturm noch einmal abgewendet werden konnte, nahm Brienne auf dem Stuhl Platz, den Avenel für sie zurechtgerückt hatte. Noch nie hatten sie so freundschaftlich das Abendessen eingenommen. Sie sprachen über den Ball, über die Leute und ihre Beobachtungen, aber alle vermieden es, Lady Venetia und ihren Vater zu erwähnen. Avenel war liebenswürdiger denn je, und Brienne blühte auf bei seinen charmanten Bemerkungen und seiner ungewöhnlich guten Laune.

Die Zeit verging wie im Fluge, und erst als die Kerzen und das Kaminfeuer niedergebrannt waren, wurde der Nachtisch serviert. Aber die vier blieben vor ihren halbvollen Weingläsern am Tisch sitzen, nachdem abgeräumt worden war. Und als sie wieder allein waren, nahmen Cumberlands und Roses Gesichter einen feierlichen Ausdruck an. Cumberland stand auf, um eine kleine Ansprache zu halten. Er räusperte sich und begann.

»Ich bin heute abend der glücklichste Mann auf der Welt. Ich bin gesegnet mit der Gesellschaft zweier außergewöhnlich schöner Frauen.« Er hob sein Glas und prostete Rose und Brienne zu, aber Brienne bemerkte es kaum, sie wartete voller Ungeduld auf das, was folgen würde. »Eine von ihnen«, fuhr Cumberland fort, »hat in ihrer Güte und Liebenswürdigkeit meinen Heiratsantrag angenommen.« Er lächelte, und Rose streckte ihre linke Hand aus, um den Ring, den er ihr geschenkt hatte, zu zeigen. Er war aus Gold mit einem quadratisch geschnittenen Smaragd, der an manchen Stellen im tiefsten Blau schimmerte. Und alle standen auf, um Glückwünsche zu äußern und entgegenzunehmen. Avenel schickte sofort einen Lakai nach dem besten Champagner im Keller, und bald gab es ein fröhliches Gläserklirren und herzliche Freude.

»Wir planen eine Reise nach London. Allerdings« – Cumberland räusperte sich unbehaglich – »in Anbetracht der Situation in diesem Haus, denke ich, daß wir nicht länger als eine Woche fortbleiben.«

»Wir sind sehr bald wieder hier, und wir werden euch beide schrecklich vermissen.« Rose nahm Briennes Hand und drückte sie impulsiv.

»Ihr werdet uns kein bißchen vermissen.« Avenel lachte herzhaft. »Es ist verrückt, sich so etwas auch nur vorzustellen.«

Alle lachten. Viel zu bald war der Champagner ausgetrunken, und alle erhoben sich. Brienne zupfte leicht an Avenels Ärmel, um seine Aufmerksamkeit zu erregen.

»Was ist denn, Wildblume?« Er beugte sich vor und lächelte ihr herzlich zu.

»Wir sollten die beiden alleinlassen, Avenel.« Sie warf einen Blick auf das glückliche Paar vor ihnen, das gerade durch die Salontür verschwand. »Ich würde mich jetzt gern zurückziehen.«

Er sah sie an und strich über ihr kastanienbraunes Haar. Er wurde mit einemmal sehr ernst. »Bleib heute nacht bei mir, Kleines. Komm in mein Bett, damit ich dich trösten und beschützen kann. Ich kann dir im Moment keine Versprechungen machen, aber ...« Er unterbrach sich, denn er bemerkte, wie traurig ihre Augen bei seinen letzten Worten geworden waren. »Es ist nicht fair, mich so anzusehen. Deine schönen Augen stellen Forderungen, die ich noch nicht erfüllen kann.«

»Ich stelle keine Forderungen.« Sie wandte sich von ihm ab. Er ließ seine Hände von ihr. »Geh. Geh in dein einsames Zimmer, und ich werde in meins gehen. Aber erwarte nicht, daß ich meine Absichten ändere. Und«, fügte er geheimnisvoll hinzu, »sei nicht überrascht, wenn du merkst, daß du dich nach mir sehnst.«

17

»Wartet.« Brienne lachte, und ihr Atem hinterließ in der kalten Luft Wölkchen. Sie rannte durch den Kräutergarten, der noch im Winterschlaf lag, auf die wartende Kutsche zu. Unter ihrem pelzbesetzten Umhang hob sie ihren Reifrock, von einem ihrer schönsten Kleider – einem lavendelfarbenen Seidenkleid, das mit blaßgelber Stickerei verziert war – und lief über den mit Kies bestreuten Weg vor dem Haus. Mit einer Hand hielt sie den reizenden, kleinen Hut auf ihrem Kopf fest, der mit buttergelben Satinbändern unter ihrem Kinn festgebunden war.

»Wir werden uns noch verspäten!« rief ihr Rose von der Kutsche entgegen. Sie sah glücklich und wunderschön aus in ihrem Hochzeitskleid, einem leuchtendgrünen Kleid mit einem cremefarbenen Unterrock. Sie hatte eine weiße Hermelindecke über sich ausgebreitet.

Als Brienne an der Kutsche ankam, ließ sie sich von einem Lakai hineinhelfen. Dann legte sie die schön gebundenen Zweige von Orangenblüten auf Roses Schoß.

»Sie sind wundervoll! Brienne, wie lieb von dir!« rief Rose und hielt den Strauß, der mit weißen Satinbändern zusammengehalten wurde, an ihre Nase. Sie atmete den schweren Duft ein, der schon Avenels elegante Kutsche erfüllte und blickte auf. »Ich hätte nie gedacht, daß diese alten Bäume in der Orangerie je wieder blühen würden.«

»Sie mußten blühen! Jede Braut braucht an ihrem Hochzeitstag frische Blumen!« Brienne beugte sich vor, um an den Blüten zu riechen, die Rose ihr entgegenstreckte.

»Ich bin so glücklich. Ich hätte nie gedacht, daß das Leben je wieder so schön werden könnte.«

Rose blickte aus dem Kutschenfenster und sah die Felder und Wiesen von Osterley an sich vorbeifliegen, bis sie an der kleinen Kirche im Dorf anhielten. Es war ein schöner Tag. Die Sonne schien strahlend von einem azurblauen wolkenlosen Himmel.

Brienne seufzte zufrieden und dachte an die Wochen zurück, die diesem Tag vorangegangen waren.

Sie und Rose hatten viele glückliche Stunden miteinander verbracht, als sie die Hochzeit vorbereitet hatten. Und abends hatten sie mit Cumberland und Avenel zusammengegessen und über ihre Ideen und Pläne gesprochen. Brienne hatte Avenel in dieser Zeit nicht sehr viel gesehen; er hatte mehrere Tagesreisen zusammen mit Cumberland unternommen, um Verschiedenes zu erledigen. Aber immer, wenn die beiden Männer zurückkehrten, war Avenel bester Dinge. Er bat Brienne auch, wieder mit ihm auszureiten. Und sie mußte lächeln bei dem Gedanken an den ersten Tag nach so langer Zeit auf Queenies Rücken. Avenel gab ihr eine richtige Reitstunde. Er legte seine kräftige Hand auf ihren Knöchel und drückte ihren Absatz in den Steigbügeln herunter. Und dann, als wäre er verwirrt durch ihre Nähe, sagte er schroff, daß sie ihre Füße beim Reiten stets so halten müsse, sonst könne sie in die schlimmsten Schwierigkeiten geraten. Sie versuchte, sich mädchenhaft und züchtig zu verhalten, und ihn nicht anzusehen, aber ihre Gefühle für ihn wuchsen dennoch mit jedem Tag, und sie waren alles andere als keusch. Ihre Empfindungen wurden immer quälender und gleichzeitg herrlicher – und schwerer zu unterdrücken.

Sie lehnte sich in der Kutsche zurück und dachte über die Zukunft nach. Sie hatte Cumberland und Rose wirklich von Herzen liebgewonnen, aber sie mußte zugeben, daß sie sie um ihre Beziehung und die Sicherheit beneidete. Soweit sie zurückdenken konnte, hatte sie selbst so etwas nie erlebt. Es war, als wäre sie in einem Irrgarten geboren, und egal, welchen Weg sie wählte, er führte immer zu demselben tödlichen Ende.

Die Kutsche kam vor der Kirche zum Stehen.

Cumberland und Avenel standen bereits dort, um sie in Empfang zu nehmen. Viele Dorfbewohner hatten sich eingefunden, um Braut und Bräutigam Glück zu wünschen. Danach drängten sich alle in die kleine Kirche und drückten sich auf die engen Bänke. Als der Pfarrer mit der Zeremonie begann, lauschten alle andächtig seinen Worten. Avenel stand neben Cumberland, und Brienne bemerkte, daß sein Blick voller Liebe auf Rose gerichtet war, die in ihrem Glück viel jünger erschien. Brienne wußte, daß Avenel in diesen Augenblicken an eine andere Hochzeit dachte, die vor zwanzig Jahren stattgefunden hatte. Sie wandte den Blick von ihm ab – sie wollte gerade an diesem Tag die Anklage in seinen Augen nicht sehen. Aber bald spürte sie, daß er sie anschaute, und unwillkürlich hob sie den Kopf. Sie erwartete, daß er zornig war, aber statt dessen schimmerte offenes Verlangen in seinem Blick.

Bald war die Zeremonie vorüber. Rose und Cumberland waren nun Mann und Frau. Sie umarmten sich und nahmen die Glückwünsche entgegen. Der Pfarrer lud die vier in die Pfarrei auf ein Glas Wein ein, und ehe es sich Brienne versah, saßen Rose und Cumberland schon in der Kutsche nach London.

»Paß gut auf ihn auf, Brienne«, sagte Rose und schenkte Avenel ein verschmitztes Lächeln. »Er kann manchmal so ein mürrischer Zeitgenosse sein. Er braucht dich, um das Lachen nicht zu verlernen.« Sie beugte sich aus der Kutsche und küßte Brienne auf die Wange. Dann nahm sie Avenels Kinn in die Hand und flüsterte ihm etwas ins Ohr, das Brienne geflissentlich überhörte: »Ich habe ihr verziehen, Avenel. Heute, in meinem Glück, denke ich, ich könnte sogar Oliver Morrow verzeihen. Das ist der einzige Rat, den ich dir je geben kann, mein Lieber: Vergiß das, was war. Das müssen wir tun, sonst können wir nie Frieden finden.« Sie gab ihm einen schwesterlichen Kuß, und Cumberland gab ungeduldig dem Kutscher ein Zeichen zur Abfahrt.

Sie winkten ihnen nach, bis sie nur noch ein Punkt am Horizont waren. »Ich denke, die beiden haben eine sehr gute Wahl getroffen«, sagte Avenel.

»Sie haben großes Glück, daß sie zueinander gefunden haben.« Brienne sah ihn an. Er runzelte die Stirn. Er wirkte heute älter, als er in Wirklichkeit war. Vielleicht waren es die Erinnerungen, die ihn heute besonders quälten, überlegte Brienne.

Avenel wollte ihr in die Kutsche helfen, aber sie wandte sich ihm zu: »Es ist ein so wunderschöner Tag, Avenel. Ich würde gern nach Hause laufen.«

»Sie wollen laufen?« Er sah sie ungläubig an. Sein dunkler Schopf beugte sich zu ihr herunter, daß ihr sein Gesicht plötzlich sehr nahe war. »Das ist ja das Allerneuste! Eine Lady unseres Königreiches wünscht, ihre Satinschuhe im Schlamm der Straße zu ruinieren?«

»Ich bin so lange nicht mehr spazierengegangen, und ich dachte ...« versuchte sie ihm zu erklären, aber zwei starke Finger legten sich auf ihre Lippen, bevor sie fortfahren konnte.

»Sie brauchen mir nichts zu erklären, Brienne. Ich kenne mich mit den Eigenheiten des Adels aus.« Er schaute auf den kalten blauen Himmel und lächelte charmant. »Außerdem hatte ich dieselbe Idee, wollte Ihnen aber nicht meine Wünsche aufdrängen.« Er nahm sie an der Hand und lachte, als sie ihn ungläubig ansah.

»Sie? Sie wollen mir Ihre Wünsche nicht aufdrängen?« rief sie mit einem schiefen Lächeln, als sie nebeneinander durch das verschlafene Dorf gingen. »Das ist, als würde Heinrich der Achte seiner Frau erzählen, er wollte sich nicht von ihr trennen.«

»Still, Sie Heidin! Es ist an der Zeit, daß man Sie Respekt vor älteren Menschen lehrt, besonders wenn sie so entgegenkommend sind.« Er warf ihr einen düsteren Blick zu, aber als sie respektlos zu kichern anfing, entdeckte sie ein amüsiertes Funkeln seiner Augen.

Als sie ans Ende des kleinen Ortes kamen, schienen beide ihren Schritt zu verlangsamen. Beide wußten, daß ihr Spaziergang schon bald zu Ende war, und sie versuchten, die Gesellschaft des anderen auszukosten, bevor sie die Realität von Osterley wieder auseinanderreißen würde. Sie begegneten einem schüchternen jungen Mädchen, das sehr einfach gekleidet war. Ihr braunes Haar war ordentlich in einen strengen Knoten gebunden und von einem Hut bedeckt.

»Ich habe das Gefühl, sie versucht, unsere Aufmerksamkeit zu erregen, Avenel«, flüsterte Brienne und zupfte ihn am Ärmel. Sie lächelte dem Mädchen zu. Und das Kind lächelte zurück und zeigte ihre paar Zähne.

»Guten Tag, Miss Jill.« Avenel sah das kleine, dürre Mädchen freundlich an, das bei dieser Aufmerksamkeit tief errötete. Das Mädchen machte sich durch Zeichensprache verständlich, und zeigte auf das Cottage, das vor ihnen stand. Avenel schien keineswegs überrascht über die Einladung zu sein. »Hast du dich um sie gekümmert?« fragte er das Mädchen, als sie das strohbedeckte Häuschen betraten. Eifrig nickte das Mädchen und grinste stolz.

Brienne, die an Avenels Seite im Eingang stand, gewöhnte sich erst allmählich an die Dunkelheit in dem fensterlosen Cottage. Endlich entdeckte sie eine alte Frau, die in einer Ecke des Raumes saß. Brienne erschrak bei deren Anblick. Die Frau sah nämlich genauso aus, wie sich Kinder in ihren Alpträumen eine Hexe ausmalen. Warzen, aus denen graue Haare wie Gras auf einem Hügel sprossen, entstellten Kinn und Nase der Alten. Aus ihrem zahnlosen Mund tropfte Speichel, als sie ihn zu einem Lächeln verzog. Die Augen der Hexe waren unnatürlich weiß und wahrscheinlich blind.

»Mistress Blake. Wie geht es Ihnen heute? Ich sehe, Sie haben Ihr neues Dach«, sagte Avenel laut.

»Ja, ja, es ist so eine Freude, trocken und warm zu sitzen«, gackerte die alte Frau. »Setzen Sie sich ein wenig zu mir, ja? Und nehmen Sie meinen Dank bei einer Tasse Tee entgegen.« Mistress Blake wies auf einen großen schwarzen Kessel, der über einem kleinen Kohlenfeuer dampfte. Das Mädchen Jill, das nicht sprach, ging sofort zu dem Feuer. Sie brachte das Getränk in Tonkrügen, und reichte sie Avenel und Brienne. Danach verkroch sich das Mädchen in einem dunklen Schlupfwinkel.

Brienne sah Avenel unsicher an. Sie wollte nicht undankbar erscheinen, aber sie fürchtete sich davor, von dem eigenartigen Gebräu zu probieren und vor Ekel womöglich würgen zu müssen. Sie nahm vorsichtig einen kleinen Schluck. Aber sie war überrascht festzustellen, daß das Getränk gut schmeckte – Apfelwein mit Sahne und irgendwelchen Gewürzen, die Brienne nicht kannte.

»Sie sind nicht allein, Lord Oliver?« fragte Mistress Blake.

Brienne fuhr erschrocken bei der Erwähnung dieses Namens auf. »Warum nennt sie Sie so?«

Avenel schüttelte nur unwillig den Kopf. »Es ist eine junge Frau bei mir, Mistress Blake. Sie stammt aus Amerika.«

»Und eine liebreizende, zweifellos! Denn Sie hatten schon immer was für die schönen Ladies übrig, Lord Oliver. Ich erinnere mich gut.« Die alte Frau kicherte.

»Avenel, sagen Sie ihr, daß sie sich täuscht!« flüsterte Brienne. »Wie können Sie zulassen, daß Sie mit diesem verachtenswerten Namen angesprochen werden?«

»Komm her, Mädchen! Ich kann zwar mit meinen Augen nicht sehen, aber mit meinen Fingern«, sagte Mistress Blake.

Brienne warf Avenel einen fragenden Blick zu, und er nickte. Schüchtern trat sie auf die alte Frau zu und kniete sich neben sie. Zehn knöcherne Hexenfinger legten sich auf ihr Gesicht und prüften genau Briennes Züge. Dann ergriff Mistress Blake eine Locke ihres Haares und wandte sich an Avenel. »Wie ist die Farbe?«

»Die Farbe ist ein dunkles Rot, aber mehr als das. Ich habe so etwas wie ihr Haar noch nie gesehen.« Avenel warf einen Blick auf Briennes Haar.

»Sie erzählen dieser alten Frau Märchen, Mylord. Sie ist nicht von den Kolonien. Ich kenne sie.« Mistress Blake ließ Briennes Haar los. »Ihre Augen haben die schönste und seltenste Farbe, die man sich denken kann.« Sie drehte Brienne ihr Gesicht zu. »Du, mein Kind, bist nicht so leicht zu vergessen. Du stammst aus Osterley und gehörst zu dem Falschen.«

»Zu Master Slane?« fragte Brienne, aber es kam keine Antwort. »Lord Oliver ist fort –« versuchte sie die verwirrte alte Frau aufzuklären, aber Avenel nahm sie schroff am Arm und zog sie hoch.

»Wir müssen uns verabschieden«, sagte er. »Wenn es Ihnen an etwas fehlt, schicken Sie das Mädchen ins Schloß.« Avenel hielt Briennes Arm immer noch fest und schob sie zur Tür hinaus, bevor sie Zeit hatte, sich für ihre Gastfreundschaft zu bedanken.

»Warum mußten wir so schnell gehen?« rief Brienne, als sie auf Osterley zugingen. Als sie in sicherem Abstand von dem Cottage waren, drehte er sich um und betrachtete das Dach des entfernt gelegenen kleinen Häuschens.

»Es hat ein schönes Dach, nicht wahr?« fragte er, ohne auf ihre Frage einzugehen. Das Dach bildete mit drei dicken Schichten aus getrocknetem, golden schimmernden Gras einen glatten, undurchlässigen Schutz.

»Das Dach ist mir egal! Sie waren sehr unhöflich, als sie mich unterbrochen haben, obwohl ich der armen alten Frau nur helfen wollte. Mistress Blake hält Sie für einen anderen. Wie konnten Sie das Mißverständnis unaufgeklärt lassen?«

»Sie ist alt, Brienne, alt und durcheinander. Es genügt ihr, einen warmen Platz zum Leebn und ein wenig Gesellschaft zu haben. Sie braucht keinen Widerspruch.« Er ergriff ihren Arm und ging schnell weiter.

»Nun geben Sie mir doch eine Antwort. Als sie mein Gesicht abtastete, hat sie mich schließlich erkannt. Oder war es nur so eine versponnene Idee von der armen, verwirrten Frau?« bohrte Brienne weiter. Sie wurde allmählich wütend über Avenels Gleichgültigkeit.

»Sie hat sich getäuscht.«

»Ach so. Natürlich. Es gibt ja so viele Frauen in Osterley mit meiner Haarfarbe und mit meinen –«

»Ihre Neugier wird Ihnen vielleicht eines Tages schaden, Brienne«, unterbrach er sie.

Brienne unternahm einen neuen Versuch, als sie das Tor von Osterley passierten. »Sie haben Mistress Blake das neue Dach bezahlt, nicht wahr?«

Sie bemerkte Avenels zustimmendes Knurren und fuhr fort. »Das war sehr nett von Ihnen. Vielleicht haben Sie aber auch damit nur eine Schuld beglichen. Die alte Frau scheint zu glauben, daß Sie Morrow sind. Zweifellos hängt sie sehr an meiner Familie und kann Ihnen vielerlei Informationen geben.«

»Ich habe ihr das Dach aus dem einfachen Grund neu decken lassen, weil sie es brauchte. Sie ist blind und allein. Ich kann nicht im warmen Schloß sitzen, wenn es im Dorf eine alte Frau gibt, die kein Dach über dem Kopf hat.« Er verlangsamte seinen Schritt, als sie an einem kleinen Teich ankamen.

»Warum sagen Sie, daß Mistress Blake allein ist? Das Mädchen kümmert sich doch um sie.« Obwohl ihr Zorn immer mehr wuchs, versuchte sie, ruhig zu bleiben. Dies war womöglich ihre letzte Chance, etwas von ihm zu erfahren, bevor ihr Vater eintraf. Sie konnte diese Gelegenheit nicht ungenutzt lassen. Sie wartete auf Avenels Antwort und lehnte sich an den Stamm einer Ulme.

»Jill kümmert sich jetzt um sie.« Avenel stützte

sich mit einer Hand an dem Stamm ab. Er blickte in den strahlend blauen Himmel.

»Ich vermute, Sie haben ihr das Mädchen auch besorgt?« Brienne sah ihn nur kurz an. Sie fühlte sich etwas unbehaglich, wenn er ihr so nah war.

»Jills Familie ist bitterarm, und Jill ist das einzige Kind. Sie konnte keine Anstellung finden. Das Mädchen ist nicht nur taubstumm, sondern war auch apathisch und verängstigt. Aber die Familie ist viel zu stolz, um Almosen anzunehmen. Ich dachte, das Beste wäre, ich bezahle ihr etwas, wenn sie die Pflege der alten Frau übernimmt. Und damit ist sie die Ernährerin ihrer Familie.«

»Das war sehr großzügig.« Brienne zwang sich, freundlich zu sein. Und leise fügte sie hinzu: »Ich weiß, daß sich der Earl nie so umsichtig zeigen würde. Er würde nicht einmal sehen, was seine Leute brauchen.«

»Das Mädchen hat jetzt eine Aufgabe. Und es war leicht genug, dafür zu sorgen.«

»Und welche Aufgabe haben Sie mir zugedacht, Master Slane? Ich bitte Sie, mich nicht länger im unklaren zu lassen.« Sie wollte unbedingt eine Antwort.

Avenel rieb sich in Gedanken das Kinn. »Ihre Aufgabe, Kleines?«

»Wenn dieses arme, kleine Mädchen eine Aufgabe in ihrem Leben verdient, dann haben Sie mir bestimmt auch eine zugedacht.« Sie war jetzt so nervös, daß sie sich kaum mehr zusammennehmen konnte. »Sie sind freundlich zu Ihren Mitmenschen – was Sie für Jill und für Vivie getan haben ... Können Sie nicht auch mir wenigstens die Freiheit geben und mich gehen lassen?« Sie legte ihren Kopf zurück und sah ihm in die Augen. Dieses Mal, so schwor sie sich, würde sie es nicht zulassen, daß er ihr die Antwort verweigerte. Vielleicht würde er endlich auch beweisen, daß seine Gefühle für sie tiefer gingen, als er ihr zeigte.

»Sie haben eine Aufgabe, Wildblume.«

Es war nicht fair, daß er sie so benutzte! Sie hatte geglaubt, daß sich zwischen ihnen in den vergangenen Wochen so etwas wie Vertrauen entwickelt hätte. Sie hatten gelernt, Rücksicht aufeinander zu nehmen. Aber jetzt plötzlich war der alte Haß wieder da. Avenel hatte nicht das geringste für sie übrig. Das einzige, was ihn interessierte, war, daß sie ihm für seine Pläne nützlich war. Sogar die Ärmsten im Dorf behandelte er mit mehr Respekt.

»Ich verstehe«, erwiderte sie kalt und wandte sich zum Gehen.

»Nein, Sie verstehen mich nicht.« Er griff ihren Arm und hielt sie fest.

»Ich lasse es nicht zu, daß Sie so mit mir umspringen, Avenel.« Sie blickte ihn trotzig an, aber er lächelte nur.

»Ich habe dir eine Aufgabe zugedacht, Kleines. Mach mich glücklich! Betrachte das als deine Aufgabe hier in Osterley.«

»Das wäre die Pflicht einer Ehefrau, nicht meine!« fauchte sie wütend.

»Aber ich habe keine Ehefrau, und ich werde sicher auch nie heiraten. Was soll ich tun?«

»Ich kann Sie nicht glücklich machen. Wenn irgend jemand das weiß, dann Sie!« wies sie ihn zurecht, obwohl seine Lippen sich näherten und ihre vor Verlangen brannten.

»Du kannst mich sehr glücklich machen, meine

Liebe«, flüsterte er, als sich sein Kopf über ihren senkte.

»Ich will nicht –« Sein Mund nahm ihren gefangen, und es war ihr, als würden ihre Körper miteinander verschmelzen. Bevor sein Angriff überhaupt begonnen hatte, wußte Brienne schon, wohin er sie führen würde. Sie wußte auch, daß sie sich hätte wehren müssen. Aber seine Lippen bezwangen sie. Sie reagierte mit einer Wildheit, die sie nicht einmal im Traum für möglich gehalten hätte.

Er forderte von ihr, daß sie ihn genauso wollte wie er sie. Aber bei seinem heißhungrigen Kuß hatte sie das verrückte Verlangen, nicht nur seinen Wünschen nachzukommen, sondern sie noch zu übertreffen. Sie kämpfte längst nicht mehr, als sich seine erfahrene Hand durch ihren Umhang hindurch einen Weg zu ihrer Brust bahnte. Brienne seufzte, als er sein Ziel endlich erreicht hatte und Besitz von ihrem Busen nahm, der von hauchdünner Seide bedeckt war. Mit immer wilderer Leidenschaft vertiefte sich ihr Kuß, und sie wurde von seinem muskulösen Körper gegen den Baum gepreßt. Ihr Hut war heruntergefallen, und das Netz zerriß an der Rinde der Ulme. Aber das störte sie nicht.

Mit beiden Händen fuhr sie durch sein Haar und ertastete sein Gesicht. Seine Wangen waren rauh und hart. Sie merkte, daß sein Atem schneller ging, als er mit dem Daumen wieder und wieder über ihre Brustspitze fuhr, und Brienne zitterte, als sie sich aufrichtete. Ihre Hände glitten unter seinen warmen Mantel. Sie sehnte sich danach, seine breite Brust zu spüren. Mit scheuen, unbeholfenen Bewegungen suchte sie ihren Weg durch seine Kleider. Sie zog an seinem Hemd und schob ihre Hände durch einen Spalt des dünnen Stoffes. In diesem Moment dachte sie, daß ihr nichts mehr gefallen würde, als ihn nackt zu sehen und jeden Teil seines festen muskulösen Körpers zu erforschen.

Ein kaltes Metallstück schob sich vor ihre Hand. Der Messingschlüssel legte sich wie von selbst hinein, und sie zog instinktiv daran. Avenel löste seinen Mund von ihrem und sah sie fragend an.

»Avenel«, wisperte sie mit stockendem Atem. Ihre Augen waren dunkel und leidenschaftlich wie nie zuvor. »Kannst du nicht deinen verrückten Plan vergessen?« Sie hielt ihm den Messingschlüssel hin. Seine Hand lag noch immer auf ihrer Brust. »Gib ihn mir. Gib ihn mir freiwillig, und ich werde dich sehr glücklich machen. Das verspreche ich dir.«

Avenel schwieg eine Weile, als würde er über ihren Vorschlag nachdenken, aber dann schüttelte er entschlossen den Kopf. »Du kannst deine Freiheit nicht haben.«

»Was, wenn ich dir gebe, was du von mir verlangst?« Sie war so enttäuscht, daß es dazu kommen mußte. »Was, wenn ich diese Nacht dein Bett wärmen würde?«

»Ich sehe keinen Grund, bis zur Nacht zu warten.« Er beugte sich wieder vor und begann von neuem, sie zu liebkosen. Diesmal küßte er nicht nur ihren Mund, er küßte ihren Hals, kreiste mit seiner Zunge tiefer und tiefer, bis sie vor Entzücken erschauderte.

»Gibst du mir dann meinen Kamm wieder?« fragte sie atemlos. Er verhexte sie mit seinen Zärtlichkeiten.

»Vielleicht«, antwortete er zurückhaltend. Und

in seiner Stimme lag eine Spur von Unaufrichtigkeit. Brienne versteifte sich.

»Und vielleicht nicht, ja, Master Slane?« schrie sie bitter und schob seine Hände von sich. Sie fühlte sich leerer und einsamer denn je. »Du willst mich dazu bringen, daß ich dir all deine Wünsche erfülle. Und dann versagst du mir die Bezahlung. Was für eine Schande, daß wir so viel Zeit zusammen verbracht haben. Ich kenne dich schon gut genug, um zu merken, daß du lügst. Du Bastard!«

»Ob ich lüge oder nicht, was ändert das? Du wirst meinen Befehlen gehorchen«, erwiderte er.

»Niemals!« Sie zog verzweifelt ihr Mieder zusammen. Es war alles so demütigend.

»Was für ein hübscher Hochmut, Mylady! Du warst eben beileibe nicht so zurückweisend.« Er schnappte sich ihre Hände und hielt sie fest.

»Ich verabscheue dich, ich verabscheue dein Haus, deine Berührung, deinen Kuß!« Sie blickte ihn kampflustig an.

»Soll ich dir das Gegenteil beweisen?«

Sie spürte seinen Atem auf ihren Lippen.

»Nein!« Sie fand die Kraft, sich von ihm loszureißen, und lief weg. Als sie einen Blick über die Schulter warf, sah sie, wie er den Messingschlüssel unter sein Hemd schob. »Ich hasse ihn! Hörst du mich? Ich hasse diesen Schlüssel und alles, was dafür steht! Und, mein Gott, es wird nicht mehr lange dauern, bis ich dich auch von ganzem Herzen hasse!« Sie rannte zum Haus.

Als sie die Treppenstufen vor dem Haus erreichte, sah sie, daß eine fremde Kutsche auf dem Hof stand, aber sie achtete nicht weiter darauf, und stürmte in die Marmorhalle, ohne einen Gedanken über ihre aufgelöste Erscheinung oder mögliche Gäste zu verschwenden.

»Ist das nicht die kleine amerikanische Cousine?« hallte ihr Lady Venetia Culpeppers Stimme entgegen. Venetia war wie immer wunderschön. Sie nahm jede Einzelheit von Briennes Erscheinung in sich auf, von den Blättern und Zweigen in ihrem offenen Haar, bis zu dem halbgeöffneten Mieder. Sprachlos und wütend sah Brienne, daß Avenel hinter ihr durch die Tür ins Haus kam. Er schleuderte seinen Mantel auf einen der zierlichen Stühle. Dann warf er Brienne den düstersten Blick zu, den sie je gesehen hatte.

»Ich werde mir so einen Ausbruch wie diesen nicht noch einmal bieten lassen, oder es wird etwas geschehen, worüber du wirklich wütend sein kannst!« brüllte er, ohne auf den alten Lakai, der in der Tür stand, zu achten.

»Ach, war die kleine Almosenempfängerin nicht willig?« Venetia schritt langsam durch die Halle auf ihn zu. Avenel sah sie und die Duchess of Hardington, die sich im Hintergrund hielt, und wandte gezwungenermaßen den Blick von Brienne. »Und das nach allem, was Sie ihretwegen durchmachen mußten, du liebe Güte.« Venetia bedachte Brienne mit einem gehässigen Blick.

»Lady Venetia. Duchess«, begrüßte Avenel die beiden Damen knapp.

»Wir wollten Ihnen einen Besuch abstatten, Avenel. Aber vielleicht sind wir in einem ungelegenen Moment gekommen.« Die Duchess betrachtete Brienne belustigt.

»Ich werde sofort zu Ihnen in den Salon kommen«, sagte er. Dann umfaßte er entschlossen

Briennes Arm. »Brienne, gehen Sie auf Ihr Zimmer.«

Sie riß sich von ihm los. »Das werde ich nicht tun!« Sie schob trotzig ihr Kinn vor.

»Gehen Sie nach oben. Ich komme hier unten gut ohne Sie zurecht.«

»Ich werde nicht gehen! Ich bin kein Kind, und ich werde nicht dulden ...!« Brienne keuchte fassungslos, als er sie über seine Schulter warf und aus der Halle trug.

»Sie gemeiner Kerl!« schrie sie, und ihre Stimme hallte laut durch die Gänge. Sie trommelte mit ihren Fäusten auf seinen breiten Rücken. »Ich werde Ihnen diese Demütigung nie verzeihen! Hören Sie mich! Nie!« Vor ohnmächtiger Wut biß sie sich auf die Lippen.

»Ich werde nicht zulassen, daß du in dieser Verfassung in Venetias Nähe kommst«, wisperte er hitzig. »Sie will Vergeltung für das, was auf dem Ball geschehen ist. Sie würde viel dafür geben, wenn sie erfahren könnte, warum du wirklich hier bist? Sie möchte sich an mir rächen, und ich bin sicher, daß ihr Vater auch liebend gern dafür sorgen würde, daß Morrow kommt und dich holt!«

Er warf sie unsanft auf das Bett in ihrem Schlafzimmer und ließ sie ohne ein weiteres Wort mit sich und ihrem Zorn allein.

»Angst vor Tratsch, was? Daß die Duchess of Hardington herumerzählen wird, daß Sie Ihre Zeit mit einer Frau vertan haben, die nicht ganz richtig im Kopf ist?« wütete Brienne und warf die nächstbeste Porzellanfigur gegen die längst geschlossene Tür.

17

Cumberland und Rose wurden aus London zurückerwartet, und Brienne zählte die Tage und war dankbar für jeden, den sie hinter sich gebracht hatte. Wenn Avenel im Haus war, zog Brienne es vor, sich in ihrem Zimmer aufzuhalten.

Sie trank ihren Tee und versuchte, die Schritte unter ihr in der Bibliothek und das Fluchen zu ignorieren. Avenel war schon seit längerer Zeit in einer verrückten Laune.

Der einzige Lichtblick in ihrer Langeweile war das Reiten. Genau wie Avenel ritt sie nun regelmäßig. Jeden Nachmittag tat sie es, wenn es ihr auch nicht erlaubt war, ohne einen der Stallburschen zu reiten. Brienne fand eine große Entspannung darin, wie eine Wahnsinnige über die Wiesen und Wälder zu galoppieren und über Mauern zu springen.

Auch heute ritt sie aus und beobachtete Orillion, der vor ihr in den Wald lief. Das war ein sicheres Zeichen dafür, daß sein Herrchen in der Nähe war. Brienne kochte allein bei dem Gedanken, daß sie ihm begegnen würde, vor Wut, aber Avenel hatte sie schon gesehen. Er kam auf sie zu und ritt nun neben ihr. Nach einer Weile sagte sie: »Ich will nicht mehr die amerikanische Cousine sein. Diese Frau« – sie sah ihn mürrisch an, und es war klar, daß sie sich auf Venetia bezog – »hat alles getan, damit ich mich wie eine Bäuerin fühle.«

»Sie meinen, daß sie es sonst mögen würden, für eine Amerikanerin gehalten zu werden?«

»Nie! Diese ungehobelten, flügelhaften –«

»Sie vergessen, daß nicht alle wie ich sind, meine

Liebe.« Er lachte und versuchte spielerisch, an ihrem kleinen Samthut zu ziehen, der sehr kunstvoll von Vivie auf ihre Locken gesetzt worden war. Sie schaute ihn entrüstet an und trabte außer Reichweite.

Seltsamerweise brachte er seinen Hengst plötzlich zum Stehen und wurde ganz still. Er blickte sich um, als erwarte er, jemanden zu sehen.

»Was ist? Ist dort jemand? Das ist schon das dritte Mal ...« Sie starrte seinen Rücken an. In seinen Lederbreeches steckte eine Pistole. Sie sah, wie seine behandschuhte Hand danach greifen wollte, es dann aber doch sein ließ. In seinem rechten Stiefel steckte ein großes Messer. Er wußte nicht, daß sie die Waffen schon vor einiger Zeit an ihm entdeckt hatte. Es war schon seltsam, daß er nie ohne diese Dinge ausritt.

»Es ist nichts, denke ich«, meinte er. Er lächelte und versuchte noch einmal, ihren Hut zu erhaschen, aber sie zog es vor, mit ihrem Gespräch fortzufahren. Ihr war einfach nicht zum Scherzen zumute.

»Es ist Cumberlands Unglück, ein Amerikaner zu sein. Aber Sie werden mich nie davon überzeugen können, daß Rose gern in diesem gottverlassenen Land gelebt hat. Sie ist genauso englisch wie ich. Und ich bin sicher, sie ist glücklich, daß sie von dort fortgehen konnte.«

»Maryland ist kein bißchen, wie Sie es sich vorstellen. In vieler Hinsicht ähnelt es England, mit seinen Feldern und den großen Gütern. Es gibt eine Stadt, die nach Lord Baltimore benannt ist. Und dort stehen viele elegante Häuser. Und die Kunsttischler sind fast so gut wie Osterleys John Linnell.«

Er lächelte. »Ich werde Sie eines Tages mit dorthin nehmen und Ihnen beweisen, daß Amerika viel weniger trostlos ist als das Nest, in dem Sie aufgewachsen sind.«

»Ich werde niemals dorthin reisen.« Nach diesen heftigen Worten galoppierte sie ein Stück voraus. Sie konzentrierte sich darauf, ihre Fersen tief niederzudrücken und ihre Hände richtig zu halten.

»Aber Sie würden zurück nach Tenby gehen, nicht wahr? Das kleine Haus ist grauenhaft verkommen. Aber Sie würden lieber dorthin zurückkehren als bei mir bleiben.« Seine Stimme klang verbittert und hart.

»Tenby war ein nettes Dorf. Es scheint von der Welt vergessen zu werden, aber es wird wieder schön dort. Ich kann mir nicht helfen – ich möchte nach Hause.« Avenel hatte sie inzwischen eingeholt, und sie ließ Queenie wieder im Schritt gehen, um besser mit ihm reden zu können. »Wie haben Sie herausgefunden, daß ich in Tenby gelebt habe? Ich habe Ihnen doch nie erzählt, wo –«

»Ich habe jemanden beauftragt, Erkundigungen anzustellen. Als ich wußte, daß Sie Walisisch sprechen, war es kein großes Problem mehr. Ich konnte Ihre Spur leicht zurückverfolgen. Mein Glück war, daß man Sie nicht so leicht übersieht.«

»Und Sie? Sie sprechen auch Walisisch. Wie kommt das?«

»Meine Mutter stammt aus Wales.«

»Ihre Mutter? Das ist schwer zu glauben. Sie hatten nie eine Mutter.« Sie beobachtete Orillion, der vor ihnen lief.

»Nicht sehr lange, das ist wahr. Und ich vermute, man merkt es.«

»Sie starb jung?«

»Ja.«

»Tut mir leid.« Brienne zögerte einen Moment. »Allerdings – der Mangel an mütterlicher Liebe erklärt nicht jeden Aspekt Ihres schwierigen Charakters.« Sie galoppierte wieder ein Stück voraus, und als er ihr nicht folgte, sah sie sich nach ihm um. Er hatte wieder angehalten. »Da ist nichts, Avenel. Vor wem haben Sie Angst?« fragte sie beunruhigt über sein seltsames Verhalten. Aber bevor sie weiter in ihn dringen konnte, trieb er seinen Hengst an und nutzte den Überraschungsmoment. Er riß ihr den Hut vom Kopf. »Oh!« rief sie wütend und folgte ihm in den Wald. Orillion lief neben Idle Dice her. Als Brienne endlich bei Avenel angekommen war, hielt er ihr den Hut hin, in der Hoffnung, sie würde danach greifen. Aber er lachte, als sie ihre Nase hob und trotzig vorausritt.

Sie waren jetzt sehr weit vom Schloß entfernt, und Brienne hatte die Orientierung verloren. Es war spät geworden. Und es war kalt.

Als sie auf einer kleinen Lichtung haltmachten, sagte sie: »Ich denke, wir sollten jetzt umkehren. Es wird schon dunkel, und ich fürchte, ich habe nicht die leiseste Ahnung, wie wir nach Osterley zurückfinden.« Sie sah sich um und strich eine dunkle Strähne aus ihrem Gesicht.

»Es ist ziemlich kalt. Ich kenne eine alte Jagdhütte, die nicht weit von hier ist. Vielleicht sollten wir dorthin reiten und uns etwas … aufwärmen.«

Brienne weigerte sich, ihm auf diesen dreisten Vorschlag eine Antwort zu geben.

»Wie weit sind wir vom Schloß entfernt, Avenel? Ich bin nicht sicher …« Sie drehte sich nach ihm um und erschrak über seinen Gesichtsausdruck. Orillion knurrte. »Was ist?« fragte sie ängstlich. Avenels Gesicht und Körper waren angespannt, als würde er sich innerlich auf einen Kampf vorbereiten.

»Geh!« stieß er hervor und zog seine Pistole aus dem Hosenbund.

»Was?«

»Geh! Das ist deine Chance! Ich gebe dir die Freiheit.« Er beobachtete aus zusammengekniffenen Augen den Waldrand.

»Avenel, ich kann nicht –« Plötzlich dröhnten ihre Ohren von dem lauten Schuß, der aus dem Dikkicht abgefeuert wurde. Die Pferde scheuten, und beide Reiter verloren wichtige Zeit damit, ihre Tiere zu beruhigen. Avenel hatte schon ihre Zügel ergriffen und trieb beide Pferde aus der Lichtung. Sie fanden spärlichen Schutz hinter ein paar Büschen, und Brienne merkte, daß Avenels Gesicht weiß geworden war. Der Grund dafür wurde gleich offenbar. Über Idle Dices Flanke strömte Blut auf den nadelbedeckten Waldboden. »Mein Gott, Avenel, Sie sind verwundet!« hauchte Brienne.

»Bring dich in Sicherheit, Brienne!« flüsterte er durch zusammengepreßte Zähne und versetzte Queenie einen heftigen Schlag. Wie durch ein Wunder gelang es Brienne, das Pferd unter Kontrolle zu halten und es daran zu hindern, mit ihr durchzugehen.

»Ich kann dich nicht alleinlassen!« wimmerte sie. Das Blut quoll aus einer Wunde an seinem Schenkel. Wieder ertönte ein Schuß, und sie sah, daß Orillion auf das Dickicht zuraste.

»Brienne, das ist die beste Gelegenheit. Orillion wird dem Kerl zu schaffen machen und ihn vertreiben oder wenigstens aufhalten. Geh schon. Vielleicht gibt es noch mehr Leute, die uns auflauern und –«

»Du hast recht. Möglicherweise sind noch andere in der Nähe. Komm. Wir müssen zurück nach Osterley«, unterbrach sie ihn. Sie würde ihn jetzt nicht im Stich lassen. Ihr war klar, daß ihr Vater hinter dem Anschlag steckte. Avenel mußte große Schmerzen haben. »Wir können nicht hierbleiben, Avenel. Man wird uns finden. Du mußt versuchen, mit mir zu kommen. Wir müssen zurück nach Osterley.« Wieder blickte sie ängstlich über die Lichtung zum Wald.

»Dann los. Führe uns.« Er griff nach seinem Bein und biß die Zähne zusammen. Brienne trieb ihr Pferd an und trabte voraus.

Schon nach einer halben Stunde war klar, daß Avenel zuviel Blut verlor, um es bis zum Schloß zu schaffen. Sie mußte ihn verbinden. Er preßte beim Ritt die Hand fest auf die Wunde, aber das half nicht viel. Brienne zwang sich dazu, mutig zu sein, als sie sah, in welchem Zustand sich Avenel befand. Ihr Herz klopfte bis zum Hals und blieb vor Angst jedesmal fast stehen, wenn sie ein Geräusch hinter sich hörte. Aber bisher war ihnen niemand gefolgt, und sie konnte nur hoffen, daß Avenel recht behalten und Orillion den Angreifer überwältigt oder vertrieben hatte.

»Avenel, ich glaube, wir müssen eine Pause machen«, sagte Brienne. »Dein Bein –«

»Reite du weiter nach Osterley. Ich werde die Nacht über in der Jagdhütte bleiben«, schlug er vor.

»Wo ist die Hütte?«

»Nicht weit von hier.« Plötzlich reichte er ihr seine

Pistole. »Sie ist geladen, Brienne, nimm sie und geh. Schick jemanden nach London – Cumberland soll zurückkommen.«

»Zeig mir die Hütte, Avenel. Wir werden über Nacht dort bleiben und dann am Morgen zusammen nach Osterley zurückkehren.«

»Wildblume, dein kühnster Traum ist wahr geworden. Du – kannst – gehen.« Er dachte anscheinend, daß sie ihn nicht richtig verstanden hatte.

»Wo ist die Hütte?« wiederholte sie im Befehlston. »Bitte, Avenel. Ich werde nicht allein zurückreiten.«

Er brauchte einen Moment, um über das nachzudenken, was sie gesagt hatte. Dann endlich wies er ihr mit dem Kopf den Weg. »Ich schätze, es ist weniger als eine Meile bis dahin.«

Brienne bemerkte, wie schwer sein Atem ging und daß er rasende Schmerzen hatte. Sie schenkte ihm ein zitterndes, ein wenig ängstliches Lächeln. »Also gut. Komm.«

Sie erreichten die kleine Waldhütte in wenigen Minuten. Brienne stieg vom Pferd und ging mit der Pistole in der Hand darauf zu. Sie wußte nicht genau, wie man schießen mußte, aber sie hoffte, allein die Geste würde mögliche Angreifer abschrecken.

Die Hütte schien seit Ewigkeiten von niemandem mehr betreten worden zu sein. Brienne wurde ruhiger, als sie sah, wie verwahrlost die Umgebung war. Sie öffnete die unverriegelte Tür und spähte ins dunkle Innere.

Plötzlich sprang etwas auf sie zu, das wie ein vierbeiniger Geist aussah. Brienne bekam den größten Schreck ihres Lebens.

»Bei allem, was heilig ist!« Sie seufzte erleichtert auf, als sie sah, wer es war. Orillion hatte Glück gehabt, daß sie nicht schießen konnte. »Orillion! Woher wußtest du, daß wir hierherkommen würden?«

»Er war schon einmal hier«, sagte Avenel hinter ihr. Inzwischen war er abgestiegen. Er war leichenblaß und konnte sich kaum auf den Beinen halten. »Ich habe die Pferde angebunden.« Er war von dem Blutverlust so geschwächt, daß seine Sprache undeutlich geworden war.

»Gut.« Sie ging zu ihm und legte ihre Arme um ihn, um ihm in die Hütte zu helfen. Sie unterdrückte ihre Abscheu und Angst, als sie zwei große Ratten auf dem Fenstersims erblickte. An einer Seite des Raums befand sich ein strohbedecktes Lager. Sie ging mit Avenel hinüber und legte ihn nieder. Bei jeder Bewegung stöhnte er, und Brienne war krank vor Sorge um ihn.

»Ich werde versuchen, uns ein Feuer zu machen, und dann verbinde ich die Wunde.« Bevor sie sich dem staubigen Kamin zuwandte, ging sie zur Tür und schloß sie. Ein Schauder lief ihr über den Rükken, wenn sie nur daran dachte, was oder wer da draußen in der Dunkelheit lauerte. Aber sie zwang sich, ihre Angst zu verdrängen. Sie mußte jetzt tapfer sein.

In einer Ecke lag etwas Holz. Sie schichtete ein paar Scheite in den Kamin, und bald schon flackerte ein Feuer. Dann ging sie zurück zu Avenel.

»Laß« – sie mußte schlucken, als sie die blutverschmierte Hand, die Avenel immer noch auf die Wunde drückte, sah, »– laß mich sehen.«

»Welch eine Ironie, daß ausgerechnet du meine Wunde versorgst«, sagte er mit einem grimmigen Lächeln.

Brienne riß den Saum ihres besonders feinen Batistunterrockes in Streifen. Im dämmrigen Licht des Kaminfeuers nahm sie das Messer aus Avenels Stiefel und schnitt vorsichtig das Hosenbein auf. Es dauerte eine Weile, bis das Bein frei lag. Es war eine häßliche Fleischwunde. Die Kugel hatte seinen Schenkel gestreift und die muskulöse Haut versengt. Avenel stöhnte mehrmals, und jedesmal setzte ihr Herz einen Schlag aus. Als sie die Wunde versorgt hatte, ließ sie ihre zitternden Hände sinken und ging an den Kamin, um sich in der Wärme des Feuers von dem Schock zu erholen und ihre überreizten Nerven zu beruhigen.

Als sie ein Geräusch hinter sich vernahm, blickte sie sich erschrocken um und sah, daß Avenel auf eine Seite des Lagers an die Wand gerückt war. Er deutete mit der Hand auf die Stelle neben sich, die nun für sie frei geworden war. Er sah sie so intensiv an, und wenn sie es nicht besser gewußt hätte, hätte sie gedacht, es läge eine tiefe Zärtlichkeit in seinem Blick.

»Es ist doch kaum genug Platz für dich«, widersprach sie leise. »Ich könnte dir weh tun.«

»Du bist so schmal und klein, mein Liebes. Du kannst nichts Schlimmes anrichten. Du mußt mich wärmen.« Wieder klopfte er auf den leeren Platz.

Brienne ging zögernd auf ihn zu. Sie war unsicher, aber kein bißchen widerwillig, als sie sich neben ihn legte. Avenel legte seinen Arm um sie und brachte sie dazu, sich entspannt gegen seine breite Brust zu lehnen. Bald schon schlief er ein, aber Brienne tat kein Auge zu. Sie schob es auf das harte, unbequeme Lager, aber im Grunde wußte sie, daß ihr seine sinnliche Wärme den Schlaf raubte.

18

»Christopher!«

Brienne fuhr erschrocken auf. Obwohl das Feuer längst niedergebrannt war, mußte sie entsetzlich geschwitzt haben. Ihre Kleider waren völlig durchnäßt. Als sie an sich hinunterblickte, erkannte sie den Grund dafür. Avenel glühte vor Fieber. »Es ist alles gut«, flüsterte sie. Sie hoffte, daß er nur einen Alptraum hatte und versuchte ihn aufzuwecken. Aber es gelang ihr nicht.

»Christopher, mein Gott!« schrie er den Namen seines Bruders mit herzzerreißender Klarheit. Dann verkrampfte sich sein Körper auf dem Lager, und er schien in seinem Alptraum einen grauenhaften inneren Schmerz zu durchleben.

»Avenel! Avenel!« Sie berrührte seinen Arm und beugte sich über ihn. Zu ihrer Überraschung trafen sich ihre Blicke. Es war noch ziemlich dunkel in der Hütte, aber Brienne sah, wie glasig seine weit aufgerissenen blauen Augen waren. Dieser Blick machte ihr angst.

»Wer bist du?« fragte er mit überraschend kräftiger Stimme.

»Ich bin es, Brienne.« Sie schob eine feuchte schwarze Strähne aus seiner heißen Stirn.

»Du bist ein Bauernmädchen?« Er blickte auf ihren zerrissenen, staubigen Rock, und ihm entging auch nicht das Stroh, das in ihrem Haar hing. Brienne strich hastig ihren Rock glatt.

»Ich bin Brienne, Avenel. Erkennst du mich nicht?«

»Ich kenne keine Brienne. Aber woher kenne ich dich, Mädchen?« Er zog eine Augenbraue hoch und sah sie fragend an.

»Ich bin die Tochter des Earl«, erklärte sie und rang nervös die Hände. »Wir sind uns in Osterley Park begegnet.«

»Du bist die Tochter des Earl?« Avenel lachte. »In diesen Fetzen, die du angezogen hast? Ich glaube kaum, daß du versuchen solltest, Lady Venetia zu spielen, wenn du dich nicht einmal anständig kleiden kannst.«

»Ich behaupte doch nicht, die Tochter von Lord Culpepper zu sein«, widersprach Brienne mit scharfer Stimme. »Ich fürchte, ich bin die Tochter vom Earl of Laborde.«

»Du? Die Tochter des Earl of Laborde? Wie kommt es dann, daß du so alt bist?« Er lachte, als hätte sie eine ganz und gar lächerliche Bemerkung gemacht. Dann versuchte er, sich mit ihrer Hilfe aufzurichten.

»Ich bin nicht so alt. Vielleicht sehe ich im Moment so aus, aber ich bin es nicht.«

»Wie alt bist du? Achtzehn mindestens. Wie kann der Earl eine achtzehnjährige Tochter haben?«

den Hof liefen. Sie zogen den fast bewußtlosen Avenel vom Pferd und legten ihn ins Gras.

»Hans, hol den Arzt. Sag den Jungs, sie sollen kommen und uns helfen, ihn ins Haus zu tragen!« Cumberland erteilte seine Befehle und hatte kaum einen Blick für Brienne übrig. Hans lief davon, und bald versammelten sie die Diener, die ihren Herrn ins Haus bringen sollten, um sie.

»Ich wußte nicht, ob er es schaffen würde.« Brienne verschränkte ihre Arme über der verschmutzten grünen Reitjacke. Sie zitterte vor Kälte und der Anstrengung des Rittes. Als Cumberland bemerkte, in was für einem Zustand sie war, legte er seinen Arm um sie und versuchte sie aufzumuntern. Zusammen gingen sie zum Haus. »Ich dachte, daß Sie noch in London bleiben wollen.«

»Wir hatten eine herrliche Zeit. Aber wir hatten beide Sehnsucht nach Osterley. Außerdem erfuhren wir in London, daß der Earl of Laborde in England gelandet ist. Ich ahnte, daß so etwas geschehen würde.« Brienne musterte Cumberland aufmerksam und bemerkte erst jetzt, daß tiefe Sorgenfalten sein Gesicht zeichneten.

»Dann war es mein Vater.« Ihr ganzer Körper schien zu beben bei diesen Worten. Ihre Angst hatte sich bestätigt. »Immer wenn ich Avenel ausreiten sah, hatte er eine Pistole bei sich. Aber dort, wo wir überfallen wurden, gab es keine Möglichkeit der Verteidigung ...« Sie konnte nicht weitersprechen. Voller Dankbarkeit spürte sie, daß Cumberlands Arm sie noch ein wenig fester hielt.

»Als Sie nicht von Ihrem Ausritt zurückkehrten, haben wir Leute losgeschickt, um Sie zu suchen. Ich bin nur glücklich, daß Sie allein zurückkehren konn-

»Ich bin neunzehn. Aber bitte, kümmere dich jetzt nicht um so unsinnige Dinge. Du mußt dich ausruhen –« Sie drückte ihn wieder auf sein Lager. Es machte ihr angst, daß er so unruhig war.

»Unsinnige Dinge?«

»Ist schon gut. Alles wird wieder gut«, sagte sie, um sich selbst zu beruhigen. Avenel phantasierte.

»Du bist ein verlogenes kleines Miststück.« Er setzte sich wieder hin und blitzte sie so böse an, daß sie vor Schreck zurücksprang.

»Nein. Ich will dir doch nur helfen.«

»Du hast mich also gern?« Er sah sie mit seinen fiebrigen Augen durchdringend an. »Bist du zufällig meine Geliebte?«

»Nein.« Ihr blieb das Wort beinahe im Halse stekken. »Ich bin Brienne, und ich lüge nicht.«

Ein verrücktes Lächeln spielte um seine Lippen. »Du bist meine Geliebte. Wir sind vertraut miteinander.« Er nahm ihre Hand und zog sie näher an sich heran.

»Nein, hör auf damit! Du bist verwundet und hast Fieber.« Sie machte sich gewaltsam von ihm los und trat zurück.

»Gib zu, daß wir uns geliebt haben!« rief er. »Du gefällst mir sehr.«

Sein Gesicht wirkte plötzlich sehr traurig. Er schien sich so sehr zu wünschen, daß sie seine Geliebte war, daß sie schließlich seinem Drängen nachgab. Sie hoffte, daß er dann endlich zufrieden sein und zur Ruhe kommen würde.

»Wir haben einige ...«

»Ich bin also dein Geliebter. Sag es«, forderte er.

Sie zögerte, aber dann log sie doch. »Du bist mein Geliebter.«

»Aha!« Er richtete sich auf und ergriff sie. »Dann hast du also gelogen! Du bist nicht verwandt mit dem Earl!«

»Ich lüge nicht.« Sie schluckte und versuchte, sich aus seinem festen Griff zu lösen. Er tat ihr weh.

»Du bist ein schönes, kleines Miststück! Wie können wir Geliebte sein, wenn du gleichzeitig behauptest, daß du meine Tochter bist? Was für ein Vater wäre ich dann?« Er ließ sich erschöpft auf sein Lager sinken und erwartete offensichtlich von ihr ein Geständnis.

»Deine Tochter? Ich bin nicht deine Tochter, Avenel. Sieh mich wenigstens an. Ich bin viel zu alt dazu«, schimpfte sie und tupfte ihm mit einem Stück von ihrem Unterrock die Stirn ab.

»Es ist, wie ich sagte. Du lügst«, murmelte er müde. »Du bist nicht die Tochter des Earl! Du bist es nicht, weil ich der Earl of Laborde bin.« Er fiel in einen unruhigen Schlaf.

Am nächsten Morgen, als Brienne ihre Augen öffnete, dauerte es einen Moment, bis sie sich daran erinnern konnte, wo sie war und warum sie auf einem so harten Lager geschlafen hatte. Steif von der unbequemen Lage und der Kälte in der Hütte stützte sie sich auf ihre Ellenbogen und betrachtete den schlafenden Mann neben sich. Dann fiel ihr alles wieder ein. Sie ging zum Kamin und entfachte das Feuer. Dann öffnete sie vorsichtig die Tür und freute sich, daß Orillion sie schwanzwedelnd begrüßte.

»Hier bist du! Ich hatte dich fast vergessen!« Sie bückte sich und tätschelte ihm liebevoll den Kopf. »Wir wollen mal sehen, wie es dem Patienten heute morgen geht.« Sie erhob sich und nahm den Hund

mit ins Haus. Dann trat sie leise ans Lager, auf dem ruhig und blaß Avenel lag. Eine Sekunde lang setzte ihr Herz aus, weil sie dachte, er sei tot. Aber zu ihrer Erleichterung bewegten sich seine Lippen plötzlich, und er stöhnte und murmelte etwas Unverständliches.

»Avenel?« Sie berührte leicht seinen Arm.

»Bin ich tot?« Er hob den Kopf. Seine Augen waren immer noch glasig, aber diese Verwirrung der letzten Nacht war anscheinend verschwunden.

Brienne lächelte beruhigend. »Im Gegenteil.«

Er seufzte und legte seinen Kopf zurück auf das Stroh. »Gut. Das ist gut.«

»Hast du große Schmerzen?«

Er schüttelte den Kopf.

»Ich weiß noch nicht, wie wir es schaffen sollen, Avenel. Aber wir müssen versuchen, zum Schloß zu kommen.« Zärtlich wischte sie ihm mit dem Tuch über die Stirn.

»Ich weiß. Hol die Pferde.« Er schloß die Augen.

»Ich bin gleich zurück.«

»Brienne?« rief er.

»Ja?«

»Nimm die Pistole.«

»Ja.« Sie preßte die Waffe an ihre Brust. »Natürlich.«

Es war spät, als sie in Osterley eintrafen. Avenels Wunde hatte wieder zu bluten begonnen. Und als sie von den Stallburschen entdeckt wurden, war er schon so geschwächt, daß er beinahe aus dem Sattel fiel.

»Helft ihm!« rief Brienne, als Cumberland und die zwei stämmigen norwegischen Wächter über

ten. Rose und ich sind nicht besonders tapfer, und wir befürchteten schon das Schlimmste.«

»Vielleicht hätte ich in der Hütte auf Hilfe warten sollen. Ich weiß nicht, ob ich das Richtige getan habe, als ich Avenel zwang, in den Sattel zu steigen.« Als sie daran dachte, wie die Diener Avenel fortgetragen hatten, traten ihr Tränen in die Augen. Sie wischte sich über die Wangen, auf denen noch Schlammspritzer klebten.

»Sie haben genau das Richtige getan. Avenel wird sich erholen. Er hat schon Schlimmeres überstanden.«

»Schlimmeres?« fragte Brienne fassungslos. Sie konnte sich nichts Schlimmeres als das, was in der Lichtung geschehen war, vorstellen.

»Lassen Sie uns jetzt nicht über solche Dinge reden, Mylady. Ich glaube, es ist an der Zeit, daß sich jemand um Sie kümmert. Vivie war krank vor Sorge – wir alle hatten Angst um Sie.« Er umarmte sie, bevor sie die Stufen zum Portal hinaufgingen.

»Kann ich etwas tun, um Avenel zu helfen, bevor der Arzt kommt?« fragte sie, als sie in der Halle waren. Sie wollte jetzt nicht in ihrem Zimmer allein sein. Obwohl sie sich nach einem Bad und nach etwas zu essen sehnte, wußte sie, daß sie verrückt werden würde, wenn sie allein oben sitzen und auf Neuigkeiten warten müßte.

»Nein, nein, meine Liebe. Sie haben genug getan. Rose wird sich um ihn kümmern.« Cumberland zögerte und lächelte dann. »Es scheint, daß Sie während unserer Abwesenheit eine gewisse Zuneigung zu Avenel entwickelt haben.«

Diese Bemerkung kam völlig unerwartet. Aber es

gab keinen Grund, etwas abzustreiten. Sie wußte, daß man ihr anmerkte, was sie für Avenel empfand.

Als sie nicht antwortete, nickte er. »Ich weiß nicht, ob das gut oder schlecht ist. Aber Ihre Gefühle für ihn haben ihm das Leben gerettet.«

Bevor Brienne etwas erwidern konnte, kam Rose die Treppe heruntergelaufen und umarmte sie.

»Wie geht es ihm?« fragte Brienne.

»Er ist im Schlafzimmer«, gab Rose zurück. »Ich warte auf den Arzt. Ich wage nicht, den Verband abzunehmen. Womöglich blutet die Wunde dann noch mehr.«

»Ich – ich habe versucht, ihm zu helfen. Wirklich.« Brienne zitterte.

»Avenel verdankt dir sein Leben. Aber keine Sorge! Es mag vielleicht im Moment schlimm aussehen, aber er ist stark und zäh. Es braucht schon etwas mehr als eine Fleischwunde, um ihn aus dem Wege zu räumen. Ich bin sicher, er erholt sich schnell.« Rose nahm Briennes eisige Hand. »Komm! Ich bringe dich in dein Zimmer. Ich glaube, es ist Zeit, daß sich zur Abwechslung mal jemand um dich kümmert. Cumberland?« Rose wandte sich an ihren Mann.

»Ich werde dich benachrichtigen, sobald der Arzt da ist.« Cumberland sah die beiden Frauen an, und Brienne merkte mit einemmal, wie alt und ausgemergelt er seit der Hochzeit geworden war.

Rose nickte ihm zu und begleitete Brienne in ihr Zimmer. Brienne bekam nur am Rande mit, wie sie von Rose und Vivie an diesem Abend umsorgt wurde. In ihren Gedanken war sie im Schlafzimmer von Avenel. Der Arzt traf ziemlich rasch ein. Und nachdem er gegangen war, sagte man ihr, daß Avenel schlief, und riet ihr, das gleiche zu tun Aber sie saß auf ihrem gelben Sofa und starrte ins prasselnde Feuer.

19

Eine Woche war vergangen – eine Woche, in der sie darauf wartete, Avenel sehen zu können. Man hatte ihr genauestens über seine Genesungsfortschritte berichtet. Aber nie kam die Nachricht, daß Avenel sie zu sehen wünschte.

Jeden Tag mußte Brienne mit ansehen, wie Leute in dem Krankenzimmer ein- und ausgingen. Der rotgesichtige Pfarrer, Reverend Trumbell, kam einmal und nickte ihr nur kurz zu, ehe er in der Halle verschwand. Der Arzt erschien regelmäßig. Aber es gab, so seltsam das auch war, sonst keine fremden Besucher. Auf Avenels ausdrücklichen Befehl hin wurden die Sicherheitsmaßnahmen im und ums Schloß verdoppelt. Cumberland informierte die Pförtner und die Stallburschen über die Wahrscheinlichkeit, daß der Earl mit seinen Leuten früher oder später hier auftauchen würde. Und obwohl Brienne darauf brannte, Cumberland zu fragen, warum Avenel nicht nach ihr geschickt hatte, behelligte sie den Freund nicht mit ihrem Kummer. Er hatte wirklich genug Sorgen. Ihre Schuldgefühle und ihr Haß auf ihren Vater wuchsen mit jedem Tag.

Rose schien die einzige zu sein, die ihre Gefühle

verstand. Jedesmal wenn Brienne davon sprach, daß Avenel sie verabscheue und sich weigere, sie zu sehen, weil ihr Vater ihn angeschossen hatte, sprach Rose ihr Trost zu und versicherte ihr, daß sie sich irrte. Aber Rose war selbst überrascht von Avenels Gleichgültigkeit Brienne gegenüber.

Die Tage schleppten sich dahin. Avenel erholte sich langsam, aber er unternahm keinen Versuch, sie zu sehen. Wie Rose und Cumberland ihr vorausgesagt hatten, heilte Avenels Wunde schnell. Brienne war sehr erleichtert, aber gleichzeitig entmutigte es sie auch, denn um so weniger konnte sie verstehen, warum er sie ignorierte.

Jeden Abend, wenn Brienne, Cumberland und Rose sich zum Essen setzten, versuchten die beiden Freunde, ihre Stimmung zu heben. Sie erzählten kleine Anekdoten über Avenel. Rose erinnerte sich daran, daß er schon als Kind die seltsamsten Einfälle hatte. Und sie versuchte, sein jetziges Verhalten als eine Laune hinzustellen. Sie suchte nach Entschuldigungen, aber irgendwann sah sie ein, daß es einfach keine gab. Aus irgendeinem unerfindlichen Grund vermied Avenel Briennes Gesellschaft.

Inzwischen hatte es geschneit. Endlich, ziemlich spät in diesem Jahr, war der Winter eingekehrt. Brienne saß in ihrem Zimmer am Fenster und schaute auf die weißen, schweren Flocken, die in der Luft tanzten und die Erde bedeckten. Dieser dunkle, kalte Nachmittag spiegelte ihre Stimmung genau wieder. Vivie brachte ein Tablett mit dem Abendessen und räumte wortlos das Zimmer auf. Sie war einfühlsam genug, um zu wissen, daß ihre Herrin zwar Gesellschaft brauchte, aber nicht sprechen wollte.

Brienne versuchte, sich auf einen Gedichtband zu konzentrieren, den sie sich aus der Bibliothek geholt hatte. Aber immer wieder schweiften ihre Gedanken ab, und ihr Blick richtete sich traumverloren auf das Feuer im Kamin. An diesem Abend war sie ganz besonders unglücklich, denn Rose und Cumberland nahmen das Essen mit Avenel ein.

Sie legte das Buch nieder und fragte sich, worüber sie wohl sprechen würden. Obwohl sie sich nach wie vor schuldig fühlte, war sie doch der Meinung, daß man in ihr nicht nur die Tochter von Oliver Morrow sehen konnte. Zumindest nicht mehr. Sie hatte Avenel das Leben gerettet. Warum hatte er sich von ihr abgewandt, nachdem sie bewiesen hatte, wieviel ihr an ihm lag?

Weil es dein Vater war, der auf ihn geschossen hat. Immer wieder gingen ihr diese Worte durch den Kopf. Und sie mußte einsehen, daß Avenel sie vielleicht jetzt mehr haßte als je zuvor. Ja, er dachte an den Earl, wenn er sie sah.

Sie versuchte, ihre Verzweiflung abzuschütteln. Sie durfte ihren Stolz nicht ganz verlieren. Sie würde ihm ihre Gesellschaft nicht aufzwingen.

»*Tout de suite*!« rief Vivie, als es laut an der Tür klopfte. Brienne blickte auf. »*Qui?*« Die Französin öffnete und erhielt eine Nachricht von einem jungen Diener. Dann schloß sie die Tür und lief aufgeregt zu Brienne.

»*Mademoiselle!* Master Slane bittet Sie zu sich.«

Ihr Herz machte einen Satz, aber Brienne bemühte sich um äußere Ruhe. »Welche Antwort haben Sie dem Diener gegeben?«

»Ich sagte ihm, daß Sie kommen würden.« Vivie

sah sie überrascht an. »Sie wollten, daß ich ihm absage?«

»Es ist schon gut, denke ich«, meinte Brienne widerwillig; sie war wütend über Avenels Frechheit, ihr einfach Befehle zu erteilen.

»Aber, Mylady, ich sagte dem Diener, daß Master Slane sich etwas gedulden müsse.« Vivie lächelte listig, und Brienne lachte.

»Ach so. Vivie, da ich so viel Zeit habe, sollte ich ...« Brienne dachte einen Moment nach und fragte sich, was die meiste Zeit in Anspruch nehmen würde und einem Mann Geduld lehren und eine Lektion erteilen würde. »Ich hab's. Ein Bad!« Sie löste ihr glänzendes Haar. »Ich glaube wirklich, mein Haar könnte eine ausgiebige Wäsche vertragen.«

Beide Frauen lachten schadenfroh, und Vivie nahm sich alle Zeit der Welt, von den Hausmädchen ein Bad vorbereiten zu lassen.

Zwei Stunden später stand Brienne vor der Mahagonitür, die zu Avenels Privaträumen führte. Ihr gebürstetes Haar glänzte wunderschön und war kunstvoll von Vivie frisiert. Sie fühlte sich frisch und schön, und das gab ihr das Selbstvertrauen, die Tür zu öffnen, nachdem Avenel ein mißmutiges »Herein« gerufen hatte.

Er saß mit dem Rücken zu ihr und schaute in das Kaminfeuer, das den Raum in ein anheimelndes Licht hüllte.

Brienne trat ein und ging auf ihn zu. Avenels Miene erschien ungewöhnlich verschlossen. Es war nicht das entspannte Gesicht eines Mannes, der den Abend in Gesellschaft seiner Freunde verbracht hatte. In der Hand hielt er ein Kristallglas mit Brandy.

»Sie wünschten, mich zu sehen?« fragte sie ruhig.

»Wie können Sie es wagen, ein Bad zu nehmen, nachdem ich Sie habe rufen lassen!« herrschte er sie an. Er nahm einen Apfel aus der Obstschale und begann ihn sorgfältig mit einem scharfen Obstmesser zu schälen.

»Mir war nicht bewußt, daß ich hier in Osterley wie ein Dienstmädchen zu gehorchen habe. Muß ich bei jedem Fingerschnippen des Schloßherrn springen?« Sie hielt reglos seinem zornigen Blick stand. Sie war auch sehr böse auf ihn. Und sie hatte sich geschworen, es ihn spüren zu lassen.

»Sie haben mich über zwei Stunden warten lassen!« brüllte er und legte das Obstmesser weg. Er wartete offensichtlich auf ihre Entschuldigung.

»Ja«, sagte sie und nahm sich viel Zeit, den Mann, den sie so sehr vermißt hatte, genau zu betrachten. Seine dunklen Haare schimmerten im Licht des Feuers, und sein gutgeschnittenes Gesicht wirkte so hart und gleichzeitig so verletzlich. »Ja, ich vermute, zwei Stunden sind eine lange Wartezeit«, fuhr sie mit aller angestauten Bitterkeit in der Stimme fort.

Er blickte sie scharf an. »Ach so. Sie sind wütend auf mich, nicht wahr?« Er lachte böse. »Setz dich, Kleines.«

Sie nahm auf einem Sessel Platz. »Warum wollten Sie mich sehen, Sir?« fragte sie schroff.

»Ich bin, was dich betrifft, zu einer Entscheidung gekommen, meine Schöne«, antwortete er. »Ich habe dazu mehr als eine Woche gebraucht, aber endlich ist es soweit. Und sie wird heute abend noch in die Tat umgesetzt.«

»Eine Entscheidung?« Sie blickte ihn fragend an.

»Ja.« Er trank einen Schluck.

»Ich verstehe nicht –«

»Du mußt es auch nicht verstehen!« fuhr er sie an. Und plötzlich warf er etwas golden Schimmerndes in ihren Schoß. Sie schluckte. Es schnürte ihr die Kehle zu.

»Was hat das zu bedeuten?« Sie nahm den Schlüssel in die Hand.

»Du hast ihn dir verdient. Ich hätte ihn dir schon vor einer Woche geben sollen, aber ich brauchte die Zeit, um nachdenken zu können.« Seine Augen blitzten sie kalt an, während er auf ihre Reaktion wartete. Schließlich drängte er ungeduldig: »Nimm ihn schon, und dann fort mit dir!«

»Er ist wertlos«, stammelte sie, benommen von dem unerklärlichen Schmerz in ihrer Brust. »Der Kamm ist zerbrochen. Hier. Wenn Sie sich entsinnen, der Earl of Culpepper ist darauf getreten.«

»Ich habe ihn wieder in Ordnung bringen lassen. Zusammen mit einem Säckchen Gold, das ich dir geben werde, hast du genug, um dir dein Leben einzurichten. Die Kutsche steht ab morgen ganz zu deiner freien Verfügung.« Er bewegte unbeholfen sein noch immer verbundenes Bein und verzog vor Schmerz das Gesicht. Dann schaute er sie wieder an. »Geh! – Augenblicklich!«

»Sie müssen nicht ...« Brienne brachte kein Wort mehr heraus.

»Suche dir ein neues Zuhause, Brienne«, sagte er etwas freundlicher. »Deine Freiheit hast du dir mehr als verdient. Und es ist meine Pflicht, dich fortzuschicken, damit dir kein Leid geschieht.«

Bei Avenels Worten mußte Brienne wieder an die Nacht in der Jagdhütte denken. Und sie erinnerte sich mit unerträglicher Klarheit an seine starken Arme, die sie umfangen hatten. Und gleichzeitig dachte sie daran, wie unglücklich sie gewesen war, daß ihr Vater oder einer seiner Männer auf Avenel geschossen hatte. Sie wollte ihn um Vergebung bitten, aber sie war sich bewußt, daß ein »Es tut mir leid« einfach nicht ausreichte, um ihn für seinen Schmerz zu entschädigen.

»Hörst du mir überhaupt zu?« fragte Avenel.

»Ja, ja.« Brienne schluckte. Sie war vollkommen vor den Kopf geschlagen. Vor wenigen Wochen noch hätte sie den Schlüssel und das Geld dankbar angenommen, ohne Avenel noch eines zweiten Blickes zu würdigen. Aber jetzt war es ihr, als zerbräche ihre ganze Welt. Ihre erbitterte Wut war der Enttäuschung gewichen, und sie fühlte sich einsam und heimatlos. »Sie wollen, daß ich gehe.«

»Ich will, daß du gehst.« Er wich ihrem Blick aus, aber seine Worte waren mehr als deutlich. »Du mußt gehen.«

»Diese Nacht ... in der Hütte –« begann sie tonlos.

»Vergiß die Nacht! Vergiß diesen Ort!« unterbrach er sie. »Wir sind wieder in Osterley, und wir müssen unter den Gesetzen, die hier herrschen, und unter dem Druck der Vergangenheit leben. Sie hat uns eingeholt. Wir haben keine andere Wahl.«

»Ich verstehe«, sagte sie mit bebender Stimme. Wie betäubt stand sie auf und bemerkte erst nach einer Weile, daß der Schlüssel auf den Teppich gefallen war. Sie kniete sich hin, um ihn aufzuheben.

»Sag mir noch eins, Brienne, bevor du gehst.« Er ergriff ihre Hand.

»Ja?« Sie blickte ihn mit blassem und unglücklichen Gesicht an.

Er musterte sie einen Augenblick. »Nachdem auf mich geschossen wurde, warum bist du nicht fortgeritten, wie ich es dir gesagt habe?«

»Du ... du warst verletzt«, stammelte sie.

Er schüttelte den Kopf. »Ist das der einzige Grund?« Er suchte in ihren veilchenblauen Augen nach einer Antwort. »Ich glaube nicht.«

»Du weißt doch, warum«, wisperte sie und wich dem triumphierenden Blick, der in seinen Augen schimmerte, aus.

Avenel schaute auf seine Finger, die ihr schmales Handgelenk umklammerten. Seine Stimme klang herrisch, doch gleichzeitig erkannte Brienne auch eine gewisse Unsicherheit darin. »Sag es mir, bevor du gehst, Brienne. Sag die Worte. Sag sie jetzt. Dann bist du frei. Wenn nicht ...«

Sie zögerte eine verhängnisvolle Sekunde und wußte, daß sie ihn nicht verlassen konnte ohne einen letzten Kuß. Es war ein Kuß zur Erinnerung, einer, an den sie sich für den Rest ihres Lebens erinnern wollte. Wenn er vorüber war, würde sie die einzig vernünftige Entscheidung treffen. Es war wirklich das Beste, sich aus diesem persönlichen Krieg zwischen ihm und ihrem Vater herauszuhalten. Und den Mann zu verlassen, der sie im Grunde zu seiner Feindin erklärt hatte.

Bevor ihr zärtlicher Kuß zu Ende war, hatte sie den Schlüssel wieder zu Boden fallen lassen. Es war unbewußt geschehen, und doch hörte sie den leisen Laut deutlicher als Kanonenfeuer. In ihrem Kopf ertönte ein Warnschrei, aber ihr Herz wollte nicht hören. Avenel ließ ihre Hand los, und in diesem kurzen Moment, als sich nur ihre Lippen berührten, war sie frei.

Aber sie blieb.

Sie hätte genausogut einem Löwen erlauben können, sie bei lebendigem Leibe zu verspeisen. Ihre Lippen verschmolzen zu einem leidenschaftlichen, alles verzehrenden, wilden Kuß, der sie an den Rand der Ekstase brachte. Seine Lippen eroberten schonungslos und fordernd jeden Winkel ihres Mundes, seine Zunge war heiß wie geschmolzenes Metall. Er zog sie so fest an sich, daß sich sein Morgenrock öffnete. Erst als sich der weiche Brokat ihres Kleides an seinen muskulösen, nackten Oberkörper schmiegte, lösten sich seine Lippen von ihren. Und wenn auch dieser Kuß sein Ende gefunden hatte, konnte sie in seinen Augen lesen, daß das erst der Anfang war.

»Du hättest es nicht soweit kommen lassen dürfen. Du hättest dich gegen mich wehren und weggehen müssen. Wenn du nur ein Fünkchen Verstand hättest, dann würdest du deine Sachen packen, meine Liebe«, stieß er verzweifelt hervor. »Ich habe sieben Tage und Nächte gebraucht, bis ich mich durchgerungen hatte, dich gehen zu lassen.«

»Ich wollte ...«, flüsterte sie und plötzlich sehnte sie sich mit jeder Faser ihres Körpers und ihrer Seele nach ihm.

»Wenn du heute nacht hierbleibst, wirst du nie von mir oder von Osterley loskommen. Ich zeichne dich für immer ...« Er nahm ihr Gesicht in seine großen, kräftigen Hände und suchte in ihren Augen nach einer Antwort. Und sie gab sie sofort, nicht mit Worten, aber mit ihren Lippen, die sich aus freiem Entschluß auf seine senkten.

Er stöhnte, und es dauerte nicht lange, bis er ihr Mieder öffnete. Er riß ihr Kleid auf, und es fiel in einer Wolke von Satin auf den Boden. Dann schob er ungeduldig ihr Hemd von den Schultern und nahm ihre Brüste in seine Hände. Sein stoppeliges Kinn strich über ihre Schultern und ihre Brust, bis sich endlich sein Mund über ihre Brustwarzen wölbte. Sie sehnte sich nach mehr, und er gab es ihr.

Seine Hände strichen über ihre weichen Schenkel und zogen an ihrem Seidenhöschen. Im Nu hatte er sie davon befreit. Brienne merkte es kaum, so benommen war sie von seinen Berührungen. Er befreite sich mit einer ungeduldigen Bewegung von seinem Morgenrock und trug Brienne zu seinem Bett.

Schon zog Brienne ihr Hemdchen wieder über die Schultern und versuchte, sich aufzurichten. Sie zitterte vor Angst und Verlangen, und als sie zu Avenel aufschaute, wurde sie unsicher. Es war Wahnsinn, der Leidenschaft freien Lauf zu lassen und sich diesem Mann hinzugeben. Sie wußte nicht viel von der Liebe, und niemand hatte sie darauf vorbereitet, was jetzt mit ihr geschehen würde. Worte, die sie irgendwann einmal gehört hatte, hallten in ihrem Kopf wider: »Das erste Mal ist schmerzhaft ... Man muß das erdulden ... Die Glücklichen bluten nicht sehr ... Aber man muß sich dem aussetzen – und sich fügen!«

Nervös zog sie sich ans Kopfende zurück. Vielleicht hätte sie doch lieber gehen sollen. Vielleicht war es ein Fehler gewesen. Aber sogar in diesem Moment, als Avenel nackt und schön neben ihr stand, wußte sie, daß sie sich richtig entschieden hatte. Sie betrachtete ihn eingehend – er war wunderschön, männlich und muskulös! Sie mußte wahnsinnig sein, wie konnte sie sich nur so sehnlichst etwas wünschen, das ihr nur Schmerz zufügen würde?

Während Brienne noch gegen ihre Zweifel ankämpfte, schien auch Avenel einen Konflikt auszutragen. Sie erkannte im blassen Schein des Kaminfeuers den gequälten Ausdruck auf seinem Gesicht. Sein Blick wanderte über ihre Gestalt und blieb schließlich an ihrem Gesicht hängen. Er schien nach etwas zu suchen.

»Was ist, Avenel?« hauchte Brienne. War sie so weit gegangen, um nun von ihm abgewiesen zu werden? Sie hielt die Hände vor ihre Brüste und fragte sich, ob er in ihr in diesem Augenblick vielleicht nur die Tochter ihres Vaters sah und nicht eine verletzliche Frau, die für ihn bereit war. Sie betete inständig, daß man ihr das Erbe dieses Mannes wenigstens jetzt nicht ansah. Er betrachtete nachdenklich ihr burgunderrotes Haar.

»Es ist schön«, murmelte er und griff nach einer Locke. »Du bist schön.«

Damit war der Bann seiner Unentschlossenheit gebrochen. Er zog sie an sich, und Brienne überkam von neuem Angst, denn sein Gesicht wirkte angespannt und undurchdringlich. Avenel war bereit, sich zu nehmen, was er wollte, und er sah aus, als hielte er den Teufel persönlich in den Armen.

Avenel riß ihr ungeduldig das hauchdünne Hemdchen über den Kopf. Sie hob instinktiv ihre

Hände, um die üppigen Brüste vor ihm zu verbergen, aber davon wollte er nichts wissen.

»Nicht«, murmelte er und schob ihre Hände beiseite. Zart wob er seine Finger in ihr Haar und beugte sich herab, um sie zu küssen.

»Avenel, warte –«, aber ich Worte verloren sich, als sein Mund von ihren Lippen Besitz nahm. Seine Arme schlangen sich um ihre biegsame Taille. Und bevor sie zur Besinnung kam, umschloß sein Mund fordernd und leidenschaftlich ihre Lippen. Er schien mehr von ihr zu wollen, als sie geben konnte. Atemlos versuchte sie, ihn zurückzuhalten – sie war noch nicht bereit, sich auf das Unbekannte einzulassen. Aber als seine Hand sich um ihren Po spannte, stöhnte sie vor Lust. Das Feuer, das er in ihrem Unterleib entfachte, brachte sie fast um den Verstand. Als er sie liebkoste und ihre weiche Haut streichelte, schlugen die Flammen in ihrem Innern höher und höher. Sie konnte es kaum mehr aushalten, und ihre Zunge schob sich vorsichtig in seinen Mund. Sie waren einander so nahe, sie spürte jeden Zentimeter seiner Haut und war sich jedes Muskels und jeder Wölbung seiner Männlichkeit nur zu bewußt. Avenels Glied preßte sich groß und hart gegen ihren weichen Bauch.

»Avenel, es geht zu schnell«, keuchte sie, als sich sein Mund von ihrem löste. Still und reglos lag sie da und wartete auf seine Antwort. Aber er nahm nur ihre Brüste in beide Hände. Seine Berührung war warm und sanft, aber sein Begehren machte ihr angst. Sie verstand sein Drängen nicht.

Sie schob ihn ein wenig von sich. Aber wie sollte sie, unerfahren und schwach wie sie war, gegen einen Mann wie Avenel Slane bestehen? Wie sollte sie ihn kontrollieren, wenn sie sogar die Kontrolle über ihren eigenen Körper verloren hatte? Sie sehnte sich nach ihm und wollte sich an ihn schmiegen.

Sie unternahm einen letzten Versuch, aber Avenel zog sie sofort in den Strudel der Leidenschaft zurück. Seine Hände wanderten kreisend um ihre Taille und langsam weiter nach unten, bis sie schließlich zu der weichen Süße zwischen ihren Schenkeln vordrangen. Seine Zähne gruben sich zärtlich in ihre Schultern und kosten ihre Brüste.

»Ich will dich, Brienne. Ich will dich wie noch keine Frau vor dir. Aber was bist du – mein Fluch oder mein Glück?« Er stöhnte und zeigte ihr seine Lust. Er fuhr mit seinen Fingern über die Rundungen ihrer weichen Schamlippen, und Brienne war es, als würde sie von einer rauschenden Woge überrollt und mitgerissen. Sie keuchte in hilfloser Ohnmacht, als seine Zunge ihre Brustwarzen umspielte und er sich zwischen ihre Schenkel drängte.

Sein Verlangen war zu fordernd und zu wild. Panik übermannte Brienne, als sein starker Körper zwischen ihren Schenkeln lag. »Avenel, du weißt, daß ich in diesen Dingen sehr unerfahren und ungeschickt bin«, flüsterte sie abwehrend.

Er zögerte. »Ich weiß, Liebes. Eine klügere Frau wäre gegangen.«

Er küßte sie und bewegte sich zwischen ihren Beinen. »Avenel, warte ...«, rief sie leise, aber er schien sie nicht zu hören. Statt dessen nahm er ihre Hände und hielt sie über dem Kopf zusammen. Brienne durchlebte Todesängste. Erkannte er sie überhaupt, wußte er, daß er es mit ihr, mit einer unerfahrenen Frau zu tun hatte? – Seine Bewegungen waren so geschickt und erfahren. Sein Atem kam in schnellen Stößen. Er wollte in sie eindringen, rücksichtslos. Sie wußte, daß sie ihn nicht halten konnte. Aber sie wollte wenigstens, daß er sich bewußt war, was er ihr antat.

Plötzlich preßte sie ihre Beine zusammen; sie schluchzte, und heiße, brennende Tränen liefen über ihr Gesicht. Als sie den schockierten Ausdruck in Avenels Augen sah, drehte sie ihren Kopf zur Seite.

»Brienne, Brienne«, rief Avenel. »Brienne, was hast du?«

»Ich möchte nicht, daß du mir weh tust«, weinte sie in das Kissen.

»Ich habe dich erschreckt.« Seine Stimme klang rauh. Und er brauchte eine Weile, bis er weitersprechen konnte. Sein Körper schien jetzt entspannter, und sein Atem war ruhiger. Er hauchte ihr einen Kuß auf die Stirn, aber er ließ sie immer noch nicht los. »Denk daran, daß dies für uns beide ein erstes Mal ist, mein Liebes. Du warst noch nie mit einem Mann zusammen, und ich noch nie mit einer unschuldigen Frau.«

Obwohl sie immer noch Angst hatte, weinte sie nicht mehr. »Ich will dir ja nahe sein, Avenel«, flüsterte sie.

Diese Worte brachten ihn zum Lachen. Er strich über ihr Haar, und es schien, als fehlten ihm zum ersten Mal in seinem Leben die rechten Worte.

»Lehre mich, wie man es macht, Avenel. Ich weiß, daß du es kannst. Zeig mir, wie ich einen Mann lieben muß. Zeig mir, wie du geliebt werden möchtest.« Sie senkte den Blick. Sie legte ihre Seele vor ihm bloß. Sie konnte nur hoffen, daß Avenel sie verstand.

»Nein«, antwortete er so schnell, daß ihr beinahe das Herz brach.

Ein lautloser Schrei ertönte in ihrem Kopf: *Er versteht nicht. Er –*

»Mein Liebes«, flüsterte er heiser und küßte sie auf die gesenkten Lider. »Heute wirst du mich lehren – du mußt mir zeigen, was ich tun soll.«

»Avenel, ich weiß doch nicht ...«

»Gefällt es dir, wenn ich dich hier küsse?« Langsam senkte er seine Lippen auf ihre. Ihre Hände umklammerten sich fester; es lag eine neue Zärtlichkeit in dem, was sie taten, und Brienne entspannte sich.

»Oder hier?« Er preßte seinen Mund auf ihren Hals. Er nahm sich Zeit und öffnete seine Lippen leicht. Ganz zart fuhr er mit seiner Zunge über ihre empfindliche Haut und wanderte aufreizend langsam immer tiefer.

»Oder hier?« fragte er nach einer Weile und biß zärtlich in ihre Brüste. Aber diesmal war sie bereit für ihn. Sie stand in Flammen. Ihre Finger fuhren durch sein dichtes Haar.

»Avenel, gib mir, was mir fehlt«, flehte sie ohne Scham. Die Woge der Leidenschaft riß sie mit sich. Aber Avenel wollte ihre neu erweckte Lust noch nicht befriedigen.

Er legte sie auf den Bauch und wölbte beide Hände über ihr weiches rundes Gesäß. Er ließ Küsse auf ihren Rücken regnen.

»Gefällt dir das?« reizte er sie mit heiserer Stimme.

»Avenel ...«, stöhnte sie. Er zog sie auf sich,

küßte ihre Brüste, ihre Schultern, ihre Taille. Und er verharrte nur ein einziges Mal, als er ihr eine rote Strähne aus der Stirn strich. »Wenn ich dich so sehe, weißt du, was ich dann empfinde?«

Sie schüttelte den Kopf.

»Ich bin verrückt nach dir. So verrückt, daß ich lieber sterben würde, als dich in dem Bett eines anderen Mannes zu sehen.« Und dann küßte er sie wieder, so lange und so zärtlich, daß ihr die Sinne schwanden.

Jetzt hatte sie keine Angst mehr, als er wieder mit seinem vollen Gewicht auf ihr lag und besitzergreifend flüsterte: »Meine wunderschöne, süße Frau. Meine wunderschöne, süße Brienne.«

Sie wußte ohne jeden Zweifel, daß es die natürlichste Sache der Welt war, eins mit ihm zu werden. Und endlich spürte sie den Riß, spürte den Schmerz. Etwas war unwiederbringlich verloren, aber sie empfing ihn mit Freuden.

Sie stöhnte vor Lust und fühlte ein Zittern und Pochen zwischen den Beinen, als sie sich im selben Rhythmus bewegten. Ihr Körper wurde immer leichter. Sie sah in sein schönes Gesicht, und ihr Unterleib zog sich zusammen. Seine tiefblauen Augen glühten leidenschaftlich.

Erschaudernd spürte sie, wie ihr ganzer Körper sich unter seiner Bewegung aufbäumte und gleichzeitig aus diesem aufreizenden Rhythmus seiner Bewegungen ausbrechen und mit ihm in immer höhere Sphären aufsteigen wollte. Als sie der Höhepunkt in langen, zuckenden Wellen mit sich riß, flüsterte sie fast lautlos: »Ich liebe dich, Avenel.« Sie wußte nicht, ob er sie hören konnte. Er hatte seine Augen geschlossen und stillte nun auch sein tobendes Verlangen. Er stöhnte und verströmte sich in ihr.

Schließlich lagen sie beide atemlos und eng umschlungen beieinander. Avenel hatte sie zu einem Ort geführt, an dem auch der kälteste und böseste Mensch lernen konnte, zu lieben und zu geben. Und sie hätte nie für möglich gehalten, daß sie diesen Ort je kennenlernen würde. Die vielen Tage der Einsamkeit lagen hinter ihr. Sie war Avenel so nahe gekommen und hatte mit ihm zum ersten Mal in ihrem Leben von dem wahren Glück gekostet. Sie schloß die Augen und schwor sich, immer daran festzuhalten.

20

Es klopfte an der Schlafzimmertür, zuerst leise, dann, als keine Antwort kam, kräftiger. Avenel öffnete die Augen; zuerst fiel sein Blick auf Brienne, die neben ihm lag. Ihr Haar breitete sich wie ein kostbarer kastanienroter Fächer auf seiner Brust aus. Sie schlief in seinen Armen, ihre Lippen waren leicht geöffnet und noch gerötet von der Leidenschaft dieser Nacht. Langsam und vorsichtig löste er sich von ihr, beugte sich vor, küßte sie auf die Lippen und deckte sie liebevoll zu. Dann sprang er aus dem Bett und lief nackt zur Tür.

»Was ist?« fragte er ungeduldig und öffnete die Tür. Als er Cumberland in seinem roten Morgenrock und Mütze vor sich stehen sah, zog er eine

Augenbraue hoch. »Die Sonne ist noch nicht aufgegangen. Was könnte so wichtig sein, daß du mich jetzt schon weckst?«

»Ein Brief, Slane, aus Satterlee.« Cumberland zog seine Lippen zu einem erbitterten schmalen Strich zusammen, und er schien gar nicht zu bemerken, daß Avenel nichts anhatte. »Ich fürchte, er ist mit großer Verspätung hier angekommen. Der Bote sagte, er sei auf einer Fregatte gewesen, die von den Amerikanern angegriffen und versenkt wurde. Siehst du das Datum? Der Brief ist vor fünf Monaten geschrieben worden, genau einen Tag nach unserer Abreise.« Cumberland bedachte ihn mit einem ahnungsvollen Blick und blieb abwartend stehen, als Avenel das Wachssiegel brach. Er überflog die Zeilen, und als er fertig war, wurde seine Miene düster. »Was ist los, Slane?« fragte Cumberland mit einer Stimme, die deutlich machte, daß er alles andere als sicher war, ob er es wirklich wissen wollte.

»Staples ist tot«, antwortete Avenel wie erschlagen.

»Wie ist er gestorben?« Der ältere Mann schluckte.

»Offensichtlich ist das Morrows Werk.«

»O Gott, nein!« keuchte Cumberland. »Aber was ist mit dem Jungen? Ist er auch tot?«

»Nein, anscheinend war Nob auf der Jagd, als es geschah. Als er zurückkehrte, fand er seinen Vater.« Avenel fuhr sich mit zitternder Hand durch das dunkle, lange Haar. »Er ist in Satterlee geblieben, aber sie schreiben, daß sie ihn aufs Schiff nach England setzen würden, wenn sie nach ein paar Monaten noch nichts von mir gehört hätten. Sie glauben offensichtlich, daß ich am besten geeignet bin, für den Jungen zu sorgen. Er braucht jemanden, der sich um ihn kümmert und ...« Er seufzte traurig und brach ab.

»Wenigstens ist er am Leben, Slane. Er dürfte in Kürze hier eintreffen, sicher und gesund. Es könnte schlimmer sein.«

»Nein!« zischte Avenel durch zusammengepreßte Zähne. »Es könnte nicht schlechter sein! Staples hat uns das Leben gerettet, als er uns verletzt aus dem Wasser gezogen hat. Und siehst du, wie es ihm gelohnt wurde! Weil er mir noch einmal half, Osterley zurückzugewinnen, hat Morrow ihn getötet.« Sein Gesicht verzog sich zu einer Maske von mörderischer Wut. »Gott stehe diesem Ungeheuer bei«, sagte er mit leiser und gefährlich harter Stimme. »Gott helfe ihm, wenn er es je wagen sollte, Osterleys Boden zu betreten. Wenn es ihm auch gelungen ist, mich im Wald zu überrumpeln ... ich schwöre, daß er keine zweite Chance bekommt!«

»Ja«, stimmte Cumberland ihm zu. Aber plötzlich blieb ihm der Mund vor Überraschung offen stehen, und er starrte an Avenel vorbei zum Bett. Eine Verwechslung war ausgeschlossen. Dieses kastanienrote Haar gab es nur einmal.

»Es ist noch früh, Cumberland. Geh ins Bett. Ich kümmere mich um sie.« Avenels Stimme klang eigenartig monoton. Seine Augen folgten dem Blick seines Freundes, und auf seinem Gesicht lag ein Ausdruck von unverhülltem Haß. Cumberland zitterte vor Angst bei dem Gedanken, was das Mädchen, das jetzt so friedlich im Bett ihres Geliebten schlief, erwartete.

»Was hast du vor, Slane?« fragte Cumberland.

Wie konnte er Avenel nur zur Vernunft bringen? »Sie hat damit nichts zu tun.« Er entriß ihm den Brief. »Sie ist unschuldig –«

»Nicht mehr, mein Freund. Und das ist sehr gut so.« Avenel nahm ihm den Brief wieder ab.

»Tu ihr das nicht an, Avenel. Sie liebt dich. Und es wird sie umbringen.«

»Ich habe ihr die Chance gegeben zu gehen, aber sie hat sich geweigert. Nun ist es zu spät! Sie ist ein Teil vom Ganzen.« Langsam trat Avenel ins Zimmer zurück.

»Um Himmels willen, Slane! Sie hat dein Leben gerettet! Verschone sie!« rief Cumberland.

»Vielleicht hätte sie mich nicht retten sollen.« Die Tür fiel mit einem Knall ins Schloß, und dann konnte man lange nichts mehr hören.

Brienne öffnete schlaftrunken die Augen. Sie atmete tief ein und war wie berauscht von Avenels Duft, der an dem Bettuch haftete. Sie hob den Kopf und sah, daß das Bett leer war. Gleich darauf sah sie ihn nackt am Fenster stehen. Er hatte ihr den Rükken zugewandt und wirkte irgendwie hart und unnachgiebig. Ihr Blick ruhte voller Zärtlichkeit an seinem schönen, männlichen Körper, seinen breiten, vernarbten Schultern, den schmalen Pobacken und den dunkelbehaarten, muskulösen Beinen. An einem Bein trug er noch einen weißen Verband. Die Erinnerung an ihre Umarmungen der letzten Nacht und daran, wie er sie immer und immer wieder geliebt hatte, lebten erneut auf. Sie hatte sich ihm so rückhaltlos ergeben, als ahnte sie, daß es kein zweites Mal geben würde.

»Avenel, Lieber«, begrüßte sie ihn. Sie war glücklich wie noch nie in ihrem Leben. Lächelnd wartete sie darauf, daß er sich umdrehte und sie in seine starken Armen nahm. Aber es kam keine Antwort.

»Avenel? Was ist, mein Liebster?« Sie zog besorgt die Stirn in Falten. Er drehte sich noch immer nicht zu ihr um. »Bitte«, flüsterte sie. Er antwortete barsch und gnadenlos: »Ich habe heute morgen einen Brief bekommen, *Lady* Brienne.« Plötzlich schien er einen großen Gefallen daran zu finden, sie mit ihrem Titel anzureden.

»Ein Brief? Aber es muß doch noch sehr früh ein.« Sie zog die Decke bis zum Kinn.

»Es ist eine ganz besondere Nachricht. Der Brief ist wegen der Kriegswirren erst sehr verspätet in England eingetroffen.«

»Was – was steht darin?« Sie leckte sich über die plötzlich trockenen Lippen.

»Man schreibt mir«, erklärte er mit lauter Stimme. »Man schreibt, daß mein Freund von deinem Vater ermordet wurde.«

»Ermordet?« Sie runzelte die Stirn. »Er wird dafür zur Rechenschaft gezogen, oder? Wenn sie ihn als schuldig überführen, werden sie ihn hängen. Lord Oliver wird tot sein, und wir haben unsere Ruhe«, antwortete Brienne. Sie sehnte sich von ganzem Herzen nach seinen Zärtlichkeiten.

»Wie kann dein Vater verurteilt werden, wenn man nicht beweisen kann, daß er es war?« Er lachte bitter.

»Aber du weißt doch, daß es der Earl war.«

»Ja, und möchtest du erfahren, woher ich es weiß?« Er war jetzt von einer geradezu tödlichen Ruhe.

»Ja, Avenel«, flüsterte sie ängstlich.

»Weil er seine Visitenkarte hinterlassen hat.« Sie vernahm den Haß in seiner Stimme, als er sich langsam umdrehte, um sie anzusehen. Plötzlich schrie sie entsetzt auf, und sie wurde leichenblaß, als sie ihn so nackt vor sich stehen sah. Zwar hatte sie seine Haut in der Nacht gestreichelt, aber ihr wäre nie in den Sinn gekommen, daß Narben seine Haut so glatt machten. Sein Bauch unter dem Nabel war über und über mit rasiermesserdünnen Narben gezeichnet. Eine lief von der Hüfte bis zur Leiste hinunter, wie es schien, um Haaresbreite an seinem Glied vorbei.

»Weißt du, was Kastration bedeutet?« Sie starrte entsetzt in sein wütendes Gesicht.

»Ich – ich – ja. Du bist gezeichnet, aber sicher –«

»Ach, aber ich beziehe mich nicht auf mich. Ich spreche von Cumberland ...« Seine Augen blitzten sie kalt an.

»Nein!« schrie sie. Sie wollte nichts mehr hören. Aber er fuhr unbeirrt und unbarmherzig fort.

»Wir waren auf dem Schiff nach England, mein Bruder und ich. Und da geschah das mit Christopher.« Er zögerte einen Moment. »Dein Vater hat ihm den Bauch aufgeschlitzt, Mylady« – fauchte er – »und ihn entmannt. Als er und seine Leute sich auf mich stürzten, versuchte Cumberland sie abzuwehren. Aber er hat bitter dafür bezahlt – er hat seine Männlichkeit eingebüßt.«

»Er ist noch immer ein Mann. Rose liebt ihn sehr.« Brienne weinte bitterlich. Wie lieb war ihr Cumberland geworden! Und wie grausam hatte sich der Earl an ihm vergangen!

»Vielleicht hast du recht, diese Demütigung ...« Er kam auf sie zu und griff in ihr offenes Haar, dann zog er sie brutal zu sich hoch. »Denk an den Schmerz, den man verspürt, wenn man mit einem verstümmelten Körper ins Salzwasser taucht. Und wie es ist, wenn man sieht, daß sich das klare, blaue Wasser des Atlantik rot färbt.« Er stieß sie grob aufs Bett zurück und ging zum Fenster. »Ich war damals dreizehn. Und ich brauchte zwanzig Jahre, um Vergeltung zu üben. Und einen Tag, nachdem mir das gelungen war, hat er den Mann, der mich damals gerettet hat, entmannt und ermordet.«

»Warum haßt er dich so?« Sie wischte sich mit dem Handrücken über ihre tränenverschmierten Wangen. Zitternd lehnte sie sich mit dem Rücken gegen das Kopfteil des Bettes und starrte ihn an.

»Das wirst du erfahren, wenn es soweit ist. Für den Moment mag es genügen zu sagen, daß sein Motiv Macht- und Geldgier war.« Er strich über die alte, sehr kostbare Urne, die neben ihm auf einem dreifüßigen Podest stand. Er sah gleichgültig zu, wie das jahrhundertealte Stück gefährlich ins Schwanken geriet. »Dein Vater hat eine große Vorliebe für schöne Dinge, nicht wahr?« Er wandte sich ihr mit einem bösen Gesichtsausdruck zu.

»Ja«, sagte sie nur. »Meine Mutter war eins seiner Stücke.«

»Ach! Dann weißt du ja, wie es ist.«

»Ich werde dir helfen, Avenel. Was auch immer du von mir verlangst, ich werde dir helfen. Zusammen werden wir einen Weg finden, um –«

»Wir haben bereits einen Weg gefunden.«

Ein Schauer lief ihr über den Rücken. Seine blauen Augen blitzten sie böse an. »Und wie sieht dieser Weg aus?« fragte sie zögernd.

»Ich habe das von Anfang an geplant.« Er lachte

freudlos auf. »Von dem Moment an, in dem ich hörte, daß Oliver Morrows Tochter in Osterley gestrandet ist. Ich fragte mich gleich: Wie kann ich sie am besten benutzen, um ihn zu bekommen? Und was ist *die* Demütigung für den Vater einer Tochter?« Zentimeter um Zentimeter wanderte sein Blick über das herrlich zerwühlte Bett. »Ich denke, daß der Earl mitansehen muß, wie ich seine Tochter zur Gefangenen mache, und zwar zur Gefangenen in dem Haus, von dem er glaubt, es sei seines. Und wenn er erst sieht, daß ich sie nicht nur zwinge, meine Sklavin zu sein, die sich mir unterwirft, sondern auch« – er zögerte – »sondern auch meine willige Hure.«

Die Worte brachten sie beinahe um. Ihre Liebe zu diesem Mann war stark und unerschütterlich, aber ihr Leben war sinnlos geworden, wenn er diese Liebe mit Haß und Rachsucht beantwortete. Alle Hoffnung auf das, was gerade erst begonnen hatte, wurde im Keim erstickt. Brienne erkannte, daß diese wunderbare Nacht, in der sie ihm ihre Liebe so offen gezeigt hatte, von ihm kalt geplant worden war.

Sie lachte kalt. »Du mußt mich für ein jämmerliches Geschöpf halten! Aber aus deinem Vorhaben wird leider nichts werden. Ich mache das nicht mit. Und es wird dem Earl auch nichts ausmachen, wenn du mich quälst. Oliver Morrow verachtet mich fast so sehr wie dich.« Sie spürte, daß er sie besorgt ansah, als zweifle er an ihrem Verstand.

»Er mag dich vielleicht hassen, aber er wird es nicht ertragen können, zu sehen, wie ich –«

»Wie du mich vergewaltigst? Da täuschst du dich!

Vergewaltigung ist eins seiner Lieblingsspielchen«, versetzte sie wütend.

»Du wurdest in dieser Nacht nicht vergewaltigt!« Er trat auf das Bett und griff nach ihrem Arm.

»Rühr mich nicht an!« Sie stieß ihn von sich.

»Ich habe sein kostbares Haus in meiner Hand und seine einzige Tochter, die nur zu willig alles nimmt, was ich ihr geben kann.« Jetzt war er an der Reihe, freudlos zu lachen. »Ja, genau das ist es. Ob er dich haßt oder liebt, das zwingt ihn in die Knie.«

»Du täuschst dich.« Sie verschränkte die Arme über der nackten Brust und sah sich nach ihrem Hemd um. »Ich werde Osterley verlassen, bevor es so weit kommt. Ich habe ja jetzt die finanziellen Mittel dazu, und ich werde sie nutzen.«

»Du hast die Mittel? Und wie sehen diese Mittel aus?« Er hob geringschätzig eine Augenbraune.

»Das Geld ...« Die Stimme versagte ihr, als sie sein höhnisches Grinsen sah. »Du willst dein Angebot zurücknehmen?«

»Du selbst hast das Angebot abgelehnt, Liebling, und dich entschieden zu bleiben.«

»Aber das war, als ich dachte, du ...« Sie senkte ihren Blick, um ihm nicht zu zeigen, wie verletzt sie war. Sie versuchte nachzudenken, aber ihr Kopf schmerzte unerträglich. »Dann werde ich eben so gehen.«

»Du gehst nirgendwohin. Du gehörst mir, weil der Preis, den ich für dich gezahlt habe, sehr hoch war«, stieß er gepreßt hervor. Er schien um Selbstbeherrschung zu ringen, und plötzlich fegte er die unschätzbar kostbare Lapislazuli-Urne einfach vom Podest. Das dreitausend Jahre alte Gefäß zerbarst in tausend Scherben. Brienne schluchzte und sprang aus dem Bett. Sie sammelte geschwind ihre Kleider vom Boden auf und lief zum angrenzenden Zimmer, um von dem gefühllosen, brutalen Mann, der sie so sehr quälte, fortzukommen.

Sie zog das Kleid über und hielt es notdürftig über der Brust zusammen. Dann entdeckte sie den Messingschlüssel. Sie wußte, daß Avenel hinter ihr stand und daß sie schnell handeln mußte, um ihre Freiheit zu gewinnen. Sie schnappte sich den Schlüssel – aber schon war er bei ihr. Er brach ihr fast die Finger, als er den Schlüssel aus ihrer Hand riß. Bedenkenlos warf er den für sie so kostbaren Schlüssel ins Feuer. Sie wollte danach greifen, und die lodernden Flammen versengten ihre Haut. Avenel riß ihre Hand zurück. Schäumend vor Wut schlug sie mit der Faust auf seinen verbundenen Schenkel ein. Sie wußte genau, wo sie ihm den größten Schmerz zufügen konnte. Als er zusammenzuckte, ging sie ruhig wie eine Siegerin aus dem Zimmer. Doch ihr war bitter bewußt, daß der Schmerz, den sie ihm zugefügt hatte, nichts war im Vergleich zu dem, den sie an ihrer verbrannten Hand und in ihrem unglücklichen Herzen empfand.

Alles war fertig. Ihr braunes Cape lag auf der Bettüberdecke, dazu eine einfache Kleidertasche, in der sich ihre ganze Habe befand. Zwei Kleider, ein Leinenhemdchen, und die Miniatur eines jungen, unbekannten Mannes. Brienne fuhr sich mit der Hand über die immer noch schmerzende Stirn. Sie griff nach ihren Sachen und ging zur Tür. Alles war ruhig – zu ruhig.

Erst in diesem Augenblick merkte sie, daß die Tür

verschlossen war. Sie rüttelte an dem Messingknopf. Sie hoffte gegen alle Vernunft, daß die Tür nur klemmte. Sie hatte nichts gehört, als sie abgeschlossen wurde.

Sie gab ihr Bemühen auf und sah sich nach einem anderen Fluchtweg um. Es gab nur noch eine andere Tür. Sie ging ins Ankleidezimmer zur Tapetentür und fuhr mit ihren Fingern an dem Spalt entlang, aber sie fand nichts, womit sie die Geheimtür hätte öffnen können. Wahrscheinlich war das nur von der anderen Seite für das Personal möglich.

Avenel saß am Kamin in der Galerie unter dem Portrait von Oliver Morrow. Das Glas in seiner Hand war mit Brandy gefüllt, und er hielt es so fest, als wollte er es zermalmen.

»Du trinkst schon den ganzen Tag, Avenel.« Rose kam auf ihn zu und kniete sich neben ihn. Sie nahm seine freie Hand in ihre.

Seine Augen waren rot und müde von dem vielen Trinken.

»Vielleicht wäre es besser, wenn ich dich nach oben in dein Schlafzimmer bringe. Du könntest versuchen, etwas zur Ruhe zu kommen.« Sie lehnte ihren Kopf an sein Knie und sah zur Seite, wo ihr Mann stand.

»Das klingt nach einer guten Idee, Slane. Du siehst sehr mitgenommen aus.« Cumberland trat auf die beiden zu.

»Nein, nein. Ich bin nicht müde. Ich habe nachgedacht.« Avenel hob das Glas an seine Lippen und trank. »Ich dachte an dieses schreckliche Fieber, das du hattest. Es kam mir und Staples so vor, als würde es nie sinken. Erinnerst du dich?«

»Nein, kaum. Es erscheint mir wie ein böser Traum«, erwiderte Cumberland.

»Staples hat mich rasch wieder auf die Beine gebracht, nachdem wir über Bord gesprungen waren. Aber du – du mußtest noch sehr lange im Bett bleiben.« Avenel wischte sich über die Stirn, als wollte er etwas aus seinem Kopf radieren. »Staples und ich arbeiteten. Es ging uns kaum besser als den Sklaven, die sich mit uns abplackten. Gegen Ende des Sommers waren Staples und ich genauso braun wie sie. Die Sonne knallte erbarmungslos auf unsere Rücken. Bis heute kann ich den Gestank von getrockneten Tabakblättern nicht ertragen.«

»Staples war ein lieber Freund. Ich trauere um ihn wie du, Slane. Aber wir haben überlebt, nicht wahr? Und wir sind mit ihm zusammen erfolgreich gewesen«, versuchte Cumberland ihn zu beruhigen.

»Das war in erster Linie dein Werk. Wir hätten niemals so eine große Plantage bekommen können, wenn du mich nicht das Spielen gelehrt hättest.« Avenel trank einen Schluck und runzelte die Stirn. »Es dauerte ja auch Jahre, bis ich gewinnen konnte. Diese reichen, gedankenlosen Dummköpfe!« spottete er. »Wie leicht verschleuderten sie ihr Gold, von dem sie nicht einmal wußten, woher sie es hatten!« Er lachte freudlos. »Aber jetzt sind wir reicher, als wir uns je vorgestellt haben und wieder in Osterley Park. Wir müssen dankbar dafür sein!«

»Wir müssen dir dafür dankbar sein«, sagte Rose leise und sah in seine unglücklichen Augen.

Avenel wurde jetzt erst wirklich aufmerksam auf sie, und er fand Trost darin, über ihr hellblondes Haar zu streicheln. »Du mußt es mir sagen, Rose.

Warum hast du mich nicht geheiratet, als Christopher tot war? Du bist immer noch reizvoll und schön, auch wenn du älter bist als ich.«

»Still, Mylord!« rief sie mit einem verschmitzten Lächeln. »Mein Mann hört alles, und du willst ihn doch nicht zwingen, dich zum Duell zu fordern!«

»Sage mir, warum haben wir uns nicht ineinander verliebt und –«

»Weil«, antwortete sie mit sanfter Stimme, »du nicht Christopher warst und nicht Cumberland bist. Und ich – ich bin nicht Bri –«

»Nein, nicht!« warnte Avenel sie, bevor sie noch Briennes Namen aussprechen konnte.

»Aber es stimmt doch, nicht wahr, Slane?« mischte sich Cumberland jetzt in ihr Gespräch.

»Nein! Ihr seid wahnsinnig, wenn ihr denkt, ich könnte mich je in Morrows Tochter verlieben!« Avenel richtete sich in seinem Sessel auf, und Rose mußte ihren Kopf von seinen Knien nehmen.

»Warum gibst du es nicht zu? Wir können uns doch nicht vormachen, daß das Mädchen benutzt und beiseite geschoben werden kann. Sie ist eine Persönlichkeit, Slane. Es stimmt, wir hatten unsere Pläne mit ihr, und wir dachten, sie ist eine schreckliche, verwöhnte und egoistische junge Frau, die an ein sorgloses, oberflächliches, nichtsnutziges Leben gewöhnt ist. Aber Brienne ist nicht so, und du kannst sie nicht benutzen wie eine Londoner Dirne.« Cumberland blickte seinen Freund flehend an. »Sie liebt dich, Slane. Und Gott vergebe mir, wenn ich es ausspreche, aber du liebst sie auch!«

»Verdammt, wie kannst du es wagen, so etwas zu sagen?« Das Glas, das Avenel schon die ganze Zeit fest umklammert hielt, zersprang in seiner Hand.

Blut tropfte von seiner Handfläche auf die schneeweiße Manschette. Rose sprang auf, um ein Tuch vom Teetisch zu holen, aber er schob es nur ungeduldig beiseite. »Bist du verrückt, alter Mann, solche Dinge auszusprechen?« herrschte Avenel Cumberland an. »Warum bringst du es nicht gleich hinter dich und stößt mir ein Messer in den Rücken? Oder hofft ihr beide im stillen, daß Morrow es für euch erledigt? Ich bin sicher, er würde das gern übernehmen.« Avenel funkelte sie böse an. »Aber ich schwöre euch, Oliver Morrow wird mich nicht durch Brienne bekommen. So nicht!« Er sprang aus seinem Sessel und verließ hocherhobenen Hauptes den Raum. Rose und Cumberland blieben sprachlos zurück.

Brienne ging in ihrem Schlafzimmer auf und ab. Das Warten zerrte an ihren Nerven. Irgendwann mußte jemand in ihr Zimmer kommen, ob es nun Vivie, Cumberland oder Avenel selbst war. Und wenn einer von ihnen eintreten würde, konnte sie endlich fliehen. Aber in der Zwischenzeit mußte sie Ruhe bewahren. Ihr Kopf schmerzte immer noch. Sie hatte viel Zeit, darüber nachzudenken, wie sie ungesehen an den Pförtnern und Wachen vorbeikommen konnte. Zweifellos waren sie angewiesen worden, sie auf keinen Fall durch die Tore zu lassen. Aber mit dem Plan, den sie entwickelt hatte, war ihr größtes Hindernis die Tür vor ihr und nicht die stämmigen Kerle im Pförtnerhäuschen.

Sie spitzte die Ohren, als sie vor der Tür Schritte vernahm und ein Schlüssel ins Schloß gesteckt wurde.

»Geh!« flüsterte sie heftig, als Avenel auf der Türschwelle erschien. Aber er reagierte nicht auf ihre Worte, zog ungerührt die Tür hinter sich zu und verschloß sie wieder. Brienne bemerkte sofort den starren Ausdruck in seinen Augen – er hatte getrunken.

»Laß mich in Ruhe«, forderte sie vehement, als er gleichgültig den Schlüssel auf den Kaminsims legte und sich auf das Sofa setzte. Er zog seine hohen schwarzen Stiefel aus. Brienne entdeckte erst jetzt seine zerschnittene, blutende Hand. Sie empfand keinerlei Mitleid für ihn, nur blanke Angst, als er sich ganz auszog. Brienne zog sich zum Fenster. Sie fühlte sich wie ein Tier in der Falle. Sie wandte den Blick von ihm, als er das letzte Kleidungsstück auf das Sofa warf. Ihr Mund war ausgedörrt, und ihr Herz hämmerte wild.

Langsam und bedächtig kam er auf sie zu. Sie erwartete, daß er sie mit Gewalt nehmen würde, aber er drückte sie nur gegen die Wand und sein nackter Körper preßte sich an sie.

»Diesmal wirst du mich zwingen müssen.« Sie warf ihren Kopf zur Seite. Seine stark behaarte Brust preßte sich gegen ihr Dekolleté, und sie bekam bei der Berührung eine Gänsehaut.

»Ich denke nicht«, flüsterte er in ihr kastanienbraunes, herrlich duftendes Haar. Dann senkten sich seine Lippen auf ihren süßen Mund.

Brienne verdrängte die überwältigende Erinnerung an ihre Umarmung der letzten Nacht. Sie schloß die Augen und schob seine muskulöse Brust von sich, um ihm zu zeigen, daß sie seine Nähe nicht wollte. Aber seine Hüften preßten sich gegen ihren Bauch.

»O nein«, stöhnte sie, als sie spürte, daß sich ihr

Mieder unter seinen erfahrenen Händen öffnete. Es dauerte nicht lange, bis seine Hand ihre bloße Brust liebkoste, und ein bittersüßes Gefühl ergriff Besitz von ihr. »Nein, nein!« Sie riß sich von ihm los und lief zum Kamin, um den Schlüssel an sich zu nehmen.

»Ich kann dich dazu bringen, daß du mich willst, Brienne.« Er pirschte sich an sie heran. In Panik suchte sie nach dem Schlüssel, aber bevor sie ihn hatte, wurde sie schon zum Sofa gerissen.

»O Gott, wie sehr du dich täuschst!« fuhr sie ihn an und stieß mit Händen und Füßen nach ihm, um sich aus seiner eisernen Umarmung zu befreien. Sie schwor sich, nicht aufzugeben, bis sie frei war – diesmal nicht. »Ich kann mich einem Mann, der mich haßt, nicht hingeben. Ich will nichts, gar nichts von dir!«

Avenel brachte sie mit seinem Kuß zum Schweigen. Er küßte sie ausgiebig und fordernd. Und Briennes Widerstasnd schmolz dahin, als seine Hand über ihre Schenkel strich. Sie spürte seine Finger in ihrem feuchten Fleisch, das von dem seidenweichen rotweinfarbenen Dreieck bedeckt war. Sie stöhnte und fürchtete, das Feuer, das er in ihr entfacht hatte, würde sie verzehren.

Als er sie auf den Boden zog, seufzte sie, aber sie gab nicht auf und stieß gegen seine nackte Brust. »Hör auf, Avenel!« rief sie, während ihre Nägel seine Haut aufritzten.

Aber er schien keinen Schmerz zu spüren. Er schob ihr Mieder beiseite, und öffnete ihr Kleid.

»Laß mich« – er beugte sich über ihre Brüste und seine Zunge umkreiste ihre aufgerichteten, empfindlichen Warzen – »oder überstehe diesen Tag mit dem Verlangen, das nur ich befriedigen kann.«

»Du kannst gar nichts in mir befriedigen, du gemeiner Schuft!« Sie stieß ihn wieder und wieder von sich. Aber als seine Lippen schließlich doch ihren Mund in Besitz nahmen, lag sie willig in seinen Armen. Seine Lippen strichen langsam über ihren Hals. Er knabberte an ihrer zarten Haut, bis sie erneut vor Lust aufstöhnte.

Er legte sich auf sie und wartete ihre Reaktion ab. Sie wand sich unter ihm – er war zu weit gegangen, sie konnte nicht länger gegen ihn ankämpfen. Sie unternahm einen letzten verzweifelten Versuch, sich gegen ihre eigene Lust zu wehren, aber er begann sein Spiel von neuem. Das Verlangen überspülte sie und trug sie mit sich fort wie eine hohe Welle der Lust. Es war, als brächen die Fluten über einen Damm, und sie hatte verloren.

»Sag es«, forderte er. »Sag, daß du mich aufnimmst.«

»Ich nehme dich auf!« schrie sie, und er drang in sie ein. Ihre Hände umklammerten seinen Rücken. Ihr verräterischer Mund suchte seinen, und sie nahm ihn mit derselben fordernden Gewalt wie er vorher. Sie erschauderte unter seinen rhythmischen Bewegungen. Er nahm sie mit aller Kraft, und Brienne zitterte und bebte voller Qual und Genuß. Es raubte ihr den Verstand, und endlich fand sie, was sie gesucht hatte. In einer Welt von Gut und Böse, empfand sie sich beidem gleichermaßen ausgesetzt. Als Avenel sich in ihr verströmte, stieß sie einen kleinen Schrei aus. Sie war erlöst, und gleichzeitig brach ihr Herz in Stücke.

Als sie sich endlich voneinander lösten, ließ sich

Avenel erschöpft zurückfallen und betrachtete sie aus schläfrigen Augen. Brinne glaubte, in seinem Blick Bedauern zu erkennen.

Ganz ruhig stand sie auf. Ihr Haar fiel über ihr bleiches Gesicht wie ein Schleier. Er beobachtete sie und wartete auf einen Wutausbruch. Aber sie ging schweigend zum Kamin und nahm eine große grüne Sévres-Vase vom Sims. Langsam kehrte sie zu ihm zurück und zerschmetterte sie über seinem Kopf, bevor er begriffen hatte, was sie im Schilde führte.

»Du Bastard!« zischte sie. Ein Aufflackern von Überraschung, daß sie sich so an ihm gerächt hatte, zeigte sich auf seinem Gesicht. Und Respekt schimmerte in seinen Augen, ehe er das Bewußtsein verlor.

Es war fast Abend, als sie sich den Kindern näherte, die wie so oft auf der Wiese im Park herumtollten. Brienne war klein, und ihre Brust hatte sie sorgfältig geschnürt. Sie war angezogen wie die Kinder, in einem zerrissenen und schmutzigen Kleid, ohne wärmenden Unterrock und ohne Schuhe. Sie hatte eine grobgewebte Tasche bei sich.

»Möchtet ihr etwas zu essen?« Sie streckte ihnen die kleinen Fleischpasteten entgegen, die sie aus der Küche gestohlen hatte.

Mißtrauisch musterten die Kinder das fremde Mädchen, aber sie hatte offensichtlich nichts mit den großartigen, satingekleideten Damen zu tun, die sie von weitem im Park gesehen hatten. In ihrem zerrissenen Gewand wirkte sie mehr wie ein Kind als wie eine Erwachsene, und ihr Gesicht und die amethystfarbenen Augen waren ungeschminkt.

Langsam näherten sie sich ihr und schauten hungrig auf die Pasteten.

»Wirklich, sie sind sehr gut. Und noch nicht mal einen Tag alt.« Sie zitterte vor Aufregung, aber es brauchte nicht vieler Worte, um die Kinder zu überzeugen, daß man ihr vertrauen konnte. Die harmlosen, ausgehungerten Jungen und Mädchen waren hingerissen von der schönen Armen, deren kastanienbraunes Haar fast vollständig unter einer schmutzigen grauen Mütze steckte.

»Sie sind wirklich gut?« Einer der Jungen warf einen skeptischen Blick auf sie.

»Ich habe sie gestohlen«, gestand Brienne. »Sie sind für das Abendessen des Schloßherrn gemacht worden. Aber jetzt hat er keine mehr.«

Ein wildes Lachen ertönte aus der Kinderschar. Einer nach dem anderen griffen sie zu, bis keine einzige Pastete mehr übrig war.

»Fort mich euch! Bevor ich euch verdresche!« brüllte der größere der beiden blonden Riesen vom Pförtnerhaus und kam mit Riesenschritten auf sie zu. Wie Brienne gehofft hatte, achtete er nicht besonders auf das schmutzige Mädchen, das die Augen niedergeschlagen hielt und ein zerrissenes Kleid trug.

In Windeseile zerstreuten sich die Kinder, kichernd und schreiend vor Aufregung und Schadenfreude über den im Grunde harmlosen Zorn des Riesen. Brienne sah, daß ein Junge durch den Zaun entkam. Sie folgte ihm und rannte mit den anderen weg.

Teil II

Mit einem Bein im Grab …
James Quin

21

Ein schwerer Nebel senkte sich über die Landschaft, als das Tageslicht verschwand. Zitternd vor Kälte sah Brienne den Kindern nach, die sich in der Dunkelheit zerstreuten. Alle liefen nach Hause. Sie würden nie ahnen, wieviel sie für sie getan hatten.

Sie betrachtete ihr nasses und schmutziges Kleid. Obwohl der Frühling schon Einzug gehalten hatte, war die Abendluft sehr kalt. Sie sehnte sich nach der Wärme ihres Wollkleides und dem schweren Cape, als sie über die Straße auf das nächste Cottage zuging, wo sie unter dem Schutz eines Dachvorsprungs ihre Kleider wechseln wollte. Als sie ihr rosafarbenes verschandeltes Seidenkleid auszog und die Bänder, unter denen sie ihren Busen versteckt hatte, löste, war ihr so kalt wie noch nie. Schnell holte sie ihr Wollkleid aus der Tasche und zog es über ihr feuchtes Hemd. Mit den dicken Wollstrümpfen und ihren ochsenblutfarbenen Reitschuhen, die sie Avenel nachträglich bezahlen würde, und dem Cape wurde ihr allmählich wieder wärmer. Ihr altes Kleid wollte sie irgendwo verstecken, wo Avenel es nicht finden würde.

»Mein Gott!« Sie wirbelte herum und starrte direkt in Jills katzenartig gelbe Augen. Das Mädchen war sauber und ihr Haar war ordentlich im

Nacken zusammengehalten. Sie trug ein blaues Wollkleid, und um die Taille hatte sie zwei gelbe Leinentaschen gebunden – ein Zeichen dafür, daß sie für diesen Tag mit der Arbeit fertig war und nach Hause ging.

Brienne betrachtete das Mädchen. Sie war nicht sicher, ob sie Jill ihre besonderen Umstände erklären oder so schnell wie möglich davonlaufen sollte, weil das Mädchen dem Herrn von Osterley treu ergeben war. Doch die Entscheidung wurde ihr abgenommen, als beide Mädchen sahen, daß sich in dem entfernt gelegenen Pförtnerhaus ein paar Reiter versammelt hatten, die ihre nervösen Pferde kaum ruhig halten konnten. Jemand schrie Befehle, und die Reiter setzten sich in alle möglichen Richtungen in Bewegung. Brienne zögerte nicht lange. Im Bruchteil einer Sekunde erkannte sie einen verräterischen Schimmer in den Augen des Mädchens.

Jill stürmte aus dem Schatten von Mistress Blakes Hütte, um Avenel zu informieren, und Brienne floh in die andere Richtung. Es war so dunkel, daß sie keine Sorge hatte, Avenel könnte sie finden, zumindest nicht in dieser Nacht.

»Sie ist sicher nach Wales gegangen. Wo sonst sollte sie hin als nach Tenby? Etwas anderes kennt sie doch gar nicht.«

»Es könnte auch andere Wege für sie geben. Vielleicht ist sie nach London gegangen. Sie wird nicht lange brauchen, um zu erkennen, daß dort viele reiche Männer leben, die ihre Seele verkaufen würden, um so eine einzigartig schöne und liebenswerte Frau unter ihre Fittiche zu nehmen«, gab Cumberland zurück.

»Verdammt, paß auf, was du sagst.« Avenel schlug mit der Faust auf den Tisch der Bibliothek.

»Du hast es zu weit getrieben! Du hast sie unter Druck gesetzt, bis sie unter der Spannung zerbrechen mußte. Ich fürchte, es ist mein Fehler. Ich hätte ihr in jener Nacht helfen müssen, als sie über dem Stall schlief.« Cumberlands Augen waren voller Sorge und Schuldgefühl.

»Ich tat, was ich tun mußte«, antwortete Avenel mit leiser und abweisender Stimme.

»Wirklich?« fragte Cumberland scharf.

»Genug damit!« Rose trat aus dem Flur in die Bibliothek. »Ich will nichts mehr von euren Streitereien hören!«

»Halt dich da raus!« herrschte Avenel sie an.

»Das werde ich nicht tun. Während ihr euch an die Kehlen geht, irrt Brienne übers Land, vollkommen allein und ohne Geld, mit dem sie sich wenigstens etwas zu essen kaufen könnte. Sie wird sich ihr Abendessen erbetteln müssen. Und da sie schon mit …« Sie zögerte und warf Avenel einen anklagenden Blick zu – »wir müssen zumindest versuchen, sie davor zu bewahren, ihre Zuflucht im …«

»Genug.« Avenel fuhr sich mit zitternder Hand durch das ungekämmte Haar. Er seufzte und rieb sich die müden Augen mit Daumen und Zeigefinger. »Ich sehe ein, daß ich die Verantwortung dafür trage. Es ist allein mein Fehler. Ich werde noch heute nacht nach Wales aufbrechen. Und ich werde sie finden, bevor sie Dummheiten machen kann, das verspreche ich.«

»Du weißt natürlich, Slane, daß ich nie Kinder hatte.« Cumberland zögerte einen Moment. »Ich hatte nie eine Tochter. Und ich werde nie eine Tochter haben.« Der ältere Mann sah ihn fast flehend an.

»Wenn du sie findest, mußt du Morrow vergessen. Behandle sie, als wäre sie meine Tochter, wenn du kannst. Das ist das mindeste, was sie verdient hat.« Er ließ Avenels Ärmel los und setzte sich in einen der honigfarbenen Armlehnsessel. Er wirkte erschöpft und niedergeschlagen. Avenel nickte.

Sie war drei Tage zu Fuß unterwegs und hatte nur kurz zum Schlafen Halt gemacht. Ihre Füße waren taub, als Brienne sich nach Westen schleppte. Der einzige fröhliche Anblick waren die Bauernfrauen, die in leuchtend scharlachroten Umhängen ihre täglichen Gänge durch die kleinen Dörfer machten. Am Tag zuvor war sie zu einer dieser Frauen, die warme braune Brote im Arm hatte, gegangen. Der Duft frischgebackenen Brotes war zuviel für Brienne gewesen. Hungrig hatte sie sich der Frau genähert.

»Hallo«, sagte sie, ohne auch nur einen Gedanken an ihr verschmutztes Kleid und ihr zerzaustes Haar zu verschwenden. »Das Brot – es riecht wirklich wunderbar.«

»Ah ja, tut es das?« Die Frau lächelte freundlich und begrüßte ein paar Nachbarn, die in ihren Wagen vorbeifuhren.

»Es ist einfach unwiderstehlich.« Brienne fuhr sich mit der Zunge über die trockenen Lippen, die von der Kälte und dem Wind bluteten.

»Hast du Geld? Ich gebe Bettlern nichts.« Die Frau sah sie zweifelnd an. »Und ich muß sagen, du siehst nicht so aus, als ob du –« Ihr blieb der Mund offen stehen, als sie Briennes ungewöhnlich veilchenfarbenen Augen bemerkte. Einen Moment stand sie reglos da, dann sprudelte die Frau hervor:

»Deine Augen sind unheimlich. Bist du eine Hexe, die mich verfluchen will?«

»Eine Hexe? Ich bin keine Hexe!« verteidigte sich Brienne.

»Sogar die Farbe deines Haares ist ungewöhnlich. Mistress Crocker hat überall rumerzählt, daß ein Bann auf sie gelegt wurde, als sie ihre zwei Jungs verlor. Sie sagte, alles war in Ordnung, bis eine Hexe auf der Straße an ihr vorbeikam. Sie behauptete, die Hexe hat die Babies mit ihren tödlichen Blicken im Schoß umgedreht, und dann hat sie sie mit der Nabelschnur erwürgt, als sie geboren wurden.« Die Frau wich zurück, und Brienne sah, daß die anderen auch weitergingen.

»Bitte geht nicht! Es tut mir leid für diese Mistress Crocker, aber ich habe solchen Hunger. Ich muß etwas von Ihrem Brot haben.«

»Du wirst mich verfluchen und mein Brot vergiften, das wirst du!« Die Frau floh.

»Nein, nein!« rief ihr Brienne verzweifelt nach. Aber die Frau – und mit ihr das Brot – war längst außer Reichweite.

»Geh weg! Ich will nicht mit einer Hexe gesehen werden!« waren die letzten Worte, die Brienne hörte, als sie allein auf der öden Straße zurückblieb.

Aber inzwischen machte ihr dieser Vorfall nichts mehr aus. Von klein auf war sie in der Lage gewesen, ohne allzugroße Anstrengung den Hunger zu unterdrücken.

Sie legte sich in den langen Stunden ihrer Wanderung einen Plan zurecht. Sie wollte nach Bath in das Haus ihres Vaters gehen und sich als Mädchen ausgeben, das eine Anstellung suchte. Dann würde sie schon erfahren, ob sich der Earl in Bath aufhielt. Wenn der Earl in Bath war, würde sie sich auf den

Weg nach Wales machen – dort war sie wenigstens sicher. Der Earl kannte diesen Ort nicht. Plötzlich wurde sie kreideweiß. Ihr sorgfältig ausgetüfelter Plan war völlig sinnlos. Avenel wußte von Tenby.

Avenel. Der Name allein verursachte ihr schon Kopfschmerzen, und sie dachte voller Angst und Haß an diesen Mann.

Die Stadt schmiegte sich an die in goldenes Licht getauchten Hügel über dem Fluß Avon. Als Brienne den ersten Blick auf Bath warf, war sie geblendet von dem Reichtum und der Eleganz der Stadt. Sie mied die Hauptstraße, die ins Zentrum führte. Ihr war nur zu bewußt, wie sehr sie inmitten der eleganten Gesellschaft in ihren verschmutzten, schäbigen Kleidern auffallen mußte. Sie gelangte auf die geschäftige Milsom Street, wo sich eine Leihbibliothek an die andere reihte und auch die führenden Buchhandlungen untergebracht waren. Wie sollte sie das Haus ihres Vaters finden?

Die Adligen und Reichen wurden auf schwarzen Sänften an ihr vorbeigetragen. Ein oder zwei der Träger sahen sich nach ihr um.

Ein eleganter Herr stieß mit ihr zusammen. Als er sie sah, fuhr er sie barsch an. »Aus dem Weg, du Schlampe!«

Sie starrte ihn an, viel zu erschöpft, um über seine Unhöflichkeit empört zu sein. Sie wußte, daß sie ohne etwas zu essen nicht mehr lange durchhalten konnte, und hoffte, einen Ort zu finden, an dem sie sich erholen konnte – und zwar ohne Oliver Morrow.

Nach einer Weile entdeckte sie eine ärmlich gekleidete alte Frau, die an einer Ecke Blumen verkaufte. In der Hoffnung, daß die Alte ihr den Weg zeigen konnte, ging sie auf sie zu.

»Entschuldigen Sie. Ich suche nach –«

»Wir haben keinen Bedarf an noch mehr Bettlern in dieser Stadt.« Die Frau lachte und zeigte den dürftigen Rest ihrer Zähne. »Fort mit dir, bevor du meine Geschäfte störst.« Der Alten lief schleimig grüner Speichel aus dem Mund, und sie zog angewidert ihre fettigen, grauen Röcke aus Briennes Reichweite.

»Bitte, Sie haben mich mißverstanden. Ich bin fremd hier und suche nach ›The Crescent‹ – wenn Sie mir bitte sagen würden, wo das ist?« fragte Brienne mit erschöpfter Stimme.

»The Royal Crescent? Das Spülmädchen dort ist besser gekleidet als Sie, Missy.« Sie betrachtete Brienne höhnisch. »Aber du bist 'ne hübsche Kleine! Vielleicht willst du ein kleines Sträußchen für deinen Weg dahin?« Sie grinste, als der schwere, süßlich ekelhafte Gestank von faulenden Veilchen aus ihrem Korb herüberwehte.

»Nein, vielen Dank.« Brienne versuchte, ihre aufkommende Übelkeit hinunterzuschlucken.

»Dann weg mit dir!« Die Frau nahm ihre Körbe mit Veilchen und Tulpen und ließ Brienne stehen, um eine günstigere Ecke für ihren Verkauf zu finden.

Brienne legte eine zitternde Hand an den Mund. Ihr war übel von dem betäubenden Veilchenduft. Und plötzlich wurde sie überwältigt von ihren Problemen und Sorgen. Sie, die Tochter eines mächtigen Earl irrte durch die Straßen und war so jämmerlich gekleidet, daß es nicht einmal die Ärmsten der Armen für nötig befanden, ihr den Weg zu zeigen.

Und auf einmal schien es ihr, als sei sie ihr ganzes erbärmliches Leben lang eine Aussätzige gewesen.

Vielleicht, grübelte sie, konnte sie sich auf eine Wiese legen und ihre Augen schließen, um sie nie wieder öffnen zu müssen. Sie würde ihre Mutter wiedersehen, den einzigen Menschen, der sie je geliebt hatte. Ihre Lippen zitterten bei dem Gedanken an ihre Mutter.

»Ich habe zufällig eben mitgehört, daß Sie ›The Crescent‹ suchen, hübsches Mädchen.«

Brienne wurde von einer freundlichen männlichen Stimme aus ihren düsteren Gedanken gerissen. Als sie aufblickte, sah sie ein paar braune, sanfte Augen, die sie anerkennend musterten.

»Sie suchen ›The Crescent‹?« fragte der junge Mann noch einmal. Sein Benehmen war überaus höflich, und sein Blick wirkte freundlich.

»Ja«, erwiderte Brienne vorsichtig und senkte ihren Blick. Sie zog ihre Mütze über das Haar. Der Mann schien ungewöhnlich große Aufmerksamkeit auf die Farbe zu richten, und das machte sie nervös. Sie wollte so unauffällig wie möglich sein, falls sich der Earl doch in der Stadt aufhielt.

Obwohl der Mann nicht besonders groß und breitschultrig war, hatte er doch eine sehr männliche und wohl proportionierte Figur. Sein Gesicht war attraktiv – nicht dunkel und wild, aber es war gutgeschnitten und erinnerte an die römischen Statuen in der Halle von Osterley. Sein blondes Haar war ordentlich im Nacken zurückgebunden, und die Augen schimmerten goldbraun. Brienne hatte gleich das Gefühl, daß sie ihm vertrauen konnte, aber sie erinnerte sich an die schmerzhaften Lektionen, die ihr in Osterley erteilt worden waren.

»Darf ich Ihnen helfen? Sie gehen in die falsche Richtung. Zum ›The Crescent‹ müssen Sie die Milsom Street entlang und dann durch King's Circus und –« Der Fremde runzelte plötzlich die Stirn, als bemerke er erst jetzt, wie blaß und elend sie aussah. »Ich bringe Sie am besten hin. Ehrlich gesagt sehen Sie nicht so aus, als würden Sie es allein schaffen.« Er wies mit dem Kopf zu der eleganten, lackierten Kutsche, die am Straßenrand auf ihn wartete. »Erlauben Sie mir.« Er bot ihr seinen Arm.

»Ich fürchte, ich kann nicht.« Brienne trat einen Schritt zurück. Vor der plötzlichen Bewegung wurde ihr schwindlig. Sie wußte nicht, was sie von dem großzügigen Angebot des Fremden halten sollte.

»Bitte, Prinzessin. Sie sehen aus, als würden Sie jeden Moment umfallen.« Er griff nach ihrem Arm und stützte sie.

»Prinzessin – was für eine eigenartige Bezeichnung für mich«, murmelte sie verwirrt.

»Es ist gar nicht eigenartig. Nicht, wenn man bedenkt, wie Sie sprechen. Sie sprechen wie eine Aristokratin, Prinzessin.« Seine Augen blickten sie sanft und prüfend an. »Und wenn Sie diesen schmutzigen Mantel nicht trügen, hinter dem Sie sich verstecken, sähen Sie wahrscheinlich auch wie eine Aristokratin aus.«

»Ich möchte zu ›The Royal Crescent‹, um dort eine Anstellung zu finden«, erklärte sie schnell. »Ich fürchte, Sie täuschen sich.«

»Erlauben Sie mir, Sie dorthin zu begleiten.« Er lächelte.

Sie zögerte, aber als er mit ihr auf die Kutsche zusteuerte, dachte sie, daß ein echtes Dienstmädchen niemals ein so freundliches Angebot zurückweisen würde.

Sobald sie saß, erkannte sie, wie erschöpft sie war. Der junge Mann nahm ihr gegenüber Platz und klopfte, um dem Kutscher ein Zeichen zu geben. Sie hoffte inständig, daß er sie wirklich zu ›The Royal Crescent‹ und nicht in seine Wohnung bringen würde.

Sie kamen nur sehr langsam voran, denn auf den Straßen waren hauptsächlich Sänften unterwegs. Der Fremde lächelte, aber Brienne senkte den Kopf. Sein neugieriger Blick machte sie nervös.

»Es ist freundlich von Ihnen, mich mitzunehmen.« Es gelang ihr nur ein kleines Lächeln. Die Kutsche war sehr vornehm, und der Mann war besonders elegant angezogen. Sie fragte sich, ob er auch einen Titel hatte, aber sie hatte kein Wappen an der Tür der Kutsche gesehen.

»Es ist mir eine Freude.«

»Laden Sie öfter Bettler zu einer Kutschfahrt ein, die sich verirrt haben?« fragte sie spitz.

»Nein. Nur wenn sie ungewöhnlich schön sind.«

Sein Kommentar und seine dunklen, braunen Augen machten sie sprachlos, bis sie in der Brook Street anhielten.

»Ist das ›The Crescent‹?«

»Mein Kutscher möchte die Hausnummer wissen.« Er blickte sie fragend an.

»Die Hausnummer?« wiederholt sie, um Zeit zu gewinnen. Sie war vollkommen durcheinander.

»Na ja, es gibt etwa dreißig Residenzen hier.«

»Ich kann mich nicht entsinnen.« Sie zermarterte sich den Kopf nach der Nummer. Sie hatte schon zu viele Risiken auf sich genommen, um nun auch noch vor dem falschen Haus zu stehen. »Ich glaube, es war das erste Haus.«

»Es gibt eine Nummer eins. Sollen wir dort halten?«

»Ja. Das wäre schön.« Sie biß sich auf die Unterlippe, als er seinen Kutscher durchs Fenster informierte. Sie fuhren weiter.

Plötzlich wurde Brienne von Zweifeln geplagt. Was, wenn sich der Earl hier aufhielt? Konnte es ihr dann gelingen, bis Tenby zu kommen?

Hatte Avenel herausbekommen, daß sie nach Bath wollte, und wartete schon auf sie?

»Erlauben Sie mir.« Der junge Gentleman sprang aus der Kutsche und streckte ihr seine Hand entgegen, um ihr zu helfen. Nervös blickte sie zum Haus. Sie wandte sich dem Mann zu, um ihm zu danken.

»Sie waren so freundlich.«

»Nicht so freundlich, wie ich sein könnte, Prinzessin.« Er lächelte sie an. »Erwartet Sie jemand hier? Soll ich für Sie Bescheid geben?«

»Nein, nein«, antwortete sie hastig. »Bitte, ich möchte nicht noch mehr von Ihrer Zeit beanspruchen. Ich bin überzeugt, Sie haben viele dringende Angelegenheiten zu erledigen, und durch mich verspäten Sie sich bestimmt.«

»Darf ich Sie noch zur Tür begleiten?« Er sah zu der Treppe, die zum Bediensteten-Eingang führte. Sie folgte seinem Blick, aber sie war fest entschlossen, ihr Vaterhaus durch den Haupteingang zu betreten.

»Nein, vielen Dank«, sagte sie. »Es ist schon sehr lange her, daß ich hier war«, schwindelte sie. »Und ich fürchte, ich brauche eine Weile, um mich wieder zu orientieren.«

»Arbeitet Ihre Familie hier? Werden Sie eine Weile hier bleiben?« fragte er beharrlich.

»Ich kann Ihnen darauf keine Antwort geben.«

»Dann verraten Sie mir doch wenigstens Ihren Namen.«

»Mein Name ist Brienne«, entgegnete sie zögernd.

»Nur einfach Brienne?« Er hob eine Augenbraue.

»Ja, nur Brienne.«

»Ein selten schöner Name für ein selten schönes Mädchen. Wann werde ich Sie wiedersehen, Brienne?«

»Es tut mir leid. Danke für alles.« Sie schüttelte den Kopf und betrat die Haupttreppe. Der Mann sah ihr überrascht nach. Brienne war übernervös, als sie sich der Haustür näherte, und ihr wurde erneut schwindlig. Sie hob den wunderschönen Türklopfer aus Messing. Dann ließ sie ihn fallen.

Die Tür öffnete sich augenblicklich. »Ja«, antwortete ein Lakai mürrisch.

»Ich – ich –« Sie schluckte und betete, der Wind würde wechseln und ihr nicht den schweren Geruch von Rind und Lamm aus der Küche herüberwehen. Es war zuviel für ihren leeren Magen.

»Was ist, Mädchen! Du hast vielleicht Nerven, einfach so an die Haustür zu kommen. Du solltest dich unten melden.« Der Lakai musterte sie mißtrauisch.

»Warten Sie! Sie müssen mir sagen«, hauchte Brienne müde, »ob der Earl anwesend ist?«

»Der Earl? Nun, was solltest du schon von ihm wollen?«

»Ich habe nichts mit ihm zu tun, ich suche nur eine Anstellung«, flüsterte sie. »Ist er hier?«

»Der Earl kann Sie nicht einstellen, Mädchen, das geht nicht.« Er zögerte einen Augenblick, als er Schritte vernahm. »Siehst du. Jetzt kommt Mrs. Whitsome! Schnell, fort mit dir.«

»Nein, bitte nicht! Ich muß wissen, ob der Earl im Haus ist.« Sie schwankte plötzlich. Sie griff nach dem gewundenen Eisengeländer und versuchte, langsam die Stufen wieder nach unten zu gehen. Es war besser, auf der Straße umzufallen, als vor der Haustür des Earl.

Aber es war zu spät. Sie taumelte – und sank in zwei ausgestreckte Arme. Sie sah nicht mehr den entsetzten Ausdruck auf dem Gesicht der Haushälterin, die inzwischen vor die Tür getreten war.

Die Haushälterin schlug die Hände vors Gesicht und schrie, als sie Briennes heruntergekommene Gestalt in den starken Armen des Mannes sah: »Gott segne Sie, Mr. Harcourt! Es ist Brienne Morrow! Nein, dieses Haar! – Da ist jeder Irrtum ausgeschlossen. Schon als kleines Mädchen fiel sie damit auf!«

22

Der beißende Geruch von Ammoniak weckte sie schnell wieder auf. Brienne öffnete die Augen und sah sich in dem blauen Zimmer um. Nichts kam ihr bekannt vor.

»Bleiben Sie schön liegen«, vernahm sie eine mütterliche Stimme. Brienne schaute sich um und entdeckte eine weißhaarige Frau, die an ihrem Kopfende stand. »Hier, Mylady. Das wird Ihnen guttun.« Die alten Hände hielten ihr einen Silberbecher hin, und der Duft von warmer Milch mit Honig drang in ihre Nase.

»Bin ich in ›The Crescent‹?« Brienne zog die Stirn kraus.

»Ja, Mylady. Sie sind in Nummer eins.«

Brienne riß die Augen weit auf. »Ist – ist der Earl ...«

»Der Herr ist nicht da, Mylady. Bitte, Sie müssen das trinken.«

Als sie die Worte, auf die sie so sehr gehofft hatte, vernahm, entspannte sich Brienne und nahm einen Schluck. Dann trank sie mit einem Zug die ganze Milch aus und ließ sich erschöpft auf das Sofa zurückfallen.

»Ich sagte Mr. Harcourt, daß es nicht sehr wahrscheinlich sei, daß Sie sich an mich alte Frau noch erinnern.« Die Matrone setzte sich auf einen Stuhl neben das Sofa.

»Ich werde mich natürlich an Ihre Freundlichkeit und Gastfreundschaft erinnern. Sie ahnen nicht, wie viele Tage ich ohne Essen aushalten mußte«, gab Brienne, die die Frau vollkommen falsch verstanden hatte, zurück.

»Ach, Lady Brienne, ich sehe schon, wie es Ihnen geht – es ist wirklich höchst bedauerlich. Aber was ist aus Ihrer Mutter geworden, wenn ich fragen darf?«

»Aus meiner Mutter?«

»Der guten Lady Grace.«

»Sie ist tot«, sagte Brienne tonlos. »Darf ich fragen, woher Sie –«

»Ja, meine Liebe. Ich war in Osterley Ihre Kinderschwester. Ich war es von dem Tag Ihrer Geburt an, bis Sie und Ihre Mutter das Schloß verließen. Mrs. Whitsome ist mein Name, und ich weiß, daß Sie sich kaum an mich erinnern können.«

»Ich vermute, dann wissen Sie auch, warum wir von dort weggingen.« Brienne starrte auf ihre zitternden Hände. »Wird der Earl in nächster Zeit hier erwartet? Sie müssen wissen, daß ich hoffe, ihm nicht zu begegnen ...«

»Ich fürchte, es gibt mehr Grund zur Sorge, als eine Begegnung mit Ihrem Vater, mein Kind. Die Wahrheit ist, Lady Brienne, daß Ihr Vater ruiniert ist. Er führt dieses Haus nicht mehr. Es wurde von einem anderen Herrn vor einiger Zeit übernommen, aber wir wurden gebeten, vorerst zu bleiben. Nachdem Sie vor so vielen Jahren Osterley verlassen haben, bat mich Lord Oliver, hier den Haushalt zu führen.«

Ein schrecklicher Gedanke kam Brienne, und sie zwang sich zu der Frage, deren Antwort sie am liebsten gar nicht hören wollte. »Dieser neue Mieter, ist er zufällig ein Amerikaner, mit schwarzem Haar und –«

»Ein Amerikaner? Sie machen Witze! Sie ahnen nicht, wie hoch die Mieten hier sind?« Mrs . Whitsome lachte.

»Aber dieser ist zufällig sehr reich.«

»Keine Sorge. Es kann gar kein Amerikaner sein. Ich habe bisher nur mit dem Verwalter zu tun gehabt, aber es ist mir gesagt worden, daß er ein Adliger aus sehr vornehmer, alter Familie ist.«

Brienne seufzte erleichtert. Einen Moment hatte sie wirklich gedacht, daß Avenel der neue Herr war.

»Aber wir haben noch ein größeres Problem, Mylady.« Die Frau erhob sich und trat zu ihr. »Sie sind hergekommen in der Hoffnung, ein Heim zu finden, und nun gibt es das gar nicht mehr.«

»Ja, ich verstehe.« Brienne lehnte sich zurück und dachte über diese neue Entwicklung nach. Sie war erst wenige Stunden in Bath, und ihr Leben hatte schon wieder eine Wende zum schlechteren genommen.

»Sie sind viel zu lieb zu mir.« Brienne sah sich im Spiegel an und drehte sich in dem dunkelblauen Kleid von Mrs. Whitsome von einer Seite zur anderen.

»Puh! Das ist wahrhaftig nicht der Rede wert. Stehen Sie still, Kind.« Die Haushälterin steckte sorgfältig das Kleid in der Taille ab und musterte ihr Werk kritisch. »Das muß reichen, Mylady.«

Brienne schaute Mrs. Whitsome voller Zärtlichkeit an. »Sie dürfen mich nicht so nennen. Für Sie bin ich Brienne. Ich gehöre jetzt zum Personal.«

»Ach, daran werde ich mich erst gewöhnen müssen, Mylady.« Mrs. Whitsome legte ihre verschrumpelten Hände an die Lippen und verbarg ihr Lächeln. »Es ist kaum zu glauben, daß Sie in diesem kleinen Städtchen in Wales aufgewachsen sind und nicht in den feinsten Salons von London verkehrten. Ihre Mutter wäre sehr stolz auf Sie.«

»Ich fürchte, sie hat sich für ihre Tochter etwas Besseres erträumt.« Brienne zog das Kleid aus. »Aber wenigstens hat sie mir eine so liebe Freundin hinterlassen, und das kann durch kein Gold der Welt aufgewogen werden.« Sie lächelte schüchtern. »Kann ich in der Küche helfen, oder –?«

»Nein! Nein! Ich werde Sie zu meiner Assistentin machen. Ich habe bereits alle über Ihre Position informiert. Und vielleicht, wenn Sie immer noch entschlossen sind, eine Anstellung in einer Buchhandlung zu finden, kann ich Ihnen trotzdem erlauben, hier zu wohnen, bis der neue Herr kommt. Sie könnten eine Verwandte von mir sein. Aber wer weiß, Bath könnte womöglich aus der Mode kommen, und dann brauchen wir uns gar keine Sorgen mehr zu machen!« Die Frau hob das Kleid vom Boden auf.

»Es ist schon komisch«, meinte Brienne. »Wenn ich wirklich all die Verwandten hätte, die mir neuerdings zugeordnet werden, dann wäre ich nie in diese Lage gekommen.« Nachdenklich zog sie sich ihr altes, aber nun wieder sauberes Kleid an.

»Hat das mit dem Amerikaner zu tun, von dem Sie an dem Tag Ihrer Ankunft gesprochen haben?«

Brienne erstarrte. Mrs. Whitsome war ein wahrer Engel. Die alte Frau hatte sie nicht nur die erste Woche gepflegt und wieder auf die Beine gebracht, sondern sie hatte sich sogar eine Möglichkeit ausgedacht, Brienne im Haus zu behalten. Aber nicht einmal hatte sie Brienne nach ihren Lebensumständen gefragt, und ihren Vater hatte sie gar nicht mehr erwähnt.

»Ich habe Ihnen nicht sehr viel über mich selbst erzählt, nicht wahr?« fragte Brienne.

»Und was sollte es da an Erklärungen geben? Sie erzählten mir, daß Sie in Wales aufgewachsen sind und daß Lady Grace dort glücklich war.« Mrs. Whitsome lief geschäftig im Schlafzimmer hin und her und räumte auf.

»Ich war in Osterley, bevor ich hierherkam«, sagte Brienne.

»Ihr Vater ist ein schlechter Mensch.« Die Matrone schüttelte den Kopf, als hätte sie Angst vor dem, was Brienne ihr erzählen würde. »Ich möchte, daß Sie wissen, wie glücklich wir sind, ihn loszusein. Ich und alle anderen konnten an ihm nichts Anständiges finden.«

»Ich habe meinen Vater in Osterley gar nicht gesehen. Das Schloß ist jetzt auch in anderen Händen.«

»Wie wundervoll!« strahlte Mrs. Whitsome.

Brienne seufzte. »Nicht so sehr. Denn ich fürchte, der neue Herr dort ist mein Feind.«

»Der Amerikaner?«

Brienne nickte. »Er wollte nicht, daß ich Osterley verlase. Sehen Sie ...« Sie versuchte, eine Erklärung zu finden, die die liebenswerte Haushälterin akzeptieren konnte.

»Diese Dinge sind jetzt nicht so wichtig, meine Liebe. Sie sind hier. Es ist das Beste, die Vergangenheit zu begraben.« Die Frau tätschelte ihre Hand, dann ging sie zur Tapetentür am anderen Ende des Zimmers.

Brienne versuchte zu lächeln und nickte. Dann wandte sie sich zum Fenster.

Drei Tage später machte sie sich auf den Weg zur Brock Street. Es war später Vormittag, und die Sonne schien. Brienne war sehr optimistisch. Sie hatte seit ihrer Ankunft noch nie das Haus verlassen, und sie war fest entschlossen, das Beste aus diesem strahlenden Tag zu machen und die herrliche Stadt zu besichtigen, von der sie in ihrer einsamen Kindheit so viel gehört hatte.

Mrs. Whitsome erschien auf der Treppe. »Denken Sie daran, was ich Ihnen gesagt habe, Kind!« rief sie.

Brienne erwiderte strahlend: »Ich denke schon daran. Keine Fremden ansprechen, besonders nicht gutgekleidete Männer. Und meinen Hut soll ich aufbehalten.« Sie lachte, als sie ihren Hut, der durch den Wind in ihren Nacken gerutscht war, wieder zurückschob.

»Diese Dinge sind wichtig, Miss! Wenn Sie schon darauf bestehen, nach einer Stellung zu suchen, können Sie nicht vorsichtig genug sein.« Die ältere Frau blickte sie voller Bedenken an. »Ich wünschte, Sie würden nicht gehen, Liebes. Sie sollten warten, bis ich von dem Verwalter gehört habe. Ich habe ihm bereits geschrieben und bin sicher …«

»Ich weiß. Ich weiß. Aber was, wenn er den Brief nicht gleich beantwortet? Und außerdem wäre es auch möglich, daß er findet, eine Extrahilfe ist nicht nötig, solange nicht einmal die Herrschaft im Haus ist. Das wäre doch logisch.«

»Wie wollen Sie je einen Ehemann finden, wenn Sie in einer Buchhandlung arbeiten?«

»Vielleicht werde ich einen finden, der mich wirklich liebt.«

»Ja, einen ohne Titel und Geld«, schimpfte Mrs. Whitsome.

»Es würde mir nichts ausmachen, ohne Mann zu bleiben.«

»Puh.« Die Haushälterin runzelte die Stirn. »Sie schlafen sehr schlecht. Ich höre doch, wie Sie sich die ganze Nacht von einer Seite auf die andere werfen und keine Ruhe finden. Und Sie haben kaum Appetit.«

»Bitte …«.

»Bleiben Sie hier, wo Sie sicher sind«, drängte Mrs. Whitsome.

»Lassen Sie mich wenigstens sehen, ob für mich überhaupt die Möglichkeit besteht, in einer Buchhandlung zu arbeiten. Ich darf Ihnen nicht zur Last fallen, nur weil mein Vater kein reicher Mann mehr ist.« Brienne lief die Stufen hinauf und gab der alten Frau einen Kuß auf die faltige Wange. Dann winkte sie ihr noch einmal fröhlich zu.

Brienne holte tief Luft, um ihre angespannten Nerven zu beruhigen und trat in den ersten Laden. Die Tür knarrte beim Öffnen, und ein junger Mann in einer grünen Jacke kam auf sie zu.

»Aber haben Sie schon gearbeitet, Miss?« fragte er zweifelnd freundlich, nachdem sie ihr Anliegen vorgebracht hatte.

»Nein«, antwortete sie ehrlich.

»Die Sache ist die, daß ich gern eine Hilfe mit einiger Erfahrung hätte.«

»Ich habe sehr viel gelesen.« Brienne sah ihn hoffnungsvoll an.

»Es tut mir leid.« Er zuckte mit ehrlichem Bedauern die Schultern.

»Ich verstehe. Trotzdem vielen Dank.« Sie lächelte kläglich und verließ das Geschäft. So schnell würde sie sich nicht geschlagen geben. Es gab noch andere Buchhandlungen in dieser geschäftigen, überfüllten Straße. Sie würde nur einfach weiterfragen müssen, bis sie einen Geschäftsinhaber traf, der sie anstellte. Mit neuerwachtem Eifer ging sie weiter. Ihr Hut war ihr schon, als sie den ersten Laden verließ, vom Kopf gerutscht, und sie dachte keine Sekunde an die Ermahnungen von

Mrs. Whitsome. Erst als ihr zwei wohlhabend wirkende Männer folgten und alles mögliche versuchten, um ihre Aufmerksamkeit zu erregen, zog sie den braunen Hut über ihre Locken und verfluchte im stillen ihr auffälliges Haar.

Erst nach vier Uhr kam sie vor dem letzten Geschäft an. Den ganzen Tag über hatte sie eine Ablehnung nach der anderen bekommen. Der eine fand ihr Aussehen zu schäbig, der andere wollte keine Frau einstellen, oder man hatte überhaupt keine Stelle frei. Sie würde wohl ihre Idee, finanziell unabhängig zu werden, aufgeben müssen und in Nummer eins bleiben und hoffen, daß der mysteriöse Hausherr sie als zusätzliche Hilfe für die Haushälterin akzeptierte. Aber wie sehr sehnte sie sich nach einem eigenen Leben! Sie träumte von einem kleinen Cottage in den Bergen, vielleicht eins, das alt und solide gebaut war, wie das, in dem sie mit ihrer Mutter in Tenby gelebt hatte. Sie schloß die Augen.

Sie trat in ein kleines Geschäft, das etwas abseits lag. Sie wartete ruhig ab und sah sich die Auslage an, während ein Mann mittleren Alters sich mit einem Kunden unterhielt – einem ziemlich bemerkenswerten Mann. Der Kunde mußte etwa fünfzig Jahre alt sein. Er hatte weißes Haar, das ohne Puder und Fett sehr gut frisiert war. Seine dunklen Augen waren klar.

»Fanny Hill. Etwas Obszönes, sagen Sie?« meinte der Kunde lachend und blätterte die Seiten eines einfachen Lederbuches durch.

»Ganz schön, aber lassen Sie Ihrer Schwester gegenüber bitte nicht verlauten, daß Sie es bei mir gekauft haben. Mrs. Gibbon ist einfach nicht glücklich, wenn sie Sie nicht bemuttern kann wie ein Kind.« Der Buchhändler lächelte.

»Das ist wahr«, stimmte der gutaussehende Kunde zu. »Mary ist eine feine Frau, aber ich muß zugeben, ich bin froh, nur zu Besuch bei ihr zu sein. Sieben Jahre war ich nicht mehr hier. Und sehen Sie«, sagte er vertraulich, »in London habe ich viele Vorteile – zum Beispiel brauche ich mir dort keine Sorgen zu machen, daß die Familie mich in bestimmten kritischen Momenten besuchen könnte!«

Beide Männer brachen in brüllendes Gelächter aus. Plötzlich bemerkte der Buchhändler Brienne und wandte sich ihr zu. »Kann ich Ihnen helfen?«

»Ich ... ach ...« Plötzlich war sie nervös. Der Kunde blickte sie forschend an. Das Bewußtsein, so abgeschätzt zu werden, trug nicht gerade dazu bei, daß sie an Selbstsicherheit gewann. »Ich suche eine Stelle. Natürlich kann ich lesen und schreiben. Ich habe alle großen Werke gelesen, wie zum Beispiel ...« begann sie zögernd und fuhr mit ihrer gut vorbereiteten Rede fort, aber diesmal war sie von Anfang an sicher, daß eine Ablehnung folgen würde. Als sie fertig war, wies der Buchhändler sie tatsächlich ab, und sie hastete niedergeschmettert zur Tür.

»Warten Sie!« Brienne blieb wie festgewurzelt an der Tür stehen. Es war nicht die Stimme des Buchhändlers, sondern die des älteren Mannes. Er nahm sie bei den Schultern, und als sei sie aus Stein und Alabaster, fuhr er prüfend mit seiner Hand über ihr zartes Gesicht. »Halten Sie still und lassen Sie mich Ihre Augen ansehen.« Er drehte ihr Gesicht zum Sonnenlicht, das durch ein Fenster des Geschäftes fiel. Sie sah den Mann mißtrauisch und angsterfüllt an.

»Fassen Sie mich nicht an!« forderte sie. Nach ihrer Erfahrung mit Avenel konnte sie die Berührungen eines Mannes nicht ertragen. Sie trat zurück und war schon an der Tür.

»Werden Sie für mich sitzen?«

»Für Sie sitzen?« fragte sie.

»Würde es Ihnen gefallen, wenn ich Sie male? Vielleicht auf einer Wiese unter einer Weide sitzend? Nein! Das wäre nicht das Richtige für Sie. Vielleicht besser ...« Brienne fiel es plötzlich wie Schuppen von den Augen. Er war Maler.

»Wie wäre der Lohn?« fragte sie zurück.

Bei dieser Frage lachte der Buchhändler. »O ja, der Lohn, Tom«, warf er ein. »Sie wollen doch nicht, daß das arme Kind vor Hunger stirbt!«

»Lohn! Was für ein Greuel!« Der Kunde wandte sich Brienne zu. »Miss, Sie können keine Bezahlung erwarten – eigentlich müßten Sie mir etwas zahlen. Aber in diesem Fall mache ich eine Ausnahme. Da Sie mir gefallen, werde ich Sie umsonst porträtieren, wenn Sie mir nur Ihre Zeit schenken.«

»Ich fürchte, daß ich mir diesen Luxus, für Sie zu sitzen, nicht leisen kann. Aber wenn es eine Bezahlung dafür gäbe –«

»Mein Gott, nein! Ich mußte mich bisher noch nie dazu herablassen, für ein Modell zu zahlen. Sie sind eingebildet! Wissen Sie denn nicht, daß ich mit Leichtigkeit hundert Pfund für ein Porträt verlangen kann?«

Die Summe überraschte sie, aber sie wußte, wie sinnlos es war, weiter über dieses Thema zu sprechen. Sie brauchte eine Arbeit. Sie war schließlich keine begüterte Lady, sondern eine verarmte, alleinstehende Frau. »Es tut mir leid.« Sie öffnete die Tür und trat auf die Straße.

»Verflucht und zugenäht! Sie bekommen Ihr Geld!« rief der Maler ihr nach, aber sie hörte es nicht mehr. Sie war schon in der Menschenmenge verschwunden. Der Maler lief ihr nach, aber sie war nirgendwo zu finden.

23

»Liebes! Aufstehen! Mr. Harcourt ist hier!« Es war schon später Vormittag, als Mrs. Whitsome in Briennes Schlafzimmer trat. Die Haushälterin lächelte, als sich Brienne verschlafen die Augen rieb.

»Mein Gott! Ich bin wirklich unmöglich! Wie spät ist es? Sie sind bestimmt böse auf mich«, rief Brienne reuevoll, während sie sich aufsetzte. »Ich habe noch nicht einmal das ganze Silber im Salon geputzt!«

»Mein Kind, das ist schon erledigt.«

»Oh«, gab Brienne kleinlaut zurück. »Sie können mir die verdienten Schläge geben.«

»Ach was!«

»Es tut mir wirklich leid. Ich weiß gar nicht, was in mich gefahren ist. Ich war im Salon, um die Sachen zu holen, da wurde ich plötzlich so müde. Ich wollte mich eigentlich nur eine Minute ausruhen.« Brienne fuhr sich über die Stirn. Sie verstand überhaupt nicht, was in letzer Zeit mit ihr los war. Sie fühlte sich oft so elend, daß sie fürchtete, in Ohnmacht zu fallen.

»Machen Sie sich keine Sorgen, Liebes.«

Brienne freute sich immer, wenn Mr. Harcourt sie besuchte, aber heute hatte sie ein viel zu schlechtes Gewissen, weil sie ihre Arbeit nicht beendet hatte. »Sie müssen Mr. Harcourt sagen, daß ich keine Zeit für ihn habe. Ich werde sofort aufstehen und schnell weitermachen.« Zum Entzücken der Haushälterin, hatte der Gentleman Brienne schon häufig besucht, seit er sie ins Haus gebracht hatte. »Nun, das finde ich nicht in Ordnung.« Die Matrone strich sich über die Locken, die unter ihrer Haube hervorschauten. »Sie waren in den letzten Tagen sehr erschöpft, Liebes. Wie kommt das?«

»Ich kann es selbst nicht verstehen. Vielleicht ist es das Wetter. Es war ein sehr kalter, unfreundlicher Frühling.« Brienne stand vor einem kleinen Barockspiegel, der über einem Frisiertischchen hing, und kämmte ihr Haar.

»Aber mir ist aufgefallen, daß Sie abends in sehr viel besserer Form sind. Nur morgens, da geht es Ihnen nicht gut.«

»Ja, das stimmt.« Brienne lächelte. »Was soll ich nur tun?«

»Oh, gar nichts! Nichts, denke ich. Also kommen Sie, wir wollen doch unseren Besuch nicht länger warten lassen.« Die Haushälterin schob sie aus dem Zimmer, aber Brienne fiel auf, daß die sowieso schon faltige Stirn von ihrem früheren Kindermädchen heute noch zerfurchter wirkte. Ihr Magen schnürte sich in böser Vorahnung zusammen, und sie folgte der Haushälterin langsam die Treppe hinunter.

»Mr. Harcourt! Bitte behalten Sie Platz«, begrüßte Brienne ihn im Aufenthaltsraum des Personals. Sie saßen vor einem riesigen Kamin auf einer Bank. Mrs. Whitsome hatte sich in einem breiten Sessel niedergelassen. Sie war wie stets als Anstandsdame dabei.

»Guten Tag, Brienne, Mrs. Whitsome.« Ralph Harcourt nickte den beiden Frauen freundlich zu, aber er hatte nur Augen für Brienne.

»Das Wetter – ist es sehr kalt?« fragte Brienne, als sie bemerkte, daß seine Samtjacke naß war.

»Ja, wir erleben dieses Jahr wirklich einen verdammt miserablen Frühling.« Plötzlich, als ihm klar wurde, daß er vor einer jungen Dame geflucht hatte, wurde er rot. Aber dann zwinkerte er Brienne zu. Sie kicherte.

Um ihn von seiner Verlegenheit zu befreien, wechselte sie das Thema. »So sagen Sie mir, was haben Sie mir heute mitgebracht? Sie brauchen gar nicht den Unschuldigen zu spielen. Sie haben mir bereits unzählig viele Geschenke gemacht, und ich fürchte, der Anstand wird mich bald dazu nötigen, sie zurückzugeben.« Brienne lachte, als er ihr ein Päckchen reichte, und überlegte, ob er diesmal ein Buch von Shakespeares Sonetten oder Seidenbänder für ihr Haar mitgebracht hatte. Seine Geschenke waren stets sehr geschmackvoll, aber sie waren auch so klein, daß sie und Mrs. Whitsome nie das Gefühl hatten, es sei unanständig, sie anzunehmen.

Als sie die Schachtel in der Hand hielt, merkte sie,

daß es zu klein für ein Buch war. Sie öffnete die Schachtel, und ihr stockte der Atem.

»Gütiger Gott –« stammelte Mrs. Whitsome, die hinzugetreten war, und verließ eilig den Raum, um die beiden nicht länger zu stören.

»Mr. Harcourt.« Brienne schluckte.

»Ralph, Prinzessin. Mein Name ist Ralph.« Er nahm den riesigen Smaragdring aus der Schachtel und hielt ihn ihr hin.

»Ach, Mr. – Ralph ...« stotterte Brienne und versuchte, einen klaren Gedanken zu fassen.

»Ja?« Er lächelte voller Zärtlichkeit. Liebevoll legte er seine Hand um ihre schmale Taille und küßte sie auf die Wange.

»Ich weiß nicht, was ich sagen soll.«

»Werden Sie meine Frau, Prinzessin. Alles, was Sie sagen sollen, ist ja.«

»Ich bin ein Hausmädchen. Ich habe nicht einmal eine Aussteuer.«

»Die Harcourts sind schon seit Urzeiten Kaufleute. Wir haben mehr Gold, als wir ausgeben können. Ich brauche wirklich keine Braut mit einer Mitgift.« Er steckte ihr den Ring an die linke Hand.

Brienne betrachtete den wundervollen Ring, der große Stein hatte ein unglaublich schönes blaues Feuer. Aber sie konnte nichts weiter denken, als daran, wie glücklich dies Mrs. Whitsome machen würde. Und im stillen tadelte sie sich selbst. Dich wird es auch glücklich machen, ging es ihr durch den Kopf. Während sie den Ring ansah, versuchte sie, sich als Ehefrau dieses Mannes vorzustellen. Sie war sicher, daß sie ein gutes Paar abgeben würden. Ralph Harcourt war ein großzügiger, aufrichtiger Mensch. Er würde ihr ein Heim und Sicherheit bieten. Und dort würde sie geliebt und behütet leben können. Sie würden schöne Kinder bekommen. Also, warum zögerte sie noch? Sie runzelte die Stirn. Warum hatte sie die Vision, daß ihre Kinder dunkelhaarig sein würden, mit stürmischen grauen Augen ...

Nervös sah sie Ralph an, der sanft ihr Gesicht in die Hände nahm und zu sich drehte. Er wird mich küssen, dachte sie. Als sie seine Lippen auf den ihren spürte, rückte sie näher an ihn heran. Sie wollte einen seelenvolleren Kuß, sie wollte das Feuer in ihren Schenkeln spüren, das sie immer zum Lodern gebracht hatte, wenn Avenel sie geküßt hatte. Sie wollte, daß ihr Blut in Wallungen geriet. Sie öffnete den Mund für ihn. Sie wollte die Lust empfinden, die sie in jener Nacht im März empfunden hatte. Sie spürte, wie überrascht Ralph war. Er küßte sie nun auch wilder, ließ seine Zunge in der Süße ihres Mundes spielen, bis ihm sein Sinn für Anstand schließlich zu sagen schien, daß er nicht weitergehen durfte.

Als sie sich voneinander lösten, lehnte er seine Stirn gegen ihre. »Wer bist du, Prinzessin?« Er atmete tief ein. »Du küßt wie –«

»Ich bin ein Dienstmädchen. Nur ein Dienstmädchen.« Brienne wandte sich von ihm ab, um ihre Betroffenheit zu verbergen. Der Kuß war schön gewesen, aber nichts im Vergleich zu ... Plötzlich funkelten ihre Augen zornig. Warum mußte sie in diesem Moment an Avenel Slane denken? Dieser verdammte Mensch, schrie es in ihr. Zum Teufel mit ihm! Hatten seine Umarmungen vermocht, ihr jeden Gefallen an den Zärtlichkeiten anderer Männer zu nehmen – und das bis in alle Ewigkeit?

Ralph riß sie aus ihren Gedanken. »Brienne, du

bist kein Dienstmädchen. Obwohl du dich so kleidest und vielleicht auch hier im Haus arbeitest. Ich weiß, daß es nur zum Schein ist. Vom ersten Moment an, in dem ich dich gesehen habe, wußte ich es. Du hast eine Vergangenheit, mein Liebstes. Sag mir nur, was es ist, und mein Ehrenwort – ich werde dich nicht verurteilen.«

»Ich kann im Moment keinen klaren Gedanken fassen.« Sie preßte seine Hand auf ihre Stirn.

»Na gut.« Er erhob sich. »Vielleicht erzählst du es mir, wenn wir verheiratet sind.«

»Nein, warte!« Sie biß sich auf die Lippe. »Du würdest es wagen, mich zu heiraten, ohne meine Vergangenheit zu kennen?«

»Für dich würde ich alles wagen!«

»Aber meine Vergangenheit könnte ... schrecklich sein.« Sie senkte ihre Lider.

»Dann würden wir es gemeinsam ertragen.« Er hob ihr Kinn und hauchte ihr einen sanften Kuß auf die Lippen. »Ich liebe dich. Zweifelst du an mir?« Als sie den Kopf schüttelte, fuhr er fort: »Es würde nichts daran ändern, egal, was es ist.«

»Bitte, Ralph. Du mußt mir Zeit lassen.« Ihre Hände zitterten, als sie den Ring von ihrem Finger zog. »Dein Antrag ist mehr, als ich verdient habe. Ich brauche Zeit, um nachzudenken.«

Er nahm den Ring zurück. Traurig nickte er und griff nach seinem Hut, der auf der Bank lag. »Laß mir eine Nachricht zukommen, wenn du die Antwort kennst. Ich bin in ›The White Hart‹.«

Sie sah ihm traurig nach. Was war in ihrem Leben schiefgegangen, daß sie nicht vor Freude jubelte bei dem Heiratsantrag eines so wundervollen Mannes? fragte sie sich. Avenel Slane war der Grund. Bitter enttäuscht schlug sie ihre Hände vors Gesicht.

24

Es vergingen vierzehn Tage, bis sie Ralph Harcourt wiedersah. Es war ein kalter und regnerischer Tag. Aber sie hatte Mrs. Whitsome versprochen, daß sie auf den Markt gehen und etwas Anis für die Köchin kaufen würde. Die Haushälterin war sehr niedergeschlagen, seit Brienne den Heiratsantrag von Ralph Harcourt abgelehnt hatte, und Brienne versuchte vergeblich, die alte Frau etwas aufzuheitern. Es ging das Gerücht um, daß der wohlhabende Kaufmannssohn großen Liebeskummer hatte, weil ihn eine unbekannte junge Frau abgewiesen habe, und daß er jetzt viel in Gesellschaft einer Mathilda Geddings gesehen wurde.

Der Markt erstreckte sich entlang des Avon. Es gab alles hier, von kleinen Affen aus Antigua bis hin zu Käse aus Chester. Auf den Ständen lagen Wurst und Schinken, und es wurden auch getrocknete Kräuter angeboten. Darunter verborgen stand der Gin für die Kunden, die unter einer gewissen »Krankheit« litten.

Für Brienne waren die Ausflüge zum Markt immer wie ein kleines Abenteuer, lenkte es sie doch von ihren Kopfschmerzen ab, unter denen sie litt, seit sie aus Osterley fortgelaufen war. Aber heute machten ihr die starken, süßlichen Gerüche keine Freude – im Gegenteil, ihr wurde übel. Sie ging schnell an den Ständen vorbei an das Ufer des Flusses, denn sie hoffte, die frische Brise, die dort wehte, würde ihren Magen wieder soweit beruhigen, daß sie es bis nach Hause schaffen konnte. Aber am äußeren Ende des Marktes drängten sich viele Menschen – die einen machten kleine Feuer, um sich ein Abendessen zu kochen, andere flanierten am Wasser entlang. Plötzlich hörte sie hinter dem Stand eines Geschirrmachers ein Kichern und dann ein Gurren.

»Liebling, mach dir keine Sorgen. Du wirst ihn schon bald kaltmachen.«

»Und du wirst an mir kleben, nicht wahr?« ertönte eine männliche Stimme sarkastisch. »Wenn ich alles zurückhabe, wirst du erwarten, meine Königin zu werden.«

»Ich bleibe bei dir, Liebling. Es war ein Wink des Schicksals, als ich vor ›The Crescent‹ auf dich stieß. Du hattest ein Auge drauf. Aber Liebling, wenn du das Haus zurückhast, wird alles gut. Ich weiß. Und dann werde ich Countess.« Brienne hörte ein lüsternes, schmatzendes Geräusch.

»Ich schaffe das. Und du wirst darum betteln, auch wenn es weh tut.«

»Ich bettle schon jetzt darum, wenn du es willst, Liebling«, schmeichelte die Frau. Und der Mann lachte unangenehm.

Brienne dachte, die ziemlich obszöne Unterhaltung sei ohne Bedeutung und hatte sich schon von dem Stand entfernt, als sich zwei Figuren zwischen den Lederteilen zeigten.

Der Schreck fuhr ihr in die Glieder. Der Mann war gekleidet wie ein einfacher Bürger mit einer abgetragenen Jacke. Als sie ihn zuletzt gesehen hatte, trug er die kostbarsten Kleidungsstücke. Aber ein Irrtum war ausgeschlossen. Es war sein Lachen, und sie hatte es tausendmal in ihren Alpträumen gehört. Es waren seine weißen Hände, die so vielen Menschen den Tod gebracht hatten. Dieser Mann war ihr Vater. Und die Frau, deren Busen er in aller Öffentlichkeit streichelte, war keine andere als ihre frühere Zofe Annie!

Der Mann blickte auf, wie eine Schlange es tut, wenn sie die Nähe einer Maus spürt. Brienne trat schnell zurück. Ihr Herz pochte wild. Sie stolperte am Ufer entlang. Und plötzlich, trotz ihres aufgewühlten Magens, rannte sie um ihr nacktes Leben.

»Du hast es dir anders überlegt, Prinzessin?« Sie schrie, als sie auf einen Mann prallte. Sie blickte auf, und Tränen der Erleichterung traten in ihre Augen. Sie sah das hübsche Gesicht von Ralph Harcourt. »Was ist, Liebes? Wovor läufst du davon?«

»Meine Kapuze!« rief sie ängstlich.

»Deine Kapuze?«

»Meine Kapuze! Bedecke mein Haar! Mein Gott! Du mußt mein Haar bedecken!« Sie griff hinter sich und versuchte, die Kapuze über ihren Kopf zu ziehen. Ralph half ihr und bedeckte ihre auffallenden burgunderroten Locken. »Bring mich fort von hier. Bitte, Ralph. Bring mich fort!« schluchzte Brienne an seiner Brust.

»Was ist geschehen?« fragte er bestürzt. Aber als er ihr verängstigtes Gesicht sah, stotterte er: »Natürlich! Natürlich!« Er winkte eine freie Droschke herbei und half Brienne hinein. »Wohin, Mylady? Nach Hause?«

»Nein!« protestierte sie. Aber dann fiel ihr ein, daß der Earl keinerlei Ansprüche auf das Haus hatte. Sie versuchte, sich zu beruhigen. »Doch. Ich glaube, ich sollte nach Hause gehen.«

Als sie sicher und wohlbehalten in der Küche saßen und ein Becher heißer Milch vor Brienne stand, fragte sie Ralph: »Wie fühlt man sich, wenn man merkt, daß man einer feigen Person einen Antrag gemacht hat?«

»Eine Frau braucht nicht mutig zu sein.« Ralph beugte sich zu ihr vor. Sein schönes, gutgeschnittenes Gesicht drückte seine Betroffenheit aus.

»Was hat dich so in Angst versetzt, Prinzessin?« fragte Ralph.

»Bitte, ich kann es dir nicht erzählen.« Ihre veilchenblauen Augen waren noch immer schreckgeweitet.

»Geh weg von hier!« Mit einem zornigen Blick maß er die Küche ab. »Du verdienst Besseres als das, Brienne. Du brauchst Schutz und ein schönes Zuhause. Ich habe wundervolle Häuser in London und Bristol.«

»Bitte, gib mir noch etwas Zeit«, flehte sie.

»Und wofür brauchst du diese Zeit?« Sanft hob er ihr Kinn.

»Ich weiß es nicht.« Sie schaute versonnen ins Feuer. Die innere Not, die sie durchlitt, war klar und deutlich in ihrem Gesicht zu lesen.

Es folgte ein langes lastendes Schweigen, während er sie nachdenklich betrachtete. Schließlich sagte er mit düsterer Stimme: »Du liebst mich nicht, nicht wahr?«

»Das ist es nicht!« wich sie aus, aber sie merkte, daß er ihr nicht glaubte.

»Das habe ich mir schon gedacht.« Er erhob sich, verärgert und auch resigniert. »Du mußt mir nicht gleich antworten, Prinzessin. Laß mir eine Nachricht zukommen, wann immer du willst.« Er nahm ihr Gesicht in seine Hände und küßte sie voller Leidenschaft auf den Mund. »Ich werde alles tun, daß du mich liebgewinnst. Das solltest du wissen.«

»Ich glaube, das könntest du«, gab Brienne ehrlichen Herzens zurück. »Gib mir noch ein paar Tage. Ich bin sicher, ich kann dir dann die Antwort geben, die du dir erhoffst.«

Nachdem er gegangen war, blieb Briene noch eine Weile auf der Küchenbank sitzen.

Als man die Leiche fand, gab es im Haus alle möglichen Vermutungen. Mrs. Whitsome schickte einen Diener los, um eine Ausgabe des *Bath Chronicle* zu kaufen, in dem alles über den grausamen Mord und die Beschreibung der Toten zu lesen war.

Es schien, daß die Identität des mysteriösen Mädchens schnell aufgedeckt würde. Sie war groß und üppig. Ihr Haar war unauffällig. Und sie hatte drei schwarze Leberflecken unterschiedlichster Größen über ihrer Oberlippe. Als Brienne davon hörte und über den brutalen Mord mit einem Gerber-Messer las, wurde ihr übel.

Sie reichte verstört die Zeitung an die anderen neugierigen Bediensteten weiter. Immer wieder mußte sie an Annie denken, als sie ihr auf so hochmütige, gemeine Art in dem rosafarbenen Kleid gegenübergetreten war. Und sie erinnerte sich daran, wie stolz Annie auf ihre Schönheitsflecken gewesen war.

Brienne überlegte, ob sie Avenel schreiben sollte – er würde die Situation meistern –, aber sie entschied sich dagegen. Sie erinnerte sich nur zu gut an die Narben, die der Earl ihm zugefügt hatte. Und plötzlich wollte sie ihn unbedingt schützen.

Sie wußte jetzt, daß sie einen Weg finden mußte, sich mit ihrem Vater auseinanderzusetzen, bevor er an dem neuen Herrn von Osterley Rache übte.

Gerade weil sie es als so widerwärtig empfand, die Tochter des Earl zu sein, mußte sie etwas gegen ihn unternehmen. Die einzige Möglichkeit, die sie sah, war, einen mächtigeren Mann aufzusuchen, als es der Earl war. Sie würde sich an den Duke of Degarre wenden müssen.

Das war keine leichte Aufgabe gewesen, sagte sie sich einige Tage später. Zunächst hatte sie den Kutscher dazu überreden müssen, sie zum Castle Coombe zu bringen, wo der Duke lebte. Sie hatte zu einer Notlüge greifen müssen, um Mrs. Whitsome nicht zu beunruhigen. Sie behauptete, ein Rendezvous mit Mr. Harcourt zu haben. Es war Briennes großes Glück, daß die Haushälterin viel zu beschäftigt war, um als Anstandsdame mitkommen zu wollen. Sie hatte statt dessen ein junges Dienstmädchen mitgeschickt.

Brienne saß nervös in der Kutsche. Draußen regnete es. Was sie sich vorgenommen hatte, war wirklich eine grauenhafte Sache. Sie sah aus dem regennassen Fenster und entdeckte die ersten Türme des alten Schlosses. Bevor sie es sich versah, waren sie auch schon angekommen. Sie zog ihren Umhang über und stieg aus. Ihre kleine Anstandsdame hatte die ganze Zeit über geschlafen, und sie konnte das junge Ding ohne Probleme zurücklassen.

Sie schluckte ihre Angst und ihren Stolz hinunter, und ging auf das große Portal zu. Sie klopfte laut genug, um die Toten zu wecken. »Ich möchte zum Duke«, sagte sie dem Diener, der die Tür öffnete.

»Zum Duke?« Der große, dürre Mann öffnete die Tür ein Stück weiter und ließ sie eintreten.

»Ist er da?«

Der Mann sah sie grinsend an.

»Vielleicht erscheint Ihnen das etwas ungewöhnlich. Aber ich ...«

»Erklärungen sind nicht nötig. Der Duke hält sich um diese Zeit im Morgenzimmer auf. Folgen Sie mir.«

Sie folgte ihm durch düstere Flure und über ausgetretene Treppen, und schließlich führte er sie in einen großen Raum mit hohen, gotischen Fenstern und schäbigen Wandteppichen. Das erste, was ihr in diesem Raum auffiel, war nicht der Duke selbst, auch nicht der verwahrloste Zustand der Einrichtung. Es war der widerwärtige süßliche Geruch, der den Raum erfüllte. Ihr wurde übel, und sie mußte sich sehr zusammennehmen, um auf den thronartigen Sessel zuzugehen, auf dem der Duke saß. Sie hoffte inständig, daß sich ihr riskantes Unternehmen lohnen und der Duke sogleich etwas gegen ihren Vater unternehmen würde.

»Euer Gnaden, mein Name ist Brienne Morrow«, stotterte sie. Dieser massige Mann vor ihr war also der Duke of Degarre. Sie war überrascht, daß er so ungepflegt und leblos wirkte – und vor allem so schmutzig. Seine Kniehose war mit Flecken übersät und glänzte fettig. Er sah ganz und gar nicht aus wie eine Autorität. Und ihre Hoffnung sank vollständig, als sie seinem verschwommenen Blick begegnete.

»Morrow, erzählen Sie mir von dem jungen Morrow«, murmelte der Duke.

»Euer Gnaden, Sie müssen helfen. Oliver Morrow hat –« begann sie.

»Der Jüngere wird helfen. Berichten Sie mir von Morrow.«

»Ich werde Euer Gnaden von Morrow berichten«,

sagte sie mit vor Hoffnungslosigkeit und Wut zitternder Stimme. Dieser Mann würde kein Wort verstehen, was sie ihm zu sgen hatte. Kein Wunder, daß der Diener sie so schadenfroh angegrinst hatte. »Es ist Ihre Schuld, daß er diese grausamen Verbrechen ungehemmt begehen kann. Ich weiß nicht, warum. Es liegt an Ihnen und an Ihrer scheußlichen chinesischen Droge.«

»Wer sind Sie?« fragte er verwirrt. Er strich sich über den fetten, wulstigen Bauch und schien aufstehen zu wollen. Aber sein mit Drogen vollgepumpter Körper gehorchte ihm nicht.

»Ich bin Brienne Morrow! Ich bin die Tochter des Earl of Laborde!« Sie hob ihre Stimme. »Ich bin in der Hoffnung gekommen, daß Sie meinem Vater Einhalt gebieten. Ich hatte gehofft, daß Sie in der Lage sein würden ...!« Sie schluckte ihre Tränen hinunter. »Sie unwürdiger Mensch! Sie können wahrscheinlich nicht einmal allein aufstehen, und noch viel weniger über Ihr Herzogtum regieren!«

»Berichten Sie mir von Morrow. Der Jüngere wird uns alle retten. Dann ist meine Schuld gesühnt«, erklärte er euphorisch.

»Sie möchten von Morrow hören? Der Earl of Laborde ist ein Teufel. Er ist ein mörderischer, böser Satan. Und er muß daran gehindert werden, immer weiter seinen wahnsinnigen Lüsten zu frönen. Und wenn ich selbst etwas unternehmen muß.« Sie wandte sich zum Gehen. Sie wußte, daß die Fahrt hierher sinnlos gewesen war. Aber sie hätte es ahnen müssen. Ihr Vater hatte zügellos seine Verbrechen begehen können, und jetzt wußte sie auch, warum. Ihr Blick streifte noch einmal den trägen, drogensüchtigen Duke.

»Sie haben nicht von Morrow gesprochen!« Der Mann lachte nur. »Kommen Sie zurück, Mädchen! Sagen Sie mir, wer Sie sind!«

»Ich bin Brienne Morrow!« schrie sie. »Die Tochter vom Earl of Laborde!«

»Aber nein, nein!« kicherte er in seinem Delirium. »Der Earl hat keine Töchter!«

Sie blieb wie angewurzelt stehen. Keine Töchter! Erzählte der Mann ihr etwas über ihre Vergangenheit? Vielleicht machte er ihr in seinem Zustand gerade wichtige Enthüllungen – vielleicht war sie doch unehelich? Sie stand an der Tür. »Der Earl of Laborde – Olvier Morrow – ist nicht mein Vater?«

»Der Earl? Ihr Vater?« meinte er leise, aber ganz klar verständlich. Sein Lächeln war voller schmerzhaften Bedauerns, und dann sagte er etwas, das sie nie erwartet hätte: »Wie sollte er, Mädchen? Lord Oliver Morrow ist länger tot, als sie am Leben sind.«

25

»Erwägst du, Degarre einen Besuch abzustatten?« Cumberland hüstelte in seine Hand, als Avenel einigen Menschen grüßend zunickte. Sie waren auf sieben Gesellschaften gewesen, und das an fünf Abenden, und dieses hektische Leben zerrte allmählich an beiden Männern – besonders an Avenel, der noch unerbittlicher und launischer war als sonst. Er sah nicht so aus, als genieße er das Londoner Nachtleben und die hiesige Gesellschaft. Und immer häufiger fragte sich Cumberland, warum sie überhaupt diese öden Veranstaltungen besuchten.

»Haben Sie es gesehen?« Eine Frau rauschte auf eine kleine Gruppe von Leuten, die neben ihnen standen, zu.

»Was?« erkundigte sich ein junger Mann.

»Das Bild! In der Bibliothek! Es heißt, sie ist unbekannt. Oh! Aber so schön zu sein! Das ist einfach nicht anständig!«

»Was soll dieser Aufruhr? Ich habe diese Leute nie so aufgeregt gesehen, höchstens als das Gerücht umging, die Prinzessin de Lambelle würde auf einer Gesellschaft erscheinen«, brummte Cumberland. »Weißt du, Slane, ich muß schon zugeben, das ist ein stumpfsinniger Haufen – geistreich, daß sie einen in Sekundenschnelle zum Einschlafen bringen können.«

Avenel konnte ein Lachen kaum unterdrücken.

Das Abendessen dauerte endlos lange, und sie waren dankbar, als man sich endlich erhob und in die Bibliothek des Viscount zurückzog. Avenel ging direkt zu dem Marmortisch und füllte zwei Gläser mit Whisky. Er drehte sich um und reichte seinem Freund eins davon. Er selbst hatte schon mit zwei großen Schlucken die Hälfte ausgetrunken.

»Langsam, alter Junge«, sagte Cumberland und schaute den jüngeren Mann besorgt an. Avenel sah elend aus. Vielleicht war es an der Zeit, nach Hause, nach Osterley, zurückzukehren.

»Und jetzt – worüber sollen wir jetzt reden? Sollen wir diesmal auf den Franzosen herumtrampeln oder uns wieder über die Kolonien auslassen?«

»Slane, wir müssen das nicht mitmachen. Der Besuch dieser gesellschaftlichen Veranstaltungen nützt uns rein gar nichts. Es ist nun einmal nicht so, wie wir dachten. Im Grunde beurteilen diese Leute einen doch nur nach dem Geldbeutel – und deiner ist übervoll mit Gold und Silber. Du brauchst gar nichts zu beweisen.« Cumberland bemerkte, daß viele der Männer sich vor dem Kamin versammelten und ein großes Bild, das darüber hing, bewunderten.

»Ich glaube das allmählich auch. Aber wir müssen klug handeln. Es hat so lange gedauert und, wir haben versucht, so ...«

Cumberland sah seinen Freund erstaunt an, als er mitten im Satz innehielt. Auf Slanes Gesicht zeichneten sich die unterschiedlichsten Gefühle ab – Erleichterung, Freude, ja sogar Liebe konnte man erkennen, aber Cumberland sah auch heiße Wut. Verwirrt folgte er Avenels schockiertem Blick zu dem Bild. Dort sah er eine typisch pastorale Szene. Ein Mädchen – und nun durchzuckte es ihn auch. Obwohl Wochen seit ihrer Flucht vergangen waren, hatte er ihr Gesicht nicht vergessen. Sie trug ein grauenvolles Kleid, aber dennoch war sie wunderschön – Brienne Morrow. Von den windzerzausten kastanienbraunen Locken bis zu dem gehetzten Blick aus veilchenblauen Augen stimmte alles. Genauso hatte sie ausgesehen.

»Sie sagen, es ist von einem Mann namens Gainsborough?« fragte Cumberland nachdenklich. »Sind Sie ganz sicher?«

»O ja, der Viscount hat es selbst gesagt.« Die flachbrüstige Viscountess trank einen Schluck Tee. »Ich muß sagen, ich finde es eigenartig, daß Sie noch nie von dem Mann gehört haben. Er hat sich einen Namen gemacht seit seinen Tagen in Bath. Waren Sie vielleicht auf dem Kontinent?« Sie blickte ihn fragend an.

»Ach, nein. Ich meine – Ja! Auf dem Kontinent, natürlich.«

»Das habe ich mir gedacht. Ich hätte es doch gewußt, wenn Sie in England gewesen wären. Besonders, da Sie einen so gutaussehenden Freund haben.« Sie errötete.

Er stand auf. Er wußte, daß er unhöflich war, aber schließlich mußte er sich schützen. »Ich, ich muß jetzt gehen.« Er warf einen schweren Beutel mit Gold auf den Tisch. »Das wird für das Bild genügen.«

»Sie wollen tatsächlich schon aufbrechen? Aber Sie müssen doch zum Frühstück bleiben! Als Sie heute Morgen Ihre Karte hinterließen und darum baten, mich zu sehen, dachte ich, Sie würden –«

»Das ist ganz richtig, Mylady.« Er hüstelte. »Aber ich habe leider eine ganz unerwartete Verabredung mit Master Slane.«

»Ach ja«, sagte die Viscountess. »Vielleicht könnten Sie ihm meine Grüße ausrichten?« Sie blickte ihn bedeutungsvoll an, und er verstand die Botschaft.

»Natürlich, und ich bin sicher, er wird sehr geschmeichelt sein.« Cumberland war erleichtert, als die Viscountess aufstand.

»Das hoffe ich. Ich gehöre zu den höchsten Gesellschaftskreisen, wie Sie wissen. Sie müssen Master Slane klarmachen, daß es gut für ihn ist, Freunde in hoher Position zu haben. Denken Sie daran, man kann blaues Blut nicht kaufen.«

»Nein, Mylady.«

»Mein Diener führt Sie in die Bibliothek. Der Viscount wird wütend sein, wenn er entdeckt, daß ich das Bild verkauft habe, aber ich will es nicht im Haus haben. Das junge Ding ist bezaubernd, und es ist nicht gut, wenn das Gemälde alle Aufmerksamkeit auf sich zieht, nicht wahr?«

Er nickte knapp und küßte die fleischige Hand der Frau. Dann konnte er endlich in die Bibliothek gehen und die Leinwand aus dem Rahmen lösen.

Gott sei Dank, das wäre überstanden, dachte er, als er zur Tür geführt wurde. Es war ein Glück, daß er diese Aufgabe übernommen hatte. Wenn Avenel selbst hergekommen wäre, wäre er lebend verspeist worden!

»Hier ist es.« Cumberland bestieg die wartende Kutsche und reichte Avenel die zusammengerollte Leinwand.

»Wußte die Viscountess irgend etwas über das Modell?«

»Nein – nur, daß sie das Mädchen außerordentlich eifersüchtig gemacht hat.« Cumberland schluckte. »Aber sie schickt ihre zärtlichsten Empfehlungen, Slane. Und wenn ich sage, die zärtlichsten, dann meine ich das wörtlich.«

Avenel lachte wie seit Wochen nicht.

»Ich habe dem Kutscher schon gesagt, daß er uns zum Haus des Malers bringen soll. Er ist offensichtlich sehr bekannt. Sein Name ist Gainsborough.«

»Ist es sehr weit?« fragte Avenel besorgt.

»Du hast schon wieder Glück.« Cumberland lehnte sich zufrieden zurück. »Hast du alles bekommen?«

»Der Reiter brachte es heute morgen bei Tagesanbruch«, war alles, was er sagen konnte, bevor die Kutsche an ihrem Ziel angekommen war.

»Mr. Gainsborough empfängt keine Gäste ohne Voranmeldung. Er ist sehr beschäftigt, und das Morgenlicht ist für seine Augen am besten.« Ein kleiner, mürrischer junger Mann stand in der Tür und verwehrte ihnen den Eintritt.

»Wird das helfen, uns freundlicher zu empfangen?« Avenel ließ drei Goldstücke in die Hand des Mannes gleiten.

Der Diener starrte auf das Geld, dann ließ er sie herein.

»Wer ist an dieser verfluchten Tür?« dröhnte eine Stimme aus einem weiter hinten gelegenen Raum. Der junge Diener schürzte die Lippen und blickte die beiden Besucher vorwurfsvoll an.

»Wir sind wegen eines Bildes gekommen«, erklärte Avenel ruhig und wartete, bis der Maler in Erscheinung trat.

Gainsborough kam in die Halle. Er trug einen blauen Kittel. »Ein Bild, sagen Sie? Also gut, sagen Sie mir, wer Sie sind, damit ich sehe, ob man Sie als würdig betrachten kann, von mir porträtiert zu werden oder nicht.«

»Wir wünschen nicht, von Ihnen gemalt zu werden. Wir sind gekommen, weil wir Fragen zu einem Bild haben, daß Sie bereits gemalt haben«, erläuterte Avenel und versuchte, seine Ungeduld zu zügeln.

»Fragen? Worüber?« wollte der Maler wissen.

Avenel reichte dem älteren Mann die Leinwand.

»Die Herrin der Straße! Sie ist zurückgekommen!« rief der Maler aus.

»Ist sie hier?« Avenels Augen zogen sich gefährlich zusammen.

Cumberland legte beschwichtigend eine Hand auf seinen Arm.

»Hier? Nein. Wer ist sie?« fragte Gainsborough.

»Sie erzählen mir, daß Sie ihr Porträt gemalt haben, aber Sie wissen nicht, wer sie ist? Das finde ich äußerst merkwürdig.« Avenel trat drohend auf ihn zu.

»Beruhigen Sie sich, Sir! Ich habe das Porträt aus der Erinnerung gemalt. Das mache ich nicht oft, aber sie war unvergeßlich. Und doch, ich bin ihr nicht gerecht geworden«, murmelte Gainsborough und starrte konzentriert auf die Leinwand. »Das Gesicht stimmt. Aber der Rest – also, irgend etwas fehlt.«

»Das vielleicht?« Avenel nahm die Schachtel, die Cumberland unter dem Arm hielt. Als er sie öffnete, traten Meter um Meter schönster hyazinthfarbener Seide zutage. Er schüttelte das Kleid aus und legte es behutsam über einen Sessel.

»Ein wunderschönes Kleid, gehört es ihr?« Der Maler berührte ehrfürchtig den edlen Stoff.

Avenel nickte nur. »Wo haben Sie das Mädchen getroffen? Ging es« – seine Stimme wurde rauh – »ging es ihr gut?«

»Sie war ein seltsames Geschöpf«, erzählte Gainsborough unverblümt, denn er spürte, wie besorgt der Mann vor ihm war, und er verstand ihn. »Aber sie war gesund und munter. Ich war gerade in einer Buchhandlung, übrigens nicht einer sehr anständigen.« Er grinste die beiden vertraulich an, aber sie reagierten nicht darauf. »Also, ich erwartete wirklich nicht, dort eine Schönheit zu sehen. Sie suchte eine Stellung. Daher nenne ich sie ›Herrin der Straße‹. Sie wirkte wie eine Aristokratin – ihre Schönheit, Intelligenz und ihr Benehmen war edel – aber sie suchte eine Arbeit. Das war schon sehr ungewöhnlich. Und als ich sie fragte, ob ich sie porträtieren könne, weigerte sie sich, weil ich sie dafür nicht bezahlen wollte. Können Sie das glauben? Wir haben eine Weile miteinander verhandelt. Aber sie ließ mich einfach stehen. Ich war noch nie in meinem Leben so enttäuscht wie an diesem Tag. Ich lief ihr nach, aber sie war wie vom Erdboden verschluckt.«

»Sie brauchte also Geld.« Avenels Gesicht war aschfahl geworden. »Und das war in London?«

»Aber nein. Ich besuchte meine Schwester, Mrs. Mary Gibbon. Ich wohnte bei ihr, aber man ...«

»Wo?« fragte Avenel scharf. Er hatte nicht die Nerven, auf die Gesprächigkeit des Malers einzugehen.

»Himmel! Es war in Bath, natürlich.«

»In Bath!« rief Cumberland aus. »Mein Gott, sie war die ganze Zeit dort! Dieser verdammte Brief von Mrs. Whitsome! Das neue Mädchen, Slane – das muß Brienne gewesen sein. Oh, wie konnten wir nur so dumm sein!«

Wütend warf Avenel etwas Gold auf die Kommode in der Halle. »Das Bild gehört jetzt mir, und ich würde das Mädchen gern darin sehen.« Er zeigte ungeduldig auf das Kleid. Es folgte ein knapper Abschied, dann stürmten Avenel und Cumberland zu ihrer Kutsche.

26

›The Crescent‹ ist wirklich ein reizendes Haus, dachte Brienne, als sie den großen Bücherschrank im Arbeitszimmer polierte. Sie streckte den Rükken, während sie sich im Zimmer umschaute, die Möbel und die pastellfarbenen Wände gaben diesem Haus eine Wärme und Intimität, die dem eleganten, sehr modernen Osterley fehlte.

Unwillkürlich erinnerte sie sich an den Tag, an dem sie dem Herrn von Osterley zum ersten Mal begegnet war. Fast konnte sie jetzt schon darüber lachen, wie sehr sie sich damals gefürchtet hatte. Wie jämmerlich und klein sie dem großen, dunklen, angsteinflößenden Mann vorgekommen sein mußte.

Wie es ihm wohl ging? grübelte sie. Ob er je an sie dachte? Sie schloß die Augen, um diese schmerzvollen Fragen und Erinnerungen abzuschütteln. Es mußte ihr egal sein, was er tat, versuchte sie sich einzureden. Er machte sich nichts aus ihr. Nein, er haßte sie. Und ihr ging es besser ohne Avenel, viel besser!

»Ach! Wie sehen Sie nur aus, Miss!« rief Genny, ein junges Dienstmädchen, das von der Halle aus hereinschaute.

»Ich schätze, ich bin eine Sehenswürdigkeit.« Brienne blickte an sich herunter und sah, daß dicke braune Wachsflecken ihr Kleid ruiniert hatten.

»Mrs. Whitsome sagte, es geht Ihnen nicht gut, Miss. Sie sollten nicht so hart arbeiten.« Das Mädchen warf Brienne einen bewundernden Blick zu.

»Mir fehlt gar nichts«, widersprach Brienne. »Der

alte Tisch hatte Wachs nötig und der Schrank auch.« Sie strich sich eine Strähne aus der Stirn und hinterließ eine dunkle Wachsspur auf dem Gesicht. »Ich werde mich gleich waschen, und dann wird Mrs. Whitsome gar nichts merken.« Sie grinste dem Mädchen zu und verschwand die Hintertreppe hinauf.

Ein Bad zu nehmen war eine komplizierte Angelegenheit. Aber als Brienne in ihr kleines Zimmer kam und sich in dem glänzenden Metall, das ihr als Spiegel diente, sah, wußte sie, daß sie eins nötig hatte. Wachs klebte in ihrem Haar, war auf ihrem Gesicht und an den Händen verteilt. Sie seufzte und machte sich auf den Weg durch die kühlen Gänge zur Küche. Es war der einzige Ort, an dem die Bediensteten baden konnten.

»Liebes, Sie sehen ja schlimm aus!« begrüßte sie die Haushälterin von ihrem Sessel aus.

»Ich weiß. Ich fürchte, ich bin über und über mit Wachs bedeckt.«

»Also, Sie dürfen auf keinen Fall die schweren Wassereimer heben! Ich werde Ihnen das Bad vorbereiten!« Mrs. Whitsome legte ihre Handarbeit in den Sessel und stand auf, um das Wasser zu erhitzen. Auf Mrs. Whitsomes seltsame Bemerkung hin warf die Köchin den beiden einen neugierigen Blick zu. Aber dann entschuldigte sie sich schnell und verließ die Küche.

»Bitte, Mrs. Whitsome, ich kann mich doch selbst um das Wasser kümmern.« Brienne sah die Haushälterin irritiert an.

»Nein, Liebes. Es macht gar keine Mühe, wirklich nicht«, meinte Mrs. Whitsome entschlossen und wies Brienne an, sich auszuziehen.

»Geht die Köchin heute einkaufen? Ist das nicht sehr ungewöhnlich? Normalerweise geht sie doch immer zu Wochenbeginn.« Brienne stand dicht am Fenster und rieb sich unbewußt über die zarte Wölbung ihres Bauches und sah zu, wie ihr Bad vorbereitet wurde.

»Wir bekommen Besuch. Ich habe gerade die Nachricht und die Anweisung erhalten, alles dafür vorzubereiten.«

»Der neue Herr kommt?« Brienne lief ein Schauder über den Rücken. Aber sie faßte sich schnell. Sie hatte nichts mehr zu befürchten. Endlich hatte Mrs. Whitsome doch die Zustimmung bekommen, daß sie eine zusätzliche Hilfe einstellen durfte. Und da sie nur als einfaches Dienstmädchen hier beschäftigt war, würde sie vermutlich den Hausherrn nicht einmal sehen.

»Der neue Herr wird heute aus London eintreffen«, erzählte Mrs. Whitsome.

»So bald schon?« Brienne dankte ihr für das Bad und machte es sich in er Wanne bequem. Erst jetzt merkte sie, wie erschöpft sie war. Sie legte ihren Kopf zurück und schloß die Augen.

»Das Haus ist in Ordnung. Ich habe keinerlei Bedenken, daß irgend etwas nicht zur vollsten Zufriedenheit des Herrn sein könnte.« Die Haushälterin nahm ihre Arbeit auf und legte sie in den Nähkorb. »Ich muß die Laken durchsehen. Geht es Ihnen gut?«

»Natürlich. Warum sollte es mir nicht gutgehen?«

»Dann wünsche ich Ihnen ein angenehmes Bad. Keiner wird in die Küche kommen, also machen Sie sich keine Sorgen. Ich bin in ein paar Minuten wieder da«, sagte die Haushälterin lächelnd.

Brienne schloß wieder die Augen und döste in dem warmen Wasser. Viel zu schnell wurde sie jedoch von lautem Bellen geweckt, das vom Garten herüberhallte. Sie riß die Augen auf.

Dann sah sie zu dem Hund der Köchin, der dicht neben dem Kamin lag, die honigfarbenen Ohren wachsam spitzte und leise knurrte.

Brienne setzte sich auf und spähte durch eins der kleinen Fenster. Es befand sich ein anderer Hund im Garten, der fröhlich herumtobte und auf die Tür zusprang. Brienne wurde blaß. Das Tier war nicht nur groß und sehr schön, sondern auch weiß wie Schnee.

Sie zwang sich zur Ruhe. Sie machte es sich wieder bequem in der Wanne. Es mußte ein Irrtum sein. Der Hund, der da draußen vor der Tür bellte, war nicht Orillion.

Wieder blickte sie nach draußen und sah diese unheimliche Ähnlichkeit. – Oder war es doch möglich, daß es Orillion war? Sie biß sich verzweifelt auf die Lippe. War es möglich, daß Avenel die »Nummer eins«, genau wie Osterley, übernommen hatte? – Aber nein, sagte sie sich. Das konnte doch gar nicht sein. Hatte Mrs. Whitsome nicht gesagt, daß der neue Herr einen altehrwürdigen Titel hatte? Avenel Slane aber hatte keinen Titel. Er war Amerikaner.

Plötzlich hörte Brienne schwere Schritte, die sich der Küche näherten. Panik ergriff sie. Die Küche schien zu schrumpfen und zu einer winzigen, ausweglosen Falle zu werden. Sie wollte nach einem Handtuch greifen, aber bevor sie den Stapel Leinentücher erreicht hatte, hörte sie, wie die Tür aufgerissen wurde. Mit einem erstickten Schrei verschränkte sie schützend die Arme über der Brust und ließ sich tiefer in die Wanne sinken.

Sollte sie es wagen, sich umzudrehen? Sie wußte mit grauenvoller Gewißheit, daß der Mann, dem sie weggelaufen war, hinter ihr stand. Es war schwer, sich umzudrehen, und der Blick auf seine zornblitzenden, silbergrauen Augen traf sie bis ins Mark. Wut, Bitterkeit und Liebe durchströmten sie gleichzeitig.

»Wie kommst du hierher?« fragte sie und hoffte nur, daß ihre Stimme kalt und herzlos klang.

»Ich könnte dich dasselbe fragen, Wildblume.« Avenel stand auf der Schwelle und zog die Tür hinter sich zu.

»Du hast mich also gefunden.« Sie versuchte, sich forsch zu geben, aber sie überlegte fieberhaft, wie sie an die Handtücher gelangen konnte, ohne die Arme von der Brust zu nehmen. »Aber das heißt ja nichts, denn ich habe sowieso vor, bei nächster Gelegenheit von hier fortzugehen.«

»Mach, was du willst, Gassenmädchen!« Er ging auf die Wanne zu und fuhr mit seiner Hand über ihre wachsverschmierten Wangen und das Haar. »Aber wo willst du hin? Zum Haus deines Vaters in London? Das gehört inzwischen auch mir.«

»Aber ich gehöre nicht dir. Ich habe dich verlassen, erinnerst du dich? Und das werde ich wieder tun, und wenn ich auf der Straße leben müßte«, rief sie heftig.

»Du wirst nie auf der Straße landen, mein Liebes. Dafür werde ich schon sorgen.« Er strich zart über ihren seidenweichen Rücken, und Brienne fragte sich, ob er in seinem Zorn nicht viel lieber zur Peitsche gegriffen hätte. Sie wagte nicht, sich zu rühren, und schloß die Augen. Das Wasser war immer noch warm, aber sie zitterte und wünschte verzweifelt, er würde gehen, damit sie sich anziehen konnte.

»Ich bevorzuge die Straßen.« Sie schob seine Hand weg. So etwas wie an diesem Nachmittag in Osterley wollte sie nicht noch einmal erleben. Dann würde sie sich ewig hassen. Sich hassen, weil sie mit einem Mann geschlafen hatte, der sie nicht liebte und der sie nie lieben würde. Es wäre einfach unerträglich.

»Du würdest auf die Annehmlichkeiten eines Hauses verzichten? Manchmal denke ich, du hast tatsächlich den Verstand verloren, Liebes, wie alle in Osterley glauben.« Er lachte, aber gleich darauf verzog sich sein Mund zu einem schmerzlichen Grinsen. »Aber ich kenne dich besser als jeder andere. Und ich sehe deine Beweggründe ganz genau.«

»Dann weißt du auch, warum ich ein Leben in Not so hoch einschätze. Ich glaube, es wäre mir lieber, mich auf der Straße herumzutreiben und mit allen Männern zu huren, als nur mit dir.« Sie blickte ihm direkt in die Augen und konnte fast den Schmerz seiner Ohrfeige spüren. Sie war überrascht, daß nichts dergleichen geschah. Statt dessen sah sie nur, wie sich seine Augen zusammenzogen. Es war fast bewundernswert, wie gut er sich unter Kontrolle hatte.

»Komm aus der Wanne. Zieh dich an. Wir fahren nach Hause«, befahl er, und diesmal schien er keinen Widerspruch zu dulden. Aber sie rührte sich nicht. »Ich sagte …«

»Ich habe es gehört.« Schämte sie sich vor ihm? Wovor hatte sie plötzlich Angst?

»Komm schon, mein Liebes. So sehr mich der Anblick auch erfreut« – sein Blick fiel auf das Badewasser, das nur teilweise ihren sinnlichen Körper verdeckte – »wir müssen miteinander reden. Und ich denke, wir können das besser, wenn du etwas anhast«, sagte er und lächelte aufreizend.

»Dreh dich um«, forderte sie, »dann werde ich mich anziehen.«

»Du weißt doch, daß es nichts an deinem Körper gibt, was ich nicht schon gesehen hätte.« Unverschämt grinsend nahm er auf der Bank vor ihr Platz. »Steh jetzt auf.« Er hielt ihr ein großes Tuch hin.

»Nein.« Schnell griff sie nach dem Stapel Tücher, aber er schob sie außer Reichweite. Sie war gezwungen, wieder ihre Arme über der Brust zu verschränken.

»Ich kann dir versichern, daß ich nicht zudringlich werde. Steh auf«, befahl er noch einmal.

»Bitte dreh dich um.« Sie unternahm noch einen letzten Versuch, sich zu retten – wovor, das wußte sie eigentlich selbst nicht so genau.

»Brienne« – er beugte sich vor und legte ihr die Hand in den Nacken – »Wovor hast du Angst? Es ist, als sei etwas an deinem Körper, das du verstekken ...« Seine Worte erstarben ihm auf den Lippen. Plötzlich erschien ein Glanz in seinen Augen. »Raus aus der Wanne.«

»Avenel, nicht.« Sie wußte, was er dachte.

»Sofort!« Bevor sie sich wehren konnte, legte er seine Hände unter ihre Arme und zwang sie, aufzustehen. Badewasser spritzte an seine Weste und die Hose, aber er schien es gar nicht zu bemerken. Er starrte auf ihren Körper und die winzigen Veränderungen, die mit ihm vorgegangen waren, seit er sie zuletzt gesehen hatte.

»Laß mich los!« Er gehorchte augenblicklich. Sie stieg schnell aus der Wanne und griff nach einem Tuch, um sich einzuhüllen.

»Das Kind muß groß sein, wenn schon –«

»Es gibt kein Kind!« schrie sie.

»Brienne!« Er stand auf und kam auf sie zu. »Sag es mir. Ich habe ein Recht, es zu wissen!«

»Verdammt! Oh, du verdammter Kerl!« schrie sie und trat von ihm zurück. »Warum mußtest du mich finden?« Sie wünschte sich verzweifelt, abzustreiten, was geschehen war! Aber tief in ihrem Inneren wußte sie, daß es sinnlos war, Avenel würde die Wahrheit herausfinden.

Er kam näher, und sie wich zurück, bis sie so dicht am Kamin stand, daß sie sich fast verbrannte. Sie versuchte, sich hinter dem Handtuch zu verbergen, aber er riß es ihr vom Leib und schleuderte es in eine Ecke des Raumes. Sie schnappte erschrokken nach Luft und sah zu, wie er seine Hand auf ihren nackten Bauch legte.

»Es ist wahr«, flüsterte er, und plötzlich wußte sie, daß er recht hatte. Sie hatte bisher verdrängt, daß Veränderungen mit ihrem Körper vor sich gingen, die eindeutig waren. Obwohl ihr Unterleib immer noch straff und jung aussah, hatte sich ein kleiner Bauch gebildet, und die Kleider waren ihr seit einiger Zeit so eng vorgekommen. Ihr Busen war weicher und voller geworden.

Avenel entging nicht die kleinste Kleinigkeit. Für ihn war der Unterschied noch klarer, weil er sie so lange nicht gesehen hatte. Vor den Bediensteten hier im Hause hatte sie es bisher verbergen können, weil sie jeden Tag zusammenkamen. Aber als sie in sein Gesicht blickte, wußte sie, daß sie es nicht mehr verleugnen konnte.

Auf seinem harten, kantigen Gesicht spiegelten sich die unterschiedlichsten Gefühle, zuerst ein kurzes Aufblitzen von Schuld, dann Überraschung und schließlich Mißtrauen. Aber als er sprach, klang seine Stimme ruhig und besonnen. »Und natürlich behauptest du, daß ich der Vater bin.«

»Ich behaupte es gar nicht.« Sie versuchte, nach ihrem Umhang zu greifen, der über dem Sessel hing, aber er hielt sie an der Taille umfaßt.

»Ich verstehe.« Avenels Augen wurden schmal. »Bist du vergewaltigt worden, oder hast du es getan, weil du Geld brauchtest?«

»Vergewaltigung? Das war nach den großen Anstrengungen, mich zu verführen, nicht nötig«, sagte sie bitter.

Dieser Stich hatte getroffen. »Ich hoffe, daß du wenigstens gut dafür bezahlt worden bist. Im Bett, Liebling, bist du Gold wert.«

»Gut bezahlt. Schau mich doch an. Du siehst ja selber, wie gut ich bezahlt worden bin, du gemeiner –«, schrie sie zornig.

»Soll ich deinen geheimnisvollen Liebhaber umbringen?« Er zog sie an sich. »Oder hast du eine gewisse Zuneigung für den Bastard, der dir das angetan hat?«

»Du bist der Bastard, der mir das angetan hat!« Als sie auf diese Eröffnung hin nichts als selbstgefällige Zufriedenheit in seinen Augen sah, zischte sie: »Aber glaube mir, ich empfinde nichts als Haß für den Vater.«

»Dazu hast du gute Gründe, Wildblume.« Er streichelte ihren Bauch. »Aber ich bin nicht so ein Idiot, deinen Worten Glauben zu schenken. In deinen Augen erkenne ich alles andere als Haß.«

»Laß mich in Ruhe, Avenel. Du hast in deinem kalten Leben keinen Platz für mich oder ein Kind.«

Er lachte. »Keinen Platz für dich?« Er trat einen Schritt zurück und stieß mit dem Fuß heftig gegen die Bank, daß sie umfiel. Aber das schien ihn nur wenig zu erleichtern, er umkreiste sie, als müßte er nachdenken, was er mit ihr anfangen sollte. »Ich habe jeden Platz für dich. Ich brauche dich. Oliver Morrow hat dafür Sorge getragen.«

»Avenel!« – versuchte sie mit ruhiger Stimme zu sagen – »Mrs. Whitsome und ich haben vor, Bath zu verlassen und in ihr Häuschen auf dem Land zu ziehen. Sie wird mir beibringen, wie man Spitzen häkelt, und dann können wir vielleicht ein Geschäft aufmachen.« Sie stockte und schluckte den Kloß in ihrem Hals herunter. »Ich habe weder das Bedürfnis noch den Wunsch, irgendwelche Forderungen an den Vater des Kindes zu stellen.«

Avenel schwieg lange. Und Brienne dachte schon, er habe sie gar nicht gehört. Als sie es nicht mehr länger aushielt, nahm sie ihren Umhang und hüllte sich darin ein.

»Weißt du denn nicht, wie reich ich bin?« fragte er. »Weißt du denn nicht, in welchem Luxus du als Mutter meines Kindes leben könntest?«

»Ich werde nie wieder deine Gefangene sein – das weiß ich.«

»Du willst unserem Kind den Vater nehmen?«

»Dann ist das Kind ...« *eben nicht deines!* wollte sie sagen, aber als sie ihn ansah und die Frage in seinem Gesicht las, wußte sie, daß sie nicht lügen konnte. »Du verdammter Mensch! Du kannst mich nicht haben!«

»Ich werde dich haben. Ich hatte dich«, beharrte er. »Hast du eine Ahnung, was mir das Kind bedeutet? Zwanzig Jahre und mehr, Brienne ... ich habe kein Kind.«

»Diese Narben an deinem Unterleib waren kein Hinderungsgrund für dich, mich mit in dein Bett zu nehmen. Und jetzt weißt du, daß sie dir nichts anhaben konnten. Durch mich ist dir Gerechtigkeit widerfahren. Du hast entdeckt, daß die Wunden, die dir mein Vater zugefügt hat, nicht so tief sind, wie du meintest.« Sie riß sich aus seinem eisernen Griff los.

»Gerechtigkeit wird mir widerfahren, wenn ich die Tochter des Earl und sein Enkelkind in Osterley habe.«

»Niemals«, schwor sie. »So, und jetzt muß ich mit Mrs. Whitsome sprechen, damit wir heute noch abreisen können.«

»Ihr fahrt nicht.« Die Worte kamen leise und drohend.

»Du mußt deine Männlichkeit an einer anderen Frau beweisen, Avenel.« Tränen brannten in ihren Augen, als sie zur Tür ging.

»Ein Baby! Gütiger Gott!« Cumberland konnte sich kaum fassen. Er saß im Arbeitszimmer bei einem Glas Whisky. »Ist es möglich? Kann es deins sein, Slane?«

»Wenn es möglich ist, dann ist es meins.« Avenel stützte beide Ellenbogen auf den Tisch und hielt sich den Kopf. Er sah ganz und gar aus wie ein werdender Vater.

»Das ist der größte Segen! Dein Vater muß vom Himmel herunterlachen vor Glück!« Cumberland hob aufgeregt sein Glas. Aber er senkte es wieder, als er sah, wie finster Avenels Gesichtsausdruck geworden war. »Slane, erzähl mir nicht, daß du nicht außer dir bist vor lauter Glück.«

»Und wenn sie lügt?«

»Du meinst, was ihre Schwangerschaft betrifft? Sei nicht albern! Wie sollte sie? Du hast es doch selbst gesehen!«

»Ich meine, wenn ein anderer der Vater ist.« Avenels Augen schimmerten dunkel vor Erregung. »Das Kind muß meins sein. Aber, mein Gott! Ich dachte immer, ich hätte längst ein Kind haben müssen. Und es ist nie geschehen!«

»Brienne würde nicht lügen«, versicherte Cumberland nachdenklich. »Nein, das Mädchen würde so etwas nicht tun. Sie ist kein unaufrichtiger Mensch.«

»Nicht unaufrichtig! Sie haut mir eine Vase über den Schädel, sie rennt von Osterley fort und ist wochenlang wie vom Erdboden verschluckt. Erzähl mir nicht, daß das Mädchen nicht unaufrichtig ist.«

»Sie hatte ihre guten Gründe, fortzulaufen, und wir kennen sie jetzt.« Cumberland warf seinem Freund einen anklagenden Blick zu. »Sie war noch unschuldig, als du ...?«

»Natürlich!«

»Dann gibt es überhaupt keinen Grund, an der Vaterschaft zu zweifeln. Ich habe mit der Haushälterin gesprochen, und sie hat mir genau angeben können, wann Brienne angekommen ist. Das Mädchen ist zu Fuß hergekommen und hat Tage gebraucht, bis sie ihr Ziel erreicht hatte.«

»Aber in der Zwischenzeit?«

»In der Zwischenzeit? Also wirklich – sie ist nicht so eine, und du weißt das ganz genau.« Cumberland musterte den Freund aufmerksam. »Ich sehe doch das Leuchten in deinen Augen, Slane. Du weißt, daß es dein Kind ist.«

»Und Oliver Morrows Enkelkind.«

Cumberland erhob sich und schlug ihm freundschaftlich auf den Rücken. »Vergiß es, Slane. Das ist jetzt nicht mehr wichtig.« Er holte tief Luft. »Also, wie sollen wir ihn nennen?« Er zwinkerte. »Vielleicht sollten wir über die Hochzeit nachdenken. Wann wird sie stattfinden?«

»Nicht in nächster Zukunft, das versichere ich dir.« Avenel schlug mit der Faust auf den Tisch.

»Du willst das Kind verleugnen? Erinnerst du dich nicht an deinen Schwur? Wir waren in Baltimore, nicht wahr?«

»Ja, ja«, antwortete Avenel gereizt.

»Du warst ziemlich betrunken und hast eine Frau nach der anderen beglückt. Ich erinnere mich genau, daß du sagtest, du würdest jedes Mädchen heiraten, das ein Kind von dir erwartet, und wenn es auch ein Straßenmädchen sei. Das hast du gesagt, Slane, Wort für Wort.«

»Das trifft hier nicht zu.«

»Brienne ist kein leichtes Mädchen, natürlich nicht. Aber was du gesagt hast, gilt. Und alles ist viel besser gekommen, als wir es uns je erträumt haben! Brienne Morrow wird die perfekte Herrin von Osterley abgeben. Aber viel wichtiger ist, daß sie die perfekte Frau für dich ist.«

»Eine schlechtere Wahl hätte ich nicht treffen können!«

»Worauf es einzig ankommt, ist, daß du sie liebst. Du hast wochenlang nach dem Mädchen gesucht. Und das mit einer Ausdauer, die ich dir nie zugetraut hätte. Gib es zu – du kannst ohne sie nicht leben, und wenn das keine Liebe ist, was ist es dann?«

»Ich kann Brienne nicht heiraten. Und du weißt das.«

»Du willst es zulassen, daß dein einziges Kind unehelich zur Welt kommt?«

»Lieber unehelich als gar nicht!« schrie Avenel wütend.

»Komm schon, Slane, sein eigenes Enkelkind? Sicher würde der Earl seinem eigenen Fleisch und Blut nichts antun«, sagte Cumberland.

»Und wenn es gar nicht sein Enkelkind ist? Was wissen wir überhaupt über Briennes Vater? Morrow ist der einzige, der sicher weiß, ob er wirklich ihr Vater ist. Nein, dieses Risiko können wir nicht eingehen. Wir müssen sehr vorsichtig sein. Eine Hochzeit ist nicht möglich. Je weniger Menschen über Briennes und meine Beziehung Bescheid wissen, desto besser. Und desto sicherer werden sie und das Kind sein.«

»Und die Haushälterin? Sie wird sicher ahnen, wer der Vater des Kindes ist. Was machen wir mit ihr?«

»Wir nehmen sie mit nach Osterley.«

»Ich denke, das ist wirklick das Beste. Aber was soll aus uns werden, Slane?«

»Ich weiß es nicht. Aber was auch immer geschieht« – er blickte seinen Freund kampflustig an –, »es wird in Osterley stattfinden. Das kann ich dir versichern.«

27

»Genny, versprechen Sie, niemandem ein Sterbenswörtchen zu verraten.« Brienne faltete mit zitternden Händen die Nachricht und reichte sie dem Mädchen.

»Nein, Miss. Ich werde es direkt zu ›The White Hart‹ bringen. Und ich gebe den Brief nur Mr. Harcourt persönlich.«

»Danke.« Brienne lächelte ihr dankbar zu. »Ich hoffe nur, Mr. Harcourt kann morgen früh sehr zeitig hier sein. Ich kann nicht länger warten.«

»Ja, Miss.« Genny warf ihr einen traurigen Blick zu, als sie mit dem Brief hinausging.

Kurze Zeit darauf erschien Avenel auf der Türschwelle. Brienne blickte beunruhigt von ihrem Platz vor dem Kamin auf, vor dem sie ihr Haar trokkenkämmte. Sie war inzwischen in das herrschaftliche Schlafzimmer umquartiert worden. Die zwei Dienstmädchen hatten ihr sogleich noch einmal ein Bad gerichtet, und Brienne war das alles grauenhaft unangenehm. Aber sie hatte sich gefügt und nun endlich das Wachs, das immer noch in ihrem Haar klebte, herausgewaschen. Die Situation war ihr unangenehm, und sie wußte nicht, wie sie Mrs. Whitsome das alles erklären sollte. Die Haushälterin hatte sofort die beiden Mädchen zu ihr geschickt und benahm sich ihr gegenüber wieder förmlicher. Avenels Ankunft schien ihre freundschaftliche Beziehung beeinflußt zu haben, und Brienne bedauerte es sehr. Mrs. Whitsome war fast so etwas wie eine Mutter für sie geworden.

»Beeil dich, Wildblume. Laß uns einen kurzen Spaziergang machen, ja?« bat Avenel.

»Es ist doch schon dunkel. Das scheint mir keine so günstige Zeit für einen Spaziergang.« Brienne drehte ihm den Rücken zu und starrte ins Feuer. Es war fast wie ein Wunder, aber schon waren die ersten Kleider aus Osterley eingetroffen. Und eins davon hatte sie angezogen. Unbeirrt kämmte sie sich weiter und ignorierte Avenel. Morgen früh würde Ralph kommen, und bis dahin mußte sie durchhalten.

»Günstig oder nicht, wir müssen miteinander reden. Komm, beeil dich.« Avenel griff nach einem pelzbesetzten Umhang, der auf dem Sofa lag, und hielt ihn für sie bereit. Ehe sie sich's versah, warf er ihr den Umhang über und zog sie zur Treppe.

Cumberland begrüßte sie in der Halle mit einer Umarmung. Brienne erwiderte seine Herzlichkeit mit kühler Zurückhaltung. Sie mochte Cumberland, aber er war Avenels Freund.

»Rose hat Sie vermißt, mein Kind«, sagte Cumberland.

»Sie fehlt mir«, antwortete Brienne bedrückt. »Geht es ihr und Vivie gut?«

»Rose geht es sehr gut. Mir scheint, die Ehe bekommt ihr hervorragend. Vivie war sehr aufgebracht, seit Ihrem ... ah, sollen wir sagen, seit dem Verschwinden. Ist es Ihnen gut ergangen, mein Kind? Ich muß sagen, Sie sehen ganz entzückend aus. Sie haben eine blendende Gesichtsfarbe.«

»Mir geht es gut.« Bevor sie noch mehr sagen konnte, wurde sie von Avenel durch die Haustür ins Freie geschoben.

Sie blieben vor dem Tor stehen und lauschten auf

die Geräusche der Nacht. Aus der Ferne hörte man die Glöckchen von den Schafen, die auf einer Weide standen, man vernahm die leisen Stimmen von vorbeieilenden Fußgängern. Brienne spürte, daß sich Avenels Arm um sie legte.

»Ich habe dich vermißt, Wildblume. Kannst du mir das glauben?« Avenel zog ihr die Kapuze vom Kopf und liebkoste ihr Haar.

»Ich bin sicher, du hast dich in meiner Abwesenheit getröstet.«

»Nein, gar nicht. Keine ist wie du, Kleines.«

Sie lachte bitter. »Keine ist so hohlköpfig wie ich, das stimmt.« Sie versuchte, sich von seinem Arm zu befreien, aber er hielt sie fest. »Ich werde nicht bei dir bleiben. Ich komme nicht mit nach Osterley.«

»Und wohin willst du gehen, wenn nicht zu mir? Wo sonst bist du vor deinem Vater sicher? Hier?«

»Nein. Ich will nicht hierbleiben. Offensichtlich ist Bath nicht der rechte Ort für mich. Ich habe ihn hier gesehen, Avenel. Er ist hier in Bath.« Ein Angstschauder lief ihr über den Rücken bei der Erinnerung an Oliver Morrow auf dem Marktplatz.

»Ich weiß. Er hat versucht, das Haus zurückzubekommen. Ich habe Leute auf ihn angesetzt – Brienne, ich weiß, wo Oliver Morrow ist und was er tut.« Er schüttelte sie sanft. »Kannst du dir vorstellen, was ich empfunden habe, als ich herausfand, daß du in seiner Nähe bist? Du bist von mir weggelaufen, und beinahe in die Armes unseres Feindes gerannt.«

»Mein Vater hat mich nicht gesehen. Und ich werde das Risiko nicht eingehen, ihm noch einmal zu begegnen«, beharrte sie.

»Du kommst also mit nach Osterley?« Avenels Stimme klang erleichtert.

»Nein, ich ziehe zu Mrs. Whitsome. Wir werden in ihrem Haus leben. Dort kann mich der Earl nicht finden.«

»Mrs. Whitsome hat bereits zugestimmt, uns nach Osterley zu begleiten.«

»Du lügst. Sie würde mich nie im Stich lassen«, rief Brienne entrüstet.

»Das würde sie nie tun, das ist wahr. Aber weil du mit nach Osterley kommst, hat sie nur zu gern ihre Dienste als Haushälterin dort angeboten.«

»Ich gehe nicht mit. Ich habe ein Recht auf mein eigenes Leben, und ich will nicht länger deine Gefangene sein. Ich bin nicht dein Eigentum.«

Brienne riß sich von ihm los und sah plötzlich am Himmel ein leuchtendes Licht. So etwas hatte sie bisher noch nie gesehen. Ein großer Stern mit einem langen weißen Schweif zog über den kalten Nachthimmel. Sie trat erschrocken zurück in Avenels Arm. Aber bald war nichts mehr zu sehen, und sie machte sich wieder los.

»Ein schlechtes Omen«, hörte sie Avenel flüstern. »Es war Weihnachten, als solch ein Stern in Maryland am Himmel erschien, es war im Jahr 1758. Aus diesem Grund wollte mein Vater nach England zurückkehren. Zwei Wochen später erlitt er einen Herzanfall und starb.« Avenel hielt sie so fest, daß sie fast Angst hatte, er würde ihre Arme brechen. »Du mußt zurückkommen. Du trägst mein Kind unter dem Herzen, und du brauchst Schutz. Verstehst du mich?«

Sie verstand seine Worte, aber was er damit sagen wollte, war schwer zu akzeptieren. Sie wollte nicht an Annie denken. »Ihr Amerikaner! Seid ihr immer so abergläubisch?« fragte sie spöttisch. »Bestimmt braucht man sich wegen eines gefallenen Sterns keine Sorgen zu machen.«

»Verstehst du mich?«

»Nein! Verdammt! Ich verstehe überhaupt nichts! Ich verstehe dieses Ungeheuer nicht, das behauptet, ich sei seine Tochter. Ich verstehe dich nicht und auch nicht deine Beziehung zu Osterley. Ich will allein sein. Ich will zurück nach Wales und mein Baby zur Welt bringen. Es ist nur mein Kind. Und es wird nicht in Gefangenschaft aufwachsen!« Sie schluchzte.

»Ich will nicht mit dir streiten, Wildblume. Ich habe wochenlang in jedem Winkel von Wales nach dir gesucht. Du mußt aber auch meine Position verstehen. Das Baby ist mein Fleisch und Blut. Es muß in Osterley aufwachsen.«

»Du redest, als hätte das Kind einen besonderen Wert für dich, aber du willst dich nur an meinem Vater rächen.«

»Ich beabsichtige nicht, das Kind aufzugeben, wenn der Earl tot ist.«

»Nein? Aber was für einen Nutzen hat es dann noch für dich?«

»Ich bin der Vater, Brienne. Und mein Kind wird nirgendwo sonst als in seinem rechtmäßigen Zuhause aufwachsen.«

»Du hast keinerlei Ansprüche auf das Kind, Avenel. Ich empfing es, als du mich betrogen und verraten hast. Das Kind soll lieber vaterlos aufwachsen als erfahren, unter welchen Umständen es gezeugt wurde.«

»Nenne mir doch diese Umstände! Sag mir, wie

grauenhaft diese Nacht in meinem Schlafzimmer für dich war!« schrie er sie jetzt fast an.

»Es war grauenhaft!« weinte sie. »Ich bin mit dir nur aus einem einzigen Grund ins Bett gegangen. Aber es war doch ein Betrug! Am Morgen erfuhr ich dann, welche Rolle ich in deinem heimtückischen Plan spielen sollte. Ich fand heraus, wie dumm ich war.« Eine Träne rollte über ihre Wange. Sie wollte nicht, daß er sah, wie sehr sie dieses Gespräch mitnahm, und drehte den Kopf zur Seite.

»Du warst nicht dumm, Brienne. Aber mich jetzt zurückzuweisen, das ist dumm. Du kommst mit mir zurück nach Osterley.«

»Nein! Nein! Ich verlasse dich! Mein Kind soll in der Gewißheit, es sei aus Liebe gezeugt, aufwachsen, auch wenn ich mein ganzes Leben lang lügen muß!« Mit diesen Worten wirbelte sie herum und lief weg. Sie haßte sich dafür, daß sie in seiner Gegenwart Gefühle zeigte.

»Brienne!« Er folgte ihr, aber bevor er sie eingeholt hatte, rutschte sie auf dem feuchten Kopfsteinpflaster aus und stürzte.

»Mein Gott!« schrie Avenel entsetzt. »Hast du dir wehgetan?« fragte er, als er bei ihr war.

»Nein. Es ist nichts«, antwortete Brienne zerknirscht. Sie blickte an sich herunter und sah, daß ihr Kleid naß und schmutzig war.

»Wenn du je wieder so etwas Verrücktes tust, werde ich dich einsperren und den Schlüssel wegwerfen!« Ärgerlich half ihr Avenel auf die Füße.

Verletzt durch seine barschen Worte, wehrte sie sich gegen seine Hilfe und funkelte ihn wütend an. »Machst du dir Sorgen um mich oder um deinen kostbaren neuen Besitz, das Enkelkind des Earl?«

Als er ihr keine Antwort gab, schluchzte Brienne verzweifelt und stürmte die Stufen zum Haus hinauf und in ihr Schlafzimmer.

Kurze Zeit später tauchte er dort auf. »Zieh deine nassen Sachen aus. Ich habe dir das Abendessen hierher bestellt.«

»Ich möchte nichts«, fauchte Brienne. Ihr Kleid war wirklich naß, aber sie wollte sich nichts von ihm befehlen lassen.

»Gut«, sagte er und begann sie auszuziehen.

»Was hast du vor?« Sie versuchte ihn abzuwehren, aber er kümmerte sich nicht darum. Wie immer übernahm er das Kommando, und das ärgerte sie.

»Ich behandle dich wie das Kind, das du sein willst.«

»Ich kann das selbst tun!« protestierte sie. »Warum mußtest du mich finden? Warum war das so wichtig für dich?« Es verblüffte sie, daß er nach Bath gekommen war, um sie zurückzuholen. Hatte er denn nicht schon seine Rache gehabt? – Hatte er nicht jetzt wichtigere Kämpfe auszufechten als diesen mit ihr? – Sie wartete gespannt auf seine Antwort.

Aber er schien sie gar nicht gehört zu haben. Er zog sie bis aufs Hemd aus. Erst als er versehentlich über ihre Brust strich und seine Hand zu zittern begann, trat er zurück.

»Zieh das hier an.« Er warf ihr ein blaues Samtkleid zu. Sie fing es auf und zog sich an.

Brienne setzte sich auf einen Stuhl und dachte über ihre Zukunft nach. Sie merkte kaum, daß ihr Essen gebracht wurde. Genny, die Ralph Harcourt Briennes Nachricht überbracht hatte, kam mit einem riesigen silbernen Tablett ins Zimmer.

Zusammen mit dem Essen hatte Genny auch ein Glas Whisky für Avenel gebracht. Er saß lässig in seinem Sessel und trank. Der Duft von gebratenem Lamm und heißem Feigenpudding stieg Brienne in die Nase, und mit einemmal merkte sie, wie hungrig sie war. Sie benutzte das Essen als Grund, nicht mit Avenel sprechen zu müssen.

»Laß das. Du bist kein Dienstmädchen.« Er blickte sie finster an, als sie nach dem Essen abräumen wollte.

»Es ist mir peinlich, mich bedienen zu lassen.« Sie blitzte ihn zornig an, aber sie stellte das Tablett wieder ab. Dann setzte sie sich hin und blickte ins Feuer, bis sie müde wurde.

»Erinnerst du dich an die Nacht, die wir zusammen in der Jagdhütte verbrachten, Wildblume?« fragte er. Die Traurigkeit in seiner Stimme erstaunte Brienne.

»Nein«, log sie.

»Ich entsinne mich, daß ich in der Nacht wach wurde und nicht wußte, wer du bist. Ich dachte, du seist ein Bauernmädchen. Aber als das Fieber sank, wußte ich, wen ich wirklich gesehen hatte. Ich war so traurig, daß du nicht dieses Mädchen warst, das Mädchen ohne Vergangenheit.«

»Du hast phantasiert«, erwiderte sie. Warum quälte er sie so? Mußte er sie denn immer wieder von neuem erniedrigen? Sie zwang sich, an Ralph Harcourt zu denken und daran, daß sie am nächsten Morgen schon frei sein würde.

Er starrte sie an, bis sie es nicht mehr ertragen konnte und ihm einen empörten Blick zuwarf. Er war gänzlich unbeeindruckt und beugte sich zu ihr, um sie mit einem Kuß zu besänftigen.

Sie hätte ihn zurückweisen sollen. Sie hätte ihren Kopf beiseite drehen sollen und ihm zeigen müssen, wie distanziert sie ihm gegenüberstand. Aber sie tat nichts dergleichen.

Sie stöhnte und wurde plötzlich von einer wilden, unbezwingbaren Sehnsucht nach ihm ergriffen. Verzweifelt versuchte sie, ihre Gefühle zu unterdrücken, aber es gelang ihr nicht. Avenel war gefährlich, besonders wenn er so ruhig und sanft war. Sie öffnete ihren Mund, und schon verfing sie sich in dem Netz, das er in Osterley über sie geworfen hatte. Sie mußte fort von ihm, morgen würde sie ihn verlassen ...

Sein Körper reagierte auf ihre unerwartete Lust, und Brienne war überrascht, als er sie plötzlich freigab. Er wollte gehen, aber sie klammerte sich an ihn.

»Was ist mit dir?« Er sah sie fragend an. »Ist meine süße kleine Jungfrau in den letzten Wochen so einsam gewesen?«

»Ich bin keine Jungfrau«, flüsterte sie beschämt.

Seine warmen Hände glitten an ihrem Hals entlang über ihr Dekolleté und schoben sich unter ihr Mieder. Er strich über ihre Brustwarzen, bis ihr ein Schauer über den Rücken lief.

»Ich kann fast so etwas wie Liebe in deinen Augen sehen, Avenel. Aber selbst wenn du heute nacht bei mir bleibst, weiß ich nicht, was morgen sein wird.«

»Wenn du glaubst, daß du Liebe siehst, dann zweifle nicht länger, Wildblume.« Er küßte sie wieder, und dann hob er sie hoch und trug sie zum Bett. Mit einer seltenen Mischung aus Freude und Scham, Spannung und Erleichterung ließ sie es zu, daß er sie auszog. Dann legte er seine große Hand auf die zarte Rundung ihres Bauches. Erst viel später beugte er sich über sie und hauchte Küsse auf ihre nackte Haut.

»Du hast mir sehr gefehlt, Kleines.«

Er riß sich seine Kleider vom Leib, und bevor sie begriff, wie ihr geschah, lag er neben ihr und huldigte ihr wie einer Gottheit. Seine Küsse waren sinnlich. Brienne wurde schwach und sehnte sich nach mehr. Sie stöhnte und stammelte immer und immer wieder: »Ich will das, ich will das ...«

Sie hörte sein Stöhnen und spürte, wie erregt er war. Sie gab sich ihm ganz hin. Ihr Körper und ihre Seele verzehrten sich nach diesem Mann. Wenn er seinen Zauber über sie breitete, vergaß sie alles andere.

Erst als er sich auf sie legen und in sie eindringen wollte, verkrampfte sie sich und deckte schützend ihre Hände über ihren Bauch. Aber er schob sie sanft beiseite und versicherte ihr, daß es dem Baby nicht schaden würde. Er stützte seinen Körper auf den Händen ab, um nicht mit vollem Gewicht auf ihr zu liegen. Sie öffnete sich ihm, und gemeinsam erklommen sie den höchsten Gipfel der Lust.

»Verlaß mich nie wieder, Brienne. Verlaß mich nie wieder!« stieß Avenvel hervor. Brienne nickte stumm.

Lange lagen sie sich in den Armen und fanden erst viel später in die Wirklichkeit zurück. Draußen waren die Stimmen von den Dienstmädchen zu hören.

»Brienne.«

Sie stützte sich auf den Ellenbogen und küßte Avenel auf den Mund.

»Hör mal.«

»Ich kann nicht.« Sie küßte ihn wieder und hoffte, sie könnte ihn in die schweigsame, traumähnliche Welt ihrer Liebe zurückführen.

»Liebes, komm zurück nach Osterley.« Die Worten schienen ihm schwerzufallen. »Dafür werde ich dir alles geben, was du willst, alles, was ich habe. Nur bekämpfe mich nicht mehr, Kleines. Komm mit mir nach Osterley.«

Brienne zögerte mit der Antwort. »Ich gehe unter einer Bedingung mit dir.«

»Was forderst du?« Er hob mißtrauisch eine Augenbraue.

Ich möchte das Mädchen ohne Vergangenheit sein, dachte sie und blickte ins Feuer. Ich möchte, daß du mich liebst.

»Brienne? Was willst du von mir?« fragte er leise.

Sie schloß die Augen. War es nicht sinnlos, ihm ihre wirklichen Gefühle zu gestehen?

»Sag, daß du mich liebst, Avenel.« Sie sah ihn unsicher an. »Sag die Worte, nichts mehr.« Sie zögerte einen Moment. »So wie ich sie dir gesagt habe.«

»Es gibt Dinge, die du nicht verstehst, Wildblume.« Gedankenverloren strich er über ihr üppiges Haar.

»Ich verstehe alles. Mein Vater steht zwischen uns. Sag die Worte, Avenel. Wenn du mir sagen kannst, daß du mich liebst, werde ich gern mit dir nach Osterley zurückkehren. Dafür werde ich sogar deine Hure.«

»Sprich dieses Wort nie wieder aus!« Er sprang aus dem Bett und lief durch den Raum wie ein Tiger im Käfig.

»Avenel!« rief sie. »Bitte sei nicht böse!«

»Sag so etwas nie wieder. Es paßt nicht zu dir.«

»Ich werde es nicht mehr tun. Sag jetzt, daß du mich liebst.« Sie griff nach ihrem Samtkleid. Angespannt wartete sie auf die Worte, aber er schwieg. »Ich weiß, daß die Ehe für meine Mutter nichts Gutes war. Und ich verlange nicht von dir, daß du mich heiratest. Im Moment sorge ich mich nicht ein bißchen um meinen guten Ruf. Ich möchte nur, daß du mich liebst, Avenel. Das ist alles, was ich mir von dir wünsche. Bitte.« Sie starrte auf seinen kräftigen Rücken und fragte sich, wie sie je ihren Stolz wiedergewinnen würde, wenn er ihr nicht die ersehnten Worte sagte.

»Es ist keine Frage der Liebe. Ich fürchte, das war es nie«, sagte er bedrückt. »Es gibt so viel, wovon du nichts weißt, Brienne, auch Dinge, die dich betreffen.«

»Dann erzähl mir von diesen Dingen, damit ich dich verstehen kann!«

Er hatte die Worte nicht gesagt. Von jetzt an würde sie ihre Gefühle mit aller Macht zurückdrängen, und sie würde hart werden, hart wie die Edelsteine in ihrem Kamm. Das war die einzige Möglichkeit zu überleben.

Avenel kämpfte mit sich. »Die Situation ist sehr gefährlich und droht außer Kontrolle zu geraten. Aber ich werde dir alles erklären.« Er wandte sich ihr zu, aber sie trat zurück. Als er merkte, wie sie reagierte, wurde sein Mund hart und verkniffen. »Du erniedrigst dich, und im nächsten Augenblick bist du wieder Lady Brienne, Tochter des angeblichen Earl. Denk nach, Kleines. Stehst du unter mir oder über mir?« Er trat zu ihr und griff brutal nach ihren Armen.

»Ich stehe über dir, du widerlicher Kerl«, rief sie tief verletzt. Sie würde ihm nie mehr verzeihen können.

Er schubste sie sanft, aber wütend, aufs Bett. »Denk daran – alles hängt von mir ab, Lady Brienne. Alles. Und Worte der Liebe ändern die Umstände nicht zum Besseren – im Gegenteil, sie machen alles noch verdammt komplizierter, als es ohnehin schon ist.« Er hob seine Sachen auf und ging zur Tür.

»Alles hängt nicht von dir ab. Du glaubst, du hast alles unter Kontrolle. Aber mit deinem vielen Geld und dem herrlichen Osterley, hat dir Oliver Morrow doch immer noch eine Sache voraus. Er hat die Macht, die ihm sein Titel verleiht.«

»Oliver Morrow hat gar nichts. Nichts! Dafür habe ich gesorgt! Und wenn du die Macht der Labordes fürchtest, dann ducke dich vor dem letzten, der diesen Namen trägt, liebes Mädchen. Ich besitze all ihre Macht und mehr.«

Brienne sah ihn schweigend an, und er schien sich über ihre Reaktion zu wundern.

»Willst du mir nicht widersprechen? Oder abstreiten, daß ich ein Earl bin?«

»Ich glaube dir nicht«, sagte Brienne schließlich.

»Und was glaubst du nicht? Daß mein Name eigentlich Avenel Slane Morrow ist? Daß ein skrupelloser Schiffskapitän namens Quentin Spense diese Maskerade tatsächlich über zwanzig Jahre spielen konnte? Daß er, der dem echten Oliver Morrow sehr ähnlich sah, meinen Vater getötet hat, ehe er nach England zurückkehren konnte, das er vor vielen Jahren verlassen hatte? Oder daß er die Söhne des Earl so weit aus dem Weg räumen konnte, daß sie keine Bedrohung für ihn darstellten? Sind meine Narben nicht schlimm genug?«

»Ich möchte nichts mehr hören. Meine Mutter hätte keinen Betrüger geheiratet. Sie war schön und wohlhabend! Sie hätte so ein Verbrechen niemals gedeckt.«

»Sie wußte es nicht. Sie war jung, und vielleicht glaubte sie an die Liebe. Aber sie hat ihn verlassen. Ich vermute, sie hat die Wahrheit herausgefunden und ihn daraufhin verlassen. Aber sie besaß nicht genügend Macht, um etwas gegen ihn zu unternehmen.«

»Nein! Sie wollte, daß ich einen Titel habe – und meinen Kamm. Das beweist, daß alles, was du sagst, falsch ist! Er ist ein Teil der Laborde-Juwelen.«

»Denk doch mal, Liebes. Wer hat die Kette, die zu dem Kamm gehört? Nicht dein Vater.«

Brienne dachte zurück an den Abend, an dem Avenel ihr das schöne Halsband umgelegt hatte. Damals hatte sie nichts geahnt, aber jetzt erkannte sie, daß sie wirklich zusammengehörten. Und das Wappen der Laborde würde wahrscheinlich irgendwo auf dem Halsband eingraviert sein, genau wie auf dem Kamm.

»Du bist wahnsinnig. Mein Vater würde dir niemals seinen Titel überlassen.«

»Er hatte nie einen Titel, den er überlassen könnte«, sagte Avenel angewidert.

»Aber er wird seine Rolle nie aufgeben. Er wird uns beide umbringen.«

»Das hast du wenigstens begriffen.«

Sie nickte. Plötzlich fiel es ihr wie Schuppen von den Augen, und sie hatte Angst um ihr Kind.

»Dann kannst du verstehen, warum ich vorsichtig sein muß, besonders, was dich betrifft.«

»Ja«, sagte sie wie betäubt.

»Es tut mir leid.« Er trat auf sie zu und legte eine Hand auf ihr Haar.

Aber Brienne brauchte Zeit, um über alles nachzudenken. »Ich habe kein Bedürfnis nach der Gesellschaft eines Earl«, flüsterte sie. »Bitte geh.«

»*Avec plaisir.* Sei morgen zeitig fertig, damit wir gleich nach dem Frühstück fahren können.« Avenel verließ das Zimmer. Brienne sah ihm nach. Er tat ihr leid. Und sie tat sich auch leid. Sie weinte bitterlich.

28

Am nächsten Morgen packte Brienne ihre Sachen. Sie hatte kein Auge zugetan in dieser Nacht.

»Wie lange wollten sie fortbleiben?« fragte sie Genny, die ihr zur Hand ging.

»Mr. Cumberland und der Master wollten die Kutsche noch einmal nachsehen lassen. Anscheinend sind sie so schnell hierhergefahren, daß der Master fürchtet, sie könnte Schaden genommen haben.«

»Mr. Harcourt sagte Ihnen wirklich, daß er am Morgen herkommen würde?« fragte Brienne wohl zum hundertsten Mal.

»O ja, Miss. Ganz bestimmt.« Genny nickte müde.

Wenn Ralph nur kommen würde, bevor sie zurückkamen, dachte Brienne, als sie schnell ihr letztes Kleid einpackte. Sie nahm nicht viel mit. Die anderen Sachen sollte Genny später zusammenpakken und nachschicken.

Sie dankte Genny für ihre Hilfe. Dann nahm sie ihren Korb und wartete im Wohnzimmer auf Ralph. Hier würde sie die Kutsche hören und schneller bei ihm sein.

Als Genny ihr heute morgen die heiße Schokolade aufs Zimmer gebracht und ihr von Avenels Abwesenheit erzählt hatte, war Brienne sehr froh über die Fügung des Schicksals gewesen. Sie wußte immer noch nicht, was sie Ralph sagen sollte, aber sie mußte die Chance nutzen. Sie hatte in der Nacht noch einmal über alles nachgedacht, was Avenel ihr angetan hatte, und sie war überzeugt, daß es besser war, sich wie ein Dieb aus dem Haus zu schleichen. Sie konnte sich von niemandem verabschieden.

Sie schluckte schwer, als eine Kutsche vor dem Haus stehenblieb. Es klopfte an der Haustür, und sie beobachtete von der großen Halle aus, wie der Diener öffnete.

»Brienne! Was ist? Hast du deine Meinung geändert?« rief Ralph ihr schon von der Haustür aus zu.

»Ich – nein, ich meine, ich brauche deine Hilfe.« Sie ging auf ihn zu, um ihn zu begrüßen.

»Was ist denn, Prinzessin? Du kannst dir gar nicht vorstellen, wie sehr mich deine Nachricht beunruhigt hat. Was ist geschehen?« Er strich zärtlich über ihre Wange.

»Der Herr des Hauses ist ... hier.« Sie schluckte

und sah sich ängstlich um. »Ich kann nicht hierbleiben. Ich hoffte, du würdest mir helfen.«

»Wir können in wenigen Tagen in Gretna Green sein. Möchtest du mich heiraten?« Seine Augen leuchteten, und Brienne wußte ohne jeden Zweifel, daß er sie sehr liebte.

»Ich glaube ...«, murmelte Brienne verlegen. Sie konnte es nicht ertragen, ihm weh zu tun. Aber sie mußte es tun. Sie erwartete das Kind eines anderen Mannes, und es war ihr bewußt, daß eine Ehe mit Ralph Harcourt absolut unmöglich war. Er war ein guter, ehrenwerter Mann, und sie konnte ihn nicht benutzen, nur um von Avenel loszukommen. Wenn sie das tun würde, war sie nicht besser als derjenige, der sie benutzt hatte.

Sie überlegte fieberhaft, wie sie es ihm so leicht wie möglich machen konnte. Ihr Blick wanderte ziellos umher.

Ihr blieb das Herz stehen, und ihre Knie wurden weich. In dem Arbeitszimmer zu ihrer Linken saß Avenel in einem Schaukelstuhl und starrte nicht sie, sondern Ralph Harcourt an. Ein Blick in seine Augen, und sie wußte alles, was sie wissen mußte. Avenel hatte das ganze Gespräch mitangehört.

»Was hast du?« Ralphs Blick folgte ihrem. Er runzelte die Stirn, als er den großen Mann im Arbeitszimmer sah, der sie offensichtlich schon die ganze Zeit beobachtete.

»Die Kutsche ist bereit, Brienne.« Avenel erhob sich, nickte dem Diener zu und trat in die Halle.

»Ich fahre nicht mit nach Osterley.« Brienne sah sich vor eine Situation gestellt, die sie unter allen Umständen hatte vermeiden wollen. Ihre Nerven waren zum Zerreißen gespannt, und ihr Herz schlug wild.

»Nein?« Avenel lächelte gehässig. »Ich fürchte, Sie haben mich nicht gehört. Ich sagte, die Kutsche ist bereit. Wir können nach Hause fahren. Wir dürfen Cumberland nicht warten lassen.« Er nahm sie besitzergreifend am Arm. »Wenn Sie uns bitte entschuldigen«, sagte Avenel unfreundlich zu Ralph.

»Das werde ich nicht tun!« Mit diesen Worten trat Ralph ihm mutig in den Weg. »Das Mädchen, das Sie hier herumzukommandieren sich erlauben, wird in Kürze meine Frau sein. Sie wird mit Ihnen nirgendwohin reisen.«

Plötzlich blieb Avenel stehen. »Ich verstehe. Ihre Frau.« Er hielt Briennes Arm so fest, daß sie einen Schmerzenslaut kaum unterdrücken konnte. »Brienne, ist das wahr?«

»Ich möchte nicht mit dir gehen, Avenel. Egal, was geschieht!« stieß sie zitternd hervor.

»Muß ich dir tatsächlich sagen, was geschehen wird, wenn du diesen Gentleman heiratest?« knurrte Avenel. »Ich werde euch nicht einem Moment in Frieden leben lassen. Es wird keinen Ort auf dieser Welt geben, wo ihr vor mir sicher seid. Und wenn du wirklich darauf bestehst, dein Leben zu ruinieren, solltest du wenigstens darüber nachdenken, ob du seines auch ruinieren willst.« Avenel blickte seinen Gegenspieler kurz an.

»Lassen Sie das Mädchen sofort los!« herrschte Ralph ihn an.

»Brienne, hast du nicht eine kleine Neuigkeit für deinen Verlobten?« fuhr Avenel ungerührt fort.

»Nein, zwing mich nicht, es zu sagen.« Brienne

schloß die Augen. Sie wußte, wie sehr sie Ralph damit verletzen würde.

»Lassen Sie sie los. Sie kommt mit mir!« sagte Ralph mit unerschütterlichem Vertrauen.

»Prinzessin?« stachelte Avenel weiter.

»Ralph, du mußt verstehen –«, begann Brienne, aber er unterbrach sie.

»Es ist egal, meine Liebe. Ich brauche keine Erklärung.« Ralphs Stimme klang so ruhig und sicher, als wüßte er von ihren Sorgen und hätte ihr vergeben.

Tief in ihrem Inneren spürte Brienne, daß Avenel ihr Schicksal war. Ihr Leben war so verstrickt mit dem des Herrn von Osterley, daß es keinen Ausweg mehr für sie gab.

»Ralph, es tut mir leid. So schrecklich leid.« Ihre Stimme brach, und sie fühlte eine tiefe Scham. »Ich weiß nicht, wie ich es erklären soll ... ich habe eine Vergangenheit ... ich bin an diesen Mann gebunden. Es gibt für mich keine andere Möglichkeit, als mit ihm zu gehen. O Ralph ...«

»Ich verstehe.« Ralphs schöne Augen betrachteten sie traurig.

»Ralph, du mußt verstehen. Ich wollte nicht, daß es so endet!« Brienne versuchte sich loszureißen und Ralph zu trösten.

»Brienne«, befahl Avenel.

»Nein! Ich muß ihm alles erklären!« Wieder wandte sie sich Ralph zu. Sie wollte ihn bitten, sie zu verstehen. Alles wollte sie tun, um diese Augen nicht so unglücklich zu sehen.

Aber sie hatte keine Möglichkeit mehr dazu. Avenel umfaßte ihre Taille und hob sie kurzerhand hoch. Bevor sie noch ein Wort sagen konnte, war er schon mit ihr im Freien. Ihr Flehen und Bitten stieß auf taube Ohren. Er setzte sie in die Kutsche, ohne auf ihren Protest zu achten.

»Ich werde so nicht fortgehen. Ich werde nicht so aus seinem Leben gehen!« schrie Brienne. Sie blickte zur Haustür, vor der Ralph mit hängendem Kopf stand.

»Ich denke, er versteht alles, meine Liebe. Wir fahren.« Er setzte sich neben Cumberland und schloß die Tür hinter sich.

Brienne sprang auf und versuchte aus der Kutsche zu entkommen. Sie würde Ralph alles erklären, und wenn es bedeutete, daß sie vor aller Welt preisgeben mußte, ein uneheliches Kind zu erwarten. Aber Avenel hielt sie zurück.

»Bitte laß mich mit ihm reden, Avenel. Er war sehr nett zu mir!«

»Und warum solltest du ihn nicht so verlassen?« fragte Avenel scharf. »Schließlich liebst du ihn doch nicht. Wenn ich mich recht erinnere, sagtest du, daß du mich liebst.«

Avenel wartete in Ruhe ihre Antwort ab und machte es sich inzwischen bequem.

»Ja, und meine Seele wird in der Hölle schmoren, weil ich es zugelassen habe, mich in dich zu verlieben!« Sie beugte sich vor und schlug ihm ins Gesicht.

Teil III

Nur Narren begeben sich in die Gefahr,
die Engel fürchten.
Alexander Pope

29

Brienne kämpfte gegen ihre Müdigkeit an. Sie versuchte sich mit Näharbeiten abzulenken. Und sie war viel mit Rose und Mrs. Whitsome zusammen. Es war gut, Vivie wiederzusehen und in ihrem gelben Schlafzimmer zu sein. Aber es war für sie eine bittersüße Heimkehr gewesen, und immer wieder erinnerte sie sich daran, wenn sie Avenel sah.

Wann immer sie an ihre Abfahrt von Bath dachte, wurde sie von neuem mit Zorn erfüllt. Sie hatte einen langen Brief an Ralph geschrieben und versucht, ihre Lebensumstände zu erklären – ohne das Kind zu erwähnen. Sie hatte ihn Vivie anvertraut, und sie wußte, daß das Mädchen ihn unverzüglich abgeschickt hatte.

Sie ging Avenel aus dem Wege, so gut sie konnte. Aber immer wieder begegnete sie ihm zufällig. Gewöhnlich kreuzten sich einen kurzen Moment ihre Blicke – und Brienne murmelte irgendeine Entschuldigung und ging. Sie wollte nie wieder von ihm verletzt werden.

Es gab noch einen Neuankömmling in Osterley – ein Junge aus Amerika lebte seit kurzem im Schloß. Sein Name war Robert Staples.

Nob war ein ruhiger Junge. Meistens saß er in einer Ecke der Galerie und betrachtete voller Ehrfurcht die Gemälde aus dem sechzehnten Jahrhundert.

Aber Brienne verbrachte mehr und mehr Zeit mit dem Kind, besonders seit sie erfahren hatte, was in Maryland mit seinem Vater geschehen war. Sie war Avenel dankbar, daß er dem Jungen gegenüber niemals erwähnte, in welcher Beziehung sie zu Oliver Morrow stand. Nob betete sie geradezu an, und seine Augen leuchteten jedesmal, wenn sie ins Zimmer trat.

Ihre Freundschaft wuchs in den langen, verregneten Tagen, die sie im Haus verbringen mußten. Einmal spürte Brienne, wie sich ihr Kind im Leib drehte, und sie blickte zu Nob, der vor Sorge um sie blaß geworden war.

»Du mußt keine Angst haben, Nob. Ich bekomme ein Baby. Hier, spürst du es?« Sie legte seine Kinderhand auf ihren Bauch und ließ ihn selbst fühlen. Es war eine sehr mütterliche Geste, und von dem Moment an hatte sich zwischen ihnen ein inniges Zusammengehörigkeitsgefühl entwickelt.

Avenel blieb kühl und distanziert wie immer. Manchmal hörte Brienne ihn, wenn sie im Wohnzimmer saß, und er in seinen Räumen hin und her lief. Worüber dachte er wohl nach?

Sie waren alle beim Abendessen, als die Nachricht sie erreichte. Es war das erste Abendessen, an dem auch Avenel teilnahm. Rose, Cumberland und Nob saßen auch an dem Tisch. Brienne schwieg die ganze Zeit – sie fühlte sich in Avenels Gesellschaft unsicher und unbehaglich. Plötzlich stürzte Hans ins Eßzimmer und überbrachte die Nachricht.

»Mr. Slane, er ist verschwunden. Der Bote hat dies hier gerade gebracht.« Avenel riß ungeduldig den Brief auf und las die kurze Mitteilung.

»Gute Arbeit, Hans. Ich vermute, dies ist der Augenblick, auf den wir so lange gewartet haben. Nehmt euch ein paar Männer extra und stellt überall auf dem Hof und im Park Wachen auf. Du und dein Bruder, ihr bleibt am Tor. Aber seid vorsichtig! Spense ist ein Hochstapler, und ich rechne damit, daß er das Schloß als Earl über den Haupteingang betreten will.« Avenel entließ den Mann und wandte sich Brienne zu.

»Quentin Spense ist uns entwischt. Er kann jetzt jeden Moment hier auftauchen.«

»Dann möchte ich auf jeden Fall, daß Rose abreist.« Cumberland erhob sich. »Sie sollte nach London fahren, wo sie sicher ist.«

»Genau.« Avenel zögerte einen Augenblick. »Und ich möchte, daß Brienne sie begleitet.«

»Jetzt?« fragte sie ungläubig. »Du hast Himmel und Hölle in Bewegung gesetzt, damit ich im Haus bin, wenn mein Vater kommt. Und jetzt möchtest du, daß ich nach London fahre?« Sie lachte. »Das ist doch absurd!«

»Brienne, du kannst nicht hierbleiben«, warf Rose ein.

»Aber natürlich werde ich hierbleiben! Er ist mein Vater! Er hat mein Leben ruiniert! Er hat das Leben von uns allen ruiniert!« Brienne drehte sich zu Avenel um. »Und ich habe den Preis für deine Rache gezahlt. Ich habe dafür gezahlt, hierzubleiben.« Sie stand auf und schaute beide Männer an, die sich unter ihrem entschlossenen Blick offensichtlich sehr unbehaglich fühlten.

Avenel schüttelte den Kopf. »Nun, da es soweit ist, werde ich das Risiko nicht eingehen. Du wirst mit Rose abreisen.«

»Aber ich könnte doch dein Köder sein. Das wolltest du doch die ganze Zeit.« Brienne verschränkte trotzig die Arme über der Brust.

Avenel beachtete sie nicht. Er wandte sich Cumberland zu. »Sag im Stall Bescheid, daß die Kutsche morgen früh fahrbereit sein muß. Ich würde sie lieber gleich losschicken, aber die Idee, Rose, Brienne und den Jungen die Nacht hindurch reisen zu lassen, gefällt mir gar nicht.«

»Ja. Ich gehe sofort«, antwortete Cumberland.

»Nein, ich fahre nicht weg! Ich will meine eigene Rache genießen«, protestierte Brienne heftig.

»Es wird Rache geübt werden«, versicherte Avenel. »Aber du mußt nach London fahren. Denk daran, daß du jetzt für zwei Leben die Verantwortung trägst. Du kannst nicht das eine aufs Spiel setzen, ohne das andere auch zu gefährden.«

Auf diesen ruhig hervorgebrachten Verweis hin schwieg Brienne einen Moment. Es war eine schwierige Entscheidung, die sie treffen mußte. Im Grunde wußte sie, daß er recht hatte. Aber sie wußte auch, daß sie ihrem Vater gegenübertreten und ihn mit allem Elend konfrontieren mußte, das er ihr und ihrer Mutter zugefügt hatte. Aber sie hatte Angst, daß etwas passieren konnte, während sie in London war, und daß sie Avenel nie mehr wiedersehen würde. Hastig schob sie diesen Gedanken beiseite. Das würde ja bedeuten, daß sie Avenel immer noch liebte, und sie war entschlossen, solche Gefühle zu verdrängen.

»Ich werde dich in unser Zimmer begleiten, Rose. Du solltest gleich mit dem Packen beginnen«, sagte Cumberland sanft.

Brienne sah den beiden nach.

Avenel wandte sich dem Jungen zu. »Nob, du

wirst Mistress Brienne beschützen. Hol eine meiner Pistolen, damit ich dir zeigen kann, wie du damit umgehen mußt.« Nob strahlte. Er sprang auf.

»Mit größtem Vergnügen, Master Slane ... oh, Mylord.« Nob war noch nicht an Avenels Titel gewöhnt.

Avenel lachte. »Gut, dann such sie unter meinem Bett. Das Paar, das du dort findest, ist nicht geladen. Bring beide in die Galerie. Wir treffen uns dort in ein paar Minuten.«

Der Junge nickte eifrig und lief glücklich aus dem Raum. Brienne und Avenel waren allein.

»Warum fahren wir nicht alle nach London?« schlug sie vor. »Wir könnten warten, bis man wieder weiß, wo mein Vater sich aufhält, und dann nach Osterley zurückkehren.«

»Und so weitermachen? Das ganze Leben lang? Nein, Wildblume. Das Beste ist, es hinter sich zu bringen. Er will mich töten. Und das schon seit zwanzig Jahren. Ich werde nicht noch einmal zwanzig Jahre damit zubringen, darauf zu warten, in einen Hinterhalt zu geraten.«

»Aber wenn ich ihn sprechen kann und ihm erzähle, daß ich ein Kind erwarte, dein Kind, sein Enkelkind, vielleicht würde er sich dann ändern.«

Avenel trat zu ihr und strich zärtlich über ihr Haar. »Glaubst du wirklich, so etwas könnte ihn ändern? Er hat keinerlei Gefühle für seine eigene Tochter. Wie wenig wird er erst für sein Enkelkind empfinden – besonders ein Kind, dessen Vater ich bin?«

Brienne trat ans Fenster, aber sie konnte in der Dunkelheit nichts mehr sehen. »Ja, mein Vater hat wirklich nichts für mich übrig.«

»Kleines, dann verstehst du wohl endlich, daß du abreisen mußt.«

»Nein.« Sie lachte unfroh. »Das ist ein Grund zu bleiben. Er hat mir und meiner Mutter zuviel angetan. Und ich werde die Sache bis zum bitteren Ende durchstehen. Ich will Teil daran haben, wenn er seine gerechte Strafe bekommt.«

»Brienne, ich möchte nicht mit dir streiten. Du hast das Kind –«

»Ja! Das Kind!« Brienne wirbelte herum und blickte ihn an. »Laß uns über das Kind sprechen. Das arme Kind, das nur die Liebe seiner Mutter kennenlernen wird.«

»Brienne, hör auf«, befahl Avenel.

»Ich werde bleiben, Avenel. Das bin ich meinem Kind schuldig.«

»Was willst du damit sagen?« rief er.

»Ich werde hier sein, wenn Spense ankommt, und ich werde ihn fragen, wer mein leiblicher Vater ist.«

»Er ist nicht dein Vater«, behauptete Avenel ärgerlich.

»O nein? Und welchen Beweis hast du dafür? Keinen. Nur meine Mutter und Spense kennen die Wahrheit, und Spense wird sie mir sagen.«

»Wer dein Vater ist, spielt überhaupt keine Rolle!«

»Es spielt keine Rolle?« wiederholte sie. »Wie kannst du es wagen, mir so etwas zu sagen! Wenn mein Kind mich fragt, warum sein Großvater es so verachtet, werde ich sagen müssen, daß es wegen seines Vaters ist. Und wenn es mich fragt, warum sein Vater seine Mutter verachtet, werde ich antworten müssen, daß mein Vater die Schuld daran trägt.« Plötzlich brach die ganze aufgestaute Wut aus Brienne heraus, und sie trommelte mit ihren kleinen Fäusten auf seine Brust. »Also sag nie, daß Väter keine Rolle spielen! Sie spielen in jeder Beziehung eine große Rolle!«

»Mein Gott, Brienne!« Avenel ergriff ihre Handgelenke und versuchte, sie zu beruhigen. Aber es gelang ihm nicht.

»Das sollst du wissen, Avenel: Nichts auf der Welt kann mich davon abhalten, hierzubleiben! Meine Sicherheit ist mir völlig gleichgültig!«

»Es gibt aber doch einen Grund!«

»Nein!«

»Doch! Es gibt einen sehr guten Grund. Du wirst abreisen!«

»Und warum sollte ich?« kreischte sie.

»Ich liebe dich«, stieß er hervor. »Ich liebe dich, Brienne. Und ich möchte, daß du in Sicherheit bist.«

»Du? Du?« rief sie ungläubig aus.

»Ich liebe dich so sehr, daß es mir egal ist, wer dein Vater ist. Ich will nicht, daß du diesem Mann begegnest.«

Sie berührte zart sein Gesicht, ein Gesicht, das sie so gut kannte und so sehr liebte, auch wenn er sie so sehr verletzt hatte. »Wie kann das sein, Avenel? Wie kannst du das sagen? Du verachtest mich.«

»Ich liebe dich«, wiederholte er. »Ich habe versucht, meine Gefühle zu unterdrücken, aber ich kann es nicht mehr. Ich liebe dich, Wildblume. Ich liebe dich mehr als alles auf dieser Welt.«

»Und es stört dich nicht einmal, daß ich Quentin Spenses Tochter bin?« fragte sie atemlos.

»Es stört mich nicht. Du bist die schönste, liebenswerteste Frau, der ich je begegnet bin. Und ich würde alles dafür geben, wenn du mich immer so ansehen würdest wie jetzt.«

»Und wie sehe ich dich an?« flüsterte sie.

»Als würdest du mich mehr lieben, als ich es verdient habe«, erwiderte er heiser.

»Avenel«, stöhnte sie. »Ich liebe dich, Avenel. Ich liebe dich schon viel länger, als du ahnst.«

»Dann komm.« Er küßte sie mit solch einer Leidenschaft, daß es ihr den Atem nahm. »Wir gehen in mein Schlafzimmer. Zeig mir, wie sehr du mich liebst, Brienne. Und laß mich dir zeigen, wie leid es mir tut, daß ich dir so schreckliche Dinge angetan habe.«

»Aber Avenel, Nob wartet in der Galerie.«

»Nob muß warten.« Avenel lächelte sie verwegen an.

Und sie ließen Nob lange warten. Die Zeit schien für sie stehenzubleiben. Kleider raschelten und fielen zu Boden. Seufzer mischten sich mit Liebesgeflüster, und Avenel nahm sich viel Zeit, jeden Zentimeter ihres Körpers zu liebkosen.

»Kann das wahr sein?« flüsterte Brienne und küßte seine Hände.

»O ja, Kleines, es ist wahr«, stöhnte er und zog sie ins Bett.

»Habe ich dich ganz und gar?«

»Alles, was du dir nimmst, gehört dir.«

»Dann nehme ich es mir.«

Er beugte sich über sie.

»Mädchen, du kannst es genauso wenig erwarten wie ich.« Er lachte, aber dann wurde er wieder ernst. Er küßte ihre Stirn und ihre Lider. »Ich werde dich niemals aufgeben, Brienne. Niemals. Ich bin ein eigensüchtiger Mann. Kannst du das ertragen?«

»Ich kann.«

Sie liebten sich mit einer Leidenschaft, die sie nie für möglich gehalten hätte. In dem Bewußtsein seiner Liebe erlebte Brienne die höchsten Wonnen, und auf dem Gipfel der Lust berührte Avenel ihre Seele.

Sie küßte seine warmen Lippen und schmiegte sich an ihn. Alle Gedanken an morgen schob sie weit von sich. »Wie kann man nur so glücklich und gleichzeitig so traurig sein?« murmelte sie.

»Was macht dich so traurig, mein Liebes?«

»Du hast immer gesagt, du brauchst mich für deine Rache an meinem Vater.«

»Mmmm ...« er sah sie nachdenklich an.

»Wenn ich also morgen fahre, dann wirst du –« Er legte einen Finger auf ihre weichen Lippen.

»Ich weiß nicht, ob ich dich je hätte benutzen können, Wildblume. Ich hielt es für einen phantastischen Einfall, als ich erfuhr, daß sich die Tochter des Earl in Osterley aufhielt. Bevor ich dir begegnete, legte ich mir wirklich einen grausamen Plan für dich zurecht. Aber als ich dich sah, wußte ich im Grunde sofort, daß daraus niemals etwas werden würde.«

»Aber weshalb?«

»Na ja, weißt du –« er lächelte – »das eitle und verwöhnte Mädchen, das ich erwartete, existierte gar nicht. Statt dessen stand ein so schönes Wesen vor mir, wie ich es noch niemals gesehen hatte. Sie war hübsch und voller Charme. Und sie war stolz, ungeachtet ihrer abgetragenen Kleider. Und wenn sie kämpfte, dann ging es ihr dabei nicht um ihre gesellschaftliche Stellung, um Besitz oder um ihren Vater. Es ging um sie selbst. Ich konnte mit ihr einfach nicht fertig werden.«

»Aber wenn das so war, warum hast du mich dann gezwungen hierzubleiben?«

»Ich wußte, daß du mich verlassen würdest, wenn ich dich nicht zum Bleiben zwingen würde. Und am Anfang hatte ich wahrscheinlich auch noch vor, dich in irgendeiner Weise für meine Rachepläne zu benutzen. Aber mit der Zeit wurde mir klar, daß ich das niemals tun könnte.«

»Aber warum hast du mich dann immer noch nicht gehen lassen?«

»Als du in der Ballnacht diesen schrecklichen Traum hattest, merkte ich, wie groß deine Angst vor Oliver Morrow war. Ich wollte dich vor ihm schützen, selbst wenn es bedeutete, dich mit Gewalt hierzubehalten.« Er rieb sich das Kinn. »Mein Gott, du ahnst ja gar nicht, wie sehr ich nach dir gesucht habe, als du fortgelaufen bist. Der Gedanke, dich womöglich nie mehr wiederzusehen, raubte mir fast den Verstand.«

»Aber du haßtest mich doch. Du hast es mir doch sehr deutlich gezeigt!« Sie wartete zitternd auf seine Antwort.

»Ich war wütend. So wütend über Staples Tod, daß ich kaum mehr klar denken konnte. Er war einer meiner liebsten Freunde, und ich konnte diesen Verlust ebensowenig ertragen, wie ich es ertragen würde, wenn Cumberland getötet würde. Kannst du mir je verzeihen?« Er zog sie fest an sich. »Können wir einen neuen Anfang machen? Wenn du nach Osterley zurückkehrst, wenn –«

»Es wird keine Rückkehr nach Osterley geben. Bitte laß mich hierbleiben, hier bei dir.« Brienne klammerte sich an ihn, als wolle sie ihn nie wieder loslassen.

»Mein Liebling.« Er hielt sie fest. »Es muß sein.«

»Ich habe Angst. Ich habe Angst um dich. Du weißt, wie sehr ich dich liebe.«

»Dann bleib diese Nacht bei mir. Ich möchte dich in meinen Armen halten, und wenigstens heute nacht soll sich nichts zwischen uns stellen. Nur diese eine Nacht.«

Sie begann zu weinen. Er liebte sie, aber war es nicht zu spät?

Avenel legte seine warme Hand zärtlich auf ihren Bauch.

30

Nob beobachtete aus dem Fenster, wie Orillion sich an ein graupelziges Tier heranpirschte. Vom Frühstückszimmer aus konnte er nicht erkennen, ob es sich dabei um einen Hasen oder um eine große Ratte handelte. Es war auch schon zu dunkel dazu. Aber beide, der Junge und der Hund, waren gefangengenommen von dem kleinen Tier, das plötzlich fortsprang und in irgendeinem Loch verschwand.

Nob mußte lachen, als er sah, wie Orillion mit seinen riesigen Tatzen seinem Opfer nachhetzte und zu wühlen begann, wo es entkommen war. Der Junge beobachtete sehnsüchtig das Spiel. Ob ihn wohl jemand vermissen würde, wenn er kurz nach draußen ging? Nun hatte er schon eine lange Seereise hinter sich, und morgen früh würde er wieder in einer Kutsche ruhig sitzen müssen. Außerdem war Mistress Brienne bestimmt mit Packen beschäftigt, und der Hausherr schien ihn vergessen zu haben. Wahrscheinlich würde kein Mensch etwas merken, wenn er eine Weile draußen mit dem Hund spielte.

Er öffnete die Tür, die nach draußen führte, und lief zu der Stelle, an der der Hund ein Loch in den Boden gegraben hatte. Es war nicht weit von den Ställen entfernt. Aber Orillion war nicht da. Stattdessen tauchte plötzlich das Häschen wieder auf und hoppelte ungestört über die Wiese.

»Orillion, komm her!« rief Nob und pfiff durchdringend. Aber der Hund kam nicht. »Orillion!« schrie er noch einmal und lief auf den Stall zu. Er sah eine Blutlache auf dem Boden. »Hast du eine Ratte gefangen, Orillion?« fragte er. »Ich schätze, der Hase war doch zu flink für dich.« Er trat auf die rote Pfütze zu.

Plötzlich wurde sein kleiner Körper mit einem kräftigen Schlag zu Boden geschleudert und über das Pflaster durch eine dunkle Tür des Stalls gezerrt. Der Aufprall hatte Nob die Luft aus den Lungen gepreßt, aber dennoch schlug er auf den Mann ein, der ihn festhielt. Aber er hatte keine Chance. Nach zwei festen Hieben gegen den Kopf brach er halb ohnmächtig zusammen.

»Halt den Mund, dann endest du nicht so wie der Hund.«

Nob sah den blutenden Orillion unglücklich an. Dann wurde er in den Stall gezogen. Der Mann war nicht allein. Er hatte drei Gefährten. Und einen von ihnen erkannte Nob – den großen grauhaarigen. Seine Augen wurden vor Entsetzen groß. Es war der

Earl, den er damals beim Kartenspiel zum ersten Mal gesehen hatte.

»Wo ist Lady Briennes Zimmer?« fragte der Earl.

»Das werde ich Ihnen nicht verraten. Sie haben meinen Vater umgebracht!« schrie Nob mutig.

»Hör mal, Junge« – der Earl lächelte und deutete zu den Sternen – »wir schmeißen dich einfach aus dem Fenster, wenn du uns nicht hilfst.« Er trat näher, und der Junge drückte sich in die Ecke. »Wo ist Lady Briennes Zimmer? Ist es das gelbe?«

»Nein!«

Der Earl dachte nicht lange nach. Und Nob wurde blaß.

»Bringt ihn rauf und werft ihn runter. Dann sind wir schon mal einen los.«

»Nein, warten Sie!« Nob wurde schon von einem der Männer die ersten Stufen hinaufgezerrt. Langsam gewöhnten sich seine Augen an die Dunkelheit des Stalls, und er entdeckte Kelly, der gefesselt und geknebelt in einer Ecke lag. Nob kämpfte gegen seine Angst an .»Lady Brienne ist im gelben Zimmer. Aber Sie können sie nicht holen. Slane wird sie beschützen!«

»O ja – bist du dir da so sicher?« Der Earl lachte höhnisch. »Ich schätze, wir können sie ganz leicht herauslocken.« Er wandte sich an den stämmigen Mann, der Nob festhielt. »Nimm den Jungen mit nach oben und häng ihn aus dem Fenster!«

»Nein!« protestierte Nob hilflos, und schon wurde ihm ein ekelhafter uringetränkter Lappen in den Mund gestopft.

»Nob!« Brienne steckte den Kopf in das Zimmer des Jungen, das direkt neben ihrem lag. »Bist du fertig? Wir müssen jetzt fahren, oder Avenel wird böse. Nob?« Sie sah sich überrascht in dem leeren Zimmer um. Auf dem Bett lagen die Sachen des Jungen fertig gepackt, aber Nob war nirgendwo zu sehen. Sie wollte das Zimmer gerade verlassen, als sie drüben am Stall eine Bewegung sah.

Sie trat ans Fenster, und zu ihrer Überraschung entdeckte sie Nob, der ihr aus dem höchstgelegenen Fenster des Stalls zuwinkte. Er lehnte sich bedenklich weit über das Fensterbrett und hielt seine Arme unnatürlich hoch in die Luft gestreckt. Brienne hielt vor Angst den Atem an, als sie sah, daß der Junge genau über einem Spitzdach hing.

Wenn das ein Streich sein soll, Robert Staples, dann weiß ich jetzt schon, daß Avenel dir den Hosenboden versohlen wird, dachte sie zornig. Ohne auch nur einen Gedanken an die Warnungen von Avenel am Abend zuvor zu denken, lief sie ins Erdgeschoß, griff nach einem Umhang und machte sich auf den Weg zum Stall.

Wenn er dachte, er würde sich vor ihr verstecken können, dann täuschte er sich gewaltig! Nob würde für dieses dumme und gefährliche Benehmen bestraft werden.

»Brienne! Brienne!« Sie sah auf. Sie erwartete, das freche, schadenfroh grinsende Gesicht des Jungen zu sehen und hatte schon einen strengen Tadel auf den Lippen. Aber Brienne erstarrte vor Schreck.

Avenel lief nervös in der Galerie auf und ab. Jede Sehne, jeder Muskel seines Körpers war angespannt und bereit.

»Sehen Sie nach, was Mistress Brienne so lange macht«, rief er einem älteren Diener zu, der in der Halle stand. Avenel trat ans Fenster. Vor ihm breiteten sich die weiten grünen Felder aus. Er beugte sich aus dem Fenster und nahm aus dem Augenwinkel eine Gestalt im Umhang wahr, die auf die Ställe zulief.

»Verdammt noch mal! ... Was zum Teufel?« Aber sein Zorn über ihre Dummheit wich sofort seiner Angst um sie, als er sah, daß plötzlich ein Mann vor ihr stand. Ein großer, unbekannter. Avenel wirbelte herum, um nach draußen zu laufen und ihr zu Hilfe zu kommen. Aber das war nicht möglich.

»Welch ein Kompliment an meinen Geschmack! Es ist alles so geblieben, wie es war!« Ein bekanntes Lachen ertönte, und Avenel stand seinem ärgsten Feind gegenüber.

»Wie sind Sie hier hereingekommen?« stieß Avenel wütend hervor.

»Sehen Sie? Ich bin der echte Earl! Ich kenne Osterley besser als Sie!« Quentin Spense lächelte. »Natürlich muß ich zugeben, daß der Besitz fast zu groß ist, um ihn wirklich gut bewachen zu können. Man bräuchte schon eine ganze Armee. Aber es schadet auch nicht, einen oder zwei Diener hierzuhaben, die ihrem alten und einzigen Herrn treu ergeben sind.«

»Und wer ist das?« fragte Avenel wütend.

»Ich spreche von Fergie McInnis und seiner guten Frau, der Köchin. Ich hatte auch schon die Idee, Sie an Ihrem eigenen Tisch zu vergiften, aber das wäre schade gewesen. Ich möchte doch dabei sein, wenn Sie von uns gehen.«

»Wo sind die McInnis jetzt?«

»Tja, ich glaube, sie sind oben und halten dort den alten Cumberland und seine Frau gefangen. Ich wollte unser kleines Tête-à-tête so intim wie möglich gestalten. Es ist ja auch gar nicht nötig, die Diener zu alarmieren. Jedenfalls nicht, ehe ich meinen Titel zurück habe.«

»Das gelingt Ihnen niemals!« Avenel verschränkte seine Arme über der Brust.

»Sie halten sich für unsterblich und unverwundbar?« Spense trat einen Schritt vor. »Dann sehen Sie doch mal aus dem Fenster, und wir wissen, wie unverwundbar Sie wirklich sind.«

»Ich bringe Sie um, wenn Brienne ein Haar gekrümmt wird«, sagte Avenel mit tödlicher Ruhe. Er blickte den Mann, der vor ihm stand, mit unverhülltem Haß an.

»Meine Tochter ist ganz reizend, nicht wahr?« Quentin Spense ging zum Fenster und sah mit wahrer Wonne dem furchtbaren Geschehen zu, das sich im Freien abspielte. Brienne versuchte fortzulaufen, aber sie rutschte auf dem glitschigen Boden aus. Sie konnte sich gegen den Mann, der sie festhielt, nicht wehren. Vor der Stalltür kauerte Nob, den sie auf grausame Weise mit den Händen unter dem Schritt gefesselt hatten.

»Sie sind nichts als Abscheu, Spense.« Avenels Wut kannte keine Grenzen. Er griff nach dem Mann. Aber schon hatten ihn zwei Männer von hinten gepackt und schlugen mit dem Schaft der Pistole fest zu. Avenel taumelte, doch dann schlug er einem nach dem anderen kräftig ins Gesicht.

Aber die beiden Männer waren Riesen, und Avenel hatte keine Chance gegen sie. Sie schleuderten ihn in einen Sessel und hielten ihn mit ihren Pistolen in Schach.

»Slane, Slane, was soll ich bloß mit Ihnen anfangen? Sie sind mir seit Jahren ein Dorn im Auge. Und nun wird auch noch erzählt, daß Sie ein Verhältnis mit meiner Tochter haben.« Spense lachte schallend.

»Lassen Sie sie in Ruhe, Spense. Wenn ihr nur ein Haar gekrümmt wird –« Für diese Antwort bekam Avenel wieder einen kräftigen Schlag über den Kopf, aber Spense hob seine Hand, um den beiden Männern Einhalt zu gebieten.

»Meine Männer haben Anweisungen, sie nicht anzurühren.« Er schwieg einen Moment. »Sie haben eine gewisse Zuneigung zu der kleinen Brienne gefaßt, scheint mir. Und gewiß vermuten Sie, daß ich keine Gefühle für sie hege. Aber Sie täuschen sich. Es ist lange her, daß ich sie zuletzt sah, und ich muß sagen, sie ist atemberaubend. Aber das wußte ich schon immer. Sie hätten ihre Mutter sehen sollen. Hat es Spaß gemacht, Brienne zu besteigen?« Spense beugte sich neugierig vor. Aber es kam keine Antwort. »Kommen Sie schon, Sie müssen doch irgend etwas dazu sagen können, eine Kritik oder ein Lob. Spucken Sie es aus, Slane.«

»Ich bin glücklich, daß Sie hier sind«, sagte Avenel mit tödlicher Ruhe. »So kann ich endlich –«

»Nein! Nein! Ich will keine Drohungen! Ich will ihre Meinung hören. Wie denken Sie zum Beispiel darüber?« Spense schlenderte zum Sofa und legte sich hin. »Können Sie mich sehen, Slane? ist es ein angenehmer Anblick? Wir sollten Brienne holen, damit sie ihre Beine für mich breit macht.«

Avenel stieß einen wütenden Laut aus und

sprang auf. Die beiden Männer überwältigten ihn erneut.

»Sie ist Ihre Achillessehne!«

»Sie hat nichts mit all dem zu tun. Sagen Sie Ihren Leuten, sie sollen sie laufenlassen.«

»Aber sie hat eine Menge mit der Sache zu tun, Slane. Was geben Sie mir, wenn ich Sie in Ruhe lasse, eh?«

»Ich würde Ihnen alles dafür geben, was ich besitze. Aber – was sind Ihre Versprechen schon wert?«

»Sie sind ein ganz Schlauer.« Spense verzog den Mund zu einem widerlichen Grinsen. »Und es ist wirklich ein Jammer, daß es nur eine Möglichkeit gibt, mit Ihnen zu verfahren. Ich muß notgedrungen das an Ihnen vollenden, was vor zwanzig Jahren versäumt wurde.« Er zog ein Messer aus der Tasche und ging mit gezückter Klinge auf Avenel zu. Dann setzte er es an seiner Wange an und ritzte Avenels Haut auf.

Avenel verzog keine Miene. Er sah ganz ruhig in Spenses Gesicht. Und der Haß, der aus seinem Blick sprach, war stark genug, um Spense zurückweichen zu lassen.

»Paß auf ihn auf«, sagte Spense zu einem seiner beiden Gefährten und wandte sich dann wieder Avenel zu: »Ich hole Ihre Geliebte, Kumpel. Mein Junge, Sie erwartet ein aufregendes Schauspiel, bevor ich Ihnen den Garaus mache.« Er lachte und ließ sich seinen Umhang reichen.

Als sie fort waren, richtete er seine Aufmerksamkeit auf den schwitzenden Koloß vor ihm. Plötzlich lachte Avenel wie ein Wahnsinniger.

»Halt die Schnauze!« Der Mann stürzte sofort auf

ihn, um ihn zum Schweigen zu bringen. Aber der Riese wußte kaum, wie ihm geschah. Avenel zog ein Messer aus seinem Stiefel und schlitzte dem Mann die Kehle auf.

»Nob?« flüsterte Brienne im Dämmerlicht. Man hatte sie und den Jungen in denselben Raum gebracht, in dem sie vor Monaten eine Nacht verbracht hatte. »Nob, ist mit dir alles in Ordnung? Wo bist du?« rief sie leise. Draußen hatte es zu regnen begonnen, und sie kauerte in dem kalten Raum und wartete wie verzweifelt auf Nobs Antwort.

»Es tut mir so leid, Mistress Brienne«, weinte der Junge. Und sie hätte vor Erleichterung und vor Mitleid fast mitgeweint.

Sie rutschte, so gut es ging, zu ihm und fluchte im stillen darüber, wie fest ihre Hände und Füße gebunden waren. Als sich ihre Augen an die Dunkelheit gewöhnt hatten, sah sie mit Entsetzen, wie man den armen Jungen gefesselt hatte. Um seinen Hals war ein Seil gebunden, das an seinem Rücken hinunterlief. Seine Hände hatte er unter dem Schritt nach hinten gefesselt. Es war ein komplizierter Knoten, und jede Bewegung verursachte dem Kind in der Leiste die größten Schmerzen. Nob mußte sich vollkommen ruhig verhalten oder grauenhaft leiden.

»Ich wollte Sie beschützen, Mistress Brienne. Wirklich. Aber dann sah ich, daß Orillion auf dem Pflaster lag, und dann den Mann – er ist derjenige, der meinen Vater umgebracht hat!« Er versuchte, seine Tränen zurückzuhalten und tapfer wie ein Mann zu sein.

»Avenel wird sich bestimmt etwas einfallen lassen. Es war nicht deine Aufgabe, auf mich aufzupassen.« Sie sprach sanft auf ihn ein und strich über seinen Kopf. Sie fragte sich, wie es ihrem Vater gelungen war, an den vielen Wachen vorbeizukommen. Aber er kannte den Besitz ziemlich gut, und der Park war sehr groß.

»Es tut weh!« Nob zitterte, und damit zog sich das Seil noch fester.

»Ja, ich weiß.« Ihr versagte fast die Stimme. »Aber du mußt versuchen, dich zu entspannen. Denk daran, wie tapfer du gewesen bist.«

»Ich war doch gar nicht tapfer.«

»Oh, ich hoffe nur, daß das Kind, das ich erwarte, einmal genauso mutig ist wie du.«

»Wirklich?«

»Wirklich. Du mußt dich entspannen. Wenn du das tust, kann ich dich vielleicht befreien. Ich möchte, daß du fortläufst. Lauf so weit du kannst und bleib nicht stehen – nicht einmal im Dorf. Ich weiß nicht, wem du wirklich trauen kannst.«

»Aber Sie müssen mitkommen.«

»Ich fürchte, das geht nicht. Du mußt weit laufen. Und das kann ich nicht. Nicht in meinem Zustand.«

»Ich darf Sie doch nicht allein lassen. Was würde Master Slane –«

»Er würde auch wollen, daß du gehst, Nob.«

»Wo ist er, Mistress Brienne?«

»Ich – ich weiß es nicht.« Brienne konzentrierte ihre Aufmerksamkeit auf den Knoten und verdrängte ihre Sorge und Hoffnungslosigkeit. Ihre eigenen Handgelenke waren nach vorne gebunden, aber ihre Finger waren frei. Es war schwierig. Und immer wieder fragte sie sich, wo Avenel war. Hatte ihr Vater ihm aus dem Hinterhalt aufgelauert? War er womöglich schon ...? Nein! Sie durfte nicht daran denken. Sie und ihr Kind – sie wollten bei ihm sein, wo immer er auch im Moment sein mochte.

31

»Geschafft!« rief Brienne triumphierend, als sie den Jungen endlich von seiner Fessel befreit hatte. Der Junge löste die Stricke an ihren Händen. Als sie Gelächter von unten hörten, flüsterte sie schnell: »Da kommt jemand. Du mußt gehen. Vor dem Fenster ist ein kleines Brett. Sei vorsichtig und nimm dir Zeit. Vor allem achte auf die Giebelspitze unter dem Fenster. Du darfst nicht ausrutschen. Klettere von einem Giebel zum anderen. An der Ecke steht eine Leiter. Und dann lauf weg, wie wir es besprochen haben.«

»Ich kann Sie nicht allein lassen«, flüsterte Nob unglücklich.

Schritte näherten sich über die enge Treppe. »Einer muß Hilfe holen. Geh!«

Nob stand noch einen kurzen Moment unentschlossen da, aber endlich löste sich seine Erstarrung. »Ich holfe Hilfe, Mistress Brienne!« flüsterte er und umarmte sie zum Abschied. Sie hielt den Atem an, als der schmale Körper durch das Fenster verschwand.

»Huhu, Papa ist da«, dröhnte eine Stimme von

der obersten Stufe zu ihr herüber. Und Brienne zitterte.

»Ich mach' schnell ein Feuerchen, Spense.« Zwei Männer betraten den Raum. Einer, dick und langsam, kniete sich vor den Kamin und entfachte ein Feuer. Ihr Vater stand auf der Schwelle und starrte sie an.

»He, wo ist der Junge?« fragte der Mann am Kamin sie.

»Er ist weg«, gab sie trotzig zurück.

»Macht nichts. Laß uns in Ruhe, Bilikins«, befahl Spense.

»Aber der Junge!« jammerte der etwas dümmliche Mann.

»Geh!«

Der Koloß gehorchte und verließ mit hängendem Kopf das Zimmer.

»Du bist eine Schönheit, Brienne, meine Liebe. Gib deinem Vater einen Kuß.«

Spense hob sie vom Boden auf und legte sie auf das Bett. Sie versuchte sich zu wehren, doch waren ihre Hände immer noch gebunden. Sie keuchte vor Angst, als er ein Messer zückte und grob ihre Füße von den Fesseln befreite.

»Wo ist Avenel? Wo ist er?« fragte sie.

»Möchtest du hören, daß er tot ist?«

Sie schlug nach ihm und versuchte ihn abzuwehren. »Nein«, flüsterte sie entsetzt.

»Dein Liebhaber vermißt dich, Brienne. Was hältst du davon, wenn wir ihn ein bißchen eifersüchtig machen?« Spense versuchte seine Lippen auf ihre zu pressen. Und sie trat mit den Füßen nach ihm und schrie. »Nein!«

»Ich wollte dich immer. Schon als du ein Kind

warst, warst du etwas ganz Besonderes. So entzükkend.« Er versuchte wieder, sie zu küssen, aber sie trat mit voller Wucht nach ihm. Dieses Mal traf sie ihn in der Leiste, und Spense zuckte mit schmerzverzerrtem Gesicht zusammen. »Brutal magst du es also, ja?« Er zog sie an sich.

»Laß mich los!« schrie sie und wehrte sich verzweifelt.

»Ist ja schon gut, aber erst möchte ich, daß du mir gibst, was du diesem Slane auch gibst.« Er zog sie mit sich ans Kaminfeuer. Der Earl zog einen nur zur Hälfte verbrannten Holzscheit heraus und hielt ihn gefährlich nahe an ihr Gesicht. »Paß gut auf, Mädchen. Ich möchte nicht, daß dieses hübsche Gesicht durch einen unglücklichen Zufall gezeichnet wird.«

»Bitte!« Er sengte ihr fast die Wange.

»Du willst ein gutes Mädchen sein? Vielleicht verschone ich ja sogar deinen entmannten Liebhaber.« Er warf den Kopf zurück und lachte schallend.

»Er ist nicht entmannt«, verteidigte Brienne den Mann, den sie liebte.

»Nein, nicht? Kannst du das beweisen, Mädchen?« Er lachte schon wieder. Aber diesmal konnte sie den Triumph in ihrem Gesicht nicht verbergen. Und Spense verstummte augenblicklich. Er betrachtete ihren Körper genauer, und entdeckte die Anzeichen ihrer Schwangerschaft. Seine Augen wurden kalt. »Du erwartest ein Kind? Meine kleine Hurentochter.« Dann sprach er etwas sanfter weiter, das Holz hielt er aber wieder näher an ihr Gesicht. »Ich werde dir und dem Baby nicht weh tun. Wenn du gehorsam bist, werde ich dir nichts tun.«

»Bitte«, keuchte sie, als er ihren Kopf zu sich heranzog.

»Nimm mich. Beiß mich, wenn du willst.« Er knöpfte seine Hose auf.

»Bitte«, schluchzte sie zu Tode erschrocken.

»Komm schon, Brienne, Liebling. Du hast es mit ihm gemacht, nun mach es mit mir.«

»Gott, bitte, nein!« schrie sie und zog ihren Kopf zurück. Das Holz verbrannte ihre Haut nicht, wie sie es erwartet hatte. Die Tür wurde aufgerissen.

»Kommen Sie, Spense.« Avenel stand im Flur. Er sah sofort, daß ihr noch nichts geschehen war und beobachtete, wie sie sich aus Spenses Griff löste und zur Seite rutschte. Avenel lachte. Er sah schrecklich aus mit seinem blutverschmierten Leinenhemd. Aber er schien nicht verwundet zu sein. »Wo sind Ihre Halsabschneider, wenn Sie sie brauchen?« Avenel trat in den Raum und mied ganz bewußt Briennes Blick. Aber sie sah ihn an und war sehr erleichtert, daß man ihm nichts angetan hatte.

»Ich werde Sie auslöschen, Slane. Bilikins! Bilikins!« brüllte Spense, während er seine Hose wieder zuknöpfte.

»Bilikins und ihr anderer Idiot liegen unten mit aufgeschlitzten Kehlen.« Avenel grinste. »Sie sind jetzt allein, Spense. Sie sind ganz allein mit mir.«

»Bleiben Sie mir vom Leib, oder ich bringe Brienne um.« Spense war mit einem Satz bei ihr und umfaßte ihren Hals. Es war dunkel im Raum, und Brienne konnte Avenels Gesicht kaum erkennen, als er auf sie zukam.

»Bleiben Sie mir vom Leib, ich warne Sie. Bleiben Sie!« schrie der Earl.

Aber Avenel kam immer näher heran, bis der Earl

seine Tochter auf Avenel zuschleuderte, um sich zu schützen, und zur Tür hastete.

Sachte ließ Avenel sie auf das Bett fallen und lief hinter dem Fliehenden her.

Er riß Spense zurück und begann auf ihn einzuschlagen. Brienne sah den beiden hilflos zu. Die beiden Männer kämpften um ihr Leben und taumelten von einer Seite des Raumes zur anderen. Einmal hatte Avenel den älteren unter sich und hieb auf seinen Schädel ein. Aber schnell hatte sich der Earl wieder gefangen, und der Kampf ging weiter.

»Ich werde Sie töten! Nicht für meinen Vater, auch nicht für meinen Bruder. Ich töte Sie, weil Sie es gewagt haben, Brienne anzufassen. Das allein reicht schon!« brüllte Avenel seinen Todfeind an.

»Sie ist meine Tochter. Ich würde ihr nichts antun«, wimmerte der Earl, um sich zu retten.

»Das ist eine gemeine Lüge! Sie kann gar nicht Ihre Tochter sein! Geben Sie es zu! Sagen Sie ihr ein für allemal, wer ihr wirklicher Vater ist, Spense!«

»Sie ist meine Tochter!«

»Wenn Sie nicht sofort die Wahrheit sagen, schlitze ich Ihnen die Kehle auf!« knurrte Avenel und traf Spense mit seiner Faust am Kinn.

»Ihre Mutter hat hinter meinem Rücken einen Liebhaber gehabt, und als ich das herausfand, schwor ich, es ihr heimzuzahlen. Grace war eine Hure.«

»Nein!« schrie Brienne. »Wie hätte sie einem Mann, der so grausam zu ihr war, treu sein können?«

»Sie war eine Ehebrecherin, und nachdem ihr adliger Liebhaber an Schwindsucht gestorben war, war sie nicht mehr dieselbe.« Spense warf Brienne einen Blick zu. »Und ich sehe, ihre Tochter ist genauso eine Hure!«

Mit einem Wutschrei stürzte sich Avenel auf Spense, und wieder kämpften die beiden Männer um ihr Leben. Es war schwer zu sagen, wer die Oberhand behielt. Beide Männer waren groß und kräftig gebaut, und für Brienne war es fast unmöglich, die beiden im Dunklen auseinanderzuhalten.

Plötzlich hörte Brienne einen schrillen Aufschrei und das Zersplittern von Glas. Starr vor Schreck hörte Brienne den dumpfen Aufschlag auf dem Hof. Sie stürzte zum Fenster und lehnte sich weit über die Brüstung. Unten lag ein zerschmetterter Körper. Ihr blieb das Herz vor Grauen stehen. Es mußte Avenel sein, sie sah das blutverschmierte Hemd.

Schreiend klammerte sie sich an den Fensterrahmen, in dem noch spitze Glasreste steckten. Sie spürte den Schmerz nicht mehr. Hinter ihr stand ein Mann und versuchte, sie vom Fenster wegzuziehen.

»Nimm mich mit dir, Avenel«, rief sie dem reglos daliegenden Mann zu. »Ich liebe dich. Nimm mich mit in den Tod«, schluchzte sie. Aber ihr Weinen wurde erstickt, als sie in die starken Arme des Siegers gezogen wurde. Beruhigende Worte wurden in ihr Ohr geflüstert, aber sie hörte nichts. Schwärze hüllte sie ein.

32

Ihre ganze Welt war voller Sonnenschein, als sie ihre Augen wieder öffnete. Brienne sah sich in ihrem gelben Zimmer um und gewöhnte sich nur langsam an die helle, wunderschöne Umgebung.

Avenel. Sie schloß die Augen und konnte den Schmerz, der sie übermannte, kaum ertragen. Sie drehte sich auf die Seite – sie wollte die Sonne nicht mehr sehen müssen. Leise schluchzte sie in ihr Kissen. Nur nicht denken, nur nicht an die Zukunft denken. Sie fuhr sich mit der Hand über den gewölbten Leib.

»Weinen? Und das an einem so wunderschönen Tag?« hörte sie eine Stimme. Aus Angst, Quentin Spense sei gekommen, um endlich Rache an ihr zu üben, schluchzte sie nur noch lauter.

»Geh! Bitte, geh!« wimmerte sie hilflos.

»Das ist also der Dank. Ich habe mich fast umbringen lassen.« Sie spürte, wie sich jemand auf ihrem Bett niederließ.

»Gütiger Gott im Himmel!« rief sie und verkroch sich unter der Bettdecke. Avenel saß auf ihrer Bettkante. Sein Gesicht wirkte müde, und er hatte eine große Beule an der Stirn. Aber es war Avenel.

»Fall bitte nicht gleich wieder in Ohnmacht, Wildblume.« Er lächelte und streckte seine Hand nach ihr aus. »Beruhige dich, meine Liebste, ich bin nicht aus dem Fenster gefallen.«

»Aber ich habe es doch gesehen … ich habe es doch mit meinen eigenen Augen gesehen.« Sie schluchzte wieder.

»Es war dunkel, und Regen und Nebel haben dir

die Sicht genommen. Faß mich an – ich bin wirklich da.«

»Ich möchte ja, daß du da bist«, flüsterte sie. »Aber ich habe Angst. So viel ist geschehen – es war wie ein Alptraum. Als ich aus dem Fenster sah, dachte ich, meine schlimmsten Befürchtungen wären wahr geworden.«

»Du mußt so außer dir gewesen sein, daß du statt Spenses zerschmetterten Körper dort unten mich gesehen hast. Er ist tot, nicht ich.« Er streckte seine Hand aus und griff nach ihrer.

Langsam umfaßte sie seine Hand. Und bald schon war sie ganz eingehüllt in seine Umarmung. Sein Duft, seine Nähe, sein Körper und seine Lippen, die voller Zärtlichkeit und Lust die ihren in Besitz nahmen, überzeugten sie schließlich, daß er es wirklich und leibhaftig war. Als sie sich nach langer Zeit wieder losließen, strömten Freudentränen über ihre Wangen, und sie sah das Glück in seinen Augen.

»Ich dachte, ich hätte dich verloren.«

»Und war das so schrecklich? Du hättest schließlich doch deine heißgeliebte Freiheit wiedererlangt!«

»Ach, sag doch solche Dinge nicht!« Sie zog ihn an sich und hielt ihn fest.

»Ich liebe dich, Kleines. Sage ich das zu oft?«

»Nein, das kannst du gar nicht.« Sie küßte ihn hingebungsvoll.

»Wo ist Nob?« Sie legte sich zurück in die Kissen. »Er ist aus dem Fenster entkommen. Aber wie ist es ihm ergangen?«

»Es geht ihm gut. Ich habe ihn gefunden, bevor ich zu dir und Spense kam. Er und Orillion sind beide etwas angegriffen, aber es hätte ihnen schlimmer ergehen können.« Avenels Augenbrauen zogen sich vor Zorn zusammen.

»Orillions Herrchen hat es auch arg getroffen.« Sie berührte vorsichtig seine Beule an der Stirn. »Warum ist das alles geschehen? Kannst du es mir jetzt sagen?«

»Ich werde es dir sagen. Es wird Zeit, daß du dich an deinen Titel gewöhnst.«

»Ich habe gar keinen Titel mehr. Nach dem Gesetz bin ich die Tochter eines Bürgerlichen, den ich verabscheue. Und nun weiß ich, daß ich das uneheliche Kind eines Adligen bin, den ich nicht kenne. Aber sage mir, Avenel, wie konnte es diesem Verbrecher gelingen, ein so falsches Spiel zu spielen? Wie konnte er den Titel deines Vaters stehlen und so lange unentdeckt bleiben?«

»Weil der wirkliche Earl, mein Vater, lange Zeit in Amerika war.«

»Hat dein Vater seinen Titel weitergegeben?« fragte sie ungläubig.

»Er verließ Osterley, um in den Kolonien das große Abenteuer zu suchen. Er hatte wohl geplant, nur ein paar Jahre dort zu bleiben und dann zurückzukehren. Aber er lernte in Amerika meine Mutter kennen und lieben. Sie bekamen zwei Söhne, und er brachte es einfach nicht fertig, ihr die geliebte Heimat zu nehmen. Als sie an einem Fieber starb, war ich dreizehn. Mein Bruder Christopher hatte gerade geheiratet, und mein Vater hielt es für das Beste, nach England zurückzukehren und seinen Söhnen das Erbe zu übergeben. Unglücklicherweise starb er gleich zu Beginn der Reise.«

»Aber ihr wart schon auf dem Schiff ...«

»Wir lagen im Hafen von Annapolis. Ein Mann namens Quentin Spense war der Kapitän unseres Schiffes. Seine Matrosen waren eine Horde von Halsabschneidern. Der grausame Zufall wollte es, daß er meinem Vater erstaunlich ähnlich sah. Dieselbe Statur, dasselbe Alter, ein ähnliches Gesicht. Natürlich gab es auch Unterschiede, aber mein Vater war schon zwanzig Jahre nicht mehr in England gewesen, so daß alle, die ihm nahestanden, entweder gestorben oder alt waren. Und natürlich gab es da noch den Duke of Degarre.«

»Es ist alles seine Schuld. Was für ein schrecklicher Mensch!« rief sie impulsiv.

»Und woher willst du das wissen, Liebes?« Er ergriff ihre kleine Hand.

»Ich habe ihn aufgesucht, als ich noch in Bath war. Ich wollte, daß er etwas gegen den Earl – gegen Quentin Spense, meine ich, unternimmt. Er war einfach jämmerlich. Dieses Verbrechen ist nur deshalb jahrelang unaufgeklärt geblieben, weil er süchtig ist.«

»Die Morrows haben nicht gerade besonders viel Glück gehabt – bis jetzt.« Er streichelte zärtlich ihre Wange.

»Aber Avenel«, sie sah ihn betreten an. »Jeder glaubt doch, daß Spense der Earl war. Wie wirst du je beweisen können, daß du der wirkliche Erbe des Titels bist?«

»Keine Sorge. Man hat mich bereits in der Gesellschaft akzeptiert. Ich werde schon beweisen, daß ich der rechtmäßige Erbe bin, ich habe ja noch die Juwelen der Labordes.«

»Das Wappen auf meinem Kamm – QE. Hat es etwas mit diesen Juwelen zu tun?«

»Die Laborde Juwelen sind ein Geschenk von Queen Elizabeth. Sie kam nach Osterley, um der Pest, die damals in London herrschte, zu entfliehen. Die Amethysten und Diamanten waren ein Teil der Kronjuwelen, und sie hatte den Kamm und die Kette vor ihrer Abreise in London machen lassen.«

»Aber wie kam Spense an den Schmuck?«

»Er kam gar nicht daran. Bevor ich mit Cumberland vom Schiff sprang, starb mein Bruder. Und sein letzter Wunsch war, daß ich die Juwelen an mich nehme. Ich konnte mit der Kette entkommen. Den Kamm bekam ich nicht mehr. Später schenkte Spense den Kamm deiner Mutter zur Hochzeit, sicher auch als Beweis für seinen Titel. Aber ich glaube, als du vier oder vielleicht fünf Jahre alt warst, entdeckte deine Mutter, was für einen Betrüger sie geheiratet hatte. Sie nahm dich und den Kamm und floh.«

»Der Titel steht dir rechtmäßig zu, Avenel. Ich bin sehr glücklich für dich. Ich wünschte nur, ich könnte meine Worte zurücknehmen, als ich darauf bestand, daß du mich Lady Brienne nennen solltest. Ich komme mir so entsetzlich dumm vor.« Sie errötete bei diesen Worten.

»Spense war nicht dein Vater.«

»Es gibt die Miniatur, ich glaube, das ist mein einziger Beweis.«

»Die Miniatur?«

»Ja.« Sie beugte sich über das Nachttischchen und öffnete die Schublade. Sie hielt das kostbare kleine Bild in den Händen und betrachtete das Porträt des jungen Mannes. Dann reichte sie es Avenel.

»Da haben wir deinen Vater.« Er legte die Miniatur auf den Nachttisch zurück. Der junge Mann schien sie mit seinen leuchtend grünen Augen anzulächeln. Er trug ein schlichtes Leinenhemd und einen flaschengrünen Rock. Sein lockiges Haar war kastanienbraun.

»Er muß es sein. Aber ich werde es niemals genau wissen. Alle Menschen, die die Wahrheit gekannt haben mußten, sind inzwischen tot.« Brienne biß sich aufgeregt auf die Unterlippe. »Der Gedanke, daß ich die Tochter dieses Ungeheuers sein könnte, ist schrecklich, aber jetzt weiß ich überhaupt nicht, wer ich bin, und ich habe keinen Namen. Muß ich mich jetzt Brienne Spense nennen?«

»Ich finde, Brienne Morrow paßt sehr gut zu dir«, sagte Avenel mit weicher Stimme und sah sie gespannt an.

Brienne zögerte. »Avenel, willst du mich damit fragen, ob ich deine Frau werden möchte?«

»Du mußt dich jezt ausruhen. Aber ich werde nicht zulassen, daß du länger als ein paar Tage ohne Titel bleibst. Was hältst du von einer Woche?«

»Ich finde, eine Woche ist eine sehr lange Zeit.« Sie lachte und umarmte ihn fest. Ihre Augen schimmerten vor Glück und Liebe.

Epilog

In der Galerie hörte man nur das Klappern von Porzellan und Silber. Als Mrs. Whitsome den Teetisch deckte, blickte ein Paar wunderschöner Augen auf sie herab. Über dem Kamin, wo lange Jahre das Porträt von Quentin Spense gehangen hatte, hing nun das Bild eines Mädchens, das Gainsborough gemalt hatte. In dem traumhaften Brokatkleid, das sie trug, sah sie aus wie eine Königin, und sie lächelte ihr rätselhaftes Lächeln, das von verlorener und wiedergefundener Liebe erzählte.

Von draußen hörte man Lachen. In Osterley war der Sommer eingekehrt. Brienne saß auf einer Brokatdecke und hielt das schlafende Baby im Arm. Sie hatte Lord William Cumberland Morrow gerade gestillt.

»Mehr bekommt mein Sohn nicht?« neckte sie ihr Mann und strich über den zarten Kopf des Kindes.

»Willst du etwa behaupten, ich sei keine gute Mutter?« lachte Brienne und schloß ihr Mieder.

»Das Baby nimmt sich viel zu viele Freiheiten heraus.«

»Ja. Er ähnelt seinem Vater von Tag zu Tag mehr. Sinnlich, verzogen und zügellos.«

»Genau. Das und mehr.« Avenel legte den schlafenden dunkelhaarigen Kleinen auf ein Kissen und setzte sich neben sie. Er zog sie an sich und küßte sie leidenschaftlich und besitzergreifend.

Kichernd versuchte sie, ihn von sich zu schieben, aber es war sinnlos. Er war zu fordernd. Genau wie der Kleine, dachte sie. Sie schloß die Augen und dachte an die Geburt ihres Sohnes zurück.

Avenel und Cumberland hatten auf den Stufen der großen Treppe gesessen wie zwei Unglücksraben. Diesmal waren sie ausgeschlossen worden, nur weil sie Männer waren. Sie hatten Briennes Schreie ertragen müssen. Aber am Nachmittag ertönte der kehlige Schrei eines Neugeborenen.

»Bitte, ist es ein Sohn?« hatte sie geflüstert, erschöpft von der langen Geburt.

»Es ist ein Sohn, Mylady!« riefen Vivie und Mrs. Whitsome, und Rose hielt das Kind in ihren Armen.

»Ist er schön?« Brienne lächelte schwach. In diesem Moment war Avenel leichenblaß in das Zimmer gestürmt, um sich zu vergewissern, daß sie lebte.

»Es ist ein Sohn, Avenel. Aber sieh ihn dir genau an. Sag mir, wie er dir gefällt.«

Cumberland durfte eintreten. Als er sich über die Wiege beugte, stieß er vor Überraschung einen Schrei aus.

»Oh, was ist? Ist er häßlich?« rief Brienne entsetzt.

»Komm her, Avenel. Ich denke, das mußt du dir ansehen.« Cumberland schüttelte den Kopf. »Ich hätte nie gedacht, diesen Tag zu erleben.«

Avenel stand auf und trat an die Wiege. Das Babybettchen war ganz in blauer Seide gehalten.

»Avenel, dein Sohn«, rief Rose. Der frischgebakkene Vater konnte die Gefühle, die ihn überwältigten, nur schwer verbergen.

»Was ist? Ist das Kind nicht gesund?« rief Brienne.

»Sein einziger Mangel ist, daß er ganz nach dem Vater kommt. Das wird ein Bürschchen ...« Cumberland lachte und klopfte Avenel auf den Rücken.

»Also gefällt er euch?« Brienne lehnte sich erschöpft in die Kissen zurück.

»O ja, er gefällt mir sehr, Wildblume.«

Endlich konnte Brienne die Augen schließen. Sie schlief sofort ein. Ihre Träume waren voller Sonne und Glück und Kinderlachen.

Als sie die Augen wieder aufschlug, blickte sie ihren schlafenden Sohn an.

»Lady Brienne, du bist viel zu vernarrt in den Kleinen«, sagte Avenel schroff, als sie sich aus seiner Umarmung löste.

»Er ist so süß. Unser einziger Sohn – wie sollte ich ihn nicht verwöhnen?« Sie schmiegte sich an ihren Mann.

»Mir scheint, er braucht etwas Konkurrenz.« Avenel öffnete ihr Mieder und umfaßte ihre Brüste und küßte sie. Dann hob er grinsend den Kopf. Sechs Monate waren vergangen, seit ihr Sohn geboren wurde. Brienne hatte sich von ihm seitdem wie eine Madonna behandeln lassen. Aber als er sie heute geküßt hatte, wußte sie, daß sie keine mehr sein wollte.

»Willst du damit sagen, wir sollten ihm noch ein Schwesterchen schenken?«

Avenels Antwort fiel ohne große Worte aus. Seine Hand glitt unter ihre Röcke. Und unter freiem Sommerhimmel zeigte er ihr, wie er darüber dachte. Briennes glückliches Lachen erfüllte den Park. Sie war ganz und gar seiner Meinung.

Band 11972

Meagan McKinney

Kampf der Liebe

In einer sehr prekären Situation begegnet die bezaubernde Kayleigh einem geheimnisvollen Fremden

Durch Intrigen vom Sitz ihrer schottischen Ahnen vertrieben, versucht Kayleigh ihr Glück in Amerika. Von der Hoffnung getragen, die Rechte ihrer Geburt eines Tages doch noch geltend machen zu können, bestreitet sie ihren Lebensunterhalt als Taschendiebin bei Männern. Als sie wieder einmal fliehen muß, um nicht ins Gefängnis gesteckt zu werden, landet sie in den Armen eines gutaussehenden Fremden, der nach New Orleans gekommen ist, um Rache zu nehmen. Doch bald will er mehr: Er will Kayleigh – und er will sie ganz …

BASTEI
LÜBBE